KB261182

환상성과 문학의 미래

구보학회

환상성과 문학의 미래

십여 년 전만 해도 문학에서 환상(幻想)이라는 말은 부정적인 의미로 쓰였다. 비슷한 말로 상상(想像)이라는 말이 있다. 이 말은 긍정적인 의미를 지니고 있으면서 문학인에게는 반드시 필요한 자질을 의미했다. 리얼리티에 근거를 둔 말이기 때문이다. 환상(fantasy)은 상상(imagination)과는 달리 전혀 터무니없는 일이 벌어지는 것, 현실에서는 도저히 불가능한 것, 일종의 원망달성(wish-fulfillment)에서 생기는 일을 두고 하는 말이었다.

그러나 이제는 상상의 세계보다 환상의 세계가 더 매력적으로 독자의 관심을 끌고 있다. 문학회마다 이와 비슷한 주제를 내걸고 발표하고, 토론하는 것만 보아도 이 트렌드가 얼마나 큰 관심을 끌고 있는지 알 수 있다. 사실 다양한 문예사조가 각기 그 특성에 따라 양태와 기법이 달랐지만 따지고 보면 문학적 리얼리즘의 정착을 위해 헌신한 감이 없지 않다. 때로는 리얼리즘에 반발하거나 리얼리즘 자체를 파괴하는 문학 서클들이 얼마든지 있었다는 것을 인정한다. 그러나 그러한 문학 트렌드도 리얼리즘과 무관한 곳에서 일어나는 것이 아니었다. 요즈음 들어 문학에서 환상이 각광을 받고 있는 것은 리얼리즘에 대한 염증에서 비롯된 것인지, 아니면 환상을 통해서 새로운 문학이 구현될 수 있을 것으로 본 것인지 이 시점에서는 알 수 없다.

지금까지 환상은 대체로 만화를 통해서 구현되고 있었다. 터무니없는 일이 벌어지고 있으면 흔히 만화 같다고도 했다. 비현실적인 작품을 두고 만화 같은 작품이라고도 했다. 그런데 그 만화가 대중의 인기를 끌기 시작하자 영화화되기도 하고, 실제로 만화 같은 소설이 창작되기도 했다. 그와 때를 맞춘 것인지, 아니면 대중의 트렌드가 그러한 것인지 조앤 K. 롤링의 〈해리 포터〉 시리즈가 전 세계 독자들을 그야말로 환상의 열풍 속으로 몰아넣으면서 문학에 있어서 '환상'은 더 이상 부정적인 존재는 아니었던 것이다. 그것은 마치 개성(individuality)이라는 말이 처음 쓰였을 때 강한 거부감을 나타내었지만 현대에 와서는 정 반대의 의미를 띄고 있는 것과 같은 맥락에 있는지도 모르겠다. 오늘날 어떤 예술에서 있어서나 개성이 보이지 않는 작가라고 한다면 얼마나 불쾌한 감정을 느끼겠는가. 스타일 또한 개성과 그 운명을 같이 하고 있다고 말할 수 있다.

지난 해 12월 구보학회 정기 학술발표대회는 〈환상성과 문학의 미래〉가 주제였다. 많은 신진 학자들이 참여하여 발표와 토론을 가졌다. 여기에 수록된 논문들은 그 때 발표한 논문들이다. 이 방면에 관심이 있는 연구자들에게 한권의 책으로 출간하여 도움을 주고자 한다. 앞으로도 이와 비슷한 주제의 발표가 많이 계획되리라고 생각한다. 이 책을 시발로 하여 활발한 논의가 이루어졌으면 하는 것이 우리 학회 회원 모두의 바람이다.

2008년 12월
구보학회 회장 김 상 태

● 목 차 ●

환상성과
문학의 미래

문학의 미래, 환상성을 통한 독자와의 거리 좁히기

목 차

이 정 숙*

Ⅰ. 들어가며: 문학이 살아남기 위하여

‘문학의 미래’와 ‘환상성’ 어디에 우선 비중을 두어야 할까? 문학을 하는 사람으로서 누구도 문학의 미래로부터 자유롭지 않은 만큼 아무래도 문학의 미래가 우선해야 할 것이다. 그런데 문학의 미래는 항상 어느 시대건 암울했다.[1] 문학이 죽었다느니 소설이 죽었다느니 말하기

* 한성대학교. 이 논문은 구보학회 제7회 정기학술대회(주제: 환상성과 문학의 미래)에 서 기조 발표한 것을 보완한 것이다. 아울러 2008년도 한성대학교 교내 연구비의 지원을 받은 것이다.

[1] “나의 경험이나 교육, 직관과 들어맞는 유일한 역사적 전망은 비극적 전망이다.”(죤 바스, 「문학의 미래와 미래의 문학」, 『외국문학』 제40호, 열음사, 1994. 8, 70쪽)

시작한 것은 꽤 오래 전부터이다. 그러나 문학은, 소설도 마찬가지로, 여전히 잘 살아가고 있다. 문제는 굳이 문학의 효용적 측면을 거론하지 않더라도 바라건대 문학이 미래에는 지금보다도 좀 더 독자들과 친하게 만나야 한다는 것이다.

그런데 독자들과 친하게 만나는 대중문화적 감수성을 보여주는 작품들이 1990년대 후반부터 눈에 띄게 등장하기 시작했다. 이는 매체적 환경의 변화라는 시대 상황과도 무관하지 않다. 인터넷을 통한 영상매체가 급속한 발전과 함께 영향력을 행사함에 따라 문학작품에서도 그와 관련된 새로운 징후가 나타난 것으로, 대중문화가 젊은 세대의 감각적 취향이나 생활양식에 절대적인 영향을 미치는 현실에서 문학이 대중문화적 감수성을 수용하는 것은 당연한 현상이라고 할 수 있다. 문학이 더 이상 기존의 순수함이나 진지함만으로는 독자와 소통하기가 어려워지는 시대가 되었음을 반증하는 것이라 할 수 있다. 그런 만큼 1990년대 이후 2008년 현재에 이르는 시기의 문학작품에는 현실적 대중적이고 소비적인 문화가 도입되고 만화와 그림 영화 등이 혼재되어 현실과 허구의 모호한 경계를 이미지화한 작품들이 이 시대의 한 특징으로 자리잡을 정도로 두드러지게 나타난다. 그 배경을 살펴 보면 1980년대 후반 이후 구소련의 붕괴 등 사회주의의 몰락을 계기로 역사의 진보에 관한 이념과 정치적 관심 자체가 퇴조하기 시작하면서 한국사회가 급격하게 탈이념화, 탈정치화한 것이 우선 중요한 요인이라 하겠다. 기존에 민족이나 이념을 앞세웠던 거대서사가 도전을 받게 되면서 혁명에 대한 신념이나 그 가능성에 대한 기대가 사라진 자리에, 이전 세대의 강박적인 사회에 대한 고민 대신에 자유로움과 다양성을 강조하는 자본주의적 문화생산의 조건들이 장악해 들어온 것이다. 더구나 시대적으로 세기말에 새로운 밀레니엄을 전후한 들뜬 분위기 속에서 포스트 모더니즘적 경향과 함께 경제 발전에 따른 문화산업과 상품미학이라는 시대적 조건이 한데 어우러져 자연스럽게 형성된 것이다. 이들은 현실을 반영하는 것이 아니라 대중문화의 다양한 텍스트들을 작품 속에 도입해서 또 하나의 텍스트를 만드는 식의 창작 경향을 보여준다. 그 과정에서 문학 본래의 창조적 원천인 상상력을 넘어서 환상의 영역을 넘나들곤 한다. 어느 시대이건 굳이 문학의 보편성을 말하지 않더라도 기본적인 것은 변하지 않으면서 당시대적 여러 요인과 환경에 따라 문학은 항상 조금씩 변해왔다. 그 변화하는 부분에 초점을 맞추어보면 바로 시대의 흐름을 따르는 차원도 있을 것이고 문학 내부의 한계를 극복하고자 하는 시도일 때도 있다. 2000년을 전후해서 두드러지게 나타나고 현재도 진행형인 포스트 모더니즘적 여러 현상을 염두에 두고, 영상매체의 급격한 발달과 수용의 적응 등을 고려하면서, 말하자면 문학 자체의 한계를 극복하는 차원이건 당대적 흐름에 편승하는 것이건 독자와의 거리를 좁히기 위해 건너야 할 다리로 환상성을 상정해 보니 환상성은 매우 시의적절하고 적합한 매개물이 될 것 같다.

이 발표를 준비하면서 '문학의 미래'라는 제목 하의 글들을 살펴 볼 기회를 갖게 되었다. 어느 시대이건 그 시점에서 문학의 미래를 논하곤 했는데, 더러는 방향이 잘 부합되는 것도 있지만 어떤 글들은 진단은 바로 했는데 전망 부분에서 그 글이 예견한 것과는 달리 다른 형태로 이미 왔다가 사라진 경우도 있다. 그러나 그런 글들도 당시로서는 나름의 설득력 있는 시각을 통해서 당위성이 있었다는데 의미를 부여할 수 있겠다. 이 글의 저변에 깔려 있는 우려와 기대이기도 하다.

Ⅱ. 환상성, 과거에서 미래 읽기

환상문학의 중요한 기능이 "보다 나은 것을 꿈꾸게 하는 해방의 기능"2)에 있다는 것은 별 이론이 없겠지만 소설의 환상성에 대한 논의는 분분하여 단순하게 정리하기가 어려운 것 또한 사실이다.

　무엇보다도 환상적인 것(the fantastic)에 대한 정의에서부터 장르지표로서의 환상성에 대한 정의, 그리고 그것을 핵심으로 이루어지는 소설적 의사소통의 체계에 대한 설명이 논자마다 다르고, 그것을 인식론의 문제로 보아야 할지 아니면 존재론적 문제로 보아야 할지에 대한 이론 또한 팽팽할 뿐만 아니라, 더 나아가 환상성 혹은 환상문학에 대한 해석의 토대와 영역을 어느 선으로까지 한정할 수 있을지에 대한 합의 또한 선명치 않기 때문이다.[3]

　이렇게 용어에 대한 개념 정의도 불분명하고, 논자마다 다른 이론을 대상으로 시시콜콜 논의할 의도도, 필요도 없다. 여기서는 환상성이 문학의 보편적 내재적 속성이며 지금까지 순문학에서 다루어진 환상성이 상대적으로 난해한 면이 있었고 그것이 독자의 친밀한 접근을 일정 부분 제한한 면이 있었음을 염두에 두면서, 그러나 21세기 오늘은 오히려 환상적 꿈꾸기를 통해 자유롭게 문학의 영역을 확대시킬 수 있다는 거칠은 생각을 정리해 보고자 한다.

　20세기 이후 서구소설이 점차 서사성을 결핍하고 있을 때 남미의 환상적 소설―마르께스의 『백년 동안의 고독』―이 서구소설에 결핍되었던 서사를 복원시켰다는 주장을 토대로 환상성에서 새로운 서사의 가능성[4]을 읽기도 한다. 그런데 21세기 들어와서 문학은 순수문학이 점점 그 자리를 내주면서 실용성 중심의 문화콘텐츠의 자리가 커가고 있는 중이다. 이때 문학의 미래에 환상성을 대입해 보는 것은 그만큼 문학의 영역을 영화, 드라마, 게임 등 스토리텔링이 필요한 모든 영역으로 넓히는 것이 될 것 같다. 그러나 동시에 영화 드라마 등 확대된 여러 분야에 걸친 문화콘텐츠의 여러 층위 가운데 하나로 문학이 축소되는 것일 수도 있다는데 우선 생각이 멈춰진다. 그러나 철학이 더 이상 진리를 독

---

2) 송병선, 「해리포터 현상과 환상문학」, 『문학·판』 통권 4, 열림원, 2002, 103쪽.
3) 김경수, 「현대소설의 전개와 환상성」, 『국어국문학』 제137권, 2004. 9, 214쪽.
4) 김성룡, 「고소설의 환상성」, 『고소설연구』 제15집, 한국고소설학회, 2003, 20쪽.

점하는 특권적 담론이 아니라는 로티의 주장 — 철학은 이제 문학, 과학, 예술과 같은 '다양한 인간의 목소리'의 하나로 더 나은 인간의 삶에 기여해야 한다5) — 을 빌어본다면 문학 또한 '다양한 인간의 목소리'를 반영하며 더 나은 인간의 삶에 기여해야 할 것이고 그것은 상상력의 무한한 힘에 의해 가능하다6)고 말할 수 있다. 물론 이런 견해는 문학의 시각에서 볼 때는 새롭다기보다는 철학의 자각이 반가울 만큼 당연하고 쭉 있어 왔던 생각인 만큼, '인간의 삶에 기여'하는 차원이라면 문학의 확대나 축소에 한정하거나 연연하지 말고 여러 방향의 다양한 층위를 폭넓게 수용해야 할 것이다.

한편 현재는 과거와 연결되며 미래로 이어지는 길인 만큼, 과거는 현재를 통해서 미래로 이어진다. 이러한 단순 소박한 생각은 역설적으로 과거에서 미래의 어떤 모습을 찾을 수 있을 것이라는 기대를 하게 되는데, 흔한 예로 무덤(과거)을 보며 인간은 자신의 미래를 보고 있는 셈이기 때문이다. '오래된 미래'(Ancient futures)7)라는 헬레나 호지의 용어는 인류의 진보를 향한 오래된 역사적 전통으로 맞이하게 된 현재와 미래를 돌아보자는 의미로서 과거가 곧 우리의 미래임을 역설적으로 강조하고 있다.

우리의 미래는 대체로 현재에 첨단으로 인식되는 것들이 발전, 변모하는 양상으로 전개될 것이다. 그리고 문학에서 현재 새로운 것들은 일단 스토리텔링이 가능한 여러 문화콘텐츠들의 고안, 변용 및 적용일 텐데 그러한 여러 콘텐츠들의 보고(寶庫)는 과거에서 찾게 된다. 로즈메리

---

5) 노양진, 「로티와 문학의 미래; 진리와 문학문화」, 『문학과 종교』 제7권, 2002, 116쪽.
6) 위의 글, 120쪽. 그런데 여기서 로티가 말하는 문학이 단순히 특정한 글쓰기의 장르를 말하기보다는 오히려 종교와 철학과 같은 단일한 진리가 포괄된, 다원적 문화를 '문학적'이라고 부르고 있다.(121쪽)
7) 언어학자이자 사회운동가인 헬레나 노르에리 호지의 동명 에세이 제목이다. 이를 차용하여 서울시립미술관은 '오래된 미래'(Ancient futures) 라는 테마로 기획미술전을 열었다.

잭슨은 "현대적 환상은 고대의 신화·신비주의·민담·요정담·로망스 등에 뿌리박고 있다"[8]고 이미 단언하기도 했다.

　실제로 현재 세계의 영화에서 절대적 강자의 자리에 있는 『반지의 제왕』 같은 작품은 톨킨(1892~1973)이 1954~55년에 출간한 소설을 토대로 하고 있고 그 내용인 즉 북유럽의 신화와 기독교 신화를 나름대로 재해석하여 창작의 근원으로 삼았다는 사실은 이미 알려져 있는 사실이다. 영화 『스타워즈』가 아더왕 이야기를 바탕으로 했고 『매트릭스』 또한 성경 불경 등 경전을 근거로 사건을 전개시키고 있다. 게임에서는 스토리텔링의 소스를 과거에서 가져 온 것이 아주 많은 바, 『페르샤 왕자』 같은 어드벤처 게임은 신밧드 모험이나 아라비안나이트가 바탕이 되었고 일본의 코에이 게임 회사는 삼국지를 소스로 하여 여러 가지의 게임을 시리즈로 만들고 있다. 허균이 꿈꾼 '율도국'이나 박지원이 꿈꾼 '무인공도(無人空島)'를 바탕으로 환상성의 소설이나 영화, 드라마가 나올 수 있는 것이다.

　전자시대로 접어든 지금은 종이가 스크린으로 바뀌고 각종 전자 영상매체가 새롭게 대두되어 문학의 지평을 넓혀주고 있기 때문에 미래의 문학은 "우선 활자매체만 문학이라는 고집과 믿음에서 벗어나 다양한 매체를 문학으로 포용하게 될 것"[9]이라고 나름대로 앞 선 진단을 내리기도 했지만 지금의 문학은 그런 생각마저 훌쩍 앞질러 저만큼 가고 있다.

---

8) 로즈메리 잭슨, 서강여성문학연구회 옮김, 『환상성─전복의 문학─』, 문학동네, 2001, 13쪽.

9) 김성곤, 「문학의 미래 비쥬얼 노블, 그래픽 소설, 중간문학, 포스트 휴머니즘」, 『비평』 16호, 비평이론학회, 2007, 256쪽.

III. 문학의 보편적 속성으로서의 환상성, 그리고 난해함

환상성은 사실 문학의 내재적이고 보편적인 속성 가운데 하나이다. 문학의 속성 가운데 하나가 보이는 세계의 재현으로서의 미메시스라면 그러한 '사실적이고 정상적인' 것들이 갖는 제약에 대한 의도적 일탈[10]이 환상이고 문학은 바로 그 일탈을 꿈꾸기 때문이다. 보이는 세계의 재현과 보이지 않는 세계를 보여주는 환상, 이 둘은 문학텍스트나 예술 작품을 구성하는 가장 근원적인 속성[11]이다. 그런데 환상을 통한 일탈이 소설에서 난해함으로 작용하는 경우도 드물지 않다. 기존에 문학성과 함께 환상성이 강조된 소설들의 공통점으로 읽어내기가 쉽지 않다는 점을 우선적으로 꼽을 수 있다.

예를 들어 이제하의 첫 창작집 『초식草食』은 당시 독자들에게 낯섦 그 자체였고 독자들을 매우 당황하게 만들었는데 그는 "한정된 공간 속에서 다양한 요소를 병치하는 회화 기법처럼 서로 다른 의식과 무의식을 뒤섞어 현실적인 것과 환상적인 것 사이를 잇는 언어를 주조"[12]했다. 그의 소설에서 환상은 "거꾸로 뒤바뀐 세상에 대응하는 하나의 전략"[13]으로 볼 수도 있지만 경험의 세계, 가시의 세계에 익숙했던 독자들에게 그의 환상성은 매우 전위적이고도 혼란스럽고 낯선 충격을 주었다.(그리고 소설 쓰기의 전략이라기보다는 체질처럼 그의 특징으로 이어지고 있다.) 이제하의 소설이 주는 충격이 워낙 컸지만 우리 눈에 보이는 현실 밖에 다른 어떤 세상이 있음을 환상을 통해 보여주는 작가

---

10) 캐서린 흄, 한창엽 옮김, 『환상과 미메시스』, 푸른 나무, 2000, 20쪽.
11) 박철화, 「환상의 징검다리─한국 현대문학의 환상성」, 『문학·판』 통권 4, 열림원, 2002, 126쪽,
12) 위의 책, 128쪽.
13) 황도경, 『욕망의 그늘』, 하늘연못, 1999, 54쪽.

들은 그 후에도 「돈황의 사랑」, 「가장 멀리 있는 나」의 윤후명, "세계가 우리가 아는 것처럼 단면이나 평면으로 이루어지지 않아"(「남쪽 계단을 보라」)서 혼란과 함께 외로움을 느끼는 윤대녕, 제목부터 매우 환상적인 「푸른 사과가 있는 국도」의 배수아, 아예 등단부터 판타지의 세계를 특징으로 들고 나온 김영하 등등이 있다. 이렇게 우리 현대소설에서 환상성은 계속 이어져오고 있음을 알 수 있다. 대체로 난해한 작품들에 환상성이 중요 장치로 되어 있는 경우가 많은데 그러한 경우 문학의 순문학적 가치 등에서는 높이 평가되는 경향을 보이곤 한다. 그러나 이런 작품들은 문학에 대해서 흥미를 갖고 접근하게 하기보다는 문학이 어렵다는 인식을 하면서 문학과 거리 두기에 나서는 독자들을 양산할 가능성이 크다. 실제로 환상성을 환각이나 백일몽, 환영 등을 총칭하는 것으로 보면서 매우 주관적인 영역[14]으로 국한하기도 하는데 대체로 이렇게 주관적인 영역으로 국한하여 환상성이 그려진 경우 문학성에서는 가치가 있지만 그만큼 난해하여 독자들과의 거리를 좁히지 못하는 한계가 뚜렷하다. 문학의 미래를 논하면서 우선해야 할 부분이 바로 문학과 독자와의 거리 좁히기, 친화성을 우선적으로 고려해야 한다는 점에서 딜레마라 아니할 수 없다. 그렇다면 이러한 주관적 차원의 환상성보다 환상성을 보다 객관화, 일반화시켜 볼 필요가 있지 않을까?

Ⅳ. 환상적 꿈꾸기와 자유: 문학 영역의 확대

문학뿐 아니라 예술 전반에서, 과학뿐 아니라 우리의 일상적인 삶에

---

14) 김경수의 이 논문은 환상성을 잠정적으로 소설작품에서 독자들이 실세계감각(a sense of real world)에 저항하는 제반 요소들을 총칭하는 것으로 잠정적으로 정의하여 우리 소설이 이런 주관적인 영역을 어떻게 발견하고 변용해 왔는가를 시험적으로 살펴보는 논문이다.(김경수, 앞의 글, 215쪽)

서도 상상력의 중요함은 얼마든지 강조할 일이다. 실제로 자유로운 상상력15)을 통해 얼마나 획기적이고 소중한 인류의 자산을 얻게 되었는지는 새삼 강조할 필요도 없다. 자유로운 상상력에서 환상적 꿈꾸기의 교집합 부분이 어느 정도일까 생각해 보면서 거창하기보다 소박하게 개인적으로 환상성에 대해 공감을 하게 되는 것은 기존의 설화나 소설 등 서사물뿐 아니라 시, 영화, 현실적 시공간 및 과거의 역사 등 모든 것들이 그 대상에 몰입했을 때 일종의 환상성을 겪을 수 있고 거기서 현실과는 또 다른 경험을 할 수 있다는 점 때문이다. 바꾸어 말하면 환상성 또한 큰 범주에서 상상력과 많은 부분을 공유할 터이지만 대상에 몰입할 때 더욱 현현된다16)는 점에서 차이가 있다 할 것이다. 주지하다시피 환상성은 고전소설에 이미 다양하게 원용되면서 "근대소설의 영역에서는 결코 꿈도 꾸지 못할, 결코 상상할 수 없는 상상력이 고소설에 펼쳐지고 있는"17) 데 주목을 할 필요가 있다. 실제로 환상성이 필요한 이유를 "고전소설에 내재하는 환상적 요소가 중세인들의 정서를 어루만져주었듯이 현대소설에 투영된 환상성 역시 현대인들의 정서를 감싸줄 수 있을 것이라는 기대감이 있고 이는 결국 인간 정서의 지속성 문제, 즉 원형적 요소의 한 단면을 엿볼 수 있는 것"18)이기 때문이라는 견해에 공감한다면 탈이념적이고 유난히 자유를 지향하는 21세기 현재

---

15) 한류의 원동력을 민주화 이후 내부 검열이 없어지면서 이루어진 자유로운 상상력의 획득, 영화에서도 외부의 금기를 깬 역사물 『실미도』나 내부적 금기를 깨고 근친상간을 소재로 한 『올드보이』 같은 것이 성공한 예나 출판에서도 1987년도에 시행된 출판 자유화 조치 이후 자유로운 상상력을 획득할 수 있었던 점을 꼽고 있다.(좌담: 「한류 현상과 한국문학의 미래」, 『문학사상』, 2004. 7)

16) 김윤식 교수가 『환각을 찾아서』에서 『폭풍의 언덕』 배경 공간에 가서 히스클리프를 만나보는 식이 그 예가 될 수 있겠다. 개인적으로도 지리산을 오르면서 『태백산맥』의 소화를 만나고 송화강변을 거닐면서 『토지』의 길상과 영광의 상처를 실감하는 것이 환상을 통해 가능하다고 생각한다.

17) 김탁환, 「고소설과 이야기 문학의 미래」, 『고소설연구』 제17집, 2004, 16쪽.

18) 박양호, 「환상성, 그 잃어버린 꿈을 찾아서」, 『문학과 창작』 27, 1997, 241쪽.

에 환상성의 의미나 역할은 더욱 다양하게 증폭될 것이다.

『천년의 사랑』은 천년의 비밀을 간직한 두 사람의 사랑이야기인 만큼 사랑의 현재화를 위하여 시공간을 뛰어 넘는 환상성이 필연적으로 들어올 수밖에 없다. 이 작품을 쓴 양귀자는 '작가의 말'에서 "이 소설이 갇혀 있는 사람들, 한계를 느끼는 사람들, 그런 사람들한테 혹시 산소를 공급하는 구멍이 되기를 기대한다"고 했다. 산소를 공급하는 구멍은, 즉 숨통이 트이는 공간, 정신적 탈출구의 의미가 될 것이다. 현대인들이 매우 편리한 문명의 혜택을 받으면서 상대적으로 더욱 갈증을 느끼는 부분이 절대적 자유와 관련되는 영역일진대, 환상성은 바로 이 절대적 자유를 누리게 하는 원동력이 된다. 그런 면에서 환상성은 드라마나 영화의 소스로서의 역할, 즉 상업성을 의식하는 문화컨텐츠의 공급원이 되기 이전에 현대인의 정신적 탈출구로서의 의미가 우선한다고 본다. 바꾸어 말하면, 유한하고 억압된 세계에 대한 성찰에서 촉발된 초월적 세계관이 절망에 빠져 있는 사람들에게 환상을 통해 슬픔과 절망을 이겨내게 하는 의미[19]가 있다면 문학의 미래에서 환상성은 단지 상업성 추구의 차원을 넘어서 진정한 문학의 역할을 하는 의미가 있을 것이다. 진정한 문학이란 자유로움의 추구를 바탕으로 인간의 삶 속에서 화해를 꿈꾸고 있기 때문이다.

인터넷 네이버에 누군가가 '재밌고 감동적인 책좀 추천해' 달라면서 다음과 같은 조건(?)을 붙였다. "근데 너무 신세대적인 가벼운 소설, 인터넷연애소설 같은 것은 질색이고, 그렇다고 나이 지긋한 어른들이 볼 만한 책(『태백산맥』, 『토지』)도 별로구요, 머리 아프게 만드는 복잡한 추리소설도 딱 질색"이라는 한 독자의 요청에 누군가가 김탁환의 『열하광인』을 추천하고 있는데 이 작품 또한 이른바 팩션(faction = fact + fiction)이면서 환상성을 통해 문학의 폭을 확대시키고 있다는 평가를 받

---

19) 앞의 책, 249쪽.

고 있다. 그런데 '너무 가볍지도 않고 머리 복잡하게 하지도 않는 재미 있고 감동적인 책'으로 선택된 것에 전적으로 동감하기는 좀 어렵다.

아울러 차원은 다르지만 「베니스에서 죽다」, 「바다와 나비」[20] 등 과 거의 텍스트를 문학적 소스로 하여 환상성을 통해 기존 작품을 창조적 으로 변용 혹은 모티브를 원용한 경우도 문학의 영역을 확대시킨 또 다 른 예가 될 것이다. 정찬의 「베니스에서 죽다」는 토마스 만의 「베니스 의 죽음」을 모티브로 하고 있는데 제목을 따왔을 뿐 아니라 소설의 주 된 내용이 토마스 만의 소설에 대한 논의를 둘러싸고 전개되고 있다. 작품 속에서는 「베니스의 죽음」의 주인공 앗셴바흐를 만나는데 "오래 된 책들 속에서 그림자 없는 영혼들이 소리없이 나오고 있었다."라고 표현되면서 작가가 환상 속에서 그를 만나고 있음을 알 수 있다. 토마 스만 작품과의 창조적 만남[21] 같은 시도 또한 우리 문학의 미래에서 시 도해 볼 만한 그래서 새롭게 창조성을 빚어낼 수 있는 영역이라 생각 한다.

V. 새로운 서사의 등장

우리 문학의 미래를 말하는 자리에서 강조하고자 하는 환상성은 조 금 성격을 달리한다. 문학의 난해함에 일조를 한 주관적 개인적 환상이 아니라 좀 더 객관화된 환상을 말한다. 그것을 통해서 문학의 영역을

---

20) 김인숙의 「바다와 나비」(『실천문학』, 2002년 겨울호)는 세계의 거친 파도 앞에서 좌초 하는 열정과 모험의 순수성, 그 좌절의 깊은 상처 등을 표현한 김기림의 「바다와 나비」 를 변주 활용하고 있는 작품이다. 이 작품은 "기존의 작품과 신화를 효과적으로 활용하 고 현실과 환상을 교묘하게 넘나들고 있는 점"이 특징이라고 본다.(류보선, 「여성성, 또 는 문학의 미래」, 『현대문학』, 2003. 2, 279쪽)
21) 이선희, 「한국문학의 세계화와 미래-독일문학과 한국문학의 한, 창조적 만남」, 『문예 운동』, 2008. 6, 91쪽.

확장시키면서 시대정신, 시대적 흐름과의 교감도 이루어지고 독자와 좀 더 쉽게 공감할 수 있는 환상의 영역은 없을까? 신화나 고전, 역사적 사실의 틀에 상상력의 날개를 달면서 이루어지는 새로운 서사의 가능성을 조심스럽게 상정해 본다.

환상성의 객관화가 가능할 수 있는 영역을 역사나 신화에서 찾아보자는 것, 그런 큰 방향이 우리 문학의 미래와 연결되어야 할 것이라는 점이 이 글의 주요 논지이다. 예를 든다면 1905년 멕시코로 이민 갔던 사람들의 수난사를 해박한 지식과 상상력을 동원하여 쓴 김영하의『검은 꽃』,22) 드넓은 초원을 무대로 사랑을 찾아 헤매는 한 남자의 이야기가 문헌적인 주석이라는 말 끼워넣기 방법(이라는 특이한 기법)으로 전개되는 이인화의「시인의 별」23) 같은 작품들에서 볼 수 있는 상상력이 좋은 예가 될 것이다. 그런 하나의 가능성—사실은 현재진행형의—을 이미 팩션의 형식을 통해 찾아 볼 수 있다.

오늘날은 역사에서 많은 것을 찾아내 그것을 바탕으로 소설화, 드라마화한 것이 대중적으로 강하게 어필하는 시대이다. 현대문학 가운데 특히 불교문학24)의 경우는 특성상 환상성이 강조되었고 고전소설에서

---

22) 1905년 멕시코로 이민 갔던 사람들의 수난사이다. 당시 우리나라를 중심으로 러시아 일본 등 주변국의 사정에 대한 해박한 지식을 바탕으로 한 이 작품은 노예 같은 생활을 하다가 멕시코 혁명의 와중에 과테말라 북부 밀림 지대에서 용병으로 참전하고 마야 유적지에 나라를 세우기도 하는, 증발해버린 대한의 일군의 사람들 이야기다. 작가가 처음에는 영화를 염두에 두고 구상했다가 제작비가 엄청나게 든다고 하는 바람에 소설로 만든 것이라 한다.

23) 제24회 이상문학상 수상 작품이다. 작가 스스로도 "이 소설은 결국 실제로는 존재하지 않는『채련기』—문헌상에만 있고, 존재는 하지 않는—의 주석, 상상의 원본에 대한 상상적인 주석 작업이다."라고 함. 고려 충렬왕 때의 사람인 안현에 대한 역사적 기록과 1997년 8월 앙카라대학 교수가 발견한 17세기 필사본에 실린 '고려인 비칙치(서기) 안의 이야기'를 작가가 상상력을 발휘하여 안현과 비칙치 안을 동일 인물로 상정하고 한 편의 소설로 재구성한 것이다.

24) 남지심의『우담바라』는 원효대사와 요석공주 이야기의 현대적 변용과 불교사상의 소설적 수용을 보여주는 대표적 불교소설이다.

불교와 환상성의 만남은 이미 일반적인 현상이 되어 있다. 그런데 역사학자들에 의해서 역사적 상상력이 작용하면서 사실(fact)이 드러나기보다는 문학전공자들에 의한 문학적 상상력이 보다 활발하게 이루어지면서(fiction) 이른바 팩션에 해당하는 책들이 역사학자들보다는 문학전공자들에 의해 쓰여지고 있다. 김탁환은 고소설이 디지털 매체와 만날 수 있는 통로가 바로 이 완전히 새로운 상상력에 있음을 전망하고 있다. 예를 들어 김만중의 『구운몽』에서 성진이 양소유의 삶을 통해 새로운 깨달음을 얻게 되는 것이 꿈과 가상현실, 자아를 분리하고 서로 다른 세계를 총체적으로 보여주는 이야기 방식이기 때문에 가능했는데 이러한 이야기 방식이 현대 포스트 모던 시대에 가장 인기 있는 영화나 드라마, 게임의 양태인 것이다. 말하자면 신화나 고소설의 재창조, 재구성과 재해석이 가장 포스트 모던한 작품으로 우리에게 다가오고 있는 것이다.

> "현실과 비현실, 지하와 지상과 천상을 넘나들며 총체적 세계를 구현하는 이야기는, 지루하고 좁은 일상에만 매몰된 근대 독자들에게 신선한 충격을 줄 수 있다. 또한 주인공의 언행을 중심으로 시간적 순서에 따라 이야기를 전개시키는 방식에서 탈피하여 공간의 집중과 확산을 통해 새로운 이야기 방식을 만들 수도 있을 것이다. 디지털 매체를 통해 등장하고 있는 서양의 다양한 판타지 예술들은 바로 이 비근대적인 상상력에 힘입은 바 크다."[25]

고전에서 볼 수 있는 상상력의 현대적 재현이 디지털 매체의 판타지 예술이고 거기에 현대인들이 열광하는 것이라면 문학의 미래에는 우선 가장 익숙하게 또 비교적 수월하게 새로운 형식의 판타지 예술이 양산될 것이라 전망할 수 있는 것이다. 이 경우 소스 제공자로서의 고전문

---

25) 김탁환, 앞의 글, 25쪽.

학 연구자와 디지털 환경을 넘나들면서 자유롭게 창작할 수 있는 풍부한 상상력의 소유자가 전제되어야 함은 물론이다. 그와 함께 고전소설을 통하여 습득한 환상성의 긍정적 의미는 전통적 사유의 계승과 그것의 현대화라고 할 수 있다. 한 역사소설가가 바라보는 "역사소설이 화석이 되어버린 역사를 살아 움직이는 환상으로 만드는 작업"[26]이라는 시각 또한 같은 맥락이라고 볼 수 있다.

조선일보에서 주관하는 대한민국 뉴 웨이브 문학상은 그 취지가 "문자문학이 위기를 맞고 있는 이 디지털 시대에 새로운 상상력과 감성으로 새로운 시대를 이끌어 나갈 역량 있는 작가들을 발굴하고 지원하기 위한 것"임을 밝히고 있다. 이들은 지금의 문학이 "주류문학과 장르문학의 경계가 급속도로 해체되고 있으며, 순수문학과 중간문학이 서로의 영역을 넘나들며 활발하게 혼합되고 있"는 시기라고 파악하며 문학이 묘사하는 우리의 삶이 "기본적으로 게임이자 수수께끼며, 리얼하면서도 환상적"이라고 보고 있다.

우리가 바라는 것은 참신하고 기발하면서도 진지하고 중후한 주제가 담긴 작품이다. 그것은 곧 대한민국 뉴웨이브 문학상이 단순히 스릴러나 팩션, 또는 판타지나 SF 같은 소위 장르문학을 뽑아 포상하기 위한 것이 아니라는 것을 의미한다. 사실 이 상은 추리소설 기법이나 판타지적 요소, SF적 비전을 차용한 수준 높은 '문학작품'을 모집하고 격려하기 위한 것이다. …(중략)… 우리가 바라는 것은, 장르적 기법을 차용한 수준 높은 소설들 — 예컨대 토머스 핀천의 ≪제49호 품목의 경매≫, 움베르토 에코의 ≪장미의 이름≫, 매슈 펄의 ≪단테 클럽≫, 댄 브라운의 ≪천사와 악마≫, 또는 오

---

26) "저는 역사소설은 일종의 오답이라고 생각합니다. 위대하고 재미있는 오답이지요. 정답은 하나지만 오답은 수백 가지입니다. 그 수백 가지의 오답이 과연 쓸모가 없는 걸까요? 저는 아니라고 생각합니다. 우리가 어떤 문제를 풀 때 단숨에 정답을 맞히는 것보다 오답을 분석하면서 문제의 본질에 더 가깝게 가지 않습니까? 신윤복이 여자라는 건 역사적으로는 오답에 가까울 것입니다. 역사소설은 화석이 되어버린 역사를 살아 움직이는 환상으로 만드는 작업이기도 합니다."(이정영, 『바람의 화원』)

르한 파묵의 ≪내 이름은 빨강≫ 같은—즉, <u>재미있으면서도 무겁고, 또 다</u><u>른 시공을 다루면서도 시대정신을 반영하며, 고유성을 유지하면서도 세계</u><u>적인 공통관심사를 주제로 하는 수준 높은 문학작품들</u>이다. 그러한 작품들만이 <u>시대의 변화를 감지하고 미로 속에서 출구를 찾아 전진할 수 있으며,</u><u>새로운 시대에 맞는 새로운 양식의 문학을 산출해 낼 수 있기 때문</u>이다.[27]

인용문은 2008년도에는 당선작을 내지 못했다는 변을 실은 것인데 밑줄 친 부분을 충족시킬 수 있는 작품이 물론 쉽지는 않을 것이다. 덧붙여 신화 전설 등의 현대적 수용과 변용을 통해서 세계적 보편성을 지닌 이야기성을 확보하는 것도 중요하지만 환상성을 통해 현재에 대한 성찰을 할 수 있고 미래에 대한 전망을 제시할 수 있다면 더욱 바람직할 것이다.

VI. 나오며: 퇴행적 환상의 경계

문학의 미래는 흔히 어둡다고 말하지만 환상성을 통해 독자들이 문학을 보다 친숙하게 느낄 수 있는 가능성이 있음을 살펴 왔다. 그러나 그럼에도 불구하고 환상성이 동원된 작품이 빠지게 될 몇 가지 위험을 경계하게 된다. 나약한 심성으로 현실의 어려움을 환상성으로 회피하거나 환상성의 경박함을 통해 미래 전망에 대한 어떤 제시도 하지 못하고 나르시스적 꿈꾸기로 전락하는 식은 경계해야 할 것이다. 무가치한 전락의 길로 빠지게 되는 것은 문학뿐 아니라 독자를 위해서도 피해야 하기 때문이다.

그와 함께 환상성이 저급한 상업주의로 빠질 것을 경계해야 할 것이다. 상업주의라고 다 거리를 두어서도 안 되지만 그렇다고 상업주의와

---

27) 『조선일보』, 2008. 11. 17.

결탁해서는 더욱 안 된다. 그러면서도 문학이 미래에는 환상성을 통해 문학의 문을 넓혀서 좀 더 독자들에게 가깝게 다가가야 한다는 것이 대전제가 되어야 하는 것이다. 조선일보 주최 뉴웨이브 문학상이 올해 당선작을 내지 못한 가장 큰 이유가 "공통적으로 발견되는 것은 '주제의 부재'였다. 도대체 무엇을 말하고자 했는지, 왜 이런 작품을 썼는지 독자나 평자가 알 수 없다면, 그건 좋은 작품이 될 수가 없다. 다시 말해, 문학의 필수요소인 재미와 유익(지식) 중에 이번 응모작들은 단순히 엔터테인먼트에 그친 경우가 많았다는 것이다."로 설명되는데 여기서 작가들의 상업주의적 흐름이 심상치 않음을 읽을 수 있다.

중요한 것은 환상성을 통해 우리 문학의 영역이 확장되고 인간의 꿈을 간접적으로나마 이루는 것이 가능하다 해도 그것이 환상 소설 혹은 지금 일반적으로 일컫는 판타지 소설로 가는 것이라면 그것은 긍정적 귀착점이라 하기 어렵다. 개화기에 신소설이 발달하여 긍정적으로 도달하는 점이 근대소설인 춘원의 『무정』이라 한다면, 그 반대의 자리에 부정적으로 도달하여 야담류의 저급한 통속소설류로 빠진 바 있다. 100년 전 우리 소설사에 나타났던 현상을 거울삼아 볼 필요가 있다. 환상성이 강조되는 우리 소설의 미래가 단지 상업성이나 신종 문화상품이 강조되는 자리28)에 있어서는 안 될 것이다.

문제는 환상성을 통한 문화콘텐츠 개발 등이 문학의 영역을 넓히는 긍정적 역할을 넘어서 인문학까지도 자본주의에 대한 비판 기능을 상실하고 상업성에 편승, 상업주의 만능의 흐름에 동참하게 한다는 우려의 시각이다. 그러면서도 "환상적인 것이야말로 경이로운 세계상을 새롭게 창출하는 데 있어서 근본적인 미적 이념을 제공할 수 있으며 효율

---

28) 판타지 소설을 '변형된 무협소설'(정과리), '허섭스레기'(김영하)라고 부정적으로 보면서도 상업주의의 승리를 의미하는 데에는 동의하지 않을 수 없는 것이 현실이다. 하응백은 "판타지 소설의 문학적 미래는 없다. 그러나 신종 문화상품으로서의 미래는 있다. 그것이 판타지 문학의 허와 실이다."라고 비판한 바 있다.(송병선, 앞의 글, 109쪽 재인용)

적인 수단을 제공한다는 것을 강조할 필요는 있는 것"[29]이라는 견해는 여전히 유효하다.(공감하지 않을 수 없다.)

　중요한 것은 주관적 차원의 환상성이든 좀 더 폭넓은 차원의 객관화된 환상성이든 그것이 모더니즘이나 포스트모더니즘의 영역과 만나고 있다는 점이다. 21세기가 포스트모더니즘의 시대인 만큼 다양성과 일탈, 자유로움 그리고 어느 정도의 상업주의는 거부할 수 없는 흐름이다. 문학 작품과 일반 독자들과의 교감의 폭은 상업성을 판단하는 중요한 척도이면서 동시에 문학이 살아남을 수 있는 수단이다. 교감의 폭이 클수록 독자와의 친숙함, 문학과 독자와의 거리 좁히기가 이루어지는 것인 만큼 특히 21세기에 교교불균의 자세를 견지할 수는 없는 환경에서 환상성을 통한 새로운 서사의 등장은 불가피한 측면이 있다. 그러나 퇴행적 환상을 경계해야 한다는 점은 지속적으로 강조되어야 할 것이다.

---

29) 김성룡, 「고소설의 환상성」, 『고소설연구』 제15집, 한국고소설학회, 2003, 23쪽.

■ 참고문헌

김경수, 「현대소설의 전개와 환상성」, 『국어국문학』 제137권, 2004. 9.

김성곤, 「문학의 미래 비쥬얼 노블, 그래픽 소설, 중간문학, 포스트 휴머니즘」, 『비평』 16호, 비평이론학회, 2007.

김성룡, 「고소설의 환상성」, 『고소설연구』 제15집, 한국고소설학회, 2003.

김탁환, 「고소설과 이야기 문학의 미래」, 『고소설연구』 제17집, 2004.

노양진, 「로티와 문학의 미래; 진리와 문학문화」, 『문학과 종교』 제7권, 2002.

로즈메리 잭슨, 서강여성문학연구회 옮김, 『환상성-전복의 문학-』, 문학동네, 2001.

류보선, 「여성성, 또는 문학의 미래」, 『현대문학』, 2003. 2.

박양호, 「환상성, 그 잃어버린 꿈을 찾아서」, 『문학과 창작』 27, 1997.

박철화, 「환상의 징검다리-한국 현대문학의 환상성」, 『문학·판』 통권 4, 열림원, 2002.

서강여성문학연구회 저, 『한국문학과 환상성』, 예림기획, 2001.

송병선, 「해리포터 현상과 환상문학」, 『문학·판』 통권 4, 열림원, 2002.

이선희, 「독일문학과 한국문학의 한, 창조적 만남」, 『문예운동』, 2008. 6.

존 바스, 「문학의 미래와 미래의 문학」, 『외국문학』 제40호, 열음사, 1994. 8.

캐서린 흄, 한창엽 옮김, 『환상과 미메시스』, 푸른나무, 2000.

황도경, 『욕망의 그늘』, 하늘연못, 1999.

대한민국 뉴웨이브 문학상 2008, 「당선작 내지 않기로―」, 『조선일보』, 2008. 11. 17.

좌담: 「한류 현상과 한국문학의 미래」, 『문학사상』, 2004. 7.

■ 국문 초록

문학의 미래는 흔히 어둡다고 말하지만 환상성을 통해 독자들이 문학을 보다 친숙하게 느낄 수 있는 가능성을 찾아볼 수 있다. 현대인들이 매우 편리한 문명의 혜택을 받으면서 상대적으로 더욱 갈증을 느끼는 부분이 절대적 자유와 관련되는 영역일진대, 환상성은 바로 이 절대적 자유를 누리게 하는 원동력이 되기 때문이다. 그런 면에서 환상성은 드라마나 영화의 소스로서의 역할, 즉 상업성을 의식하는 문화컨텐츠의 공급원이 되기 이전에 현대인의 정신적 탈출구로서의 의미가 우선한다고 본다.

이 글은 환상성이 문학의 보편적 내재적 속성이며 지금까지 순문학에서 다루어진 환상성이 상대적으로 난해한 면이 있었고 그것이 독자의 친밀한 접근을 일정 부분 제한한 면이 있었음을 염두에 두면서, 그러나 미래의 문학은 오히려 환상적 꿈꾸기를 통해 자유롭게 문학의 영역을 확대시킬 수 있다는 논지의 글이다. 신화나 고전, 역사적 사실의 틀에 상상력의 날개를 달면서 이루어지는 새로운 서사의 가능성이 그것이다. 이를 통해 환상성의 객관화가 가능하고 그런 방향이 우리 문학의 미래와 연결되어야 할 것이다. 그와 함께 과거의 텍스트를 문학적 소스로 하여 환상성을 통해 기존 작품을 창조적으로 변용 혹은 모티브를 원용한 경우도 문학의 영역을 확대시키는 또 다른 예가 될 것이다.

그러나 그럼에도 불구하고 환상성이 동원된 작품이 빠지게 될 몇 가지 위험을 경계하게 된다. 나약한 심성으로 현실의 어려움을 환상성으로 회피하거나 환상성의 경박함을 통해 미래의 전망에 대한 어떤 제시도 하지 못하고 나르시스적 꿈꾸기로 전락하는 식은 경계해야 할 것이다. 무가치한 전락의 길로 빠지게 되는 것은 문학뿐 아니라 독자를 위해서도 피해야 하기 때문이다. 그와 함께 환상성이 저급한 상업주의로 빠질 것을 경계해야 한다. 그러면서도 문학이 환상성을 통해 문학의 문을 넓혀서 좀 더 독자들에게 가깝게 다가가야 한다는 것이 전제가 되어야 하는데, 조선일보가 주관하는 뉴웨이브 문학상이 적절한 예가 될 수 있다.

그런데 중요한 것은 환상성을 통해 우리 문학의 영역이 확장되고 인간의 꿈을 간접적으로나마 이루는 것이 가능하다 해도 그것이 환상 소설 혹은 지금 일반적으로 일컫는 판타지 소설로 가는 것이라면 그것은 긍정적 귀착점이라 하기 어렵다. 개화기에 신소설이 발달하여 긍정적으로 도달하는 점이 근대소설인 춘원의 『무정』이라 한다면, 그 반대의 자리에 부정적으로 도달하여 야담류의 저급한 통속소설류로 빠진 바 있다. 100년 전 우리 소설사에 나타났던 현상을 거울삼아 환상성이 강조되는 우리 소설의 미래가 단지 상업성이나 신종 문화상품이 강조되는 자리에 놓여서는 안 될 것이다.

주제어: 환상성, 환상적 꿈꾸기, 환상성의 객관화, 상업주의, 문화콘텐츠, 새로운 서사

■ Abstract

Future of Literature, Approaching to the Readers through the Fantasy

Lee, Jung Sook

In every period, they say future of literature is seemed to be dark, but literature still alive well. But we hope literature should be closer to the readers than now. On that point of view, fantasy should make readers to feel more familiar with literature. Because fantasy fulfills demand of freedom for People, who desire for the freedom while they are having the benefit of civilization in present. Therefore, fantasy has its priority meaning as a mental escape for modern people, nor than its source of supply for commercial contents, such as movies or soap operas.

Nonetheless fantasy is a general, intrinsic attribute of literature, it was hard to understand fantasy in pure literature comparatively which were written too individually. Because of these reasons, general readers could not approach the literature easily. But if it is possible to objectify the fantasy as like classical literature., fantasy can be very useful means to make good familiar literature. Further more, we can expand the area of literature in Future through the new type— epic whiich was imagined by fantastic dreaming combined with myth, classic, historic fact and so on. And also we can expand the area of literature as literary source through the creative variation of old text in past . In my opinion, the new type— epic with fantasy are already started as New wave literature.

However there are several weak points in the fantastic literature. We have to watch that fantasy should not be used as an escape from the hardness of real life. It is easy to fall down to Narcissism by lightness of fantasy. We also have to watch that fantasy is easy to meet with commercialism.

In spite of many good (strong) points in literature with fantasy, we have to insist that Future of literature with fantasy should not be located in the place of new type—culture products or commercialism like a popular [lowbrow] novel.

Key-words: fantasy, fantastic dreaming, objectify of fantasy, commercialism, culture contents, new type-epic

—이 논문은 2008년 11월 15일에 접수되어, 소정의 심사를 거쳐 2008년 12월 15일에 최종적으로 게재가 확정되었음.

환상성, 현실의 탐색을 위한 우회의 서사

― 이외수의 『벽오금학도』와 황석영의 『손님』을 대상으로

구 수 경*

목 차

Ⅰ. 서론
Ⅱ. 예술적 감성이 빚어낸 영적 초월의 세계
Ⅲ. 산 자와 망자가 벌이는 해원(解冤)의 굿판
Ⅳ. 결론

Ⅰ. 서론

　본 논문은 이외수의 『벽오금학도』(1992)와 황석영의 『손님』(2001)에 나타난 환상적인 요소들의 분석을 통해 현대소설에서 환상성의 기능과 그 의미를 고찰하는 데 목적이 있다. 인간은 시간과 공간의 좌표 안에서 조건 지워진 삶을 살아가지만, 동시에 초월이라든가 존재의 신비 혹은 현실 너머의 세계에 대한 관심에서 완전히 벗어나지 못하는 존재다. 그러면서도 현실세계의 법칙과 질서 안에서 살아가는 인물들을 통해 외적 리얼리티와 구조적 통일성을 지향하는 사실주의 소설에 익숙한 독자들은 비현실적이고 환상적인 요소가 들어 있는 소설을 접하면 일

---

* 건양대학교

단 당혹감부터 나타낸다. 인물들의 행동은 예기치 못한 상황 속에 놓이고, 시·공간적 배경은 우리가 알지 못하는, 아니 경험할 수 없는 영역으로 확장되고 있기 때문이다. 그런 점에서 환상적인 것을 도입하는 일은 사실주의 소설에서 느끼는 친숙함과 안락함과 편안함을, 낯섦과 불안함과 기괴함으로 대체하는 것이다. 즉 그것은 "'인간적이고' '현실적인' 것에 대한 한정된 틀을 벗어나고 '언어(word)'와 '시선(look)'의 통제에서 벗어난 공간"[1]으로 독자를 끌어들인다.

현대문학에서의 환상적인 양식은 '사실주의적인 것'과 신화나 공상소설 같은 '경이로운 것' 사이에 위치해 있는 양상을 보인다. 즉 이 세계와 저 세계 사이에서 불안하게 머뭇거린다. 로즈메리 잭슨은 환상의 이러한 특성이 현실에 대한 전복적인 기능을 한다고 주장한다.

> 자본주의에 의해 생산된 세속문화 속에서 문학적인 환상형식으로 나타난 현대의 환상물은 전복적인 문학이다. 그것은 '현실 세계'의 곁에, 지배적인 문화의 중심축의 또 다른 측면에, 말없는 현존으로, 침묵하고 있는 상상적인 타자로 존재한다. 환상적인 것은 억압적이고 불충분한 것으로 경험된 질서를 구조적이고 의미론적으로 해체시키는 것을 목적으로 삼는다.[2]

비이성과 욕망의 예술적 표현인 환상은 현실세계의 문화적 안정성을 전복하고 해체한다. 즉 환상은 문화의 말해지지 않은 부분, 보이지 않는 것, 지금까지 '부재하는' 것으로 취급되어온 것들을 추적한다. 그런 점에서 "환상의 영역은 현실 너머에 존재하는 공간이라기보다는 현실 이면에 감춰진 틈새 공간"[3]이라 할 수 있다. 실제로 행복한 사람은 환상을 갖지 않는다. 현실에 대해 불만족한 상태에 있는 사람만이 환상

---

1) 로즈메리 잭슨, 서강여성문학연구회 옮김, 『환상성: 전복의 문학』, 문학동네, 2001, 235-236쪽.
2) 위의 책, 237쪽.
3) 위의 책, 241쪽.

을 만들어낸다. 따라서 환상의 원동력은 충족되지 않은 소망이다. 즉, "모든 개개의 환상은 소망의 충족이요 불만족스러운 현실의 교정"4)이란 의미를 띤다. 이를 통해 현실세계에 대한 불만을 해소하고 결핍이 채워지는 보상과 위안을 경험한다.

본질적으로 예술의 창조행위는 상상력을 통해 '환상을 만들어내는' 과정이라 말할 수 있다. 예술은 "현실적인 것을 다루는 것이 아니라, 상상 가능한 것"5)을 다루는 영역이기 때문이다. 따라서 환상적인 양식은 우주와 지상, 자연과 인간, 영혼과 물질, 삶과 죽음 사이에 인간 혹은 과학이 인위적으로 갈라놓았거나 혹은 감추어놓은 다른 차원의 질서를 복원함으로써 세계와 생을 다성적으로 해석하려는 예술적 욕망의 산물이다.

이외수와 황석영은 현대사회의 불행한 징후들이 지닌 심각성을 여느 작가보다도 민감하게 읽어내고 있는 작가들이다. 주로 이외수가 한국 현대사회가 안고 있는 물질만능주의와 정신적 가치의 상실에 초점을 맞추고 있다면, 황석영은 전쟁과 테러, 인종 차별과 빈부 갈등이 난무하는 세계현실에 초점을 맞추고 있는 점이 다를 뿐이다. 또 이외수는 『벽오금학도』, 『괴물』, 『장외인간』 등의 장편소설들을 통해서 현실세계 너머에 선계 혹은 초월의 세계가 존재한다는 믿음을 지속적으로 드러낸다. 절망적이고 타락한 현대사회에서 벗어나는 길은 진리에 대한 열렬한 탐색 혹은 영적 능력의 계발을 통해 선계의 일원으로 초대되는 일이라는 것이다. 따라서 이외수의 창작원리는 본질적으로 환상성에 기대고 있다. 반면에 전형적인 리얼리즘 소설가였던 황석영은 최근의 소설들에서 환상적인 요소를 적극적으로 수용하는 양상을 보인다. 『손님』, 『심청, 연꽃의 길』, 『바리데기』 등의 장편소설에서 진지노귀굿, 고전소

---

4) 앞의 책, 171쪽.

5) 노스럽 프라이, 윤지관·이동하·김영희 역, 「문학의 원형들」, 『20세기 문학비평』, 데이비드 로지 편, 까치, 1984, 237쪽.

설『심청전』, 바리공주에 관한 무속신화 등 전통적인 소재와 형식을 차용하고 있는데, 그 과정에서 전통적인 서사물이 지닌 초현실성, 신비적인 요소, 사후세계로의 여행 등 비자연적인 모티프를 적극적으로 수용하고 있다. 주목할 사실은 두 작가에게 있어서 환상성은 비극적인 현실에서 벗어나 인간 구원의 가능성을 탐색하기 위한 문학적 장치로서 사용되고 있다는 점이다.

따라서 본 논문에서는 이외수의『벽오금학도』와 황석영의『손님』에 나타난 환상성의 분석을 통해 두 작가가 각각 현실 초월과 인간 구원의 주제를 어떻게 드러내고 있는지를 고찰하고자 한다.

II. 예술적 감성이 빚어낸 영적 초월의 세계

작가 이외수는『벽오금학도』,『괴물』,『장외인간』 등 대부분의 작품에서 때로는 환상적인 사건을 통해, 때로는 작가적 논평을 통해 세상이 얼마나 잘못된 방향으로 치닫고 있는가를 일관되게 환기시킨다. 낭만도 예술도 힘을 잃고 양심도 전통도 죽었으며 마음도 영혼도 메말라버린 세상에서, 거짓과 폭력, 몰염치와 도덕적 타락만이 난무하고 있다는 것이다. 그가 이 병든 세상을 변화시킬 수 있는 방법으로 제안하고 있는 것이 낭만적 감성과 초월적 상상력, 순수성의 회복이라는 반근대적인(?) 해법이다. 한 사람의 상상적 인식력을 확대할 수 있는 가능성은 실로 무한하다. "지적 감수성이 예민한 사람은 실제로 그가 알고 지각할 수 있는 것을 초월해 어떤 영원한 피안의 존재에 대한 의식에 사로잡혀 있"6)기도 한다. 바로 이외수의 소설세계는 문학적 상상력을 통해 영적 초월의 가능성을 탐색하는 구조로 되어 있다.

---

6) 필립 윌라이트, 김태옥 역,『은유와 실재』, 문학과지성사, 1983, 174쪽.

『벽오금학도』는 작가의 이러한 노력의 아름다운 결정체라고 할 수 있다. 이 작품은 작가가 제2장의 서두에서 던지고 있는 질문인 "지금 우리가 살고 있는 이 공간 어딘가에 정말로 우리가 전혀 의식할 수 없는 또 다른 차원의 공간이 존재하고 있는 것은 아닐까."[7]에 대한 문학적 탐색이다. 즉 "경험적으로 '실재적인' 세계를 문제적으로 재현함으로써" 환상성을 통해 "실재와 비실재의 본질에 문제를 제기하고 그들 사이의 관계를 중심적인 관심사로 전경화"[8]하고 있다. 그 결과 그가 작품에서 주장하는 풍류도가 "깨달음을 얻어 생사를 초월하고 온 우주를 벗 삼아 즐겁게 노니는"[9] 것이듯이, 이외수는 주인물들이 현실세계와 신화적 공간을 자유롭게 넘나드는 영적 초월의 경지에 이르는 과정을 신비롭게 형상화한다.

이 작품의 주인물은 명문대 국문과를 중퇴한 이십 대 초반의 강은백이다. 그는 얼굴은 귀공자처럼 해맑은데 머리카락은 고희를 넘긴 노인처럼 온통 하얀 백발동안(白髮童顔)의 모습을 하고 있다. 아홉 살 때 오학동이라는 仙界마을에 다녀온 후 머리가 세어버렸다는데, 그곳에서 가져온 '벽오금학도(碧梧金鶴圖)'란 그림이 든 금빛 비단통을 메고서 탑골공원에 나와 자신을 오학동으로 데려다 줄 사람을 기다리는 것이 매일의 일과이다. 그 그림 속을 자유자재로 드나들 수 있는 사람을 만나면 자신도 다시 오학동으로 들어갈 수 있다는 것이다. 아홉 살 때 강은백이 체험한 오학동이라는 선계는 인간과 자연이 교감하고, 진리가 춤과 그림 등 예술적 아름다움으로 표현되는, 말 그대로 에코토피아(ecotopia)[10]의 세계다. 또 그곳에 사는 묵림소선(墨林素仙)의 설명에 의

---

7) 이외수, 『벽오금학도』, 동문선, 1992, 136쪽.

8) 로즈메리 잭슨, 앞의 책, 54쪽.

9) 위의 책, 61쪽.

10) 에코토피아는 생태주의에서 사용되는 개념으로 "자연과 인간의 공생공존 및 상호의존이 실현되는 낙원"을 말한다. '유토피아'가 인간만의 행복과 풍요를 실현하는 인간중심주의에 정신적 근간을 두고 있다면, 에코토피아는 생명중심주의에 그 뿌리를 두고

하면 다른 대상과 완전한 합일에 이르는 '편재'가 가능한 세계이기도
하다.

> 이쪽 세상에서는 자신이 아름답다고 느끼기만 하면 그 어떤 대상이든
> 완전합일이 가능한데 우리는 그것을 편재(遍在)라고 일컫느니라. 두루 퍼
> 져 있다는 뜻이지. 우주만물 중에서 아무리 하찮은 것이라 하더라도 각기
> 나름대로 마음이라는 것을 가지고 있는데 이는 곧 우주를 비추는 거울이며
> 우리가 태어난 곳으로 되돌아갈 통로이니라.[11]

실제로 강은백은 오학동에서 무선낭(舞仙娘)의 아름다운 춤사위에
빠져든 순간, 춤을 추는 무선낭과 자신이 합일된 것뿐만 아니라 "만월
속에도 호수 속에도 풀꽃 속에도 자신이 편재되"[12]는 놀라운 체험을 한
다. 강은백이 오학동을 잊지 못하는 이유도 그때 경험한 황홀감이 결정
적으로 작용한다. 바로 이 소설은 편재불능의 시공 속에서 투쟁과 음모
의 칼날만 번득거리는 현실세계를 떠나 강은백이 다시 오학동이라는
선계로 들어가는 과정을 그리고 있다. 그 과정은 서로 연관이 없어 보
이면서도 운명처럼 엮이는 인물들과 사건들을 통해 절묘하게 직조된다.
먼저 할머니로부터 수묵화와 거문고, 시에 능했으며 그가 태어나던
해에 집을 나가서는 돌아오지 않고 있다는 풍류도인(風流道人)인 할아
버지 이야기를 들으며 자란 강은백은 할머니가 돌아가시자, 갑자기 나
타난 아버지를 따라서 서울로 가게 된다. 하지만 서울에서의 생활은 강
은백으로 하여금 세상에 대해 흥미를 잃고 아웃사이더로 떠돌게 만든
다. 집에는 출세와 돈만을 좇는 아버지와 새 엄마, 냉소적인 이복 여동
생이 있고, 힘들게 진학한 명문대학 국문과에서는 "누구의 작품이든지

있다고 할 수 있다.(송용구, 「새로운 문학운동으로서의 생태시」, 『시문학』, 1999년 6월
   호, 110-111쪽 참조.
11) 이외수, 앞의 책, 104쪽.
12) 위의 책, 110쪽.

삽시간에 뼈를 발라내고 토막을 쳐서 해부도를 작성할 수 있는 방법"13)
이나 가르치고 있었기 때문이다. 또 강의실 밖에서는 독재정치에 반대
하는 데모와 휴교령이 이어졌고, 자본주의와 서양문화가 온 나라를 잠
식하고 있었기 때문이다.

날이 완전히 어두워져 있었다. 휘황한 간판들이 울긋불긋 되살아나고
있었다. 대부분이 서양식 간판이었다. 이제 온 나라가 서양화되고 있었다.
의식주도 서양화되었고 사고방식도 서양화되어 있었다. 서양에서 공부를
하지 못한 학자들은 학계에서조차도 별로 인정을 못 받을 지경이었다. 서
양의 이름난 가수들이 내한공연을 하면 감동이 극에 달해서 까무러쳐 버리
거나 무대 위로 팬티를 벗어던지며 울부짖는 여자들까지 있었다.14)

강은백이 서울생활에서 느끼는 불행과 절망은 개인적인 차원이 아니
라 현대 한국사회 전반이 앓고 있는 병적 징후의 환유(換喩)로 읽힌다.
즉 현대 물질문명사회의 병폐와 부조리가, 그리고 한국사회가 안고 있
는 정치적 타락과 도덕적 불감증이 개인의 진정성을 위협하고 있는 것
이다. 실제로 이 작품에서 부와 권력의 추구, 물질만능주의와 한탕주의,
예술적 감성과 정신적 가치의 상실 등 현대사회를 비판하고 풍자하는
일반화된 논평들은 비유와 상징, 아이러니에 의한 공들인 문장을 통해
강한 톤으로 제시된다. 이런 허구외적인 논평들은 현실적인 리얼리티를
확보하는 데 효과적으로 기능한다. 이 작품이 도인과 선계 등 다소 비
현실적인 인물, 초자연적인 에피소드들로 이루어져 있음에도 불구하고
소설적 배경이 현대적 시, 공간임을 분명하게 환기시키고 있기 때문이
다. 바로 이외수는 현대사회의 병적인 징후들이 초래할 미래의 비극을
막고 인간을 구원할 수 있는 방안으로서, 환상성의 세계에 주목한다.

---

13) 앞의 책, 40쪽.
14) 위의 책, 150쪽.

이외수는 강은백의 입을 빌려 이 세상에는 두 부류의 인간이 있다고 말한다. 하나는 현실원칙에 따라 세속적인 행복을 좇는 사람들이고, 다른 하나는 부조리한 현실에 저항하며 용기 있는 일탈을 감행하는 사람들이다. 작가는 이 두 부류를 '금 안에 사는 사람들'과 '금밖에 사는 사람들', '육안(肉眼)과 뇌안(腦眼)으로 살고 있는 인간'과 '심안(心眼)과 영안(靈眼)으로 살고 있는 인간'으로 다양하게 표현한다.[15]

> 강은백은 그들을 금 안에 사는 사람들이라고 규정했다. 금 안에는 신화가 죽어 있었다. 금 안에는 전설도 죽어 있었다. 모든 사물들의 가슴에도 자물쇠가 걸려 있었다. 그 어떤 것에도 편재가 되지 않았다.[16]

즉 전자가 도덕적 타락과 폭력, 이기심과 물질욕이 난무하는 세계이자 육안과 뇌안으로 살아가는 세계라면, 후자는 예술적인 감성, 진리에 대한 열망, 영적 에너지로 충만한 세계이자 심안과 영안으로 살아가는 세계이다. 바로 이외수 소설의 기본적인 이야기 구조는 다수의 현대인에 해당하는 '금 안에 사는 사람들'의 삶을 구원하기 위해, 소수의 깨어 있는 '금 밖의 사람들'이 참된 삶의 방식을 찾아가는 구도(求道)의 여정으로 이루어져 있다.

그런데 이 소설에서 '금 밖의 사람들'은 '금 안의 사람들'의 시각에서 보면 바보이거나 거지, 정신병자로서 현대사회의 낙오자로 비춰진다. 하지만 '금 밖의 시각'에서 보면, 그들은 영적 능력을 지닌 비범한 존재들이다. 고향에서 바보 취급을 받던 머슴 삼룡이는 기실 아홉 살의 강은백을 선계인 오학동으로 인도했다가 데려온 무덕선인(無德仙人)이고, 강은백이 탑골공원에서 만난 백발의 거지노파는 단학을 익혀 불로

---

15) 이외수 소설 『장외인간』(해냄, 2005)에서는 그들이 '장내인간'과 '장외인간'으로 표현되고 있기도 하다.
16) 이외수, 『벽오금학도』, 164쪽.

장생의 경지에 이른 도인으로 강은백에게 오학동으로 가는 길을 열어주고 있다. 그런가 하면 그들과 함께 오학동으로 들어가는 고산묵월(孤山墨月)은 평생 '외엽일란(外葉一蘭)'의 창작에만 매진함으로써 절대적인 예술적 경지에 이른 은둔의 화가이다. 바로 이외수는 외적인 모습과는 다른 그들의 비범한 정신능력을 통해 세상 사람들의 편견과 속물근성을 통쾌하게 전복시킨다. 육안과 뇌안으로 보면 볼품없는 존재들이지만, 심안과 영안으로 보면 예지력과 초월적인 능력을 지닌 신비한 존재들인 것이다. 이러한 에피소드를 통해 작가는 신선사상으로 상징되는 전통적 가치와 선인들의 지혜를 외면한다면, 성숙한 삶에도 진실한 세계에도 다가갈 수 없음을 완곡하게 강조한다.

또한 오학동의 실체를 믿는 강은백이 정신병자로 간주되어 가족들에 의해 정신병원에 입원하게 되는 사건은 과학적인 사고의 폭력성을 드러낸다. "현실적으로는 도저히 일어날 수 없는 일들을 자신이 직접 체험한 것처럼 착각하는"17) 망상증 환자라는 것이다. 아이러닉한 것은 강은백이 오히려 그곳 생활에서 편안함을 느끼고 있다는 사실이다. 기실 정신병원의 환자들은 바깥세상에서 받은 마음의 상처가 너무 깊거나 자기만의 내적 진실에 맹목적이어서 현실과 환상을 구별하지 못하는 사람들이다. 그것은 그들이 누구보다도 순수하고 여린 마음과 영혼을 지니고 있는 데서 비롯된다. 즉 육안과 뇌안보다는 심안과 영안이 발달한 사람들이다. 그렇다면 생존경쟁에서 살아남기 위해 서로를 짓밟거나 속이면서도, 양심의 가책도 죄의식도 없이 살아가는 사람들이 넘쳐나는 바깥세상이야말로 거대한 정신병원이 아니고 무엇이겠는가?

강은백이 국문과를 자퇴한 문학도라는 사실도 소설의 주제와 무관하지 않다.18) 작가가 자신의 분신처럼 여겨지는 인물들을 고집스럽게

---

17) 앞의 책, 42쪽.

18) 이외수 소설의 주인공은 대부분이 국문과를 자퇴했거나 무명시인으로 그려진다. 『괴물』의 윤나연은 명문대 국문과를 수석 입학했으나 자퇴하고 기생이 되었으며, 한길서

창조하고 있는 데는 몇 가지 의도성이 엿보인다. 우선 대학의 획일적인 문학교육에 대한 비판이다. 문학 혹은 예술은 대학에서 가르치는 구조주의처럼 "이해함으로써 접근되어질 수 있는 영역이 아니라 감동받음으로써 합일되어질 수 있는 영역"[19]이라는 것이다. 그와 함께 작가는 예술가의 자질이라 할 수 있는 순수한 영혼과 자유로운 상상력이야말로 초현실적인 세계, 신화적인 공간을 넘나들 수 있는 놀라운 정신 능력임을 강조한다. 바로 현실 너머의 환상세계를 창조하고, 육안과 뇌안의 세계 너머의 심안과 영안의 세계를 그려내는 것은 문학적 상상력을 통해서만 가능한 일이라는 것이다. 또한 예술적 완성을 통해 선계로 들어간 고산묵월의 경우에서 볼 수 있듯이, 구도자의 정신적 완성과 아름다운 예술의 창조가 다른 것이 아님을 강조하고 있다.

이외수의 소설이 매니아 독자층을 매료시키는 한편 리얼리즘 평론가들을 당혹스럽게 만들고 있는 지점이 바로 초현실적이고 환상적인 영적 초월로 마무리되는 결말이다. 이러한 환상적인 에피소드는 "무질서하고 불충분한 것으로 인식되는 현실 세계에 대한 불안을 해소시키면서 결핍을 채워주는 보상적인"[20] 의미를 지닌다. 『벽오금학도』에서 물질이 아니라 정신이 지배하는 세계, 자연과의 합일이 가능한 편재의 세계를 동경하던 주인물들은 마침내 이 세상을 떠나 선계로 들어가고 있다. 거지노파의 우연을 가장한 주선으로 강은백, 고산묵월과 그 제자, 침한 스님, 그리고 거지 노파 등 다섯 사람이 팔월 보름달이 뜬 태함산 정상에 모였을 때, 강은백과 거지노파는 '벽오금학도'라는 그림을 통해, 고산묵월은 자신의 예술적 완성을 통해 오학동으로 들어가고 있다. 이 부분에서 독자가 느끼는 당혹감은 현실세계에서 선계로 넘어가는 비현

역시 국문과를 자퇴한 무명 서정시인이다. 그런가 하면 『장외인간』의 이헌수는 닭갈비 집을 운영하며 시를 쓰는 무명시인이다.

19) 이외수, 『벽오금학도』, 앞의 책, 244쪽.

20) 로즈메리 잭슨, 앞의 책, 229쪽.

실적인 사건이 너무나 신비롭고 환상적이며 마치 실제로 일어난 사건 처럼 다가오는 묘사의 진정성 때문이다.

　　그때였다. 사방에서 아름다운 방울 소리가 들려오기 시작했다. 처음에는 아련히 먼 곳에서 들려오는 방울 소리 같았으나 시간이 지나면서 차츰 가까이로 다가오고 있는 것 같았다. 소리가 가까워짐에 따라 달빛이 점차로 밝아지는 듯하더니 주변의 풍경들이 햇빛이 비치는 스크린 속의 풍경들처럼 하얗게 지워지기 시작했다.
　　빛은 점차로 강렬해지고 있었다. 그런데도 눈은 부시지 않았다. 모든 사물들의 형태가 빛 속에서 하얗게 사위어 가고 있었다. 잠시 후 주위의 풍경들은 모두 빛 속으로 녹아 들어가 그 흔적이 보이지 않았다. 풍경들뿐만 아니라 사람과 사물들도 마찬가지였다. 우주 전체가 빛 속으로 녹아 들어가 그 흔적이 보이지 않았다. 오직 빛과 방울 소리만 존재하고 있었다. 방울 소리는 이제 곁에서 들리는 것 같았다. 그러나 잠시 후 그 방울 소리조차도 불시에 뚝 끊어져 버렸다. 그 순간 한 번 더 천지가 극명한 빛으로 확산되어지더니 갑자기 일체의 생각들이 끊어져 버렸다. 존재하는 것은 아무 것도 없었다. 시간도 없고 공간도 없었다. 무(無)도 없고 공(空)도 없었다. 적멸의 상태만 거기 있었다. 상당히 오래도록 그러한 상태가 계속되어졌다.[21]

　　가스똥 바슐라르는 "우주적 몽상의 정점에 있는 시인의 공훈은 말의 우주를 구축한 것이다"[22]라고 말한다. 위의 인용은 노파와 강은백이 '벽오금학도'를 통해 선계인 오학동으로 들어갈 때 일어난 신비한 자연 현상을 묘사하고 있는 부분이다. 일체의 사물과 생각, 시간과 공간이 사라진 순간, 눈부신 빛의 덩어리로 화한 두 사람은 다른 사람들이 지켜보는 가운데 아름다운 방울 소리와 함께 선계로 사라지고 있다. 이때 세 사람이 목격한 신비한 사건에 동화된 독자들은 방금 자신이 읽은 내용이 비현실적인 허구인지, 허구 같은 현실인지 혼란에 젖는다. 그만큼

---

21) 이외수, 앞의 책, 290-291쪽.
22) 가스똥 바슐라르, 김현 옮김, 『몽상의 시학』, 홍성사, 1986, 208쪽.

속계를 떠나 선계로 진입하는 과정에 대한 아름다운 묘사는 진정성과 주술성을 지닌다. 이제 오학동은 '존재하지 않는 세계'가 아니라 소수의 선택된 사람들만이 갈 수 있는 사실적 공간인 셈이다. 따라서 선계나 도인의 실재에 대한 신비한 이끌림과 고양된 마음은 이외수 소설이 지닌 강력한 감화력에서 비롯된다.

하지만 놀라운 신비체험에서 깨어난 뒤 독자가 느끼는 감정은 허망함과 자기 연민이다. 주인공들은 선계로 갔지만 우리들은 여전히 불행한 속계의 삶을 계속해야 하기 때문이다. 여기서 작가는 인간 구원이나 정신적 깨달음은 메시아나 특별한 존재에 의해 이루어질 수 없음을 강조한다. 이 세계에 남겨진 침한 스님과 고산묵월의 제자가 "태함산 전체를 암자로 삼아 불법을 공부"하겠다는 초발심을 내고 있듯이, 독자들이 심안과 영안을 맑히고 영적인 초월에 대한 믿음을 가질 때 자기 구원 혹은 깨달음의 경지에 다다를 수 있다는 것이다.

결론적으로 이외수 소설의 주제는 상처받은 인간의 영혼을 위무하고 황폐해진 감성을 깨우며 퇴화된 정신능력을 회복하길 바라는 구원의 문학이다. 인간이 초래한 불행을 인간 스스로 행복으로 되돌려놓는 일이야말로 작가가 지향하는 소설세계다. 작가는 특히 과학만능주의와 개발논리에 젖어 자연을 파괴하고, 자연과의 소통을 포기한 현대인의 삶에 심각한 위기감을 보인다. 자연과 교감하는 삶을 지향하는 작가의 세계관은 묘사적 문체에서 빛을 발한다. 이것은 혹독한 문체 훈련과 철저한 장인정신이 개척한 경지이기도 한데, 이외수의 소설은 마치 살아 있는 생명체처럼 신선하고 생동감이 있으며, 대상과 언어가 합일된 경지를 보여주는 묘사적 문장들을 통해 읽는 즐거움을 안겨준다.

잠시 후 갑자기 공원에 모여 있던 사람들이 심하게 재채기를 해대기 시작했다. 어디선가 또 데모가 시작된 모양이었다. 대학에만 휴교령이 내려져 있고 최루탄에는 아무런 금지조치가 내려져 있지 않은 상태였다. 시간

이 지날수록 눈이 쓰리고 목구멍이 아파왔다. 공원의 모든 시설물들도 눈
물을 흘리면서 재채기를 해대고 있었다. 팔각정이 재채기를 해대고 원각사
지십층석탑이 재채기를 해대고 손병희 선생 동상이 재채기를 해대고 한용
운 선생 기념비가 재채기를 해대고 있었다.
　　서울이 폐렴을 앓고 있었다. 가을이 각혈을 하고 있었다.[23]

　위에서도 느껴지듯이 이외수에게 있어서 은유나 활유, 의인법과 같
은 수사는 단순하게 예술적 기교 차원을 넘어선다. 작가 자신이 다른
사물이 되어 그의 감정을 느껴보는 것, 즉 감정이입을 통해서 그 사물
과 하나가 되는 합일의 체험을 거치지 않았다면 결코 나올 수 없는 진
정성과 내면적 동일성이 느껴진다. 이것은 "그대의 글이 오래도록 생명
을 유지하기를 바란다면 심안과 영안으로 세상을 바라보라."[24]라고 이
외수가 글쓰기의 비법으로 제안한 내용과도 일맥상통한다. 즉 사물에
대한 편견 없는 시선을 가지고 사물과의 대화적 감각을 개발하는 정신
적 훈련의 과정을 거친 후에야 자연스럽게 표현될 수 있는 묘사의 경지
이다. 더욱이 이외수의 묘사적 문체는 소설을 난해하게 만들지 않는다.
오히려 감각적인 묘사와 시적인 표현기교가 사물과 소통하고 교감하는
멋진 소통수단임을 발견하고 언어의 매력에 새삼 빠져들게 만드는 역
할을 하고 있다. 바로 예술이란 이해하는 것이 아니라 그저 감상하고
느끼는 것임을 이외수는 작품을 통해 그대로 확인시키고 있다.

Ⅲ. 산 자와 망자가 벌이는 해원(解寃)의 굿판

　황석영의 『손님』은 작가가 방북 당시, 황해도 신천에 있는 '미제 양

---

23) 이외수, 앞의 책, 17쪽.
24) 이외수, 『글쓰기의 공중부양』, 해냄, 2007, 152쪽.

민학살 기념관'을 관람했던 경험이 계기가 된 작품이다. 그 기념관은 한국전쟁 때 신천군민의 4분의 1에 해당하는 3만 5천여 명이 학살된 역사적 참상을 생생하게 증언하고 있는 곳이다. 북한측은 그 만행이 미군에 의해 행해진 것으로 주장하고 있었지만, 사실은 빈농이나 머슴이었던 공산당원들과 지주나 지식인이었던 기독교도들 사이에 45일 동안 서로 행해졌던 보복 학살극이었던 것이다. 바로 작가는 소설의 형식을 빌려 살육의 광기와 분노, 원한의 아수라장이었던 그 학살의 현장에 참여했던 사람들, 즉 거기서 죽임을 당했거나 용케 살아남아 평생 죄책감에 시달려 온 사람들을 한 자리로 불러들여 서로에 대한 원한을 풀고 혼을 위로함으로써 각자의 길을 갈 수 있도록 한 판 씻김굿을 펼쳐 보인다. 실제로 이 작품은 장(章) 구분에서도 드러나듯이 망자를 저승으로 천도하는 황해도 진지노귀굿 열두 마당의 기본 얼개를 서사구조로 차용하고 있다.

이 소설의 현재적인 스토리는 미국에 사는 류요섭 목사가 고향방문단의 일원으로 50년 만에 북한을 방문하여 죽었을 것으로 생각했던 형수와 조카 단열, 고메 외삼촌을 만나는 이산가족 상봉을 그리고 있다. 하지만 그 여행은 며칠 전 죽은 형 요한의 영혼과 함께, 50년 전에 죽은 머슴 이찌로, 순남 아저씨, 그리고 마을 사람들의 넋(헛것)들과 만나 살육의 참상을 구체적으로 듣게 되는 낯설고 기이한 환상세계로의 여행이기도 하다. 따라서 이 소설은 객관적 현실세계와 '헛것'과의 만남이라는 비현실적인 세계가 교차되고, 고향방문이라는 현재의 사건과 공산당과 기독교청년간의 대립이라는 50년 전의 사건이 교차되며, 산 자와 죽은 자의 대화 혹은 가해자와 피해자의 증언이 다성적으로 제시되는 등 내용적, 형식적으로 상당히 실험적인 서사방식을 보여 준다.

그럼에도 불구하고 이 소설이 황당하거나 괴기스럽게 느껴지지 않는 것은 '북한'이라는 공간의 상징성과, 현실세계와 초현실세계가 공존하는 굿판의 문학적 형상화에서 비롯된다. 먼저 북한은 남한 혹은 교포들에게 있어서 쉽게 갈 수도 없고 실체를 정확하게 파악할 수도 없는 공간이라는 점에서 비현실적인 세계와도 같다. 더욱이 사회주의 이데올로기가 종교적 진리처럼 절대적 힘을 발휘하는 모습은 마치 왜곡된 진실을 유포하고 맹신만을 강요하는 거대한 괴물이 살고 있는 신화적 공간처럼 느껴진다. 또한 그곳은 실향민들에게는 50여 년 전의 추억과 기억을 통해서만 그 실체가 존재하는 과거의 공간이다. 그런데 『손님』의 주인물들에게 있어서 북한은 결코 떠올리고 싶지 않은, 그래서 50년 간 오직 잊기 위해 살았던 광기와 상처, 죄의식의 공간이다. 또한 망자들에게는 억울하게 죽은 한으로 인해 저승으로 가지 못한 채 여전히 떠돌고 있는 미련의 공간이 되고 있다. 따라서 작가는 황해도 신천마을에서 벌어진 동족상잔의 비극에 연루된 사람들은 산 자이든 망자이든 모두 역사의 현장으로 불러들여 참회와 용서, 화해의 오구굿[25])을 벌인다. 이것은 산 자들은 죄의식에서 벗어나고, 망자들은 이승에 대한 한과 미련을 털어내어 평안하게 저승으로 가기를 희구하는 마음의 소설적 형상화라 할 수 있다.

산 자로서 유일하게 북한에 초대된 류요섭 목사는 며칠 전에 죽은 형의 혼령이 50년 전에 죽은 망자들과 함께 평안하게 저승으로 갈 수 있도록 인도하는 역할을 맡고 있다. 왜냐하면 형 류요한은 기독청년회의 주동인물로서 당시 공산당원이었던 마을사람들을 집단적으로 학살

---

25) 오구굿은 다음과 같은 의미가 있다. 첫째, 죽음에서 발생한 부정을 가시는 의례의 성격이 있다. 죽음은 살아 있는 사람뿐만 아니라 죽은 당사자까지 부정하게 만든다. 이 부정은 일정 기간을 거치면 정화되는 속성이 있기는 하지만 빨리 씻고 탈리할 수 있는 의미에서 오구굿을 하는 것이다. …… 둘째, 죽은 영혼을 이승과 분리시키고 저승이나 극락으로 보내서 빨리 안주시키는 의미가 있다. 죽은 자는 정도의 차이는 있으나 이 세상에 대하여 미련을 가지고 있고 그것이 한이 되어 살아 있는 사람에게 탈이 나는 경우가 있다. 따라서 죽은 자의 이승에 대한 관심은 오히려 살아 있는 사람들에게 부담이 된다. 이를 저승으로 안주시켜 죽은 자 자신으로 하여금 안정할 뿐만 아니라 산 사람에게 해가 되지 않게 하고자 오구굿을 행하는 것이다.(『한국민족문화대백과사전(15)』, 한국정신문화연구원, 1995, 837쪽)

함으로써, 망자들이 저승으로 떠나지 못하고 이승 주변을 떠돌게 만든 장본인이기 때문이다. 그래서 요섭은 형을 화장한 잿더미에서 골라낸 작은 뼈다귀를 모피 주머니에 넣어 여행길에 가져가면서 마치 "형님이 그와 한 몸이 된 것만 같"26)은 기분을 느낀다. 따라서 형(혼령)과 함께 가는 북한 여행은 이승을 떠돌고 있는 "티끌처럼 많은 망자들"을 불러내어 억울한 사연과 묵은 원한, 이승에 대한 미련을 털어내기 위한 씻김굿과 같은 의미를 지닌다. 즉 현실적인 존재에서 일탈하여 신천 사건이 일어났던 과거의 시간 속으로 들어가 죄를 고백하고 한을 풀어내는 해원의 굿판을 벌이게 되는 것이다.

요섭이 형 요한을 비롯하여 망자들과 대면하는 초현실적이고 기괴한 체험은 자연의 미묘한 변화, 실체를 명확히 확인할 수 없는 어둠 등 낯선 배경 속에서 이루어진다.

① 극장의 커다란 유리가 달린 현관문을 밀고 거리에 나서자마자 서늘한 바람 한줄기가 내 몸을 감싸며 지나갔다. 나는 비탈진 시멘트 도로를 허청허청 내려가기 시작했다. 어둠속에서 누군가 내 곁으로 다가서며 말을 걸었다.27)

② 깊은 밤인지 새벽인지 분간할 수 없는 어둠 가운데서 요섭은 귓전에 어슴푸레하게 들리는 소리에 잠이 깨기 시작했다. 비는 아직도 내리고 있는지 홈통에서 떨어지는 물소리가 끊임없이 들려왔다.28)

③ 열어둔 창문으로 소슬바람이 불어들어오더니 방문이 덜컹대면서 열렸다. 요섭은 어렴풋이 잠에서 깨어났다.29)

---

26) 황석영, 『손님』, 창작과비평사, 2001, 38쪽.
27) 위의 책, 75쪽.
28) 위의 책, 158쪽.
29) 위의 책, 193쪽.

이처럼 망자들이 요섭을 찾아오는 순간은 깊은 밤이거나 아직 어둠이 가시지 않은 새벽이며, 으레 서늘한 바람이나 물소리 등 촉각과 청각을 깨우는 자연의 조화가 함께 이루어진다. 그 결과 요섭은 꿈인지 현실인지 분간하기 어려운 혼미한 상태에서 망자들과 만나고, 그들의 이야기를 통해 과거의 시간 속으로 들어가게 된다. 이러한 초현실적인 분위기 조성은 요섭이 고향방문을 위해 비행기를 타고 경유지로서 중국에 도착한 상황을 "하룻밤 사이에 요섭은 전설에 나오는 모험가와 같이 큰 새처럼 생긴 보잉비행기를 타고 바다 건너 다른 세계로 왔다."30)고 신화적 상징으로 표현하는 부분에서부터 감지된다. '비행'의 신화적 상징은 "인간의 육체가 '영(靈)'처럼 행동할 수 있다고 여기는 향수"로서, "몸의 양태를 영의 양태로 변형시키고자 하는"31) 욕망의 표현이기 때문이다. 바로 미국에서 북한으로의 여행은 현실적 공간을 떠나 환상적 혹은 신화적 세계로 들어가는 낯설고도 신비한 체험인 셈이다. 결국 북한은 현실적 시, 공간으로서보다는 과거의 기억과 상처와 죄의식이 생명체처럼 꿈틀대고 망자들이 떠돌고 있는 기괴한 공간으로 다가온다.

'헛것들'의 출현에 당혹해 하던 요섭이 그들의 방문을 마음으로 받아들이게 된 것은 고향 신천에서 역사 왜곡의 현장을 목격하게 되면서부터이다. 즉 50년 전 기독청년들이 주축이 되어 행해진 잔인하고 야만적인 대규모의 신천 군민 학살사건이 미제침략자들의 만행으로 각색되어 신천박물관에 전시되고 있었기 때문이다. 이것은 민족의 분열을 야기한 것이 원천적으로 미국 때문이라는 북한의 논리를 강화하고 반미의식을 부추기기 위한 정치적 목적에 기인한다. 문제는 이러한 북한의 역사 왜곡이 그 사건에 연루된 사람들을 다시 한 번 기만하고 있다는 사실이다. 죽임을 당한 사람은 원망과 증오의 대상을, 끔찍한 살육에 참여했던 사람은 죄의식에서 벗어날 기회를 박탈당하고 있기 때문이다.

---

30) 앞의 책, 60쪽.
31) M. 엘리아데, 박규태 역, 『상징, 신성, 예술』, 서광사, 1991, 34쪽.

그래서 류요섭 목사는 산 자들이 왜곡한 진실을 망자들의 증언을 통해서 바로 잡고, 죄의식과 한을 모두 풀어냄으로서 미련 없이 저승으로 갈 길을 열어놓고 있다. 이때 공간·시간·인물의 고전적 통일성은 해체되고, "과거·현재·미래의 시간은 역사적 연쇄성을 상실하고 일종의 중지라 할 수 있는 영원한 현재를 지향"[32]하게 된다.

> 그가 소파에 앉아 있는데 맞은편 자리에 두 사람이 쓱 나타나 마주앉는 것이었다. 요섭은 이젠 놀라지 않는다. 하나는 백발의 늙은 요한 형이고 다른 하나는 중년의 순남이 아저씨다.
> 어떻게…… 이젠 두 분이 사이좋게 떠나려고 그러는 거요?
> 한복 수의를 입은 요한 형의 헛것이 고개를 끄덕였다.
> 그래. 그전에 옛말이나 한번 따져보자구 해서 왔다.
> 목까지 단추를 잠근 인민복 차림의 순남이 아저씨는 눈을 가늘게 뜨고 웃으면서 말했다.
> 떠나구 보니 벨루 끔찍하디 않두만. 공평하게 얘기해봐야 되디 않가서. 한이 없이 가야 떠돌디 않구.[33]

따라서 요섭은 그들의 증언을 살아 있는 자에게 전해 주어야 하는 역할과 함께, 해원(解冤)의 굿판을 인도하는 무당의 역할을 맡고 있다. 여기서 목사인 류요섭이 그 굿판을 인도하도록 설정하고 있는 것은 동, 서양의 종교적 경계를 초월하여 진정으로 화해와 용서, 구원이 이루어지기를 바라는 작가의 중립적이고 열린 시각을 보여준다. 아울러 "떠나구 보니 벨루 끔찍하디 않두만."이라는 순남이 아저씨의 말에서 느껴지듯이, 망자들의 대화는 상대방의 죄를 들추고 원망하는 방식보다는 당시에 왜 자신들이 그러한 생각과 행동을 취하게 되었는가를 이해시키는 방식으로 진행된다. 물론 이러한 망자들의 증언은 산 자들의 증언과

---

32) 로즈메리 잭슨, 앞의 책, 67쪽.
33) 황석영, 앞의 책, 118-119쪽.

는 달리 진정성을 띠고 있다. 거짓 증언과 자기변명은 현실세계의 화법이기 때문이다.

또한 작가는 망자들의 증언이 적과 동지 혹은 가해자와 피해자로 나뉘는 학살사건 자체에만 초점이 맞춰지는 것을 경계한다. 그래서 기독교와 사회주의가 들어오기 전, 마을사람들이 서로 의지하며 갈등 없이 살던 시절에 대해서도 상세하게 제시된다. 뿐만 아니라 그들이 각각 기독교 혹은 사회주의를 자신의 이데올로기로 내면화하게 되는 과정, 그로 인해 갈등과 적대감이 심화되는 과정을 소급제시를 통해 구체적으로 보여준다. 바로 신천사건은 기독교인들에게는 하나님의 성전을 지키기 위한 싸움이자 순교였고, 공산당원들에게는 불평등한 삶을 살아온 인민을 위한 계급투쟁이었다는 것이다. 이러한 서술방식은 그들이 지주와 소작인, 상전과 머슴이라는 계급적 관계로 비록 엮여 있었지만, 각각의 이데올로기를 받아들이기 전에는 서로 받들고 돌봐주는 상생의 관계였음을 환기시키는 역할을 한다. 즉 한국 근대화의 과정에서 들어온 기독교와 사회주의가 마을사람들을 분열시키고 마침내는 서로 죽고 죽이는 광기와 패륜을 불러왔다는 것이다. 이것은 형수의 표현을 빌리면 믿음이 비뚤어졌던 때문이고, 고메 삼촌에 따르면 "야소교나 사회주의를 신학문이라고 받아 배운 지 한 세대도 못 되어 서로가 열심당만 되어 있었지 예전부터 살아오던 사람살이의 일은 잊어버리고 만"[34] 어리석음이 빚어낸 비극인 셈이다.

이 작품에서 900여 명을 휘발유를 뿌려 한꺼번에 태워 죽이고 600여 명을 방공호에 생매장할 정도로 끔찍했던 신천 양민 학살사건은 환영들과의 마지막 만남에서 구체적으로 서술된다. 주목할 사실은 산 자들과 망자들이 함께 모여 사건을 증언하는 공간이 요섭이 자는 방과 고메 삼촌이 자는 방 사이에 있는 고메 삼촌[35]네 '이층 거실'이라는 점이

---

34) 앞의 책, 176쪽.
35) 이 작품에서 고메 삼촌은 50년 전에도 기독교인이자 자작농이며 야학에서 민중들을

다. 즉 수직적으로는 지상과 천상의 중간지대요, 수평적으로는 공산당원인 고메 삼촌과 목사인 류요섭의 중간지대에 해당하는 공간이다. 바로 가능한 한 공평한 시각에서 산 자와 망자, 기독교인과 공산당원의 증언을 기록하려는 작가의 의도가 구현된 공간인 셈이다. 또한 작가는 요한과 그에게 죽임을 당한 동네 머슴 일랑이와 순남이 아저씨, 목격자이자 산 자인 고메 삼촌과 요섭으로 하여금 각각 1인칭 서술자가 되어 각자의 입장에서 당시의 상황을 묘사하도록 설정하고 있다. 말 그대로 어느 누구도 억울함이나 아쉬움이 남지 않도록 자신의 입장을 표현할 기회를 공평하게 주고 있는 것이다. 증언의 마지막은 요한에 의해 이루어지는데, 거기서 아무도 몰랐던 충격적인 사실이 밝혀진다. 바로 같은 기독교인이자 절친한 친구였던 상호가 요한의 매부가 당원 자작농이라는 이유로 요한의 큰 누이를 죽였다는 것, 그에 대한 복수로서 요한은 상호와 정혼한 사이인 명선네 집으로 가서 네 명의 여동생을 죽였고, 그러자 상호는 요한의 작은 누이까지 해치운 뒤 월남했다는 것이다. 결국 기독교인들과 공산당원 사이뿐만 아니라 기독교인들 사이에도 보복살인이 행해지는 광기와 광란의 살인극이었음이 밝혀지고 있다. 이렇게 하고 싶은 말을 다 풀어낸 망자들은 마침내 저승으로 떠나기 시작한다. 그리고 요한이 아우에게 "이제야 고향땅에 와서 원 풀고 한 풀고 동무들두 만나고 낯설고 어두운 데 떠돌지 않게 되었다. 간다. 잘들 있으라."[36]는 말을 남긴 것을 끝으로 모두 사라진다. 다음 날 요섭은 고향의 언덕바지에 형의 뼛조각을 묻고 흙을 덮으며 "아기를 잠재울 때처럼 손바닥으로 땅 위를 토닥이며 두드려주었다." 마치 이제야 고향에 돌아와 묻힌 요한 형의 영혼을 위로하고 평안히 저승으로 떠나기를 격려하는 것처럼.

가르쳤던 초이데올로기적인 인물로 그려진다. 현재도 그는 농장을 돌보는 공산당원이자 회개하는 기독교으로 북한에 살고 있다. 그는 자신에게도 헛것이 보임을 고백한 뒤, 이것은 살아 있는 자들의 가책 때문이 아니라 구원의 때가 되었기 때문이라고 류요섭에게 설명하고 있다.

36) 황석영, 앞의 책, 250쪽.

결국 황석영은 망자들을 불러내어 사건의 전말을 복원하는 증언 과정을 통해 엄밀한 의미에서 가해자와 피해자가 따로 있지 않음을 확인시키고 있다. 각자 자신의 비뚤어진 신앙이나 신념이 낳은 행동이자 젊은 날의 광기와 충동이 빚어낸 비이성적이고 의도하지 않은 학살극이었던 것이다. 따라서 지금 필요한 것은 서로의 입장을 이해하고, 신천사건 이전의 친화적인 관계를 회복함으로써 용서와 화해를 통해 자기구원에 이르는 것임을 강조하고 있다.

Ⅳ. 결론

이상으로 이외수와 황석영의 소설에 나타난 환상성을 살펴보았다. 한 마디로 두 작가에게 있어서 환상적인 요소는 과학적 합리주의와 물질만능주의, 이데올로기의 폭력성으로 대표되는 현대사회의 병적이고 비극적인 실상을 전경화하기 위한 역설적인 장치들이라 할 수 있다. 즉 현실세계의 법칙이나 질서로는 해결할 수 없는 소망이나 구원을 '환상'이라는 문학적인 상상력을 통하여 구체화하는 창작방식인 것이다.

이외수는 『벽오금학도』에서 육안과 뇌안으로 살아가는 현실세계를 거부하고, 심안과 영안으로 살아가는 세계를 꿈꾸는 주인물들의 삶의 방식을 통해 '어떻게 살아가는 것이 참다운 행복인가'에 대한 질문을 던지고 있다. 실상 이외수가 아름답게 형상화하고 있는 선계라는 공간은 실재하는 공간이라기보다는 우리의 마음과 영혼이 한없이 맑고 순수한 경지에 도달했을 때 맛보는 내면적 행복감의 감각적 형상화라고 할 수 있다. 그런 점에서 비합리적이고 낭만적 감성에 의해 창조된 환상세계는 사실의 진술이 아니라 가치의 진술로서 이해해야 한다. 선계로 가는 것이 중요한 것이 아니라 물질과 욕망만을 좇고 자연과의 소통이 단절된 현대인들의 삶이 얼마나 삭막하고 어리석은 삶인가를 깨달

52

는 것이 중요하다는 것이다. 바로 이외수는 환상적 공간의 창조와 아름다운 묘사적 문체, 소설문법의 틀에서 벗어난 자유로운 글쓰기 전략을 통해 전방위적으로 이러한 진실을 일깨우고 있다.

황석영의 『손님』은 한국전쟁 당시 동족간의 잔인한 보복 학살극으로 인해 죽은 원혼들을 불러내어 그들의 한을 풀고 영혼을 위로함으로써 화해와 용서의 길을 열어 주기 위하여 환상적인 요소를 수용하고 있다. 이는 이승 주변을 떠돌고 있는 망자들에게는 평안히 저승으로 떠날 수 있는 길을, 산 자들에게는 왜곡된 역사를 바로 잡고 가슴 깊이 뿌리 내린 죄의식에서 벗어나는 길을 열어놓고 있다. 결국 황석영은 국가 간 혹은 동족 간에 행해진 전쟁과 폭력으로 인해 쌓인 상흔과 분노, 한을 수면 위로 끌어내어 풀어내는 과정을 거치지 않고서는 진정한 용서도, 화해와 구원도 이루어질 수 없다고 생각하는 것 같다. 따라서 산 자들의 죄의식의 원천이자 과거의 원혼인 망자들까지 불러들여 집단적인 씻김굿을 벌이고 있는 것이다. 이는 서구중심적인 세계 질서가 야기한 불행과 아픔을 동양적인 용서와 구원의 방식으로 치유하고 있다는 점에서 황석영의 사유의 지평이 확대되고 있음을 엿보게 한다.

결국 이외수와 황석영의 작품세계는 불행한 현실을 비판하거나 고발하는 차원에 머무는 것이 아니라 인간이 초래한 비극을 인간의 힘으로 변화시킬 수 있는 방법을 탐색하고 있다고 할 수 있다. 바로 ‘환상성’은 그 탐색의 과정에서 그들이 선택한 문학적인 양식이라 할 수 있다. 그 결과 인간의 미래에 대한 낙관적인 전망을 보여 준다는 점에서 고무적이다. 즉 우주와 교감하고 예술적 감성을 회복하며 진정한 아름다움을 추구할 때, 그리고 자신의 죄에 정직하고 타인의 불행을 아파하며 누구도 억울하지 않은 삶을 추구할 때 참된 인간 구원이 성취될 수 있다는 대안을 제시하고 있기 때문이다. 그리고 무엇보다 다행스러운 것은 두 작가 모두 아직 때가 늦지 않았음을 암시하고 있다는 사실이다.

■ 참고문헌

1. 자 료
이외수, 『벽오금학도』, 동문선, 1992.
황석영, 『손님』, 창작과비평사, 2001.

2. 논문 및 단행본
김욱동, 『문학 생태학을 위하여』, 민음사, 1998.
박이문, 『老莊思想』, 문학과지성사, 1994.
박이문, 『문명의 미래와 생태학적 상상력』, 당대, 1997.
반성완, 「발터 벤야민의 비평개념과 예술개념」, 발터 벤야민 / 반성완 편·역, 『발
        터 벤야민의 문예이론』, 민음사, 1988.
송용구, 「새로운 문학운동으로서의 생태시」, 『시문학』, 1999년 6월호.
이외수, 『괴물』, 해냄, 2002.
이외수, 『장외인간』, 해냄, 2005.
이외수, 『글쓰기의 공중부양』, 해냄, 2007.
조동일, 『한국문학통사(3)』, 지식산업사, 1984.
황석영, 『심청, 연꽃의 길』, 문학동네, 2007.
황석영, 『바리데기』, 창작과비평사, 2007.
『한국민족문화대백과사전(15)』, 한국정신문화연구원, 1995.

가스똥 바슐라르, 김현 옮김, 『몽상의 시학』, 홍성사, 1986.
데이비드 로지 엮음, 윤지관·이동하·김영희 옮김, 『20세기 문학비평』, 까치, 1984.
로즈메리 잭슨, 서강여성문학연구회 옮김, 『환상성: 전복의 문학』, 문학동네, 2001.
린다 허천, 김상구·윤여복 역, 『패러디 이론』, 문예출판사, 1993.
모리스 블량쇼, 박혜영 옮김, 『문학의 공간』, 책세상, 1998.
M. 엘리아데, 박규태 역, 『상징, 신성, 예술』, 서광사, 1991.
윌리엄 라이터, 이경식 역, 『신화와 문학』, 전망사, 1981.
E. M. 포스터, 이성호 역, 『소설의 이해』, 문예출판사, 1985.
필립 윌라이트, 김태옥 역, 『은유와 실재』, 문학과지성사, 1983.

■ 국문초록

　본 논문에서는 이외수의 『벽오금학도』와 황석영의 『손님』의 분석을 통해 현실 초월과 인간 구원의 주제를 드러내는 데 환상적인 요소들이 어떻게 기능하고 있는 지를 고찰하였다.

　한 마디로 두 작가에게 있어서 환상적인 요소는 과학적 합리주의와 물질만능주의, 이데올로기의 폭력성으로 대표되는 현대사회의 병적이고 비극적인 실상을 전경화하기 위한 역설적인 장치들이다. 즉 현실세계의 법칙이나 질서로는 해결할 수 없는 소망이나 구원을 '환상'이라는 문학적인 상상력을 통하여 실현시키고자 하는 표현 형식인 것이다.

　이외수는 『벽오금학도』에서 육안과 뇌안으로 살아가는 현실세계를 거부하고, 심안과 영안으로 살아가는 선계를 꿈꾸는 주인물들의 삶의 방식을 통해 '어떻게 살아가는 것이 참다운 행복인가'에 대한 질문을 던지고 있다. 실상 이외수가 아름답게 형상화하고 있는 선계라는 공간은 실재하는 공간이라기보다는 우리의 마음과 영혼이 한없이 맑고 순수한 경지에 도달했을 때 맛보는 내면적 행복감의 감각적 형상화라고 할 수 있다. 그런 점에서 비합리적이고 낭만적 감성에 의해 창조된 환상세계는 사실의 진술이 아니라 가치의 진술로서 이해해야 한다. 선계로 가는 것이 중요한 것이 아니라 물질과 욕망만을 좇고 자연과의 소통이 단절된 현대인들의 삶이 얼마나 삭막하고 어리석은 삶인가를 깨닫는 것이 중요하다는 것이다. 바로 이외수는 환상적 공간의 창조와 아름다운 묘사적 문체, 소설문법의 틀에서 벗어난 자유로운 글쓰기 전략을 통해 전방위적으로 이러한 진실을 일깨우고 있다.

　황석영의 『손님』은 한국전쟁 당시 동족간의 잔인한 보복 학살극으로 인해 죽은 원혼들을 불러내어 그들의 한을 풀고 영혼을 위로함으로써 화해와 용서의 길을 열어 주기 위하여 환상적인 요소를 수용하고 있다. 이는 이승 주변을 떠돌고 있는 망자들에게는 편안히 저승으로 떠날 갈 수 있는 길을, 산 자들에게는 왜곡된 역사를 바로 잡고 참회와 속죄를 통해 가슴 깊이 뿌리내린 죄의식에서 벗어나는 길을 열어놓고 있다. 결국 황석영은 세계가 직면한 불행한 현실에서 벗어나는 방법은 국가간 혹은 동족간에 행해진 전쟁과 폭력으로 인해 쌓인 상흔과 분노, 한을 수면 위로 끌어내어 해소하는 과정을 거치지 않고서는 진정한 용서도, 화해와 구원도 이루어질 수 없다고 생각하는 것 같다. 따라서 산 자들의 죄의식의 원천이자 한 맺힌 원혼인 망자들까지 이승으로 불러들여 집단적인 씻김굿을 벌이고 있는 것이다.

결국 이외수와 황석영의 작품세계는 불행한 현실을 비판하거나 고발하는 차원에 머무는 것이 아니라 인간이 초래한 비극을 인간의 힘으로 변화시킬 수 있는 방법을 탐색하고 있다는 점에서 공통점을 보인다. 바로 '환상성'은 그 탐색의 과정에서 그들이 선택한 문학적인 양식이라 할 수 있다.

주제어: 환상성, 『벽오금학도』, 『손님』, 에코토피아, 묘사적 문체, 구원의 서사, 영적 초월, 해원(解寃), 진지노귀굿

■ Abstract

The Fantastic, A Roundabout Narrative to Pursue the Realistic Life

Koo, Soo Kyung

This paper aims to look into the function and meaning of the fantastic factors in Lee, Oi Soo's novel 『Byukokuemhakdo 碧梧金鶴圖』 and Whang, Suk Yong's novel 『The Visitor』. To above two writers, the fantastic factors are paradoxical device which focused the abnormal and tragic aspects of modern society. In a word, they use the fantastic factors to realize some wish and salvation that can not accomplish in actual world.

In 『Byukokuemhakdo』, Lee, Oi Soo questions what the true happiness is. A supernatural world which protagonists pursued for means the beautiful and mystic sphere to have reached through the pure mind and soul in this novel. Lee, Oi Soo exactly criticizes the desire-intended life of the modern persons by using the fantastics, the descriptive literary style and creative writing strategies.

Whang, Suk Yong's 『The Visitor』 is the work which make the way of forgiveness and comprise between dead victims and alive persons in 1950's Korean War. In this novel, the fantastic meeting between dead victims and alive persons makes dead persons depart this life without regret. Also it makes living persons correct a false historical fact and free from consciousness of sin.

In conclusion, above two writers' works have common features that search for how to change the miserable modern society by means of human's power and effort. Just 'the fantastics' are literary device that they choose in the process of searching for the way.

Key-words: the fantastic, 『Byukokuemhakdo 碧梧金鶴圖』, 『The Vis-
itor』, the descriptive literary style, supernatural world,
narrative of forgiveness and salvation, creative writing
strategies

－이 논문은 2008년 11월 15일에 접수되어, 소정의 심사를 거쳐 2008년 12월 15일에
최종적으로 게재가 확정되었음.

최인훈 소설의 환상성 연구
―『서유기』의 시간성을 중심으로

김 윤 정*

목 차

Ⅰ. 시간의 사유와 환상성
Ⅱ. 『서유기』의 환상적 요소와 그 의미
Ⅲ. 『서유기』에 나타난 노마돌로지

Ⅰ. 시간의 사유와 환상성

『서유기』는 전통적인 서사구조에서 탈피하고 인물의 관념을 직접 드러냄 작품으로 최인훈 관념소설의 대표작이다. 따라서 이 작품은 전후, 남북 간의 긴장과 대립의 상황을 객관적인 시선으로 응시한『광장』의 문학사적 의의와는 전혀 다른 측면에서 연구되어 왔다.『서유기』는 형식적 생소함에서 나타나는 반사실주의적 성격으로 인해, 최인훈의 끊임없는 형식 실험과 탐구의 정신을 고찰하는 목적에서의 논의가 중심이 되어왔다. 특히 텍스트의 '환상적 요소'를 중심으로 한 유의미한 연구가 누적되어 있는 상태이다.1) 따라서『서유기』와 환상성의 긴밀성을

---

* 이화여자대학교

1) 박혜주, 「최인훈 소설의 사실성과 비사실성 연구」, 이화여자대학교 석사논문, 1984; 정대화, 「최인훈의 〈서유기〉 연구」, 서울대 석사논문, 1988; 유초선, 「최인훈 소설의 비

다시 분석의 대상으로 삼는 수고는 상쇄되었다고 할 수 있다. 『서유기』의 환상성에 대한 선행 연구는 작품에 대한 치밀한 분석과 해석으로 작품의 문학적 의의를 높이는 데 기여했으며, 형식은 물론 내용적 측면에서의 난해한 부분에 대한 의문을 해소해 주었다. 본고는 이와 같은 선행연구의 의의와 미덕을 수용하면서 다른 한편으로는 기존의 연구에서 간과되었던 시간의 측면에서 『서유기』의 문학적 의의를 재고(再考)하고자 한다.

『서유기』에서 '독고준'의 과거의 기억은 복잡하고 기발한 시공간을 창출하고 있는데, 이것이 가능할 수 있었던 것은 '독고준'이 아이온의 시간을 통해 자신의 순수기억과 만났기 때문이다. 주관적 인식의 시간인 아이온의 시간은 무한한 시간이면서 보편타당한 합리적 세계의 시간이 아니라는 점에서 독자에게 환상으로 드러나게 된다. 이러한 논의의 기반은 분명 선행연구에 의지하는 바가 크다. 하지만 많은 선행연구에서 『서유기』의 시간을 '무의미한 시간'으로 단정하고 작품 해석에서 논외로 다루었다는 점은 지적하지 않을 수가 없다. 예컨대, "소설의 공간이 '미로'가 되고, 인물들이 '미로' 속에서 방황하는 것은, 소설 속에서 시간이 긍정적 가치를 가지지 못하기 때문이다"라는 지적으로 『서유기』의 "무(無)시간성"을 고찰한 연구[2]는 물리적이고 객관적인 시간에

___

사실주의 소설 연구」, 이화여대 석사논문, 1989; 황순재, 「최인훈 소설의 환상기법 연구」, 부산대 석사논문, 1989; 정혜영, 「최인훈 소설의 환상성 연구」, 숭실대 석사논문, 1992; 조보라미, 「최인훈 소설의 환상성 연구」, 서울대 석사논문, 1999; 양현석, 「최인훈의 〈서유기〉 연구—환상성을 중심으로」, 한양대 석사논문, 2002; 김미영, 「최인훈 소설의 환상성 연구」, 한양대 박사논문, 2003; 송명재, 「최인훈 소설의 사실효과와 환상효과」, 서강대 석사논문, 2003; 송효정, 「1960년대 소설의 환상성」, 고려대 석사논문, 2003; 양윤모, 「최인훈의 『서유기』 연구: 환상의 의미분석」, 『어문학연구』 제8집, 상명대학교 어문학연구소, 1998; 박은태, 「최인훈 소설의 미로구조와 에세이 양식—『서유기』를 중심으로」, 『수련어문논집』 제26·27집, 수련어문학회, 2001; 서은주, 「최인훈 소설에 나타난 '방송의 소리' 형식 연구」, 『배달말』 30, 배달말학회, 2002; 박은태, 「최인훈의 『서유기』 연구」, 『한국현대문학연구』 제15집, 한국현대문학회, 2004.

2) 박은태, 앞의 논문.

만 의거한 연구 결과로, 이는『서유기』의 반사실주의적 성격을 간과한 분석이라 하겠다. 앞서 밝힌 바와 같이『서유기』에서의 시간성인 아이온의 시간은 작품을 구성하고 완성하는 데 가장 핵심적이며 결정적인 요소이다. 또한 이 작품의 반사실주의적 형식과 환상성은 바로 이러한 시간성에서 비롯된다. 따라서 본고에서는『서유기』에 나타난 시간의 사유를 통해 이 작품의 시간성을 고찰하고, 그것을 토대로『서유기』의 환상적 요소에 내재된 문학적 의의를 밝히고자 한다.[3]

　　로즈메리 잭슨[4]에 따르면, 환상문학 속에 등장하는 세계는 현실과 유리된 억지스러운 세계가 아니라 우리가 살고 있는 세계에 대한 치밀한 관찰을 통해 이루어진다.『서유기』의 경우 세계에 대한 치밀한 관찰은 기억에 의해서 표면화된다. 기억은 기본적으로 과거시제이다. 기억에는 순수기억과 그것을 현재화할 수 있는 잠재성이 내재되어 있으며, 기억의 심층적인 의혹들, 즉 자각하지 못한 기억을 찾기 위해서는 더욱 과거로 갈 수밖에 없다.[5] 따라서 베르그송은 "과거는 단지 관념에 불과하고, 현재는 관념－운동적"이라고 한다. 현재가 관념－운동적이라는 것은 우리 신체가 외적 세계에 작용할 때, 거기에 과거의 기억을 투사한다는 것이다. 따라서 현재란 감각－운동 체계와 거기에 삽입된 기억들의 작용을 뜻한다. 이런 의미에서 현재란 작용하고 있는 것이다.[6] 그러므로 기억은 행동이며, 적극적이고 활동적인 행동이 현재에 재현될 때에는 비연대기적인 시간으로 나타난다. 이를 고려할 때,『서유기』가 '기억하기'의 과정으로 구성된 소설이라는 것은 이 작품을 시간의 수동

---

3) 본고에서 인용되는 텍스트는 다음과 같다.「회색인」(1963~1964), 문학과지성사, 1991 재판본;「서유기」(1966), 문학과지성사, 1994 재판본.
4) 로즈메리 잭슨, 서강여성문학연구회 옮김,『환상성－전복의 문학』, 문학동네, 2001.
5) 베르그송에 의하면 (순수)기억은 잠재적(virtuel)이기 때문에 그것을 끌어당기는 지각에 의해서만 현실화될 수 있다.(앙리 베르그송, 박종원 역,『물질과 기억』, 아카넷, 2005, 221쪽)
6) 위의 책, 120-121쪽.

적 종합 속에서 이해해야 한다는 당위성을 보여준다.

기존의 연구에도 이와 유사한 입장에서 『서유기』를 연구한 성과가 있다.[7] 즉, 기억과 망각의 측면에서 『서유기』의 작품을 분석하고 있는 것인데, 본고는 이러한 성과를 수용하면서, 나아가 『서유기』의 문학적 의의와 환상성의 의미를 재구성하고자 한다. 다시 말해서 '기억의 시학', '망각의 시학'을 넘어 인간의 삶에 대한 새로운 형식의 철학적 사유가 요구되는 현대적 관점에서 『서유기』가 그러한 철학적 사고의 바탕에 기반하고 있음을 밝히고자 하는 것이다. 『서유기』는 한 인간의 잠재되어 있는 기억을 탐색하는 과정인 동시에 그것을 표면화시키는 과정으로 구성되어 있다. 이 작품은 현재의 시간 속에 존재하거나 내속하는 순수기억을 찾아서 탐색하는 과정이며 시간의 수축작용으로 재구성된 기억을 표층으로 끌어올려 이미지화시키고 있는 것이다.

베르그송에 의하면 우리의 "의식의 존재는 현실태와 잠재태라는 이중구조를 갖는다. 순수기억은 근본적으로 잠재적이다. 이것은 이미지—기억이라는 표상적 형태로 구체화되고, 이미지—기억은 '운동적 도식'을 통해 현재 속에 삽입되면서 지각으로 현실화된다."[8] 따라서 과거의 기억은 지나가 버린 것이 아니라 현재에 머물고 있다. 여기에는 과거와 현재가 동질성으로 있는 것이 아니라 서로 이질적인 것으로 공존하고 있는 것이다. 위에서 말한 현실태와 잠재태는 함께 있으면서 이중의 구조를 갖는 것이다. 그러므로 순수기억은 그 자체로는 무력하고 비활동적이며, 보존된 과거 자체를 말한다. 즉 순수기억은 잠재적 상태이며 무의식 상태로 보존된다. 여기서의 무의식을 들뢰즈식으로 말하면 순수

---

7) 김인호, 「기억의 확장과 서사적 진실—최인훈 소설 〈서유기〉와 〈화두〉를 중심으로」, 『국어국문학』 제140권, 국어국문학회, 2005; 설혜경, 「최인훈 소설에서의 기억의 문제—〈회색인〉과 〈서유기〉를 중심으로」, 『한국언어문화』 제32집, 한국언어문화학회, 2007; 구재진, 「최인훈 소설에 나타난 '기억하기'와 탈식민성—『서유기』를 중심으로」, 『한국현대문학연구』 제15집, 한국현대문학회, 2004.6.
8) 앙리 베르그송, 앞의 책, 438-439쪽.

과거가 되는 것이다. 순수과거는 지나가는 현재로서의 지속이고 기억의 행위이며 시간의 수동적 종합이다.

현재와 과거를 가로지는 틈새의 시간은 사유 바깥에 있는 것, 환기될 수 없는 것, 설명 불가능한 것, 결정불가능 한 것, 공약 불가능한 것 등으로 나타난다. 이러한 틈새의 시간에서 환상이 드러난다. 대개 물리적 시간, 크로노스의 시간에 익숙한 독자에게 이러한 틈새의 시간은 환상적 요소로 작용하게 되는 것이다. 틈새의 시간은 개체들의 표면에서 발생하는 순수 사건들이 순간적으로 주체들과 합체되었을 때 표상되는 아이온의 시간을 의미한다. 가장 일반적인 예를 들면, 프루스트와 마들렌의 합체가 프루스트를 아이온의 시간으로 이끌 수 있었다고 할 수 있다. 아이온은 존재하지 않지만, 순간이라는 최소한의 의미에서 존재하며, 그것의 존재 양태는 사건과 함께 물체들의 표면에 나타난다. 그리고 우리는 아이온의 시간을 통해 잠재된 순수 기억과 만나게 된다.

II. 『서유기』의 환상적 요소와 그 의미

1. 균열된 인물과 존재의 재영토화

『서유기』에는 초점 화자 독고준 외에 여러 역사적 인물들이 등장한다. 논개, 이순신, 조봉암, 이광수 등은 작품 속에서 자신의 주장을 펼치며 독고준을 설득하고자 한다. 또한 『서유기』에서 독고준을 비롯하여 역장, 검차원 등의 인물들이 이야기의 전개에 따라 반복되면서 동시에 변화한다. 플랫폼에서 작별 인사를 전한 역장을 다시 기차 안에서 만나게 된다던가, 철로를 보수하던 인물들이 검차원이 되기도 하고, 헌병이 되기도 하며 심지어 유년시절 지도원 선생의 모습으로 변화하기도 한다. 그리고 독고준이 구렁이로 변신한 꿈 이야기에서는 독고준 자신이 검차원으로 등장하기도 한다.

그런데 앞서 많은 논자들에 의해 지적되었듯이, 이러한 인물들은 결코 개별적 인물이라 할 수 없다. 오히려 독고준의 목소리를 빌려 존재하는, 또 다른 독고준으로 이해된다. 때문에 인물들의 반복, 동일한 이름의 구성은 비현실적이고 환상적 인물의 변이양상으로 지적되어 왔다. 로즈메리 잭슨에 따르면 환상성의 가장 급진적인 위반적 기능을 형성하는 것은 자아의 통일성에 대한 전복이고, 이러한 것들은 '해체된 몸'의 형태로 문학 안에서 드러난다고 한다. 해체된 몸들은 독고준의 자아가 분열되어 있음으로 보여주는 것이다.

> 열차의 문을 열고 들어서는 사람들이 있다. 그들을 보자 독고준은 알아보았다. 그들은 독고준을 잡았던 헌병과 간호원과 그리고 놀랍게도 역장이었다. 저기 저 사람이 이 기차를 어떻게 탔는가 하고 준은 놀랐다. 분명히 차가 떠날 때 그는 구내에 서서 경례를 하고 있는 역장을 보았던 것이고, 점점 조그맣게 사라져 가는 모습도 분명히 보았던 것이다.(『서유기』, 100쪽)

그러나 계속되는 인물들의 반복이 동일한 차원으로 성격화되지 않는다는 점을 주목할 필요가 있다. 그들은 같은 지위, 같은 얼굴, 혹은 같은 이름으로 재현(再現)되지만, 매번 새로운 행동과 태도로서 독고준을 맞이하고 응대한다. 즉 인물들의 반복은 차이를 지닌 반복이라 할 수 있다. 또한 독고준 역시 고정되어 있지 않은 주체, 유동적인 주체이다. 독고준은 환자가 되기도 하고 감찰관이 되기도 하며, 검차원으로 등장하기도 한다. 이와 같은 균열된 자아는 코기토적 존재론의 균열과 분열을 의미한다. '나는 생각한다'의 존재론은 물리적 시간에 의해 구성되는 존재이다. 다시 말하면 '나는 생각한다'에 의해 규정될 수 있는 형식, 그것은 시간의 형식이다. 그런데 『서유기』에서는 데카르트의 존재론적인 시간, 크로노스의 시간의 형식은 균열되고 해체된다. 그러나 시간의 형식 자체가 무화되는 것은 아니다. 『서유기』는 인물의 사유 과정에 따라 진행되는 시간, 아이온의 시간에 의해 형식화된다. 들뢰즈에 의하면 "자신의 사유, 자신의 지성, 자신이 '나JÈ'라고 말하기 위해 의지하는 것이 자신 안에서 …… 자기 자신에 의한 것이 아님을 느낀다. 이것이 곧 시간의 '수동적 종합'으로 이어진다"9)고 한다.

이를테면, 베르그송의 '역원뿔 모형'에 따라 현재가 전체 과거의 수축이라면, 현재의 기호는 과거의 하나를 선택해서 극한적으로 수축한 것이다. 이때의 현재는 현실화된 것이며, 이것은 무수한 것들 가운데 선택되어진 하나이다. 따라서 우리는 기억이 잠재적 과거의 수준들을 전제한 수동적 종합의 결과임을 알게 된다. 그러나 들뢰즈는 여기서 한걸음 더 나아가 기억이 순수과거를 전제로 하지만, 그것은 여전히 이데아를 재현하는 코기토로서의 '나'에 묶여있는 것이라고 한다. 따라서 '나는 존재한다'라는 규정되지 않은 것에 규정 가능성의 형식인 시간을 덧붙이면 처음부터 끝까지 어떤 균열 속에 놓여 있게 되는 것이다. 즉, "나는 시간의 순수하고 텅 빈 형식에 의해 균열되어 있다."10) 따라서 '내 안의 틈 = 균열된 나 = 수동적 자아'의 상관항이 되는 것이며, 드디어 초월론적으로 나아가 니체의 영원회귀를 통해서 '차이'와 '반복'을 완성11)하게 되는 것이다.

(1) "자네는 우리가 기다리던 그 사람이야. 우리는 자네를 기다리고 있었네. 자네를 만나야 우리는 옳은 귀신이 될 수 있단 말일세. …(중략)… 모월 모시에 이 역을 한 귀한 사람이 지날 것이라고 되어 있어. 그게 자네야. 나는 처음부터 알고 있었지."(『서유기』, 86쪽)

(2) 그때 갑자기 비행기의 엔진 소리가 은은히 들려온다. 역장과 두 부

---

9) 질 들뢰즈, 김상환 옮김, 『차이와 반복』, 민음사, 2004, 203쪽.
10) 질 들뢰즈, 위의 책, 204쪽.
11) 데이비드 로드 로드윅, 김지훈 역, 『질 들뢰즈의 시간기계』, 그린비, 2005, 237-240쪽.

하가 귀를 막으면서 비실비실 물러난다. 그들의 모습이 변하고 있다.(『서유기』, 128쪽)

(3) 독고준은 충격을 받았다. 그것은 돌아가신 아버지의 목소리였다. "나한테 맡겨주겠지?" 독고준은 끄덕였다. 그가 끄덕이는 것을 보고 역장은 자리로 돌아가서 다시 말을 이었다.(『서유기』, 287쪽)

(5) 그 어둠 속에서 사람의 모습이 나타났다. 그는 손에 광산에서 쓰는 등을 들고 있는 역장이었다고 생각했는데 등이 언뜻 하면서 비친 얼굴은 이번에는 지도원 선생인 것 같았고 등이 움직일 때마다 헌병으로 보이는가 하면 검차원으로 보이고 하였다.(『서유기』, 297쪽)

운명, 예언된 그 사람, 예정되어 있는 사람이라는 말은 독고준과 인물들이 '회귀의 궤도'에 있음을 의미한다. 그런데 이러한 회귀의 구조는 나선형으로 이루어져 있다. 왜냐면 이들이 다시 만날 때는 언제나 형식이나 의미가 조금씩 변화를 보이고 있기 때문이다. 즉 역장과 두 명의 검차원, 독고준의 입장이나 상황이 반복되면서 동시에 변화하고 있다. 앞서 서술했듯이 인물들은 대체적으로 균열된 '나'를 보이고 있으며, 균열의 틈에서 잠재적인 것들의 파편(순수 기억)들이 표상된다. 따라서 소설에서 인물의 동일성이 분열되고 파괴되는 것은 또 다른 생성을 의미한다고 할 수 있다. 기존의 습관적인 기억의 형태를 벗어나 잠재되어 있는 기억들을 현실화하게 되고, 그것은 분명 현재에 영향을 미치게 된다. 따라서 현재의 '나'와 기억의 수축작용을 경험한 현재의 '나'는 결코 같은 현재일 수 없다. 결국 현재는 끊임없이 변하게 되고, 생명력을 갖게 된다. 이를 '살아있는 현재'라고 한다. 예컨대, 독고준은 기억의 수축작용을 통해 타자와 연루되고, 타자와의 관계 속에서 자아를 재구성할 수 있게 된다. 즉 타자의 시선이라는 매개를 통해 드러나는 자신을 객관적으로 바라보게 되는 것이다. 이러한 변형과 생성의 과정은 다양

성의 구현이며 따라서 리좀적이다. 그리하여, 독고준은 다음과 같은 새
로운 의미의 존재론을 깨닫게 된다.

> 이른바 '나'란, 이 탄력점으로 향한 운동을 계속하는 한 무리의 이미지
> 들의 파동이며, 다발(束)이라는 것, 여러 가지 이미지를 속에 가진 벡터(그
> 것은 천체계(天體系)에 비유될 수 있다)라는 것, 이것이 '나'의 뜻이다. 그
> 리고 또 수없이 많은 '나'들이 모여서 사회를 만든다. …(중략)… 아마 존재
> 의 공간은 높은 데서 보면 주름 투성이의 얼금뱅이 할머니의 얼굴 같으리
> 라. 이 공간에 바람이 없었던 그 처음 태초(太初)에, 존재의 공간은 매끈매
> 끈 동글동글 어디 한 군데 상처도 없는 숫처녀 같은 화용(花容)이었으리라.
> 그러나 현실로는 아가씨는 몸을 망친 것이다. 삶의 슬픔이란 이 순결 상실
> 에 대한 가슴 미어지는 아가씨의 뉘우침이리라(뉘우치는 아가씨가 있다면
> 이지만).(『서유기』, 210쪽)

위의 인용문에서 '나'는 이미지들의 파동이며 무리의 다발이다. 그
리고 그러한 '나'는 수없이 많다. 이러한 존재론적 사유는 전통 형이상
학과 뚜렷하게 변별되며, 그 한계를 극복하고자 한다. 또한 '존재란 운
동이며, 운동이란 시간이며, 시간이란 안달이며, 안달이란 질서에의 욕
심이며, 욕심이란 자기 목적이며, 자기 목적이란 슬픔이며, 슬픔은 존재
의 공간에 일어난 바람이며, 바람은 공간의 요철이며 주름이다'(『서유
기』, 210쪽)라고 했을 때, 존재란 기억의 수축작용(시간의 안달)의 운동
(시간)이며, 이미지 기억으로 다가가는 노력은 질서에의 욕심, 자기목적
이다. 그러나 존재의 실재에의 욕망인, 내재된 기억의 실재를 확인하고
현재화하고자 하는 욕망은 실현되기가 어렵고 이에 따른 존재의 슬픔
은 공간에서 구성되게 된다. 요컨대 존재의 슬픔은 현실계를 구성하는
주름이다. 따라서 존재의 공간은 주름투성이이다. 이는 존재의 영토화
를 의미한다. 태초의 매끄러운 공간(아가씨의 얼굴)은 탈영토적이며 유
목적 공간으로 욕망에 따른 공간의 이동이 자유로웠으나, 현실의 공간

은 홈패인 공간(얼금뱅이 할머니의 얼굴)으로 욕망의 구성과 그것의 현실화가 불가능하다.12)

이와 같이 『서유기』에서 독고준은 자기로부터 자신을 탈영토화하고 다시 자신으로 재영토화하는 과정을 경험하게 된다. 결국 인물의 다양성으로 야기되는 『서유기』의 환상성은 아이온의 시간 형식에 의해 구성된 존재의 탈영토화와 재영토화의 과정에서 빚어지는 것으로 확인할 수 있다.

2. '틈새적 공간'과 반성적 사유의 시간

환상은 과거와 현재, 주체와 타자, 실재적인 것과 비실재적인 것의 '사이'에서 나타난다. 그것은 무의식적으로 작용하며 비결정적으로 구성된다. 이러한 '사이'에서 발생하는 것들에서 독자는 기괴함과 경이, 놀람을 경험하게 된다. 이런 점에서 환상의 세계는 실제와는 전혀 다른 정신적 세계가 아니라 실재적이면서도 비실재적인 존재라고 정의 내릴 수 있다. 『서유기』의 공간이동을 정리해 보면 〈A. 이유정의 방에서 나옴→1. 복도→2. 감방→3. 대기실→4. 진찰실→5. 지하 철도의 정거장→6. 파출소→7. 논개가 갇힌 지하실→8. 복도→9. 고궁의 연못가 정자→10. 석왕사 역→11. 열차 안→12. 석왕사 역→13. 역사 안의 기차→14. 석왕사 역→15. 기차→16. 석왕사 역→17. 복도→18. 교실→19. W시→20. 복도→B. 독고준의 방〉으로 무수하게 공간이 이동되면서, 또한 반복되고 있다. 특히 A와 B의 공간 사이에서 공간이 이동되고 반복된다는 점에서 『서유기』에서의 공간이 바로 '틈새'에 위치해 있는 공간이라 할 수 있다. 이러한 '틈새적 공간'13)은 당연히 환상성

---

12) 홈패인 공간과 매끄러운 공간, 영토화와 탈영토화의 내용은 질 들뢰즈, 김재인 옮김, 『천 개의 고원』, 새물결, 2001, 907-953쪽 참조.

13) 로즈메리 잭슨, 앞의 책.

이 개입되는 공간이다. 또한 환상적 공간을 가능하게 하는 것은 앞서 밝힌 틈새적 시간, 즉 아이온의 시간이다.

살펴본 바와 같이 『서유기』의 틈새의 공간에서는 동일한 공간이 반복되어 나타난다. 독고준이 석왕사 역을 출발해 다시 석왕사 역으로 돌아오고, 기차의 앞 칸을 향해 걷고 걸어도 결국 제자리걸음에 멈추어 있는 것은 『서유기』의 기본 구조가 이탈과 되돌아옴의 구조로 되어 있다는 것을 의미한다. 이는 공간이 인물의 반복과 마찬가지로 회귀의 궤도에 영향 받고 있기 때문이다. 따라서 이러한 공간의 반복은 시간에 의해서만 규명될 수 있다. 나선형 구도로 회귀하는 궤도에서 차이는 시간에 의해서만 드러나기 때문이다. 시간의 사유는 탈영토화된 유목적 생성을 가능하게 한다. 그것은 공간의 이동을 자유롭게 하며, 무한한 창조적 역능과 잠재성을 갖는다. 따라서 시간의 사유는 이분법적 세계를 초월하여 유목민적 여행을 가능하게 하는 주요한 동력으로 작용한다.[14] 이러한 의미에서 독고준의 유목민적 여행은 잠재적 기억을 찾아 가는 탈중심적이고 탈영토적인 행위라고 하겠다.

그는 자기 인생을 망쳐 버린 그 여름날을 생각하였다. 그러자 그는 그 기억들의 맨 끝자리에 떠오르는 얼굴을 보는 것이었다. 깊은 밤에 비행기 지나는 소리가 떠오르는 얼굴을 보는 것이었다. 깊은 밤에 비행기 지나는 소리가 우렁우렁 들려오면 그는 그 여름날 철로 위에 들어서는 것이었다. 역장은 그를 말리고 있었다. 그는 숙직실에 걸린 발 너머로 기관차에 붙어 있는 그들을 보는 것이었다. 여름 햇볕에 반짝이는 두 가닥 레일 사이로 침목을 밟으며 그는 걸어가고 있었다. 이순신 장군의 거북선이 달려가고 있었다. 논개는 남강물 속으로 떨어지고 있었다. 촛불을 켜 놓은 방과 후의 교실에서 그는 자아비판을 하고 있었다. 요란한 소리를 내며 손차가 달려온다. 구더기 집이 된 죽은 개가 풀밭을 헤치고 달려가고 있었다. 그는 죽

---

14) 이는 루카치가 소설을 전개하는 주요한 원동력을 바로 시간이라고 밝힌 것과 같은 의미이다.)게오르그 루카치, 반성완 역, 『소설의 이론』, 심설당, 1985)

은 개를 집에 데려갈 수는 없었다. 사람이 없는 텅 빈 도시는 그를 취하게 했다. 그는 뜻없이 거리를 헤맨다. …(중략)… 그는 소부르조아이고 책과 현실을 혼동하는 아이였지만 소년단 지도원에게 다시는 싫은 소리를 듣지 않기 위해서 폭탄이 쏟아지는 거리로 수십 리를 걸어온 용감한 소년이었다.(『서유기』, 199-200쪽)

위의 인용문은 구렁이로 변한 독고준의 사유의 과정이다. 동생들에 대한 서운함과 자신의 처지에 대한 수치, 분노는 그에게 '프루스트의 마들렌'으로 작용했으며, 독고준은 이미지−기억을 통해 실재를 상기하게 된다. 그런데 '여름날, 역장, 철길, 이순신, 논개, 자아비판, 전쟁에 휩싸인 도시, 구더기로 덮인 개와 텅 빈 거리, 어딘지 모르게 걷던 길, 알 수 없는 많은 일, 알 수 없는 소리들, 아름다운 꽃길, 방공호의 여자'로 정리되는 이미지−기억들은 모두 『서유기』의 전체 내용의 축약본이라 할 만하다. 독고준 역시 관념의 여행 속에서 동일하거나 유사한 경험을 하는 것으로 『서유기』의 내용은 채워져 있기 때문이다. 『서유기』와 변신 이야기에서 공통적으로 나타나는 모티프를 정리해 보면 다음과 같다.

『서유기』와 '변신 이야기'에서 일치하는 모티프

1. 텅 빈 거리
2. 철길과 역장의 만류
3. 아름다운 꽃길
4. 책과 현실을 혼동하는 아이와 이야기책의 삽화 5개
5. 목적지로 무조건 가야만 하는 맹목성
6. 비행기 소리
7. 감각으로 전해진 '방공호의 여자'의 이미지
8. 자아비판

『서유기』에서 독고준은 이유정의 방에서 나와 자신의 방으로 가는 계단을 오르는 중에 갑작스럽게 사유를 강제 당했다. 그것은 갑작스러운 '마주침'이다. 사유는 강렬한 수죽작용으로 이루어지며 이를 통해 독고준은 이미지 기억, 현실에 재현되지 않았던 기억 속의 잠재된 기억 속으로 관념 여행을 시작할 수 있었다. 이러한 마주침의 계기는『회색인』에서 찾을 수 있다.『회색인』에서 독고준은 김순임을 붙잡지 않는 자신의 우유부단한 태도와 매부의 당원증을 빌미로 이미 가족이 아닌 매부에게 돈을 받아쓰고 시간의 자유를 얻은 자신에 대해 심리적 갈등을 경험한다. 독고준의 이러한 수치심에 대한 현재의 자각과 반성적 인식은 유년시절의 자아비판의 기억을 상기시켰다. 즉 시대적 요구에 부응하지 못하고 개인적 안위에 빠져 있는 자신에 대한 수치심이 스스로를 자아비판의 과정으로 몰아넣은 것이다. 이를 통해 볼 때,『서유기』에서 나타나는 역사적 인물들과의 만남은 독고준의 반성적 자각의 과정에서 역사적 인물들의 자아비판 과정을 삽입한 것이며, 이는 자신의 수치와 분노를 객관화하려는 자구책인 동시에 자신과 세계 사이의 결락을 확인하게 되는 과정이다.

마찬가지로 구렁이가 된 독고준은 자신에 대한 수치심과 함께 현 상황에 대한 노여움에 휩싸이게 되고, 이러한 감정의 발산은 그로 하여금 사유를 강제 '당하게' 하였다. '맑은 머릿속', 지난날에 대한 기억은 '그 여름날의 기억'에 이르게 되었고, 현재의 '수치심과 노여움'의 계기는 동일한 감정을 가졌던 이미지 기억을 찾아내게 된 것이다. 그것은 유년시절 부당히게 받았던 지아비판의 시간이다. 그 시간에 대한 수치심과 지도원 선생에 대한 반감이 사유를 강제하게 한 것이다. 이와 같은 동일한 모티프의 차이나는 반복, 혹은 반복되는 것들의 차이는 작가 최인훈의 지도그리기(cartpgraphie)15)라 할 수 있다. 지도그리기(cartpgraphie)

---

15) 지도는 자기 폐쇄적인 무의식을 복제하지 않는다. 지도는 무의식을 구성해 낸다. 지도는 장(場)들의 연결접속에 공헌하고, 기관 없는 몸체들의 봉쇄—해제에 공헌하며, 그것

란, 원인 찾기를 위해 떠나는 기억의 이미지들이고 계속해서 반복되는 의미 생산의 흐름이다. 이런 점에서 지도는 자유롭다. 현실을 따라 지도를 그리지만, 그려지는 지도에 따라 현실이 변형된다. 요컨대 잠재적 지도를 그림으로써 거기서 벗어나는 창조적이고 생산적인 탈주선들을 그리는 것을 말한다.[16]

따라서 독고준이 관념의 공간 속에서 수행하는 지도그리기는 고정된 공간으로부터 탈주하는 것이며, 잠재적인 생성의 역능으로 존재하는 리좀적 다양성을 자각하고 삶의 진정한 의미와 자아의 정체성을 재구성하는 것이다.

> 그는 옛날에 자기가 앉았던 자리를 찾아가 앉았다. 그렇게 앉으니 든든했다. 어떤 자리보다도 든든했다. 이 자리를 떠난 후 그는 그만한 든든함을 가지고 앉아본 자리가 아직 없었다는 것을 새삼스레 느끼는 것이었다. 비로 그 자리에 앉아서 한 그의 작품이 지도원 선생의 비판의 대상이 되었지만 그래도 그때는 자신 있게 살았던 것이다.(『서유기』, 279쪽)

예문에서와 같이 독고준은 W시에 도착하여 자신만만하고 순수했던 어린 시절을 떠올리게 된다. 지금까지의 탈주적 여행을 통해 독고준은 자신의 자아와 현실에 대한 비판적 인식이 가능해졌기 때문이다. 『회색인』의 내용을 참고해 보면, 현재의 독고준은 삶의 본질적 의미로부터

들을 고른판 위로 최대한 열어놓는 데 공헌한다. 지도는 그 자체로 리좀에 속한다. 지도는 열려있다. 지도는 모든 차원들 안에서 연결접속 될 수 있다. 지도는 분해될 수 있고, 뒤집을 수 있으며, 끝없이 변형될 수 있다. 지도는 찢을 수 있고, 뒤집을 수 있고, 온갖 몽타주를 허용하며, 개인이나 집단이나 사회 구성체에 의해 작성될 수 있다.(질 들뢰즈, 『천 개의 고원』, 앞의 책, 2003, 30쪽)

16) 지도그리기는 리좀적 원리로서 모상과 모방, 재현과 재생산이라는 관념과는 반대의 개념이다. 또 단순히 길의 형상을 그린 것만이 지도라고 할 수 없고, 사유의 경로를 표시한 다이어그램이나 힘의 분표 상태를 표시한 그림, 기가 흐르는 경로와 경혈 등을 표시한 인체의 그림 등이 모두 지도이다.(이진경, 『노마디즘』 1, 휴머니스트 2002, 105-108쪽)

회피하고자 하고, 사회의 부조리에 대해 방관하는 사람이었다. 그런데 자신이 방관자가 될 수밖에 없었던 근원은 유년 시절 지도원 선생이 자아비판을 강요했고, 그러한 상황에 대한 두려움 때문이었음을 확인하게 된다. 자신이 쓴 글에 대해 소부르주아라며 비판한 선생님이 두려워 어린 독고준은 수업 때마다 답을 알고도 짐짓 모른 척 대답하지 않는, 소극적이고 수동적인 학생이 되어버렸다는 내용17)은 이를 증명해준다. 이러한 전후 사정을 통해볼 때 독고준은 현재의 삶에 대한 자신의 태도와 사회적 부패와 부조리에 대한 자신의 비능동성에 대해 부끄러움과 자괴감을 갖게 된 것이고, 그러한 반성적 사유가 관념 여행의 계기가 되었던 것이다.

3. 몽타주 구성과 리좀적 다양성

하나의 패턴에 따라 배치하는 것이 아니라 마치 퍼즐 조각을 맞추는 것처럼 구성되는 이야기들은 인물과 공간에 의한 환상보다 더욱 강렬한 환상성을 자극할 수 있다. 특히 단계적 구성에 따라 짜임이 드러나게 마련인 소설에서 앞, 뒤의 맥락과 상관없는 이야기나 인물들이 불거져 나왔을 때, 독자는 당혹감을 피할 수 없게 된다. 『서유기』에서 틈틈이 삽입되는 이야기, 논설과 역사적 인물의 동시다발적 등장은 독자를 환상으로 유도한다. 로즈마리 잭슨은 환상문학에 대해 이렇게 이야기한다. "환상문학은 리얼리스틱한 텍스트의 관습들과 제한들로부터 자유스러운 것이다. 환상문학은 시간·공간·등장인물의 일치를 기부하며, 연대기적 시간·삼차원적 사고·생물과 무생물 사이의 경직된 구분을 폐지한다."18) 이러한 자유와 경직성으로부터의 탈피는 탈구도와 균형잡힌 미(美)를 거부하면서 이질성과 다양성으로 접속하는 특징들을 보여준다.

---

17) 최인훈, 『회색인』, 문학과지성사, 1991.
18) 로즈메리 잭슨, 앞의 책.

또한 들뢰즈가 그의 '비평과 진단'(critical and clinical) 문학론에서 밝히고 있는 글쓰기의 목적은 '실재'의 족쇄로부터 '잠재적인 것'을 풀어냄으로써 비유기적이고 비개인적인 힘으로서의 생의 원리를 가시적인 것으로 표현하는 것이다.[19] 그러므로 『서유기』는 잠재되어 있는 기억을 역동적으로 수축하여 현재화하기 위해 떠나는 기억의 몽타주인 셈이다. 몽타주는 영상언어의 기본으로서 쇼트(shot)와 쇼트를 결합시켜 의미(meaning)를 전달하는 것을 말한다. 그러나 에이젠스타인에 의하면 몽타주는 단순한 쇼트의 결합이 아니라 쇼트와 쇼트가 충돌하여 제3의 의미를 만들어내는 것이라고 한다.[20] 이미지의 충돌을 통해 새로운 의미를 창조하는 것이다.

『서유기』에서 독고준에게 환청의 형식으로 들리는, 방송, 확성기, 전화기 등에서 나오는 소리는 이 작품의 환상성 구현과 함께 작가의 사상을 직설적으로 나타내는 방법으로 사용되고 있다. 이들 소리는 현실성이 결여된 가상의 상황에서 나오는 소리이다. 그러나 이 소리들은 각 사회적 집단의 이념을 담고 있기 때문에 독고준의 사고의 범위와 함께 작가의 사상을 엿볼 수 있는 장치가 된다. 다시 말해서 다양한 역사적 인물들과 다양한 직종의 인물들, 또는 전화기와 스피커, 라디오 등의 소리는 자신의 입장과 상황에서 문화와 역사를 논하고 있다. 학술적이고

---

19) 윤화영, 「베르그송, 들뢰즈 그리고 베케트 문학의 '잠재태'(the Virtual) 혹은 '순수과거'의 시간」, 『비평과 이론』 제10권 제2호, 2005, 재인용.

20) 몽타주(montage)는 원래 불어의 'monter', 즉 '조립하다' 뜻으로 사용되어 온 건축용이다. 이것을 영화예술에 적용시켜 편집의 의미로 사용한 것은 러시아의 영화감독 에이젠스타인이다. 쇼트란 연속되어 있는 하나의 필름다발을 가리키는 용어로서 필름의 세포에 해당된다. 마치 세포가 결합하여 물체를 형성하듯이 쇼트라고 불리는 무수한 필름 조각들이 조립되어 한편의 영화를 만드는 것으로, 일반적으로 몽타주는 편집과 동의어로 쓰이고 있으며 장면분할의 의미로 사용되는 데꾸빠주(decoupage)도 몽타주와 유사한 개념이다. 한편 편집이란 하나의 필름 조각을 다루 하나와 접합시키는 과정이다. 편집을 통해서 사건의 연속적인 흐름을 유지할 뿐 아니라 불필요한 시간과 공간을 제거하는 것이다.(http://cafe.naver.com/sumunin2003.cafe?iframe_url=/ArticleRead.nhn%3Farticleid=682)

철학적이며 이념적이기도 한 이들 담론들은 대체적으로 역사와 전통을 거쳐 당대의 시사적인 부분까지 그 내용의 진폭이 여러 겹줄로 매우 복잡하게 나타나 있다. 따라서 이들은 모두 『서유기』의 다층구조를 형성하는 데 일조하고 있다. 작가는 논리적 구성, 요설과 장광설, 현실계와 비현실계의 공존, 역사에 대한 독특한 해석, 기이한 형태로 변형된 사물과 일상의 모습을 비틀고 변형시키면서 자신의 이야기적 상상력을 보여주고 있는 것이다. 이러한 여러 이질적인 내용과 사건들이 서로 부딪히고 접속하면서 『서유기』의 의미가 발생하게 되고, 그 의미의 발생은 인물의 현재와 소설의 현재에 대한 새로운 의미를 탄생시킨다.

　우리는 그 의미를 단적으로 드러내주는 부분을 찾아볼 수 있다. 작가는 '수화기' 저편의 목소리를 통해 "유럽 지역"이 "아주 늦게 문명과 국가가 정비되었는데 현재까지 유럽이 폭발적인 힘을 가지게 됐던 조건"의 "그 첫째로 유럽문화의 혼잡성을 들"고 있다. 이를테면, "지중해를 매개로 하여 이 유럽 지역에 혼혈하여 독특한 잡종문화를 형성하"게 되었으며, "문화의 순수성이 아니라 잡종성이 그 힘의 본질을 이룬 것이 유럽 문화의 특질"이라는 것이다. "이런 문화는 지방형 순수 문화에 비하여 매우 탄력성이 풍부하고 변화성이 좋으며 기민하고 실제적"이다. 그것은 "너그럽고 청탁병탐하며 모든 사태에 대처하는 탄력성을 가지고 있"다. "또 그것은 상대적"이다. "왜냐하면 원래 그 속에는 원리적으로 상반하는 잡종들이 태연히 같이 있기 때문"이다.(257-258쪽)

　이러한 서술은 앞서 우리나라의 민족성을 연구하는 죄수와의 만남에서도 드러난다. 감찰관의 역할을 부여받은 독고준은 죄수와의 면담을 갖게 되는데, 죄수는 독고준에게 우리나라의 식민사관의 문제점과 극복 방안을 제시하게 된다. 그가 제시한 것은 문화형이다. 민족의 차이와 다양성을 인정하고, 한 민족 내에서도 역사적 시기의 특수성을 인정해야 한다는 것이다. 즉 식민지 시대가 강요한 민족성의 우열논의를 문화형의 차이에 대한 인정으로 바꿔야 한다고 주장한다. 이와 같은 서술은 인물의 목소리를 빌린 작가적 전언이라 해도 무방하다. 수화기를 통해 전달되는 세계사적 사례와 죄수의 강변으로 전달되는 인식의 전환에 대한 요구는 리좀적 다양성의 존중과 차이의 수용을 강조하는 것이다.

나아가 또다른 서술을 살펴보면, "유럽은 지중해 연안을 무대로 끊임없이 통상(通商)함으로써 생활한 상업형 문화를 유지해"왔다. 그들은 고정된 형태의 "자연적 유대"보다 "돈이라는" 유동적인 "추상적 유대로 움직이는 상태"에 있었기 때문이다. 따라서 유럽은 "장사꾼"이고, "떠돌이", "나그네"이며, 그 "행동은 여행"이다. "여러 종족과 여러 지방을 상대로" 하는 그들의 "삶은 활발하며 국제적이며 개방적이어서 잡종적 혼형적 기질과 감정을 만들어"낸다.(259쪽) 이와 같은 작가의 서술은 유목주의와 탈영토성에 대한 긍정을 보여주며 아울러 작가의 인식 기반을 알려준다. 질료의 흐름에 따라 이동하는 것은 창조적 생성을 가능하게 한다. 그것은 끊임없이 지배적 가치, 동일자와 대결하며 새로운 가치를 창안하는 태도이다. 작가는 그러한 태도의 중요성을 인식하고 있으며, 그것이 새로운 삶과 문화의 철학이 되어야 한다는 것을 강조하고 있다. "사상이 바뀌는 것이 중요한 것이 아니라 생명력이 북돋아지는 것이 요쳅니다"(268쪽)라는 명제는 이러한 작가적 인식을 분명하게 드러낸다고 하겠다.

Ⅲ. 『서유기』에 나타난 노마돌로지

독고준의 '기억하기'는 정체성의 근원에 대한 질문[21]에서 비롯되었다. 관념으로의 환상여행은 자기 내면으로의 여행이었으며, 따라서 인물의 분열과 파편적 시공간의 형성은 어쩌면 당연한 결과였다고 할 수

---

21) 구재진, 앞의 논문.

있다. 독고준은 개인적 자의식과 사회적, 역사적 정체성을 재구성하기 위해 잠재되어 있는 과거의 기억(순수 기억)을 재구성하게 된다. 이는 현재의 탈현실화된 첨점[22]이며, 현실과 비현실의 틈새를 발생하게 한다. 틈새는 간격이 상정하는 공간의 안정성이 소멸되어 이미지는 부유하게 된다. 그러므로 현실의 언어와 객관적 인식 체계로는 설명할 수 없고, 결정할 수 없는 보편적 사유의 바깥에 있는 것들이 출현하게 되는데, 이때 환상이 시작되는 것이다.

그러므로 환상은 환상일수도 있지만, 한편으로는 우리의 잠재적 무의식에 존재하는, 미처 우리가 도출하지 못하고 설명해내지 못한 우리의 또 다른 현재일 수도 있다. 요컨대 최인훈이 사용하는 환상은 비현실적인 공상과는 달리 현실에 바탕을 둔 환상이며, 환상성을 통해 당대 이데올로기의 허위성을 드러내고자 한다. 작가는 이 작품에서 절대적이고 경직된 믿음이나 신념, 독단적인 이념에 대한 거부를 표출한다. 그리고 생동하는 문화형을 지향한다. 역사적 변화에 탄력적으로 대응할 수 있는 문화형을 추구한다는 것은 유목적 사유의 전형이다. 결국 작가는 인식의 전환을 꾀하고 새로운 생성의 사유 방식을 보여주기 위해, 아이온의 시간 여행을 시작한 것이다. 요컨대 지각과 기억의 이접이 바로 『서유기』의 환상성인 것이다.

노마드(nomad)란 공간적인 이동만을 가리키는 것이 아니다. 그것은 특정한 가치와 삶의 방식에 매달리지 않고 욕망의 배치를 달리함으로써 끊임없이 변화하고 생성하는 것이다. 생성(devenir)에는 두 가지 종류가 있는데, 하나는 변화에 해당하는 시간의 힘이며, 다른 하나는 타자―되기, 즉 '나는 타자다'라는 공식으로 표현되는 '주체성의 (탈)정초'에 해당하는 시간의 순수 형식이다. 그것은 새로운 자유를 위해 창조하는 것, "항상 되돌아오는 변화의 가능성을 긍정하는 것"이다. 생성은 잠재

---

22) 데이비드 로드 로드윅, 앞의 책, 190쪽.

성의 차원에서 새로운 것을 향해 열린 세계를 사유하고자 하는 것이며, 데리다(Derrida)의 표현을 빌면, '존재'가 아닌 '생성'을 사유하는 것, 무한한 생성을 사유할 수 있는 '내재성의 장'을 철학적으로 구성하는 것이다.[23]

기존의 경직되고 몰적인 이념과 사유체계에 억압되어 있는 상태에서라면 어떠한 새로운 문화에도 능동적으로 대응할 수 없다. 현실과 비현실의 뚜렷한 구분을 확인해야만 명쾌한 이해가 가능하고, 물리적이고 객관적인 시간만이 보편타당한 세계를 구성할 수 있으리라는 믿음은 이분법적 사유의 형식으로부터 결코 자신을 벗어나게 할 수 없기 때문이다. 반면에 노마돌로지(Nomadology)[24]는 오늘날 탈근대, 탈현실, 탈경계의 논의와 맞물려 새롭게 이해되고 있다. 들뢰즈가 말하는 생성이란 살아가는 모든 주체와 세계에 대한 불변의 존재자를 부정하는 것으로 고정된 실체로서의 존재를 거부한다. 이것은 아이온 위에서 부단히 변화하고 사건을 형성하면서 그들의 잠재성을 드러내는 활동이다. 특히 생성은 기존의 방식을 탈피하여 내재된 삶의 무한한 관계로서 다양성을 표출할 수 있는 길을 열어주는 새로운 접근 방식을 가능케 한다.

> 움직임, 생명은 이런 공간, 배경 위의 현상이다. 생명의 장을 우리는 문화나 역사란 이름으로 유한화(有限化)하지만 그것은 우리들의 행동 가설로서 방편상 그러는 것이고 사실은 무한하며 무저(無底)하다. 그것은 시간으로 잴 수 없이 크다. 죽음의 깊이는 잴 수 없다. 그러므로 이 죽음의 장 위에서의 이동이란 부동과 같다. 인사제행(人事諸行)이 실은 한 자리에서의 눈 깜짝할 사이의 제자리걸음.(『서유기』, 206쪽)

"인사제행의 눈 깜짝할 사이의" 시간은 물리적인 크로노스의 시간

---

23) 이진경, 앞의 책, 43쪽.

24) 노마돌로지(Nomadology)란 노마드(유목민, 방랑자)적인 삶과 사유의 형식으로 구성된 지식을 의미한다.

이다. 그러나 『김만중』의 구운몽에서 '성진'이 하룻밤 사이에 한 평생의 삶을 살 수 있는 것처럼, 인간의 사유와 그에 따른 자각은 아이온의 시간에 의해 영향을 받는다. '제논의 역설'은 아킬레스가 거북이를 따라잡을 때까지의 아주 짧은 시간을 정말 작은 수로 무수히 많이 쪼개 놓은 것이다. 이 시간은 『서유기』의 시간과 유사한 시간이다. 논리적이기는 하나 참이 아닌 것, 그래서 실제나 상식과 어긋나거나 어긋나 보이는 주장을 역설이라 하는 것처럼 객관적 현실 세계에서 아이온의 시간과 환상은 역설적 사유의 결과에서만 나타난다.

그러나 '제논의 역설'의 의의는 우리가 당연하다고 여기는 전제나 추론방식 중 어딘가에 이상한 점이 있다는 걸 보여주기 위한 것이다. 다시 말해서, 우리가 공간이나 시간, 무한과 같은 개념들을 생각하는 방식을 깊이 검토하다보면 당연하게 여겨 온 직관들이 당연한 것이 아니고 고정된 이념이나 가치관, 사유 체계 등의 문제점들이 보일 수 있다는 것을 의미한다. 여기서, 우리가 환상성이라고 개념화한 것들이 개입한다. 우리는 이러한 낯선 사유의 과정과 그 양상을 환상이라는 이름으로 부르기로 암묵적인 합의를 한 상태에서 글을 읽기 시작했기 때문이다.

이와 같이 『서유기』의 환상성은 기존의 환상에 대한 정의 너머에서 의미화 되고 실현된다. 즉 『서유기』의 환상성의 실체는 경이나 놀람, 이데올로기의 재현 등이 아닌, 시공에 대한 재인식, 이에 대한 낯설고 당황스러운 과정을 보여주는 것이고, 이를 통해 인식의 전환과 새로운 삶의 창조적 생성에 이바지하고 있는 것이다. 독고준이 자신의 방으로 돌아왔을 때, 그 짧은 (물리적)시간의 흐름은 여전히 그를 '현재'의 상태에 존재하게 하지만, 이때의 현재는 앞서 이유정의 방을 나와 계단을 오르던 시간의 현재가 아니다. 독고준의 사유 과정이 끊임없는 수축작용으로 역동적인 시간의 종합을 이루게 되어 현재는 계속 반복되면서 창조적으로 진화하게 된다. 물론 이러한 과정이 우리에게는 환상으로 다가오는 것이다.

■ 참고문헌

1. 기본서
최인훈, 『회색인』, 문학과지성사, 1991.
최인훈, 『서유기』, 문학과지성사, 1994.

2. 연구 논문
구재진, 「최인훈 소설에 나타난 '기억하기'와 탈식민성－『서유기』를 중심으로」, 『한
　　　국현대문학연구』 제15집, 한국현대문학회, 2004. 6.
김미영, 「최인훈 소설의 환상성 연구」, 한양대 박사논문, 2003.
김인호, 「기억의 확장과 서사적 진실－최인훈 소설 〈서유기〉와 〈화두〉를 중심으
　　　로」, 『국어국문학』 제140권, 국어국문학회, 2005.
박은태, 「최인훈 소설의 미로구조와 에세이 양식－『서유기』를 중심으로」, 『수련어
　　　문논집』 제26・27집, 수련어문학회, 2001.
박은태, 「최인훈의 『서유기』 연구」, 『한국현대문학연구』 제15집, 한국현대문학회,
　　　2004.
박혜주, 「최인훈 소설의 사실성과 비사실성 연구」, 이화여대 석사논문, 1984.
설혜경, 「최인훈 소설에서의 기억의 문제－〈회색인〉과 〈서유기〉를 중심으로」, 『한
　　　국언어문화』 제32집, 한국언어문화학회, 2007.
송명재, 「최인훈 소설의 사실효과와 환상효과」, 서강대 석사논문, 2003.
송효정, 「1960년대 소설의 환상성」, 고려대 석사논문, 2003.
양윤모, 「최인훈의 『서유기』 연구: 환상의 의미분석」, 『어문학연구』 제8집, 상명대학
　　　교 어문학 연구소, 1998.
유초선, 「최인훈 소설의 비사실주의 소설 연구」, 이화여대 석사논문, 1989.
정대화, 「최인훈의 〈서유기〉 연구」, 서울대 석사논문, 1988.
정혜영, 「최인훈 소설의 환상성 연구」, 숭실대 석사논문, 1992.
조보라미, 「최인훈 소설의 환상성 연구」, 서울대 석사논문, 1999.
황순재, 「최인훈 소설의 환상기법 연구」, 부산대 석사논문, 1989.

3. 국내서
이진경, 『노마디즘』 1, 휴머니스트, 2002.

4. 번역서
게오르그 루카치, 반성완 역, 『소설의 이론』, 심설당, 1985.
데이비드 로드 로드윅, 김지훈 역, 『질 들뢰즈의 시간기계』, 그린비, 2005.
로즈메리 잭슨, 서강여성문학연구회 옮김, 『환상성-전복의 문학』, 문학동네, 2001.
앙리 베르그송, 박종원 역, 『물질과 기억』, 아카넷, 2005.
질 들뢰즈, 김재인 옮김, 『천 개의 고원』, 새물결, 2001.
질 들뢰즈, 김상환 옮김, 『차이와 반복』, 민음사, 2004.

■ 국문초록

인물과 공간의 반복과 변형으로 나타나는 『서유기』의 환상성은 아이온의 시간 형식에 의해 구성된 존재의 탈영토화와 재영토화의 과정에서 빚어지는 것이다. 최인훈이 사용하는 환상은 비현실적인 공상과는 달리 현실에 바탕을 둔 환상이며, 환상성을 통해 당대 이데올로기의 허위성을 드러내고자 한다. 작가는 이 작품에서 절대적이고 경직된 믿음이나 신념, 독단적인 이념에 대한 거부를 표출한다. 그리고 생동하는 문화형을 지향한다. 역사적 변화에 탄력적으로 대응할 수 있는 문화형을 추구한다는 것은 유목적 사유의 전형이다. 결국 작가는 인식의 전환을 꾀하고 새로운 생성의 사유 방식을 보여주기 위해, 아이온의 시간 여행을 시작한 것이다. 요컨대 지각과 기억의 이접이 바로 『서유기』의 환상성인 것이다.

주제어: 환상성, 유목주의, 시간성, 생성

■ Abstract

The Study of Fantastic on Choi In Hoon's Novel
- Focusing on Time in "Seoyouki"

Kim, Yoon Jung

The fantastic using by Choi In Hoon primarily based on not unreal daydream but realism, and all the way through fantastic, he deliberately tried to represent a hypocrisy of ideology on the age. The writer in this novel intended to follow a swinging cultural type which is basically not an uncomfortable trust or absolute conviction. The cultural type is a classic model of nomadic though that flexibly deals with historical change. At last, the writer, planed for changing of recognition and showing a new generative though method, starts on the time expedition of "Aion". To cut a long story short, a disjunction of recognition and memory could be defined as a fantastic of "Seoyouki".

Key-words: Fantastic, Nomadism, Time, Generation

-이 논문은 2008년 11월 15일에 접수되어, 소정의 심사를 거쳐 2008년 12월 15일에 최종적으로 게재가 확정되었음.

사이버 소설의 환상성과 한국 서사의 전통

나 은 진*

Ⅰ. 사이버 소설은 어디에서 왔는가

사이버 문학은 이른바 첨단 매체의 힘을 입은 문학이라고 일컬어진다. 이 말은 곧, 사이버 문학은 우리 당대의 문학 중에서 가장 첨단을 걷는 문화적 성향을 지니고 있다는 뜻이다. 그러나, 그럼에도 불구하고, 사이버 문학, 특히 소설은 읽으면 읽을수록 아련한 기시감이 울렁거린다.

사이버 문학을 주로 쓰고 읽는, 이른바 향유층도 우리 사회에서 첨단 문화를 즐기는 신세대 젊은이들이다. 그러나 여전히 사이버 문학은 첨단의 형태라기보다 어딘가 익숙한 양식과 모양새를 지니고 있다. 엘프, 드워프, 드래곤, 오크, 중세의 기사와 귀족 작위, 낯선 외국식 이름이 난무해도, 이 낯선 어휘들의 틈새를 헤쳐나가다 보면 다시 친숙한

---

* 이화여자대학교

이야기의 흐름에 닿게 되는 것이다.

그러니 이제는 보다 진지하게, 사이버 문학의 문화적 정체성에 대해 문제를 제기할 때가 되었다. 사이버 문학, 특히 사이버 소설은 어디에서 왔는가? PC 통신 시절에 흔히 지적되었듯이 톨킨의『반지전쟁』, 중세의 기사문학과 같은 서구의 판타지 문학을 모방한 것에 불과한 것인가? 중국과 대만의 전통적인 무협지 소설을 모방한 것이 사이버 소설의 무협 갈래인 것인가?

그동안 눌러온 의문사항들에 대해 보다 진지하게 고찰하기 위해 이제 어휘의 표면적 유사성을 따지는 것에서 벗어나, 보다 본질적 내면의 문제를 드러내야 할 시점이다. 그러므로 타자성의 환상적 지형도가 우리 당대에 존재하고 있는 사이버 소설의 문화적 정체성을 어떻게 형성시키고 있는지, 그리고 이 문화적 정체성은 한국적 문화정체성과 어떤 연관성을 가지고 있는지 살펴보고자 한다.

이를 위해 우선 사이버 문학의 담당층이라 할 수 있는 작가와 독자 계층에 대해 살펴보면서 당대의 새로움이라 할 요소를 규명할 것이다. 그리고 나서 우리소설의 서사적 전통이라는 거대 맥락 위에서 대중성과 서사구조를 기반으로 사이버 소설들이 이를 어떤 양식으로 변화시켜 계승하고 있는지 각각 하위갈래들을 중심으로 고찰할 것이다.

II. 사이버 소설의 담당층과 향유층, 매체와 소통방식

사이버 소설은 개인의 컴퓨터 단말기를 연결한 인터넷 네트워킹이 형성한 가상의 공간 안에 비트의 형태로 존재한다. 이와 같은 논의는 전통적 문자 매체에 의한 문학을 아날로그 문학으로, 사이버 문학을 디지털 문학으로 양분화시키는 데 일조했다.[1] 더 나아가 아날로그 문학은 제도권 내부의 전문가에 의한 주류 문학으로, 디지털 문학은 제도권 밖의 아마추어들에 의한 비주류 문학으로 상호 변별하도록 금을 긋게 하였다.

이 양상은 담당층과 향유층에 있어서도 마찬가지로 작동했다. 기존의 창작 계층과 신세대 창작 계층의 구별은 기득권을 가진 중견 전문 작가와 소수 엘리트 독자들, 그리고 아마추어 신세대 작가와 대중 독자로 양분시켜 보고자 한 것이다.[2] 그러나 이와 같은 관점은 대립을 강화시킬 뿐, 사이버 문학의 본질에 접근하기에 효율적인 방식은 아니었다.

사이버 문학이 디지털 매체 혁명을 업고 나타난 이래 디지털 매체가 문학 행위의 장에 미친 영향과 양상에 대한 연구는 그동안 거듭되어 왔다.

수평적 소통의 장이자 열린 소통의 장, 쌍방향 소통, 능동적 소통, 세계화 소통, 개인 중심 소통의 장이라는 논의,[3] 익명성에 기반한 작가-독자의 상호작용에 의해 일어나는 문학행위의 성격[4]이 다양하게 지적되었다. 이에 연관하여 사이버 문학의 양상을 새로운 소통구조의 컴퓨토피아[5]로 간주하고 매스미디어에 대항하는 대안매체로 이해되기도 하였다.[6]

지금까지 문학 행위와 소통의 장에 대한 논의는 주로 사이버문학 쪽

---

1) 유성호, 「사이버 문학의 양상과 그 대응」, 『한국문예비평연구』 3, 1998, 398쪽.
2) 오양호, 「디지털 시대와 한국소설」, 『한민족어문학』 41집, 2002, 313-335쪽.
　　박상천, 「매체의 변화와 문학의 변화-인터넷 상의 사이버 문학을 중심으로」, 『사회이론』 20, 2001, 202-227쪽.
3) 박성호, 「사이버 공간의 매체적 특성과 사회적 영향에 대한 연구-사이버 공간의 자유와 규제를 중심으로」, 『한국방송학보』 제17-1호, 2003년 봄, 75-113쪽.
4) 한강희, 「사이버공간에서 글쓰기 행위와 가능성」, 『반교어문연구』 제12집, 2000, 293-315쪽.
5) 신상성, 「디지털 문화와 사이버 문학의 새로운 긴장」, 『한국문예비평연구』 6, 2000, 279-296쪽.
6) 강상현, 「대안매체로서의 사이버공간의 가능성과 한계」, 『한국방송학보 통권』 14-1, 2000, 7-40쪽.

과 고전문학, 현대문학 세 영역에서 이렇게 별개로 진행되어 왔다. 디지털—사이버 매체의 혁명적 등장 이래, 이와 같은 관점의 단절과 분리는 자연스러운 현상으로 받아들여져 왔다. 그러나 이제는 이 괴리의 영역을 넘어서서 사이버 문학의 뿌리를 보다 깊숙히 고찰해야 할 시점에 도달했다.

과거 우리의 문학은 늘 사회적 경제적 토대 안에서 문학행위의 장을 획득해 왔다. 조선조 소설의 시대였던 17~8세기에, 고소설은 활발한 제지 산업과 출판업, 유통업에 힘입어 다양한 경로로 작품을 보급해 왔다.7) 창작자로서의 작가는 전문 작가와 익명의 작가, 아류작을 주로 생산하는 모방 작가 등이 존재했다. 독자는 목판 출판본을 사서 소장하거나 필사본을 만들고 대여점에서 유료로 빌려 읽었다. 저잣거리에서는 강담사가 소설을 읽어주거나 구술했고, 한글 덕에 문맹률이 낮았던 조선시대는 영·정조 대의 산업 자본주의의 맹아기와 맞물려 소설의 황금기를 누렸다.

여기에 우리의 사이버 문학의 소통 양상을 대비해 본다면, 동질적인 요소가 대부분임을 알게 된다. 사이버 문학의 작가는 전문 작가, 아마추어 작가가 섞여 있다. 초, 중등 학생부터 40~50대 작가까지 인터넷 사이트 "조아라(유조아 http://www.ujoa.com/)"와 "문피아(구, 고무림 http://www.munpia.com/)" 등에서 인터넷 게시판이라는 특유의 형태8)를 매개로 작품을 생산하고 있다. 사이버 문학 전문 출판사가 게시판을 지켜보다가 조회수가 높은 작품들을 선택해 작가와 출판계약을 한다. 그러면 저작권이 출판사에 넘어가고, 출판사는 출판된 작품을 오프라인 서점과 인터넷 서점, 도서관, 개인 사설 유료도서관 역할을 하는 각 지역의 대여점으로 출고시킨다. 마치 필사본과 방각본의 관계처럼, 게시판 소설

---

7) 김광순, 『한국고소설사』, 국학자료원, 2001, 85-98쪽.
8) 이용욱, 「디지털 서사체의 미학적 구조 (2)—'전자 종이'로서의 인터넷 게시판의 문학적 가능성」, 『어문연구』 43집, 2003, 561-579쪽.

과 출판본 소설의 이원화된 구조가 여기에 내재해 있는 것이다.

독자의 반응에 따라 작품의 인기도와 수명, 유사한 갈래 작품의 지속적 생산이 결정되며, 도서 대여점이라는 한국적인 독특한 체제에 따라 문학 작품의 소통이 매개된다는 점이 17~8세기와 현대의 사이버 세대가 공유하고 있는 공통점이라는 것은 참으로 시사하는 바가 크다고 할 수 있다.

물론 이 현상의 저변에는 고소설과 사이버문학이 모두 일상성과 대중성9)에 기반하고 있기 때문이라는 지적이 주요한 이유가 된다. 이제 우리의 소설사라는 관점에서, 고전 소설, 전통적 서사와 사이버 소설의 연맥을 위해 우리는 당대의 '대중성'과 대중성에 기반한 소통구조라는 점에 주목해야 할 것이다. 그러나 대중성에 주목한다는 것은 통속성10)으로 기울어진다거나 본격문학의 품격을 포기한다거나 하는 차원의 것이 아니다.11) 일상에서 저변화되는 문학행위12)와 문학작품에 대한 이야기인 것이다.

Ⅲ. 우리 소설의 서사적 전통과 그 계승자 사이버 소설

사이버 소설이라면, 대표적인 하위갈래로 무협과 판타지, 로맨스 소

---

9) 김교봉, 「사이버 소설의 대중문학적 성격」, 『한국학논집』 제26집, 1999, 167-189쪽.

10) 하우저는 예술의 갈래를 교육계층에 따라 고급예술, 민중예술, 통속예술로 나누고, "통속예술이란 얼치기 교육을 받고 때로는 그릇된 교육을 받았으며, 대중화의 경향을 띤, 주로 도시의 감상층의 욕구에 영합하는 예술적인, 혹은 예술과 흡사한 생산"이라 규정하면서, 통속예술은 직업적 작가와 수동적인 도시의 감상층을 양축으로 하여 형성된다고 주장한 바 있다. 볼프강 하우저, 『예술의 사회학』, 한길사, 1984, 184쪽.

11) 손경목, 「통속문학과 대안적 대중문학의 가능성」, 『실천문학』, 1991년 봄호.
장영우, 「국어국문학과 대중문화―통합과 확산」, 『국어국문학』 131집, 2002, 117-138쪽.

12) 신동흔, 「일상의 문학과 문학교육」, 『문학과 교육』 제3호, 1998년 봄호.

설들을 떠올리기 십상이다. 그리고 고소설이라면 군담소설, 염정소설, 전기소설 등을 대표적인 것으로 떠올린다. 각각을 따로 놓고 보면 연계점이 보이지 않지만, 두 부류를 나란히 병행시켜 놓고 보면, 그리고 이 두 소설들을 모두 읽어본 독자라면, 시대를 건너서 두 부류를 함께 이어주는 내면의 동질성을 찾아낼 수 있다. 이는 사이버 문학에서 전대의 고소설로, 그리고 구비문학으로 이어지는 연계성의 맥락[13]이 있음을 의미하는 것이다.

이를 확인하기 위해 우선 신화에서 발원한 영웅의 일대기 신화와 고소설의 군담소설류, 그리고 현대의 사이버 무협소설로 이어지는 한 갈래를 살펴보고자 한다. 두 번째로 문학의 영원한 주제인 남녀의 애정 모티프가 전설이라는 비극적 설화형태에서 고소설의 행복한 결말로, 그리고 인터넷의 로맨스 소설로 이어지는 맥락을 짚어본다. 마지막으로는 현실에서 출발하여 환상적인 유토피아를 꿈꾸는 환상성의 모티프가 민담에서 전기문학으로 그리고 사이버 판타지 소설로의 흐름을 찾아보게 될 것이다.

물론 각 개별 작품들은 무척 복합적이다. 영웅소설이면서 통속화하여 염정소설의 요소를 짙게 지니기도 하고,[14] 사이버 소설이지만 신화와 민담의 요소를 복합적으로 함유하고 있기도 하다. 그러므로 위와 같은 유형화는 연계성을 파악하기 위한 속성의 유형이지 개별 작품의 유형화라 보기는 어려울 것이다. 그럼에도 불구하고 이와 같은 고찰을 통해서, 우리는 사이버 문학이 디지털 매체 혁명을 타고 하늘에서 돌연히 떨어진 낯선 존재가 아니라 그 내면의 논리에서부터 우리 문학의 서사적 전통을 면면히 이어받아 온 우리 당대의 계승자임을 재확인하게 될 것이다.

---

13) 신동흔, 「현대 구비문학의 전파매체」, 『구비문학연구』 제3집, 1996.
14) 김현우, 「영웅소설의 변화와 대중성의 길」, 『한국학논집』 제27집, 2000, 157-172쪽.

1. 영웅의 일대기 신화에서 군담소설로, 현대의 무협 소설로

영웅이 서사의 주인물인 경우, 이 서사는 '영웅의 일대기'라는 구조의 형태에 의존한다. 조선조의 영웅소설은 비범한 인물의 일생을 소재로 하는 것으로, 영웅신화의 원형구조를 모태로 수용한 것이기도 하다. 「단군신화」, 「동명왕신화」처럼 천상에서 태어나 지상에서의 과제와 업적을 쌓고 다시 본원으로 귀환하는 순환론적 형태를 보여주기도 한다. 서사무가인 「당금애기」, 「바리공주」와 같은 경우 남성 영웅이 아닌 여성영웅의 원형을 이룬다.

영웅의 일대기 구조를 보여주는 소설들은 흔히 군담류 영웅소설, 혹은 군담소설로 분류되었으며, 이 소설에 나타나는 영웅의 일대기 구조는 다음과 같이 분석되었다.15)

① 고귀한 혈통을 지닌 인물이다.
② 잉태와 출산이 비정상적이다.
③ 범인(凡人)과는 다른 탁월한 능력을 타고났다.
④ 어려서 기아(棄兒)가 되어 죽을 고비에 이르렀다.
⑤ 구출양육자(救出養育者)를 만나 죽을 고비에서 벗어났다.
⑥ 자라서 다시 위기를 맞는다.
⑦ 위기를 투쟁으로 극복하고 승리자가 되었다.

한편 서대석은 창작 군담소설의 구조를 "기자정성 → 태몽 → 주인공의 시련 → 국가의 위기 → 주인공의 입공 → 정적의 복수 → 부귀영화"로 요약하고 그 배경사상으로 무(巫)와의 유사성을 지적하기도 했다.16)

신화에서 출발한 영웅의 일대기 구조는 고소설에 이르러 전형성 속

---

15) 조동일, 「영웅소설 작품 구조의 시대적 성격」, 『한국 소설의 이론』, 지식산업사, 2004.
16) 서대석, 「군담소설의 구조와 배경사상」, 『한국학보』 제8집, 일지사, 1977.

에서 다양성을 확보한다. 창작군담소설로 『유충렬전』, 『소대성전』, 『장백전』 등이 있으며, 역사 군담소설로 『임진록』, 『임경업전』, 『박씨전』 등이 있다. 인물의 영웅 일대기 구조는 두 부류 모두 공통적이나 역사 군담소설이 지니고 있는 역사 재해석의 담론 성격으로 보아, 이 부분은 뒤에서 다시 논하고자 하고, 우선 창작군담소설과 사이버 무협 소설과의 연관성을 먼저 이야기하고자 한다.

무협 소설은 본래 중국의 것이라 생각하지만, 무협 소설에 나타난 '중원'이라는 공간은 실존하는 지리적 공간으로서의 송, 원, 명 등의 중국이 아니라 오히려 가상공간의 성격이 두드러지게 나타나는 특수하고도 작위적인 공간이다.

고소설에서 언급하는 중국의 시공간 배경도 이와 유사하다. 현실의 리얼리티 그 자체일 필요가 없고, 단지 독자에게 상기시키면 되는 것이다. 그러다 보니 배경의 구체성은 중요하지 않고, 사건의 전개에 초점이 맞춰진다. 고소설 『전우치전』은 소설의 서두와 전개 과정에 나타난 시대 배경이 어긋나는 현상도 벌어진다.

> 조선 초에 송경 숭인문 안에 한 선비가 있으니, 성은 전(田)이요, 이름은 우치(禹治)라.
> 일찍 높은 스승을 좇아 신선의 도를 배우되, 본래 재질이 표일(飄逸)하고 겸하여 정성이 지극하므로 마침내 오묘한 이치를 통하고 신기한 재주를 얻었으니 소리를 숨기고 자취를 감추어 지내므로 비록 가까이 노는 이도 알 리 없더라.[17]

> 상이 백관을 거느리시고 부복하시니, 그 선관이 전지(傳旨)를 내려 가로되, 「고려왕이 힘을 다하여 천명을 순종하니 정성이 지극한지라, 고려국이 우순풍조(雨順風(調)하고 국태민안(國泰民安)하여 복조(福兆) 무량하리니 상천을 공경하여 덕을 닦고 지내라.」[18]

---

17) 김기동, 전규태 편저, 『김희경전 · 전우치전』, 서문당, 1994, 177쪽.

서두에 조선 초라 명시했지만 중간에 고려왕과 고려국으로 바뀐다. 다수의 이본과 창작자 개입과정에서 벌어진 오차일수도 있지만, 이런 오차에 대해 문제시하지 않을 정도로 배경의 구체성에 대해서는 중시하지 않았다고 보는 게 더 옳을 것이다.

이와 같은 태도는 현대의 사이버 무협 소설에서도 나타난다. 단지 이름만 빌렸을 뿐, 그 공간 안에서 활동하는 사람들은 여전히 한국적인 문화적 정체성을 지닌 사람들이다.

다음 글은 사이버 무협 작가 중에서 중진에 속하는 조진행[19]이라는 작가가 후배 작가의 출판본 『악공전기』[20]에 써 준 추천의 글[21]이다.

장르소설이라 일컬어지는 무협과 판타지는 한국에서 독특한 위치를 가지고 있습니다.

문자로 되어 있으면서도 문학작품의 취급을 받지 않으며, 학교와 가정에서도 환영받지 못하고 있으니 말입니다.

범국민적으로 사랑을 받았던 김용의 『영웅문』 시리즈나 『반지의 제왕』, 『해리 포터』 시리즈를 생각하면 이해할 수 없는 현상이기도 합니다.

그런 모습을 두고 혹자는 '문화적 사대주의다'라고 말할 수도 있겠지만, 사실 이유는 다른 데 있을지도 모릅니다.

외국에서 수입된 무협과 판타지는 이미 자국은 물론 세계적으로 그 작품성과 대중성을 인정받은 것들입니다. 뛰어난 작품이라 국적과 성별, 나이를 불문하고 호평을 받게 된 것은 아닐까 생각해 봅니다.

한국의 무협은 어떨까요?

번역무협의 시기니 창작무협의 시기니 하는 것들은 기록 이상의 의미가 없으니 생략하도록 하겠습니다.

---

18) 앞의 책, 179쪽.
19) 『기문둔갑 1-10(완)』, 「향공열전 1-6」 등을 출판했다.
20) 문우영, 『악공전기 1-7』, 드림북스((주)삼양출판사), 2008.
21) 조진행, 「이 암울한 시대에 던지는 빛나는 수작」, 문우영, 『악공전기 1-7』, 드림북스 ((주)삼양출판사), 2008, 4-8쪽.

오늘날 '무협'이라고 하는 독특한 장르의 정체성이 형성된 것은 '구무협'이라 일컬어지는 '한국형 공장무협의 시대'라고 감히 단언할 수 있습니다.

기연과 주인공의 이름만 다를 뿐 모두 비슷한 줄거리가 되고 마는 처량함, 성도착자가 아니고서는 쓸 수 없는 도색적인 글, 여러 사람이 쓴 글을 모아 하나의 필명으로 찍어내기, 대필, 도작(盜作) 등등 상상을 초월하는 일들이 그 시기에 횡행했습니다.

그 암울한 시기를 거치는 동안 무협에서는 작가의 사상, 철학, 다양성 등이 서서히 잊혀져 갔습니다.

그리고 그 자리에 '무협을 위한 무협'이라는 다소 편협한 개념이 자리를 잡아 갔습니다.

더불어 잔혹한 칼부림과 박투, 기형적인 인간 군상들의 맹목적인 세력다툼이 '무협의 향기'로 포장되어 확대 재생산 되었지요.

더 이상 무협에서는 인생의 의미나, 문장의 아름다움, 글 자체가 주는 고아함은 찾아보기 힘든 것이 되고 말았습니다. 드물게 인용되는 시(詩)는 풍류나 비장함을 표현하기 위한 무대장치에 불과하고, 멋들어진 말은 여자를 홀리기 위한 것이나 표절이 대부분입니다.

하지만 21세기에 접어들면서 무협에도 변화가 일어났습니다.

그것은 단지 통신이나 인터넷 연재라고 하는 시대적인 현상이나, 한국형 판타지가 자리를 잡으면서 무협에 찾아온 퓨전의 바람을 의미하는 것이 아닙니다.

기존의 '무협을 위한 무협'에서 벗어난 다양한 종류의 글쓰기가 시도되고 있다는 뜻입니다.

많은 작가들이 칼부림, 박투, 맹목적인 세력다툼에서 벗어나 드디어 인간에게 주목하기 시작한 것입니다.

이계로 날아가든, 코믹함으로 무장을 했든, 정통을 고수하든, 21세기에 등장한 새로운 조류의 글 속에서는 항상 사람이 중심입니다.

문우영 작가님의 글도 구무협과는 동떨어져 있습니다.

『악공전기』 속에서 웃고, 분노하고, 슬퍼하고, 즐거워하는 석도명은 단지 무협에서만 볼 수 있는 괴팍한 인간이 아닙니다.

때로는 평범하고 때로는 비범한 그의 삶은, 생활 속에서 마주치게 되는 나, 혹은 당신의 모습과 지나치게 닮아 있습니다.

도움의 손길을 찾아 거리를 배회하던 소년은, 떳떳해진 자신을 보여주기 위해 사춘각을 찾아가는 청년 악공은, 폭력에 굴하지 않기 위해 쉴 틈 없이 자신을 단련하는 석도명은, 어쩌면 우리가 못 이루어낸 꿈을 대신해서 살아가고 있는지도 모릅니다.

…(하략)…

빈들 조진행

이 예문이 보여주듯이, 사이버 무협 소설 작가들은 무협의 주제의식과 내용에서 기존의 구무협이 가진 도식성을 부정하고, 중국문화와 다른 당대의, 그리고 일상적인 한국적인 문화와 주제의식의 중요성을 설파하고 있다.

신화와 고소설이 보여준 영웅의 일대기 구조는 사이버 소설에 오면서 다양한 변형을 경험한다. 출생에서 죽음까지 이르는 모든 경로가 다 소설에 노출되는 것이 아니라, 주제와 유관하여 의미있는 부분을 중심으로 재편성된다. 다음에 인용되는 권오단 작가의 『전우치전』22)은 고소설의 『전우치전』과 대비할 때 더욱 유의미해진다.

번　호: 9534
게시자: 권오단(KOVEL)
등록일: 1999−10−12　00 : 45
제　목: [전우치전 1] 생과 사

…(중략)…

방에서는 박씨 부인이 조용히 앉아있었는데 금방이라도 숨이 넘어간다는 비탈이의 말을 믿을 수 없을 정도로 박씨는 단정히 앉아있었으므로, 실권이는 안심이 되었다. 박씨 부인의 좌측에 어린 아기가 작은 몸을 뒤척이며 누워 있었는데 앉아있는 박씨의 이마 위에는 이슬 같은 식은땀이 송송

---

22) 권오단, 『전우치전 1-6(완)』, 북소리, 2003.

배여 있었다. 박씨는 아기의 얼굴을 한번 내려다보고는 왼편에서 비단에 싼 두루마리를 꺼냈다.

"서방님이 가시기 전에 이미 이런 때가 올 줄 알고 내게 당부한 것이 있었네."

박씨는 두루마리를 풀었다.

두루마리 안에는 푸른색의 둥근 옥패 하나와 한 권의 책이 있었다.

"서방님께서 가시기 전에 아이의 이름은 이미 정해 놓았네. 이 아이의 이름은 우치(禹治)라고 하네. 옛 우왕(禹王)이 물길을 다스려 천하 사람을 이롭게 하듯 후일에 여러 사람을 이롭게 하라는 뜻이라네."

주−{{우왕(禹王)−고대 성군(聖君)들의 하나로 흔히 요(堯)·순(舜)·우(禹)·탕(湯)의 4명중에 물길을 잘 다스린 왕.}}

그녀는 이번에는 옥패와 한 권의 책 가리키며 말했다.

"이 옥패도 또한 서방님이 주신 것인데 아이가 항상 가지고 다닐 수 있도록 목에 걸어놓겠네. 그리고 이 책은 서방님께서 가장 아끼시던 책으로 자네가 항상 간직해 있다가 우치가 20살 때 전해주라 하셨네."

…(중략)…

그날 밤에 박씨는 자는 듯 조용히 우치를 안고 숨을 거두었다. 부인의 장례가 끝이 나자 사람들은 저마다 눈물을 흘리며 수근거렸다.

"으휴, 불쌍한 어린 도련님은 어떡한데?"

"하늘도 무심하시지. 태어난 지 하루도 안돼서 홀홀단신 천애고아가 되시다니."

"이사람 그게 무슨 큰일날 소린가? 어르신께서 시퍼렇게 살아계신데 망령이라도 들었는 거 아녀?"

"내 말은 그런 뜻이 아니라 지금 처지가 그렇다는 얘기지유"

"어디 가더라도 그런 소리 하질 말게. 천벌 받아 천벌."

다른 아낙들은 한숨을 내 쉬며 눈물을 흘렸다.

이인 전유선 처사가 어렵게 얻은 아들 우치는 아버지와 떨어지고 어머니를 잃고, 보호자 손에서 벗어나 양부모와 스승 손에 넘어간다. 국가의 위기를 맞아 일본과 중국을 오가며 활약하는 전우치의 삶은 이름의 의미해석에 드러난 의미 그대로이다. 자신이 기아였음을 알게 되고 성장과 위기를 거듭하며 다섯 여인과 인연을 맺고, 마침내 생부를 만나 국가의 위기를 극복함으로써 이야기가 종결된다.

권오단은 이 작품에서 다양한 실험을 시도한다. 퇴계 이황과의 만남과 대화, 고소설의 도술을 무공으로 설정하여 재해석한 것 등이 그것이다. 따라서 환상성을 구현하되, 역사적 사실과 전통문화의 세계관에 기반한 환상성을 독자에게 보여줌으로써, 타자화된 전통문화를 재인식하도록 하고 있다. 고소설 『전우치전』이 도술의 신이함과 사건의 에피소드 나열 구성을 통해 독자의 카타르시스 효과를 증폭시켰다면, 사이버 무협 소설 『전우치전』은 우리 당대의 이상주의적 담론을 인물 '전우치'와 그의 시대에 투사하여, 그의 성장이 곧 독자의 성장 과정이 되도록 타자화시켜 드러낸다. 그 과정에서 『전우치전』은 비교적 정통 무협에 가까운 영웅의 일대기와 성장 서사의 유형을 보여준다. 반면에, 최진석의 『무법자 1-5(완)』[23]는 정통무협의 영웅서사 위에 현대의 관점에서 당대의 일상성을 반영하는 개성을 지닌 새로운 영웅의 유형을 보여준다.

이 소설이 말하는 것처럼, 그리고 조진행이 추천사에서 말했던 것처럼, 사이버 무협 소설에 등장하는 영웅들은 중국문화에 걸맞는 영웅도 아니며, 고소설에 자주 등장하는 영웅과 전적으로 일치하지도 않는다. 이 영웅들은 영웅의 일대기 구조 틀을 공유하되, 한국적 문화정체성 위에서 당대의 독자 욕망을 반영[24]한, 타자화된 존재들인 것이다. 판타지 소설에 나타나는 성장하는 개인들 역시 이와 유사하다. 중원이라는 가상공간이 아니라 판타지 세계라는 가상공간에서 존재할 뿐, 영웅으로서의 성장 서사는 한국적 문화 정체성에 깊이 뿌리박고 있으며, 작품의 전체 구도를 좌우하는 것이다.

---

23) 최진석, 『무법자 1-5(완)』, 자음과모음, 2004~2005.
24) 우찬제, 「욕망현시 소설유형론 연구」, 『한국언어문학』 제36집, 1996, 279-317쪽.

2. 남녀의 사랑, 전설에서 염정소설로, 현대의 로맨스 소설로

남녀의 애정은 문학의 영원한 주제라고 할 수 있을 정도로 보편화된 주제이다. 남녀 애정의 서사에서 중요한 것은 애정의 진행에 장애가 되는 남/녀의 대립을 이루는 장애요소가 무엇이냐는 것이고, 이 장애와 금기를 넘어서는 것이 서사의 진행과정이다. 또한 장애와 금기가 구체적으로 어떻게 표상되는가에 따라 그 서사에 반영된 당대의 담론을 이해할 수 있는 단서가 되기도 한다. 예를 들어 전설에서 문제시 되는 것은 신분의 문제라기보다 '인간/비인간'의 대립구도이다. 반면에 고소설에서 문제가 되는 것은 '인간 대 인간'의 1 : 1 관계가 불가능하게 만드는 가문의 논리, 곧 신분격차의 문제이다. 신화나 서사무가도 물론 이 부분을 다루기는 하지만, 영웅의 업적을 이루기 위한 중간 단계나 도구 정도로 취급되었다.

조선조 영웅소설들은 점차 복수형 영웅소설과 애정형 영웅소설로 무게중심이 옮겨가는데,[25] 그러다보니 쟁총형 염정소설 범주 분류와 겹쳐지는 부분도 많다.[26] 인터넷 로맨스 소설들은 대부분 이 두 부류 중에서 쟁총형에 가깝다고 볼 수 있다. 특히 여성인물의 입장에서 남성인물을 상대로 한 로맨스 소설의 애정 구도는 3각, 4각, 5각 관계에 이르는 다각적 쟁총형이다. 남성 하나에 여러 여성의 구도이든, 한 여성에 여러 남성의 구도이든, 일상화된 평범한 여성이 쟁총 구도에서 승리하는 것이 인터넷 로맨스 소설이 노리는 카타르시스 효과이다.

그러나 사이버 문학에서 애정형 영웅소설은 그 구도가 다소 차이 난다. 인터넷 로맨스 소설이 여성작가와 독자를 주 담당층으로 하여 향유되는 성향을 지닌 탓에, 여성중심적 시각을 강하게 보여준다면, 사이버

---

25) 김재용, 『영웅 소설의 두 주류와 그 원천』, 『한국언어문학』 제22집, 1983, 167-186쪽.
　　김현우, 앞의 논문, 2000, 157-172쪽.
26) 김광순, 앞의 글, 85-98쪽.

무협 소설들은 남성과 여성의 구도에서 차이가 난다. 영웅인 남성 중심의 시각에서 보는 여성들은 늘 타자화되어 있고, 남성의 욕망이 투사된 여성들이다. 따라서 사이버 무협 소설에 나타난 남성과 여성의 관계는 "영웅은 호색"이라는 명분과 함께 남성의 능력을 재는 잣대로 사용되기도 한다.

이 소설 『전우치전』에서 주인공 우치가 여성들을 만나가는 과정은 『금오신화』, 『구운몽』 등에 흔하게 등장하는 장면과 유사하다. 시와 음악, 대화로 풀어가는 이 과정은 애정에 적극적인 여성을 등장시켜 소극적인 남성이 원하는 욕망을 충족시킨다.

　　번　호: 9717
　　게시자: 권오단(KOVEL)
　　등록일: 1999－11－09 00：03
　　제　목: [전우치전 3] 족자의 비밀 2

우치는 정옥, 정란 자매와 함께 너른 대청 마루위에서 자리를 함께 했다. 달은 중천에 떠올라 교교한 자태를 뽐내고 있었고 어디선가 가을 풀벌레 소리들이 어둔 밤의 적요함을 깨고는 정겹게 들려왔다.
…(중략)…
두 여인의 목소리는 격양되어 있었는데 목소리 속에는 애절함이 가득 담겨 있었다. 우치는 이들이 자신의 낭군을 기다리는 마음이 담긴 좋은 시라고 생각했다.

노래가 끝나자 정옥이 가야금을 놓고 우치에게 말했다.

"공자님께서는 족자에 담긴 뜻을 알고 계시지요."

우치는 정옥이 애정이 담뿍 담긴 눈으로 자신의 얼굴을 뚫어지게 바라보자 당황하여 얼른 고개를 다른 곳으로 돌리며 말했다.

"나는 그림의 뜻을 모르오."

정옥은 다시 말했다.

"그 도사님께서는 저희의 배필감을 촉석루에서 만날 것이라고 말씀하셨습니다. 저희가 열다섯 무렵부터 그 곳에 찾아가 도련님처럼 학식이 높은 사람을 만나면 이곳으로 모셔와 족자의 비밀을 풀기를 원하였으나 아무도 아는 사람이 없었습니다."

"그. 그것은 나도 아는 바가 없소……"

그러자 정란이 샛별같은 두 눈을 반짝이며 말했다.

"누이가 춘계문답(春桂問答)을 왜 부른 줄 아십니까? 이제 내년이면 제 나이가 열여덟이고 제 누이 나이가 스무살입니다. 이제는 누이가 혼기가 가득차서 더 기다릴 수가 없습니다."

우치는 싯귀를 생각하자 머리를 망치로 얻어맞는 것 같았다.

'첫 구에 홀로 외로이 꽃을 피우지 않는다는 것은 누군가를 기다리기 때문에 혼인을 하지 않았다는 뜻이고, 두 번째 싯구에 낙엽이 우수수지는 가을에 홀로 핀다는 것은 스스로 나를 선택하겠다는 말인가?'

우치는 더듬거리며 말했다.

"그. 그래서… 나. 나를 선택한다는 말이오?"

정옥이 다소곳이 말했다.

"그렇습니다. 저와 동생은 공자님이 죽었던 사람을 살리는 것을 보고는 족자 속에 사람을 치료하고 있던 의원이 문득 떠올랐습니다. 그때 저는 이미 작정을 했습니다."

우치는 크게 낭패라고 생각하며 한참을 생각하다가 말했다.

"갑자기 음식을 많이 먹었더니만 속이 편치 않군요. 측간에 잠시 갔다 오겠소."

그는 서둘러 측간을 향해 뛰어갔다.

'큰일날 뻔 했다. 저들이 비록 기생이지만 아름답고 재주가 높은데 어디 나 같은 사람과 어울릴 수 있으랴?'

우치는 이렇게 생각하며 측간 옆에 있는 쌍화원의 담장을 넘었다.[27]

이 장면에서 애정의 매개물이 등장한다. 남녀의 사랑을 확인하는 신 표는 전설에서부터 지속적으로 사용된 문학적 장치다.[28] '족자의 수수

---

27) 권오단, 『전우치전』, 나우누리 연재본에서 일부 발췌.
28) 이지호, 「옛 이야기의 환상성 (2)」, 『초등우리교육』 152호, 2002, 122-128쪽.

께끼'는 사랑을 위한 자격시험이며, 통과의례이자 사랑의 확인이다. 그러나 주인공 우치는 신분의 격차를 사랑의 장애물로 생각하는 것이 아니라 인물의 됨됨이를 기준으로 평가하여 자신이 부족하다 생각하고 사랑을 거절하려고 한다. 이와 같은 점이 바로 작가와 독자의 공유지점, 우리의 당대성이 드러나는 대목이 될 것이다.

3. 환상적 유토피아와 현실, 민담에서 전기소설로, 현대의 판타지 소설로

　민담은 전설이나 신화에 비해 사회의 소수자들의 목소리를 진하게 담고 있다. 하위 소수자일수록 전설의 비극성보다 전복의 카타르시스를 경험하게 해주는 민담에 자신의 욕망을 투사하기가 쉽기 때문에, 민담이 꿈꾸는 이상적 세계는 대중에게 친숙한 형태로 쉽게 확산된다. 구비문학에서 민담이 가지고 있는 세계에 대한 상징적 사유, 상/하 등 위계질서를 전복시키는 논리, 현실의 결여를 채우는 이야기의 사회적 효용성 등이 바로 환상성이 구체화되어 개입하는 마디 결절일 것이다.

　민담이 꿈꾸는 세상은 『삼국유사』의 '조신몽'처럼 '꿈'의 구도를 수용하면서 문학적으로 견고한 양식의 한 틀을 갖추었다. 몽자류, 혹은 몽유록, 환몽소설 계통의 서사[29]가 독자적인 구도를 형성하면서 "꿈속의 세계/꿈밖의 세계"가 대립구도로 형성되었고, 입몽에서 각몽에 이르는 과정이 바로 서사의 진행과정으로 생각되었다. '꿈속의 세상'은 환상성이 개입하는 지점이고, 꿈에서 깨어 현실로 복귀하는 과정은 돌아온 타자를 현실에서 맞대면하는 과정이다. 그러므로 환상적인 것은 현실/비

---

29) 강상순, 「고소설에서 환상성의 몇 유형과 환몽소설의 환상성」, 『고소설연구』 15집, 2003, 31-54쪽.

　김성룡, 「한국고전소설의 환상성에 대한 연구」, 『국문학연구』 70, 서울대, 1985.

　김성룡, 「고전소설의 환상미학」, 『양포 이상택 교수 환력기념논총』 上, 1998, 149-175쪽.

현실의 관계, 여기에 참여하는 '작가(서술자)[30]/독자(내포독자)' 사이의 상호작용으로 나타날 수밖에 없다.[31]

따라서 이런 성향을 가진 문학작품의 내면은 현실에 없는, 이상화된 유토피아를 추구하기 마련이다. 그러나 그 유토피아는 현실의 반면교사로서 오히려 현실에 대한 리얼리즘의 체감을 높이는 효과를 낸다. 가상의 공간은 환상을 구체화시켜서 또 다른 상상의 날개를 달아주면서 리얼리즘의 지평을 다른 방식으로 확대시킨다. 그러므로 그것은 리얼리즘의 소멸이 아니라 재인식이다.[32] 시뮬라크르 안에서 리얼리즘이 추구하는 실체라는 것은 이미 의미가 없기 때문이다. 실상이 허상이고, 허상이 가상인 환경에서 상상력은 환상적 유토피아를 통한 현실의 카타르시스 쪽으로 기울어진다.

영웅 소설이지만, 환상적 유토피아를 소설 속 가상공간 안에 제대로 구체화시킨 대표 공간 중의 하나가 바로,『홍길동전』에 나타나는 '율도국'이다.『홍길동전』에서 율도국에 대한 부분을 뽑아보면 다음 예문과 같다.

각설, 길동이 제전(祭典)을 극진히 받들어 삼상을 마치매 모든 영웅을 모아 무예를 익히며 농업을 힘쓰니, 병정양족한지라, 남해(南海) 중에 율도국(聿島國)이란 나라가 있으니, 옥야(沃野) 수천리요, 짐짓 천부지국(天府之國)이라, 길동이 매양 유의하던 바라 제인을 불러 왈,
「내 이내 율도국을 치고져 하나니 그대 등은 진심(盡心)하라.」
하고 즉일 진군할새, 길동이 스스로 선두가 되고 마숙(馬肅)으로 하여금 후군장(後軍將)을 삼아 정병 오만을 거느려 율도국 철봉산(鐵峰山)에 다다라

---

30) 이상삼, 「조선전기 몽유소설의 미의식과 이념적 성격 ─ 중세후기 지식인 소설의 인물 유형고 1」, 『한국문학연구』 제18집, 동국대 한국문학연구소, 1995, 393-428쪽.
31) 송효섭, 「이조소설의 환상성에 대한 장르론적 검토」, 『한국언어문학』 제23집, 1984, 354-375쪽.
32) 신상성, 앞의 논문, 284쪽.

싸움을 돋우니, 태수 김현충(金顯忠)이 난데없는 군마(軍馬)가 이름을 보고 대경하여 일변 왕에게 보(報)하고 일지군(一枝軍)을 거느려 내달아 싸우거늘, 길동이 맞아 싸워 일합에 김현충을 베고 철봉을 얻어 백성을 안무(按撫)하고 정철(鄭哲)로 철봉을 지키오고 대군을 휘동(麾動)하여 바로 도성(都城)을 칠새, 격서(檄書)를 율도국에 보내니 하였으되,

「의병장 홍길동은 글월을 율도왕에게 부치나니, 대저 임군은 한 사람의 임군이 아니요, 천하 사람의 임군이라. 내 천명을 받아 기병하매, 먼저 철봉을 파하고 물밀듯 들어오니 왕은 싸우고자 하거든 싸우고, 불연즉(不然則) 일찍 항복하여 살기를 도모하라.」

하였더라.

왕이 남필에 대경 왈,

「아국이 전혀 철봉을 믿거늘, 이제 잃었으니 어찌 저당(抵當)하리오.」

하고 제신을 거느려 항복하니, 길동이 성중에 들어가 백성을 안무하고 왕위에 즉한 후 율도왕으로 의령군을 봉하고 마숙·최철로 좌우상(左右相) 삼고 기여(其餘) 제장은 다 각각 봉작한 후 만조백관(滿朝百官)이 천세(千歲)를 불러 하례하더라.

왕이 치국(治國) 삼년에 산무도적(山無盜賊)하고 도불습유(道不拾遺)하니, 하위 태평 세계러라. 왕이 백룡을 불러 왈,

「내 조선 성상께 표문(表文)을 올리려 하니, 경은 수고를 아끼지 말라.」

하고 표문과 서찰을 홍부(洪府)에 부치니라. 백룡이 조선에 득달(得達)하여 먼저 표문을 올린대, 상이 표문을 보시고 찬 왈,

「홍길동은 짐짓 기재(奇才)로다.」

하시고 홍인형으로 위유사(慰諭使)를 하이사 유서(諭書)를 내리시니, 인형이 사은한 후 돌아와 모부인께 연유설화(緣由說話)를 고한대 부인이 또한 가자 히거늘, 인형이 마지 못하여 부인을 뫼시고 발행하여 여러날 만에 율도국에 이르니 왕이 맞이하와 향안(香案)을 배설(排設)하고 유서를 받자온 후 모부인과 인형으로 반기며, 산소에 소분(掃墳)한 후 대연을 배설하여 즐기더라.

여러날이 되매, 유씨 홀연(忽然)득병(得病)하여 졸하니, 선릉(先陵)에 쌍장(雙葬)하고 인형이 왕을 하직하고 본국에 돌아와 복명하온대 상이 그 모상(母喪)당함을 위유(慰諭)하시더라.

104

차설, 율도왕이 삼상(三喪)을 마치매, 대비(大妃) 이어 기세(棄世)하매 선릉(先陵)에 안장한 후 삼상을 마치매, 왕이 삼자이녀를 생하니 장자·차자는 백씨 소생이요, 삼자·차녀는 조씨 소생이라. 장자 현으로 세자를 봉하고 기여(其餘)는 다 봉군(封君)하니라. 왕이 치국 삼십년에 홀연 득병하여 붕(崩)하니, 수(壽)가 칠십세라. 왕비 이어 붕하매, 선릉에 안장한 후 세자 즉위하여 대대로 계계승승하여 태평을 누리더라.[33]

『홍길동전』의 마지막 부분인 이 글은 길동이가 조선에서 이룰 수 없었던 이상의 꿈을 가상의 공간 율도국에서 성취[34]하는 장면을 보여준다. 강력한 군사력과 정치력으로 왕이 되고, 부국강병을 이루며 개인적으로는 화목한 가정을 이루고 무병장수한다는 것은 개인이 꿈꿀 수 있는 최대의 복락이다. 왕조의 시조가 되어 대대손손 왕위를 물려주는 것 또한 그렇다. 그러나 길동은 현실에서 자신이 의병활동을 했던 때의 명분과 서얼로서 차별받은 사회적 부조리에도 불구하고, 그는 율도국에서 최고의 기득권 세력이 되고 두 부인을 얻어 서얼을 낳는다. 이와 같은 모순은 율도국이 현실의 연장선상에서 욕망의 실현대상이어야 한다는 당위성 위에서나 성립되는 것이다. 권오단의 『전우치전』에 등장하는 '길동'은 고소설 『홍길동전』이 지니고 있는 이 모순을 현대적 사유에서 재해석한다.

번 호: 9558
게시자: 권오단(KOVEL)
등록일: 1999-10-14 00 : 07
제 목: [전우치전 1] 조선의 무예에 혼이 나다 1

---

33) 김기동, 전규태 편, 『홍길동전·이해룡전·정진사전·최척전』, 서문당, 1994, 41-3쪽.
34) 이현국, 「〈홍길동전〉 소고-'제도'의 서사적 기능과 그 의미를 중심으로」, 『어문논총』 27호, 경북어문학회, 1993, 201-219쪽.

…(중략)…

허식은 늘그막에 제자를 하나 거두었는데 이름이 홍길동이었다. 어려서 총명하고 무예에도 소질이 있으므로 허식은 성심을 다하여 길동이를 가르쳤다. 길동이가 워낙 재주가 있는지라 가끔씩 최정이도 길동이를 찾아와 기문술수와 천문지리 등의 학문과 검술을 가르치곤 하였고 길동은 두 사람의 기대에 어긋나지 않고 두 사람의 학문과 무예를 골고루 자기 것으로 소화해냈다. 그렇게 시간이 흘러 길동이 나이가 열아홉이 되던 어느 날 밤에 길동이는 허식의 방안에 침울한 얼굴로 나타나서는 말했다.

"사부님 제가 학문과 무예를 배우는 이유가 뭡니까?"

길동이 다짜고짜 허식에게 물었다.

"이놈아! 그것은 장차 만 백성을 편하게 하기 위함이지."

허식이 대답하자 길동이 말했다.

"무릇 학문하는 자는 마음을 참되고 성실하게 하는 '성의(誠意)'에서 시작하여 천하를 태평하게 하는 '평천하(平天下)'에 이르게 한다 하셨습니다. 성의란 것은 수신(修身)이니 몸과 마음을 올바르게 닦는 것이 학문의 시작이요, 천하를 바르게 다스리는 것이 학문의 끝이 아닙니까? 그런데 백성을 편하게 하기 위한 관리들이 도리어 백성의 고혈을 빨아먹고 있으니 이것이 과연 학문을 배운 사람입니까?"

"그건 아니니라. 그래서 내가 어떻게 하겠다는 것이냐?"

"저로서는 도탄에 빠진 백성을 더 이상 두고 볼 수 없습니다."

"그럼 네가 평천하 하겠단 말이냐?"

허식이 물었다.

길동은 묵묵히 대답했다.

"할 수도 있지요."

허식은 길동의 말에 깜짝 놀랐다. 이 말은 말 그대로 역모를 생각하고 있다는 말이었다. 유자광 일파가 무오사화를 일으킨 후부터는 백성들의 생활은 날로 피폐해지기 시작했다. 연산군은 국정은 제쳐둔 채 주색에 빠져 정신을 못 차리고 있었고 고위대신들은 고위대신들대로 자신의 부를 축적시키면서 각처에 자신들의 농장을 확대시키고 있었다.

고관들이 이 지경이니 지방관리들은 그들의 비위에 맞추어 뇌물을 상납하고 벼슬을 추천받아 더욱 돈줄이 좋은 지방으로 파견을 가서 백성들을 착복하였다. 언관들의 세력이 땅바닥에 떨어진 지금은 아예 공공연히 관리들이 과도한 세금을 수탈하고 갖은 핑계로 콩깍지에서 콩까듯 백성의 재물을 훑터가는 지경에 이르렀다. 설상가상(雪上加霜)으로 흉년이 겹치자 백성들의 등가죽은 등에 맞닿아 곳곳에 굶는 이가 태반이요, 산에는 나무뿌리와 풀뿌리, 소나무껍질을 벗겨내는 사람들이 줄을 이었다.

"이 녀석아. 어디 가서도 그런 얘기는 하지 말거라."

허식은 걱정스러워 조용히 꾸짖었다.

그러나 길동은 계속해서 말했다.

"요(堯) 임금께서 백성들이 배를 두드리면서 행복하게 살면서도 자신의 덕을 얘기하지 않은 것을 보고 기뻐하신 이유는 백성이 자신보다 위에 있다는 것을 알았기 때문입니다. 그 때문에 자신의 아들에게 왕위를 물려주지 않고 순(舜)임금께 물려준 것입니다. 또한 우(禹) 임금은 어떠하였습니까? 순임금은 홍수가 범람하여 백성이 근심하자 그 근심을 자기의 근심과 같이 생각하여 우임금에게 왕위를 물려준 것이 아닌지요? 우임금은 죽을 때까지 물길을 돌리기 위해 자신의 집 문앞을 세 번이나 지나면서도 들어가지 않은 것입니다. 맹자(孟子)께서는 가혹한 정치가 호랑이보다 무섭다 하였습니다. 그러나 성난 백성들은 가혹한 정치보다 무서운 법입니다. 지금 바깥에는 가혹한 정치를 만나 백성들이 신음하고 있습니다. 저는 방관자로 있고 싶지 않습니다. 하늘이 저에게 주신 재주를 다하여 도탄에 빠진 백성들을 구하고 싶습니다."

길동이는 허식의 말에 굴하지 않고 주먹을 불끈 쥐며 말했다.

몇 일후 길동이는 어디론가 행적이 묘연해 버렸다.

길동이가 여기서 예로 든 '우'임금의 사례는 바로 주인공 '전우치'가 도달해야 하는 목표점이다. 길동과 우치는 같은 이상을 갖고 있으나 그 이상을 실현하는 공간이 다르다. 길동은 자신을 뜻을 펼 제 3의 공간을 찾아 전이하고, 우치는 자신의 꿈을 현실에 구현하고자 한다. 이와 같은 이상적 유토피아 의식은 사이버 소설에서 두 하위 갈래의 소설에 맞먹는다고 할 수 있다. 제3의 공간을 찾아 이계/중원/미래/과거 등의 시간, 공간으로 떠나는 소설과 현실의 문제점을 타개하기 위해 현실의 타자를 맞대면하는 소설들이 있다.

다음은 무명이 쓴 『천군(天軍)』[35]이라는 소설의 일부이다.

—나 사령관이다. 제군들 모두 잘 알고 있겠지만 지금 우리는 1594년 조선시대에 시간을 거슬러왔다. 아마도 우리를 덮친 에너지막이 이런 일을 만들어내지 않았나 생각되어지는데 확실한 것은 아무것도 없다. 우리가 다시 2002년으로 돌아갈 수 있을지도 난 확신할 수 없다. 지금으로서는 모든 것이 불확실하고 또 모든 것이 가능하기도 하다. 지금 우리에게 중요한 것은 우리가 살아남는 것이고 또 우리의 맹세를 실행하는 것이다. 우리의 맹세를 잊지 않았을 것이다. 선택은 여러분에게 맡긴다. 하지만 어쩔 수 없는 일이 아닐까 나는 생각한다. 살기 위해선 우린 뭉쳐야 되고 아마도 싸워야 할지도 모르겠다. 우리 지휘부의 생각은 이렇다. 기존의 명령체계는 더욱더 확고히 해 나갈 것이다. 이에 반하는 자는 엄한 벌로 다스릴 것이고 한반도에 대한제국 건설을 기초로 전 세계를 도모할 것이다. 세부적인 안건은 지휘부에서 마련할 것이고. 오늘 투표안건은 지휘부 신임안과 대한제국 건설안이다. 앞으로 한 시간 후 전 함정별로 투표를 실시하겠다. 이상.

사령관의 성명은 모두들에게 충격적이었다. 하지만 그 파장은 오래가지 않았다. 모두가 군인이었고 현실에 대한 인식은 이미 열흘 전부터 해왔기 때문에 망망대해에서 등대를 발견한 어부의 심정으로 흥분하는 사람도 있었다. 한 시간 후 진행된 투표는 만장일치로 가결되었으며 새롭게 참모부를 구성한 그들은 세부사항을 검토해 나가기 시작했다. 최우선적으로 그들은 식량문제를 해결하기 위해서 지금의 제주도를 장악하기로 하고 함대를 제주도로 이동시키기 시작했다. 만 명이 넘는 인원을 먹이기는 만만치 않았고 왜란으로 전국이 황폐해져 본격적인 대한제국의 깃발은 가을부터 시작할 수 있을 것 같았다.

길동이 율도국에서 한 것처럼, 이 소설에 나타난 등장인물들은 우리 당대의 국제적 문제에서 약세가 된 대한민국을 변혁시키기 위해 우연

---

35) 무명, 『천군(天軍) 1-7(완)』, 청어람, 2003~2004.

히 말려들어간 과거에서 의도적으로 무력 개혁을 시도한다. 이들이 도착한 1500년대 임란 중인 과거의 조선은 율도국의 또 다른 기표이다. 과거의 조선은 현대의 문제를 해결하기 위해, 사회적 경제적 정치적 변혁과 재구성의 대상이 되는 것이다. 이와 같은 소설들은 한 걸음 더 나아가 과거 혹은 미래의 역사가 바뀌었을 때를 상정하여 '대체역사소설'이라는 이름으로 유형화되기도 한다.

역사 군담소설인 『임경업전』, 『임진록』 등이 고소설 당대에 했던 역할도 이와 유사할 것이라 생각된다. 임란을 둘러싼 조선인들의 피해의식은 전쟁의 실제 결과와 상관없이 문학에서 만들어낸 가상의 공간에서 욕망을 해소하는 유토피아 의식을 드러낸다. 사자로 간 사명당의 설욕이야기는 그런 면에서 참으로 한국적이다. 일본에 없는 온돌 난방의 상상력에 근거한 '빙(氷)'자 도술 이야기가 바로 그렇다. 한국적 문화 정체성 안에서 만들어진 타자의식에 근거해야만 가능한 상상력이기 때문이다.

대체역사소설들이 보여주는 상상력도 이와 같은 환상적 유토피아를 구현한다. 그리고 그것은 현실에서 불가능한 정치적 개혁과 실험이라는 점에서 우리의 당대성 담론에 뿌리박고 있다고 보인다.

반면에 탁목조의 『땅꾼』36) 이라는 소설은 현대의 시공간에서 과거의 전설과 신화, 민담, 그리고 이상화된 선계 공간을 함께 포함시켜 우리의 현실 이면에 함축시킨다. '땅꾼'이란 이런 이질적인 세계를 한 데 연결시켜 줄 수 있는 매개로서의 힘을 지닌 현실의 인간이다. 주인공은 현직 교사지만 '땅꾼'이 되기 위해 사표를 내고 이 세계에 들어서게 된다.

과거의 세계가 현재로 회귀하여 실존하는 것처럼 현재화된다는 것은 그만큼 '현재-여기'를 타자화시킨다는 의미이다. '과거-거기'나 '미래-거기'보다 이와 같은 현재화가 지니고 있는 환상성의 진폭이 훨씬

---

36) 탁목조, 『땅꾼 1-5(완)』, 로크미디어, 2004~2005. 이 부분은 유조아 사이트 연재본이다.

더 크다. '과거―거기'나 '미래―거기'는 상상 속에 가능한 세계였기 때문에, 애초부터 시뮬라크르였다. 그러나 '현재―여기'는 시뮬라크르가 아니라고 생각했는데, 시뮬라크르임을 발견해나가는 인식의 과정이 서사의 과정이 된다.

그런 점에서 고소설을 읽었던 그 시대 지평의 독자들과 오늘날 사이버 역사소설이나 판타지 소설을 읽고 있는 독자들은 같은 맥락에 위치지어질 수 있을 것이다. 그리고 그 맥락은 바로 타자성이 만들어내는 환상성의 지형도이며, 우리의 문화적 정체성이다.

Ⅳ. 서사의 전통 계승과 일상문화, 상호텍스트성

지금까지 살펴본 바로 재확인할 수 있었던 것은, 사이버 문학과 우리의 고소설 사이의 친연성이고, 그것은 또한 구비문학의 영역까지 저변화되어 내려가는 우리문화와 문학의 고유한 정체성이었다. 10대 청소년들이 고소설을 모르는 상태에서 판타지 소설을 창작해도 길동이가 꿈꾸었던 '율도국' 공간과 같은 유토피아를 구현해낸다는 것은 바로 우리의 문화가 보여주는 타자성의 보편성을 의미하는 것이다.

그리고 이와 같은 사회적 현상, 문학행위의 이면에는 면면히 이어온 문학적 상상력의 현상학적 편향성이 내재되어 있다. 그리고 이 편향성이 이토록 줄기차게 문학 작품 안에 구현될 수 있었던 이유는 민중의 저변에 뿌리내린 일상성과 대중성의 힘이라는 것을 외면할 수 없을 것이다.

그러므로 우리 당대의 문학으로서 사이버 문학을 이해하는 데 있어서 뿌리 깊은 우리의 문학적 문화적 전통을 계승하여 우리의 일상에 구현시킨 상호텍스트성을 배제한다면 우리는 온전한 전모를 파악하지 못하고 결국 겉으로 드러난 현상을 쫓아다니기 바쁘게 될 것이다. 바꿔 말하면, 사이버 문학이 오늘날과 같은 성세를 보이는 이유는, 우리의 당대 문학이 분출하고 싶어 한 욕망이 사이버 매체를 만났기 때문이지, 사이버 매체가 있기 때문에 이런 문학이 있는 것은 아니라고 말하고 싶다.

처음에 던진 질문으로 다시 돌아가서, '사이버 문학은 어디에서 왔는가?'에 답해 보자.

우리 시대 우리문학으로서 사이버 문학은 '우리의 문학전통으로부터 왔다'가 정답이 아닐까?

■ **참고문헌**

1. 자 료
김기동, 전규태 편저, 『김희경전·전우치전』, 서문당, 1994.
김기동, 전규태 편, 『홍길동전·이해룡전·정진사전·최척전』, 서문당, 1994.

2. 단행본
권오단, 『전우치전 1-6(완)』, 북소리, 2003.
무 명, 『천군(天軍) 1-7(완)』, 청어람, 2003~2004.
문우영, 『악공전기 1-7』, 드림북스((주)삼양출판사), 2008.
최진석, 『무법자 1-5(완)』, 자음과모음, 2004~2005.
탁목조, 『땅꾼 1-5(완)』, 로크미디어, 2004~2005.

3. 논 문
강상순, 「고소설에서 환상성의 몇 유형과 환몽소설의 환상성」, 『고소설연구』 15집,
         2003.
강상현, 「대안매체로서의 사이버공간의 가능성과 한계」, 『한국방송학보』 통권 14-1,
         2000.
김광순, 『한국고소설사』, 국학자료원, 2001.
김교봉, 「사이버 소설의 대중문학적 성격」, 『한국학논집』 제26집, 1999.
김성룡, 「한국고전소설의 환상성에 대한 연구」, 『국문학연구』 70, 서울대, 1985.
김성룡, 「고전소설의 환상미학」, 『양포 이상택 교수 환력기념논총』 上, 1998.
김재용, 「영웅 소설의 두 주류와 그 원천」, 『한국언어문학』 제22집, 1983.
김현우, 「영웅소설의 변화와 대중성의 길」, 『한국학논집』 제27집, 2000.
박상천, 「매체의 변화와 문학의 변화―인터넷 상의 사이버 문학을 중심으로」, 『사
         회이론』, 20, 2001.
박성호, 「사이버 공간의 매체적 특성과 사회적 영향에 대한 연구―사이버 공간의
         자유와 규제를 중심으로」, 『한국방송학보』 제17-1호, 2003년 봄.
손경목, 「통속문학과 대안적 대중문학의 가능성」, 『실천문학』, 1991년 봄호.
송효섭, 「이조소설의 환상성에 대한 장르론적 검토」, 『한국언어문학』 제23집, 1984.
신동흔, 「현대 구비문학의 전파매체」, 『구비문학연구』 제3집, 1996.

신동흔, 「일상의 문학과 문학교육」, 『문학과 교육』 제3호, 1998년 봄호.
신상성, 「디지털 문화와 사이버 문학의 새로운 긴장」, 『한국문예비평연구』 6, 2000.
오양호, 「디지털 시대와 한국소설」, 『한민족어문학』 41집, 2002.
우찬제, 「욕망현시 소설유형론 연구」, 『한국언어문학』 제36집, 1996.
유성호, 「사이버 문학의 양상과 그 대응」, 『한국문예비평연구』 3, 1998.
이상삼, 「조선전기 몽유소설의 미의식과 이념적 성격－중세후기 지식인 소설의 인
　　　　물유형고 1」, 『한국문학연구』 제18집, 동국대 한국문학연구소, 1995.
이용욱, 「디지털 서사체의 미학적 구조 (2)－'전자 종이'로서의 인터넷 게시판의 문
　　　　학적 가능성」, 『어문연구』 43집, 2003.
이지호, 「옛 이야기의 환상성 (2)」, 『초등우리교육』 152호, 2002.
이현국, 「〈홍길동전〉 소고－'제도'의 서사적 기능과 그 의미를 중심으로」, 『어문논
　　　　총』 27호, 경북어문학회, 1993.
장영우, 「국어국문학과 대중문화－통합과 확산」, 『국어국문학 』131집, 2002.
조동일, 「영웅소설 작품 구조의 시대적 성격」, 『한국 소설의 이론』, 지식산업사,
　　　　2004.
한강희, 「사이버공간에서 글쓰기 행위와 가능성」, 『반교어문연구』 제12집, 2000.

4. 국외서
볼프강 하우저, 『예술의 사회학』, 한길사, 1984.

■ 국문초록

지금까지 문학 행위와 소통의 장에 대한 논의는 주로 사이버문학 쪽과 고전문학, 현대문학 세 영역에서 이렇게 별개로 진행되어 왔다. 독자의 반응에 따라 작품의 인기도와 수명, 유사한 갈래 작품의 지속적 생산이 결정되며, 도서 대여점이라는 한국적인 독특한 체제에 따라 문학 작품의 소통이 매개된다는 점이 17~8세기와 현대의 사이버 세대가 공유하고 있는 공통점이다. 소설사라는 관점에서, 고소설, 전통적 서사와 사이버 소설의 연맥을 위해 우리는 '당대'의 '대중성'과 대중성에 기반한 소통구조에 주목해야 한다. 이는 사이버 문학에서 전대의 고소설로, 그리고 구비문학으로 이어지는 연계성의 흐름을 의미하는 것이다.

이를 확인하기 위해 우선 신화에서 발원한 영웅의 일대기 신화와 고소설의 군담소설류, 그리고 현대의 사이버 무협소설로 이어지는 한 갈래를 살펴보았다. 두 번째로 문학의 영원한 주제인 남녀의 애정 모티프가 전설이라는 비극적 설화 형태에서 고소설의 행복한 결말로, 그리고 인터넷의 로맨스 소설로 이어지는 맥락을 짚어보았다. 마지막으로는 현실에서 출발하여 환상적인 유토피아를 꿈꾸는 환상성의 모티프가 민담에서 전기문학으로 그리고 사이버 판타지 소설로 가는 흐름을 확인하였다. 10대 청소년들이 고소설을 모르는 상태에서 판타지 소설을 창작해도 길동이가 꿈꾸었던 '율도국' 공간과 같은 유토피아를 구현해낸다는 것은 바로 우리의 문화가 보여주는 환상성과 타자성의 보편화를 의미한다.

그리고 이와 같은 사회적 현상, 문학행위의 이면에는 면면히 이어온 문학적 상상력의 현상학적 편향성이 내재되어 있다. 그리고 이 편향성이 이토록 줄기차게 문학 작품 안에 구현될 수 있었던 이유는 민중의 저변에 뿌리내린 일상성과 대중성의 힘이라는 것을 외면할 수 없을 것이다.

주제어: 환상, 타자성, 문화 연구, 한국 문화의 정체성, 환상적 지형도, 매체, 고소설, 근대소설, SF, 디지털 문학, 사이버 문학, 문화적 맥락, 정치성, 근대성, 주체, 일상성, 대중성, 담론

■ Abstract

Fantasy of Cyber Novels and
the Tradition of Korean Narratives

Rah, Eun Jean

The discussions on the place of the literature activities and communications until now have mainly focused on 3 spheres: cyber literature, classical literature and modern literature, each taking a different route. The popularity and longevity of novels and a continuous creation in the similar classification are decided by the response of their readers. That the communication of literary works is mediated by the Korea's unique system of "book rental stores"is a characteristic which the 17th~18 centuries and the modern cyber generation have in common. From the perspective of the history of novels, we need to focus on the "contemporary popularity" and the communication structure based on "popularity" in order to link to ancient novels, the traditional narratives an cyber novels, which means the flow of the linkage by which is connects to ancient novels in the previous times from cyber literature and to oral literature from ancient novels in the previous times.

In order to identity it, first of all, I examined a classification of novels, which connects to the mythological novels which depicted the life story of the heroes, which were originated from a myth, hero novels in ancient times or something like and the cyber chivalrous novels in the modern 20~21centuries. Secondly, I examined the context of the novels whose motif is the love between a man and a woman, the eternal theme of literature, are connected to the tragic novels in a narrative style, the happy-ending ancient novels and the romance novels on the internet. Lastly, I explored into the flow of the novels, whose underlying motif is the dreaming of a fantastic utopia starting the reality, that is, a motif of the fantastics, are connected to folktales, biographic literature and cyber fantasy novels. Under the situation which the young people in their teens are unaware of the ancient novels, even though someone created a fantasy novel, that the realization of the utopia like a space of the "Yuldoguk," or state which Hong Gil-dong dreamed of means the universalization of the fantastics and the otherness which our culture shows.

At the back of this social phenomenon and literal activities, the phenomenological bias of the literary imagination which is ceaselessly inherited is immanent. The reason why the bias is incessantly embodied in the novels like this lies with the power of the ordinary life and popularity which has been rooted in the base of the populace.

Key-words: fantasy, the otherness, cultural study, identity of Korean culture, topology of the fantastics, media, classical novels, novels in 20th and 21th centuries, SF, digital text, cyber literature, cultural context, politics, modernity, the subject, ordinary life, the popularity, the discourse

─이 논문은 2008년 11월 15일에 접수되어, 소정의 심사를 거쳐 2008년 12월 15일에 최종적으로 게재가 확정되었음.

자유주제
논문

1910년대 계몽의 기획

− 근대소설과 근대화의 관계를 중심으로

<table>
<tr><td align="center">목 차

Ⅰ. 머리말
Ⅱ. 계몽 담론의 형성
Ⅲ. 근대적 상상력
Ⅳ. 맺음말</td></tr>
</table>

송 지 연*

Ⅰ. 머리말

한국 근대문학, 특히 한국 근대소설의 형성 과정을 고려하는 맥락에서의 '근대'는 '계몽의 시대'라 부를 수 있다. 이 경우 '계몽'이라는 말은 서로 다른 두 가지 함의를 갖는다. 그 하나는 '開化自强' 또는 '新民의 民力'으로 표현되는 바처럼 무지한 민중을 깨우쳐 민족의 앞날을 개척하려는 지식인의 사명과 관련되는 깃이고, 다른 하나는 '自我의 覺性' 또는 '個性의 發見'으로 표현되는 바와 같이 인간 이성에 기반한 개인의 주체적 자각과 관련되는 것이다. 여기에서 앞의 것을 '외적 계몽'이라 하고 뒤의 것을 '내적 계몽'이라 한다면,1) 외적 계몽은 문학(소

---

* 충남대학교
1) 장수익, 『한국 근대소설사의 탐색』, 월인, 1999, 128쪽.

설)2)이 근대국가의 수립에 어떻게 기여할 수 있는가 하는 문제를, 내적 계몽은 문학(소설)이 근대인으로서의 자각을 어떻게 담아낼 수 있는가 하는 문제를 각각 다루는 것이 된다. 따라서 외적 계몽이 '민족'이라는 절대명제를 내세우며 문학의 효용성을 강조하는 성향을 보인다면, 내적 계몽은 '예술'이라는 절대명제를 내세우며 문학의 자율성을 강조하는 성향을 보인다. 권보드래는 이와 같은 구분을 "'개량'의 의미와 소설의 민족성", 그리고 "'내면'의 형성과 소설의 예술성"으로3) 대별하고 있다.

그런데 진정한 근대 민족국가의 성립은 민족 구성원 개개인이 근대인으로 탄생해야만 비로소 가능하다고 할 수 있으며, 성숙한 근대인의 탄생 역시 근대 민족국가의 성립을 통해야 가능한 것이다. 기실 근대문학에서 자아가 발견되는 과정은 민족국가가 성립되는 과정에 상응하는 것이다. 즉 "〈국가〉 쪽에 선 사람과 〈내면〉 쪽에 선 사람은 서로 보완하는 관계에 지나지 않는다."4) 언뜻 내적 계몽과 외적 계몽은 상호 모순적인 것처럼 보이기도 하지만, 실은 서로 의지하는 관계라는 말이다. 이는 근대 문명 위에 던져진 개인이라면 피해갈 수 없는, "이중적 내면의 구성"5)이기도 하다. '사적 개인'과 '공적 개인'은 분절되기도 하고 통합되기도 하면서 갈등을 생성하고, 어느 개인도 그것의 한 편에만 절대적으로 귀속될 수 없다. 바로 이러한 관점에 설 때, 1900년대부터 1920년대 전반기에 이르는 약 20년 동안에 걸친 한국 근대소설의 형성과 그 발전 과정을 통일적으로 이해할 수 있는 길이 열린다.

2) 이 글에서는 특히 소설의 영역에 국한한다. 근대의 계몽 기획은 그것의 정치적 목적 안에서 대중매체로서의 파급 효과를 더욱 강력하게 기대할 수 있는 서사 장르와 밀접하게 연관되어 왔다. 이에 관해서는 제2장 〈계몽 담론의 형성〉의 제2절 〈미디어로서의 소설〉 부분에서 자세히 논하기로 한다.

3) 권보드래, 『한국 근대소설의 기원』, 소명출판, 2000, 제3장~제4장 참조.

4) 가라타니 고진, 박유하 역, 『일본근대문학의 기원』, 민음사, 1997, 127쪽.

5) 송기섭·김정숙, 「근대소설과 어문의 근대화」, 『어문연구』 제51집, 어문연구학회, 2006, 114쪽.

　애국계몽기라 불리는[6] 1900년대 후반기(1905~1910), 그 중에서도 1906년부터 1908년에 이르는 기간은 무엇보다 정론성을 지니는 문학, 다시 말해 전적으로 외적 계몽에만 치중하던 문학이 산출된 시기였다. 당시의 신소설, 역사전기물, 단형서사, 우화 등은 한결같이 시대사상의 소설화라는 특징을 보인다. 문명개화 사상이든 애국독립 사상이든 시대사상이 먼저 있은 후에, 그것을 널리 전파하는 수단으로서 소설이라 불리는 서사형식이 선택되었던 것이다. 그러던 것이 1910년 국권 상실 이후, 문학이 정론성을 급격히 상실하고 상업적으로 통속화되면서, 근대문학으로서의 진전이 왜곡되고 굴절되는 모습을 보이게 된다.[7] 1910년대 전반기의 암중모색을 거쳐 1910년대 후반기에 이르면, 기존의 정론성을 이어받으면서도 새로운 면모를 갖춘 외적 계몽의 소설들이 나타나고, 동시에 내적 계몽의 단초를 여는 소설들까지 쓰여진다. 그리하여 1920년대에 들어서면 비로소 개인으로서의 서사적 주체가 식민지의 객관적 현실 위에 놓이는, 본격적인 의미의 근대소설이 정립된다. 1920년을 전후로 해서 소설의 표현방법과 인식방법의 변화가 이루어지고, "작가의 교훈적인 수행과 개입이 현저하게 통제되게 된 것이다."[8] 이를 고쳐 말하면 내적 계몽 속에 외적 계몽이 용해된 것, 즉 내면(개인적 주체)의 성립과 함께 민족현실(집단적 주체)이 발견된 것이라 할 수 있다. 류양선은 이처럼 "내면의 발견과 민족현실의 발견은 사실상 동시적으로 이루어지는 것"임을 밝히고, "근대소설의 형성 과정이란 개인적 자

---

6) 대체로 역사전기소설, 토론소설, 신소설 등 다양한 과도기적 서사 장르들이 성행한 1890년대부터 1910년대까지를 통칭하여 개화기라고 부르는데, '개화'라는 용어가 지니는 외세 의존적 어감의 문제와 1905년부터 1910년까지의 반식민주의 풍토가 맞물려 1905년 이후의 시기를 따로 애국계몽기라 설정하기도 한다. 문맥상에서는 1910년대부터 일어나는 문학장(場)의 미묘한 변화 지점을 구분하기 위해 쓰였다.

7) 이현식, 「한국 근대문학 형성의 사회사적 조건」, 『민족문학과 근대성』, 민족문학사연구소, 문학과지성사, 1995, 93쪽 참조.

8) 이재선, 『한국소설사―근·현대편 1』, 민음사, 2000, 49쪽.

아이면서 동시에 사회적 자아인 근대적 주체의 성립과정과 동궤의 것"
임을 강조하며 1910년대를 전후하는 계몽 담론의 흐름을 정리한다.[9]

　한국 근대소설의 형성 과정에 대한 이와 같은 전체적인 구도를 염두
에 둔다면 1910년대 이루어진 계몽의 기획이란, 문학 텍스트의 내부로
부터 자발적으로 또는 귀납적으로 생겨난 자연스러운 결과가 아니라
텍스트 외부의 정치적 담론 형식으로 먼저 형성된 것이었음을 알 수 있
다. 따라서 〈II. 계몽 담론의 형성〉이라는 제목으로 계몽 기획의 배경
이라 할 만한 요인들을 먼저 짚고, 실제 작품들을 통해 그 기획의 결과
인 〈III. 근대적 상상력〉을 해석해 보도록 한다. 구체적으로 〈II. 계몽
담론의 형성〉과 관련하여서는, 담론의 실질적 설파 계층이라 할 수 있
는 지식인들의 생각을 알아보고 (〈1. 지식인의 역할〉) 소설이 민족을 일
깨우는 매체로서 얼마나 강력한 기능을 담당했는지에 대해 (〈2. 매체로
서의 소설〉) 논의하고자 한다. 이어서 근대를 건설하고자 하는 욕망이
서사에 내면화되면서 외적 계몽의 방향과 (〈1. 근대 국가의 성립〉) 내적
계몽의 방향으로 (〈2. 근대인의 탄생〉) 나뉘는 것을 이해하고, 그것을 통
틀어 〈III. 근대적 상상력〉으로 정리해내고자 한다. 특히 신채호의 『꿈
하늘』(1916)과 이광수의 『무정』(1917) 등을 통해 근대 민족국가의 성립
에 대한 외적 계몽의 목소리를 들어보고, 현상윤의 「핍박」(1917), 양건
식의 「슬픈 모순」(1918)과 같은 신지식층[10] 단편소설을 통해서는 개인

---

9) 류양선, 「1910년대 후반기 소설에 나타난 계몽적 목소리」, 『한국문화』 제32집, 서울대
　학교 규장각 한국학연구원, 2003, 106-107쪽 참조.
10) 김복순에 의하면 현상윤과 양건식은 비판적 신지식층에 속하고, 이광수는 친일적 신
　지식층에 속한다. 아이러니한 건 과도적 지식인인 신채호와 친일적 신지식층인 이광수
　가 그 정치적 노선이 다름에도 불구하고 계몽적 목소리의 크기에 있어서만큼은 모종의
　닮은 꼴이라는 점이다. 현상윤과 양건식의 소설은 계몽적 목소리가 노골적으로 침투되
　어 있지 않다는 면에서 신채호나 이광수의 것과 확실히 구분된다.("구학문체계에서 출
　발했지만 신학문체계를 받아들여 식민지체제에 발전적으로 대처해 나간 신채호 등이
　'과도적 지식인' 계층이다. 나머지 신지식층 계열은 구학문체계가 확립되는 과정 중 신
　학문체계를 받아들여 신학문체계와 신사상에 경도된 경우의 지식층을 말한다. 이들 중

의 내밀한 심리적 방황을 살펴봄으로써 내적 계몽의 은밀한 움직임도
함께 감지해보련다.

Ⅱ. 계몽 담론의 형성

1. 지식인의 역할

유교적 세계관에 뿌리를 둔 정통 성리학자들을 제외하고 1910년대
전후의 문인 유형을 일반적으로 크게 둘로 나눌 때에는, 첫째 주자학의
전통 속에서 경전 위주의 한학을 공부하였으며 개항 이후 사회적 격변
을 겪으면서 스스로 자신의 보수적인 학문 세계를 비판하고, 자주적 개
화론자로서 사회 활동을 전개한 소위 '전통적 지식인' 유형과, 둘째 주
로 일본 유학을 통해 신식 교육과정을 거친 '근대적 지식인' 유형으로
분류한다.11) 박은식, 장지연, 신채호, 유원표 등이 전자에 속하며, 이인
직, 안국선, 이해조, 최찬식 등을 후자에 포함시킬 수 있다. 이들의 정신
적 지향성은 많은 차이를 보이며, 민족주의나 자주와 부강을 확립하는
방법론에 있어 대립적인 입장에 서기도 한다. 또 문학관이나 글쓰기 방
식도 달라, 전자가 역사전기소설 쪽으로 기울었다면 후자는 토론소설과
신소설 쪽으로 향한다. 특히 '근대적 지식인' 유형의 경우 그 흐름의 말
미에 1910년대의 이광수, 현상윤, 양건식 등 신지식층 인사들이 놓인다
고 볼 수 있다. 그러나 전통적 지식인이든, 근대적 지식인이든, 그들은

하나는 '자기비판의식'을 가지고 식민지 현실에 올바로 대처하고자 한 비판적 신지식
층 계열이고, 나머지 하나는 '허위의식'을 가지고 식민통치 세력에 영합하여 현실순응
쪽으로 나아간 친일적 신지식층이다." 김복순, 『1910년대 한국문학과 근대성』, 소명출
판, 1999, 36쪽)

11) 권영민, 「근대계몽기 소설작가의 사회적 성격」, 『한국근대문학과 시대정신』, 문예출판
사, 1983, 260-263쪽 참조.

모두 미몽 상태에 잠겨 있는 대중을 일깨우는 계몽의 설파자로 나선 사람들이었다. 서로 다른 정치적 이념에도 불구하고 그 정치적 이념을 '자주' 또는 '개화'의 이름으로 전달하고자 했다는 점에서 그들은 공통적으로 계몽 담론을 형성한, '발언의 주체'였다. '자주'와 '개화'의 기치가 종국에는 각각 반식민주의와 식민주의라는 전혀 다른 옷을 입게 되지만, 그들이 지식인으로서 가졌던 심리적 태도만큼은 그 근간이 비슷하다는 것이다.

먼저 신채호는 서구의 내습에 대한 정착자로서의 위기가 고조되던 시점에 민족적 정체성을 유지하면서 근대로 나아가기 위한 문화적 대응 방식을 선명하게 표명한 인물[12]이라는 점에서 1910년대 계몽의 기획과 관련해 반드시 언급할 필요가 있는 지식인이다. 그는 소설을 "국민의 나침반"으로 인식한다. 소설의 기능에 대한 과도한 의미 부여는, 역사에 대한 책무와 민족국가 건설을 향한 신채호의 숭고한 중압감에서 비롯된다. 이는 비단 신채호만의 문제가 아니었으며, 당대 지식인 대부분의 사명이었다고 보아도 틀리지 않다. 때문에 소설을 하나의 예술 작품이라기보다 이념적 집합체로 바라보던 지식인들의 문학관은 소설이 이데올로기 그 자체로 기능하게끔 하는 결과를 초래했다.

> 소설은 국민의 나침반이라. …… 소설이 국민을 강한 데로 導하면 국민이 강하며, 소설이 국민을 약한 데로 導하면 국민이 약하며, 正한 데로 導하면 正하며 邪한 데로 導하면 邪하나니 소설을 짓는 자들은 마땅히 깊이 삼갈 바이어늘 음풍을 가르치는 것으로 주지를 삼으니 이 사회는 어떻게 되려는가.[13]

이러한 절대성을 부여받는다면, 소설은 그 자체로 근대 국민문학의

---

12) 송기섭 · 김정숙, 앞의 논문, 120쪽.
13) 신채호, 「소설가의 추세」, 『대한매일신보』, 1909. 12. 2.

범주에 귀속되고 그것을 주도적으로 이끌어가는 양식이 될 것이다. 신채호는 국가와 국민의 자족적 독립을 염원한 만큼 문학에 있어서도 국민문학의 지위가 공고화되길 희망한다. 희망이란 미래의 것이고, 미래를 가능성으로 이끌기 위해 계몽이 요구된다. 신채호는 일련의 글들을 통해 국가와 국민을 선험적으로 상상시키고자 했으며, 구성원 전부를 무조건 동원하게 만드는 작업이 얼마나 중요한가를 반복적으로 강조한다. 국민문학은 국민국가의 입장에서 의식적으로 무의식적으로 국민국가의 선(善)을 상정하고 국민국가를 지향하는 입장14)에서 형성되고 강화된다. 그에게 공공의 선이란 국민 형성과 국가 재건에 모아져 있었으며, 소설은 이러한 이상에 도달하기 위한 도구적 매체가 되는 것이다. 역사 서사는 신채호의 소설관을 구체적으로 펼쳐나가는 방법적 대상이다. 그는 역사적 영웅이 지닌 인격미를 체화함으로써 쇠미한 상태에 빠져 고통을 겪고 있는 국민을, 국가의 존립을 지탱할 진정한 국민으로 변모15)시킬 수 있다고 생각했다. 이러한 바탕 위에서 국수에 대한 옹호가 생겨난다. 국수(國粹), 곧 국가의 미(美)란 그에게 국민의 생존과 결부된 치열한 투쟁의 정신을 함유한다. 아(我)를 세계의 중심에 두고, 이로부터 노예 해방의 이념을 펼쳐가고자 한 신채호에게 소설 쓰기, 나아가 문학하기란 "자신의 주체 철학을 견고히 하기 위한 메타포로서의 의미를 충족시키는 결연한 방식"16)이었다. 요컨대 근대문학의 한 계보의 출발점에 위치한다, 최서해, 프로문학, 민족문학으로 이어지는 탈식민문학의 기원17)을 이루는 것이다. 예술의 정치화라는 미학적 계몽을 제시했다18)는 기준에 의거한다면 이들은 훌륭하게 하나의 정신사적 흐름

---

14) 니시카와 나가오, 윤대석 역, 『국민이라는 괴물』, 소명출판, 2002, 77쪽.
15) 정선태, 『심연을 탐사하는 고래의 눈』, 소명출판, 2003, 88-89쪽.
16) 송기섭·김정숙, 앞의 논문, 121쪽.
17) 하정일, 「급진적 근대기획과 탈식민 문학의 기원」, 『한국 근대문학의 형성과 문학장의 재발견』, 소명출판, 2004, 21쪽.
18) 송기섭·김정숙, 앞의 논문, 122쪽.

126

을 형성한다.

　그런데 「문학이란 何오」로 대표되는 이광수의 정(情) 중심의 문학관
은 문학의 자율성과 예술성을 한층 인정하는 차원에서 이루어진 논의
였다는 점에서 조금 다르다. 이광수가 계몽주의자라는 중론에 대해서는
그 무게만큼이나 반론도 많아서, 그의 마음과 입장이 과연 어떠했는가
를 알아보는 일은 예상보다 단순치 않다. 다음 인용된 글만 보더라도
이광수는 소설을 계몽과 교화의 도구로만 파악하고 있지는 않음을 알
수 있다.

> 　今日의 詩歌 小說은 決코 不然하야 人生과 宇宙의 眞理를 闡發하며,
> 人生의 行路를 硏究하며 人生의 情的 狀態(卽 心理上) 及 變遷을 巧究하
> 며, 또 其 作者도 가장 沈重한 態度와 情密한 觀察과 深遠한 想像으로 心
> 血을 灌注하나니, 昔日의 文學과 今日의 文學을 混同치 못 할지로다.[19]

　송명희는 이광수가 이 글을 통해 문학이 도덕이나 종교 등에 도구화
내지 종속화 되는 것은 반대했지만 정서적 기능에 호소하는 사상의 선
전적 기능을 강조함으로써 문학 자체를 효용론적 관점에서 파악하는
효용론자로서의 성격[20]을 뚜렷이 했다고 본다. 이러한 견해에 대해 "계
몽주의자로서의 이광수에 관한 선입견"이 작용한 결과[21]라고 비판하는
경우도 제법 있는데, 1910년대 이광수의 사상을 계몽주의보다는 낭만주
의로 이해[22]하는 선 연구들이 이와 같은 맥락에 놓인다. 이광수의 정
중심 문학론 — 소위 정육론 — 이란 "사회의 도덕과 제도에 억눌린 물

---

19) 이광수, 「문학의 가치」, 『대한흥학보』 제11호, 1910. 3, 17쪽.
20) 송명희, 「이광수의 문학비평 연구」, 고려대 박사논문, 1985, 66쪽.
21) 손정수, 「1910년대 이광수의 문학론과 작품의 관련양상에 대한 고찰」, 『한국학보』 제
　　22집, 1996, 45쪽.
22) 이광수 문학과 사상의 낭만주의적 성격에 대해서는 김우창, 「감각, 이성, 정신」, 『한국
　　문학이란 무엇인가』, 이문열·권영민·이남호 편, 민음사, 1995, 18-28쪽 참조.

질적, 감각적 욕구를 보고 있었을 뿐만 아니라, 위대한 도덕적 삶의 에너지"23)로서의 정 그 자체를 긍정하는 수준에 이른다는 것이다. 그렇다면 "그에게 정의 능력은 도덕의 부정으로서가 아니라 반대로 도덕의 원천으로 규정되었다는 사실에 유념해야 한다"24)는 논의는 의미심장하다. 여기에서 주목해야 할 부분은, 정 그 자체로써 다시 윤리 감각을 일깨울 수 있다는 역설적인 순환의 고리이다.

도덕의 부정이 새로운 도덕의 원천이 되는 과정은 근대적 의식으로써 가능하다. 근대적 의식이란 그러한 방식의 발전론을 토대로 한다. 그러니까 이광수도, 또는 이광수를 지나치게 계몽주의자로 포섭하는 것에 반감을 가진 논자들도, 그의 낭만주의, 인도주의, 낙관주의, 이상주의 등이 결국은 계몽주의와 결코 떨어질 수 없음에 대해 그들 스스로는 의식하지 못했을지언정 이미 언표하고 있었다는 말이다. 근대문학이란 원래부터 그처럼 역설적인 방식으로 인간의 윤리 감각을 일깨우는 역할을 한다. 정의 충만 또는 과잉으로 광기와 쾌락이 서사화 되는가 하면, 그 충격과 파국이 결국은 시대의 문제를 고발하고 오히려 도덕을 새롭게 규정짓기도 하는 것이 근대소설의 문제의식이기 때문이다. 여기에서 새로이 규정짓는 도덕이란, 흔히 말하는 '도덕적'인 것과는 다른 차원의 도덕이다. 삶의 기준이자, 사회를 살아가는 개인이 자유롭게 선택하고 구성하는 주체적 세계관을 가리킨다. 근대가 구상해야 하는 정의 영역은 아주 내밀하고 자율적인 것이어서 때로는 통속적인 모습을 띠지만, 한편으로는 그 자율적 욕망을 통해 다시 건설할 수 있는 시민 주체로서의 정이어야 한나. 이광수 역시 이러한 지점을 분명히 인지하면서 문학론을 펼쳤다. 실제로 그의 작품들은 바로 그 역설적 순환 고리, 다시 말해 근대적인 균열과 통합 지점 ─ 정과 도덕의 변증법적인 갈등과 조

---

23) 황종연, 「문학이라는 譯語─〈문학이란 何오〉 혹은 한국 근대문학론의 성립에 관한 고찰」, 『한국문학과 계몽 담론』, 문학사와 비평연구회, 새미, 1999, 35쪽.
24) 위의 책, 35쪽.

화—을 껴안았지만, 그것을 매끄럽게 승화하지 못했음을 고스란히 보여준다. 형식이 선형과 영채를 동시에 사랑하는 문제로 고민하는 와중에 둘을 비교하다가 영채가 순결한 처녀일까 아닐까 하는 것에 관심을 두는 등, 전례 없이 솔직하게 정의 영역을 노출시키는 『무정』의 연애 스토리가, 마지막 부분에서 어색하게 마무리되는 것만 보아도 알 수 있다. 머쓱하게 재회한 남녀들 사이에서, 형식은 대중에게 과학을 주고 지식을 주고 힘을 주고 문명을 주어야 한다는 계몽적 연설로 그간의 애증을 어이없이 무마해 버린다.25) 이는 정이 새로운 차원의 도덕으로 승화되는 연결 고리를 자연스럽게 이해하지 못했던 상태였기 때문이 아니었나 싶다. 반드시 표면적인 계몽의 논리가 아니어도 은근한 상황 묘사나 열린 결말의 방식으로 메시지를 전달할 수 있을 터인데, 당시로서는 그 간극을 조절하기 어려웠던 것이다.

이렇게 신채호와 이광수는 다른 듯 닮았다. 문학적 실천과 실존적 삶을 문제 삼자면 이 두 인물은 결코 동일 선상에서 논급될 수 없지만 계몽 담론의 광범위한 지평 위에서라면 하나의 범주에서 다루어질 수

---

25) 근대소설로서 『무정』의 완성도를 가늠할 때에 결말의 미숙함이 자주 지적되곤 하는데, 그 이유는 대체로 이광수의 성급한 계몽 의식에 초점이 맞추어져 있다. 이러한 관점은 이광수의 정(情) 중심 문학론과 계몽가로서의 면모를 대립적으로만 바라보는 것이다. 계몽 의식이 앞섰기 때문에 미적 형상화가 덜 되었다는 식의 판단은 지나치게 단순한 면이 있다. 이 글은 정과 도덕의 균열 내지는 통합 관계를 근대 소설의 미적 조건이라 전제하고, 『무정』의 결말 처리 방식에 접근하는 관점을 드러낸다. 본고 「1910년대 계몽의 기획」은 전체적으로 '독창적 연구 논문'이라기보다는, 다분히 '일목요연한 정리 논문'으로서의 성격이 강하다. 하지만 이 부분에서 본고가 내재한 새로운 아이디어의 한 축이 살짝 제시되고 있음을 분명히 하고 싶다. 필자는 앞으로 이것을 심화·확장한 논문을 써 볼 계획이다. 기존의 연구가 그러했듯이 '계몽'이라는 말이 주는 어감에 지나치게 몰두하다 보면, 근대 소설의 조건과 목적을 '국가 내지 개인이 지닌 사상의 근대화'로만 보기 십상이다. 그러나 텍스트 자체 내질(표면적 내용이나 주제가 아닌 구성적 자질)의 변화에도 그 근대성이 침투해 들어옴을 간과해서는 안 된다. 여기에 이광수의 텍스트가 가진 이중성은 그러한 근대적 미감을 해석하기에 아주 적절하고 매력적인 공간이 되어 줄 것이다.

있는 것이다. 민족은 이들의 내면을 형성하는 핵심 관념이었다. 실제 이
광수에게 민족은 더욱 치열한 사유의 대상이고, 감정 몰입의 밀도에 있
어서는 신채호를 능가한다. 그것은 왜곡된 자기 논리에 함몰되는 정신
적 계기가 되어서 친일조차도 민족의 이름으로 행해진다.[26] 일찍이 신
채호가 소설을 통해 발견하고자 한 국민은 위기에 처한다. 국가 주권이
강탈당한 상황에서 국민은 민족이라는 말로 대체되고, 이광수는 이 민
족을 대상으로 문학적 실천을 이끌어가고자 한다. 이러한 맥락에서 문
학은 미몽에 처한 민족을 계도할 양식으로 공인되며, 이를 이끌어갈 문
학자는 문사(文士)의 지위로 격상된다.

> 우리 文士들은 마땅히 師表인 自覺, 民衆의 引導者인 聖徒인 自覺을
> 가져야 할지니, 그의 一言과 一動은 오직 敬虔하고 오직 眞摯하여야 할
> 것이외다. 이러한 責任을 自覺하는 우리 文士들은 發憤하여 過去의 無意
> 識的 最少 抵抗 主義的 데카당스的 生涯를 벗어 버리고, 一刻이 바쁘게
> 德性과 健康과 知識, 聖職에 合當한 健全한 人格의 作成에 着手 努力하
> 여야 할 것입니다.[27]

문학자의 우월한 지위에는 전통사회에서 선비에게나 기대했을 법한
무거운 도덕적 책무가 부과된다. 이는 이광수 본인이 자신에게 부여한
문학자의 우월 의식으로, 결국 자신의 소설을 읽을 독자를 자신의 지평
에 종속될 타자의 위치로 옮겨놓게까지 한다. 미성숙한 상태에 놓인 타
자는 모든 것을 박탈당한 궁핍한 얼굴로 다가온다.[28] 이처럼 1910년대
의 소설가이자 문학가란, 온전한 의미의 창작자가 아니었다. 계몽 기획
에 가담한 지식인 특유의 '우월감'과 '사명감'을 수반하는 문사였다. 그
들은 한국 근대문학의 형성과 관련하여 필연적이고도 의도적으로 계몽

---

26) 송기섭·김정숙, 앞의 논문, 122쪽.
27) 이광수, 「문사의 수양」, 『창조』 제8호, 1921. 1.
28) 서동욱, 『차이와 타자』, 문학과지성사, 2000, 143쪽.

담론을 생산해낸 실질적 발화 주체로 그 시대를 살아낸 것이다.

2. 미디어로서의 소설

한국 근대에서 '문학'이라는 범주는 소설을 핵심에 두고 형성되었고, '민족적'이자 '예술적'인 것을 탐구해 나가는 과정에 놓여 있었다. 이 형성 과정은 1900년대에 시발되었지만, 엄밀하게 말하자면 이때에는 '문학'도 '소설'도 오늘날과 같은 정립을 보지는 못했다. 1900년대에는 근대적인 예술의 상(像)이 없었고, 시·소설·희곡 등의 글쓰기 구분도 불분명했다. 1900년대를 이끈 인식 틀은 오늘날의 것과 판이하였지만 동시에 근대적인 여러 가치가 초보적인 형태로나마 이 때 나타났다고 볼 수 있다. '소설'은 완전히 새롭게 구성되고 평가되기 시작하였고, 개량의 논의 또한 활발하게 이루어졌다. '소설'의 근본적인 토대가 된 것은, '민족'이라는 새로운 집단 전체를 독자로 할 수 있다는 가능성이었으나, 민족적 가치를 언어나 글쓰기의 차원에서 어떻게 구현할 것인지에 대해서는 쉽게 합의가 이루어지지 못했던 탓에 '소설'이라 불린 글쓰기의 실제 역시 극히 복잡하였다. 때문에 여기서 한 걸음 더 나아가, 소설이 '예술'로서 자리 잡은 과정까지 논하기 위해서는 1910년대를 고려해야 하는 것이다. 국권의 상실 이후, 1910년대는 1900년대의 인식을 한편으로는 해체하고 한편으로는 더욱 날카롭게 함으로써 새로운 전환을 준비한 시기였다. 근대 '문학'과 '소설'의 한국적 형성이 대략 윤곽을 갖춘 것도 바로 이 시기에 와서[29]이니, 1910년대 소설의 위상을 검토하는 일은 곧 한국 근대문학의 근거를 탐색하는 일이라 할 수 있겠다.

1910년대의 '소설'은 소설 하나로만 완성될 수 있는 개념이 아니다. 소설은 소설로 충분하지 못하다. 근대소설이 형성될 수 있는 필요조건

---

29) 권보드래, 앞의 책, 25-26쪽 참조.

에는 소설 그 자체뿐만 아니라, '민족', '신문', '국어' 등 다양한 층위의 문제가 재미있는 공식으로 얽히고설켜 있다. 그것들은 기본적으로 모두 정치성을 띠지만, 때로는 모호한 추상성을 가지며, 실질적인 매체의 역할을 담당하거나, 대중의 심리적인 토대를 마련하는 등 그 기능이 무수하고도 복합적이라 함께 살펴보아야 한다. 근대소설이 '미디어'로서의 자격과 의미망을 갖추게 되는 것도 이와 같은 맥락에서 가능하다. 1910년대 위에서 소설은 곧 민족 통합의 언어적, 정치적, 미적, 문화적 비전을 제시한 공간으로 활약했고, 그것은 늘 근대를 조감하고 전망하는 내용을 담고 있었던 것이다. 이는 서사 장르 특유의 모험적 성격, 다시 말해 소설의 흡인력과 개방성을 다시금 확인하게 해주는 대목이 아닐 수 없다.

민족이란 근대에 생겨난 개념으로서, 주권을 지녔다고 상상되는 정치 공동체이다. 그러니까 민족은 고대부터 유구하게 존재해 온 원초적 실체가 아닌 셈이다. 앤더슨은 민족에 대한 선험적 인식이 근대 사회의 민족 국가라는 틀에 갇혀 규정된 개념임을 파헤친다. 그는 근대의 역사가 은폐하고 전유하고자 한 영역들을 해체하면서 민족의 인위적 속성을 드러내고자 한다.[30] 하지만 자민족 중심주의가 지배하는 시대에 민족은 초월적 지위를 지닌 하나의 자명한 사실로 다가올 수밖에 없었다. 식민 체제에 대한 저항의 담론으로써 민족 공동체가 형성된 우리에게 민족이 그러한 절대적 개념 영역에 속해 있었던 것은 자연스러운 일이며, 어쩌면 반드시 요구된 일일 터이기 때문이다. 민족은 공동의 지식을 조장하고 지탱하면서 저항과 긍지를 만들고 표현하는 단위가 된다. 그것을 현실적으로 가능하게 이끄는 권력 주체가 민족 국가이다. 근대의 국가는 국민의 개념을 형성하고 국민 통합의 이데올로기를 지배하며 국가 장치와 제도[31]에 의해 구성된다. 앞 절에서 논의한 것처럼 신채호

---

30) 베네딕트 앤더슨, 윤형숙 역, 『상상의 공동체』, 나남출판, 2002, 참조.
31) 니시카와 나가오, 앞의 책, 289-290쪽 참조.

나 이광수를 대표적 인물로 떠올리게 되는 우리의 근대 프로젝트에는 국민과 국가의 구성과 통합이라는 궁극의 목표가 담긴다. 그런데 언급한 대로 민족이 단일하게 구성되는 것이 아니라 변화하고 때로는 충돌하는 표상들의 네트워크에 불과하다면, 그것을 "숙명적 지평에 속하도록"32) 이끈 대상은 과연 무엇인가 볼 때, 근대는 이러한 허위의식을 일련의 미디어 제도를 통해서 조장한 것이다.

소설과 신문은 민족 형성의 문화적 기원을 밝힐 근대적 문화 양식이자 제도로 떠오른다. 그것들은 민족이라는 상상의 공동체가 탄생하는데 중요한 역할을 하게 된다. 신문은 기사를 통해 독자로 하여금 하나의 사회를 상상하여 민족의 이미지를 만들어 내도록 유도하며, 소설은 다양한 사건을 독자가 동시에 바라볼 수 있는 원리로 단일 공동체의 단결을 유인한다. 신채호와 이광수가 문학, 특히 소설에 민족의 운명을 걸고자 했던 것은 그것이 민족의 운명적 귀속성을 일깨우고 근대성 구현에 기여할 '매체'라 인식했기 때문이다. 소설은 민족이 처한 상황과 미래의 가능성을 재연하면서, 대중을 일관된 의식과 감각 속으로 길들여간다. 소설 안의 세계와 소설 밖의 세계를 융합시키면서 민족적 상상력이 작동하도록 이끄는 양식이 바로 민족주의 소설33)이며 이는 1910년대를 비롯하여 한국 근대소설 형성의 출발 지점을 근원적으로 구명하는 개념이라 말할 수 있다. 픽션34)은 민족에 대한 공동체의 놀랄 만한 확신을 창조하면서, 현실 속에 조용히 또 계속적으로 침투해 들어온다. 사람들은 감정과 의식의 이입을 경험하며 자연스럽게 소설의 주제에 동화된다. 소설이라는 강력한 소통의 장(場)을 통해 독자들은 민족으로 또는

---

32) 송기섭·김정숙, 앞의 논문, 124쪽.

33) 위의 논문, 123-125쪽 참조.

34) 소설은 픽션이기에 허구적인 세계를 그려낸다. 그러나 픽션은 결국 허구 세계와 현실 세계와의 관련 속에서 재미와 감동을 추구하는 것으로, 이야기의 리얼리티를 상상적으로 또는 감정적으로 확보할 수 있게 한다.

국민으로 영토화 되는 것이다. 루카치는 소설이 실재하는 국가들의 실재 역사에 의해 구성된 구체적인 역사 내러티브임에 주목한다.35) 이는 소설에 힘을 제공해 주는 역사의 전용, 과거의 역사화, 사회의 내러티브화가, 모든 사회적 공간의 축적과 차별을 포함한다36)는 뜻이기도 하다. 소설은 그렇게 근대 민족국가의 문화적 경계 내에 있으며 민족은 이 문화적 양식에 깊숙이 기대어 있다.

또한 근대적 의미에서의 국어 역시, 민족 기원의 소설과 밀접하게 연관된다. 민족어로서의 국어란, 막상 쓰이지 않으면 무기력하다. 국민국가 속에서 소설은 국어를 사용하여 민족국가의 실체와 이상을 반영한다. 소설은 국민문학의 이상인 언어와 사고의 국민화를 주도하면서 국가의 통합 이데올로기에 기여하기도 하고, 저널리즘의 자본 논리에 또한 병합되기도 한다.37) 따라서 민족을 문학이 도달해야 할 최고의 가치로 설정한 신채호와 이광수에게도 국어는 중요한 고려 대상이었다. 근대국가를 탄생시킨 양식으로서 소설과 신문에 주목한 앤더슨의 논의가, 결국 거기에 쓰여진 언어의 문제로 향하는 것도 이러한 사회적 담론을 바탕으로 하는 것이다. 출판어(print-language) 내지 활자어의 창출은 역사적 사건으로까지 강조되기도 하는데 그것이 국어의 형성에 깊이 연계되어 있기 때문이다. 엘리트 언어에서 속어로, 문어에서 구어로, 언문일치운동, 공통어, 출판어, 국어 등 근대의 언어 문제는 민족 통합이라는 국가의 원리에 주요한 기제38)로 작용한다. 인쇄 자본주의는 언어에 새로운 고정성을 부여하고 그 언어에 집단의 소통 기호로서의 지위까지 준다. 인간 언어의 숙명적 다양성 위에 자본주의와 인쇄술이 수렴됨으로써, 근대 민족을 준비하는 새로운 형태의 상상의 공동체가 가

---

35) 게오르그 루카치, 반성완 역, 『소설의 이론』, 심설당, 1985, 참조.
36) 에드워드 사이드, 김성곤 · 정정호 역, 『문화와 제국주의』, 창, 1995, 157쪽.
37) 송기섭 · 김정숙, 앞의 논문, 126쪽 참조.
38) 니시카와 나가오, 앞의 책, 82쪽.

능해진다. 근대에 생겨난 거의 모든 민족들은 민족 활자어를 가지게 되고 민족을 통합할 소통 기호로서의 세력을 창출한다.[39] 언어 개혁은 근대화에 뒤진 여러 지역에서 내셔널리즘의 핵심 부분을 구성한다.[40] 말은 커뮤니케이션의 수단일 뿐만 아니라 국가의 정수이기에 그러하다. 국민문학은 정전의 형성에 의해 구축되고 정전은 국어에 의해 구현된다. 국민을 — 우리의 경우 민족을 — 공적으로 동일시할 수 있는 표상으로 담론화하기 위해서는 국어가 설정되어야 하며, 국민을 접합시킬 텍스트로서 정전이 요구된다는 말이다. 이렇게 국민의 고유어, 즉 국어로 쓴 국민문학이라는 이데올로기 및 제도가 근대 국민국가 건설의 중심축[41]을 이룬다.

그런데 이 시점에서 국어 역시 민족과 마찬가지로 처음부터 존재했던 것이 아니라 발견된 것이고 조작된 것임을 짚고 넘어갈 필요가 있다. 발견이란 표준어로서의 국어를 규정짓기 위해 중심어를 찾아냄을 의미하며, 조작이란 그 정치문화 중심의 방언을 국어라는 이름으로 다른 주변 지역어에 강제했음을 의미한다. 공식어로서의 표준어가 근대의 소산임을 우리는 잘 알고 있다. 근대의 제도들은 이러한 표준어에 의해 작동하며 또한 그것의 획일적 사용을 전파한다. 주지하듯 근대 제도는 중앙집권적 통제력으로 전국을 단일 네트워크로 체계화하고 서열화한다. 전국을 하나의 균질화된 언어권에 포함시키는 일은 근대의 시스템이 가동되기 위한 선결 조건인 셈이다.[42] 요컨대 상상의 공동체로서 민족과 국가 형성의 구축을 위한 당면 과제가 민족문학의 창출이며 그것의 표준화된 표기 양식인 국어의 성립이다.

---

39) 송기섭·김정숙, 앞의 논문, 128쪽 참조.
40) 무라이 오사무, 왕숙영 역, 「멸망의 담론 공간」, 『창조된 고전』, 하루오 시라네 편저, 소명출판, 2002, 254쪽.
41) 니시카와 나가오, 앞의 책, 95쪽.
42) 송기섭·김정숙, 앞의 논문, 127쪽 참조.

"조선문학은 조선말로 쓰여진 문학"[43]임을 천명한 이광수의 민족문학 구성 요건에 대한 생각은, 신채호를 비롯한 당대 문인들의 통념을 반영하는 것이기도 하다. 이 기본 명제는 언어 내셔널리즘이 제국주의 팽창과 맞물려 점령지에 일본어 보급[44]을 국가적 전략으로 추진하던, 이른바 '일본어의 국어화'라는 시대적 언어 상황에서는 다분히 위태로운 원칙이었으며, 역으로 그런 만큼 절대화하여 지켜내야 할 사안이기도 했다. 식민지 지배 집단의 언어권에서 소수의 피지배 집단이 자신의 문학을 지탱해 나간다는 것은 곧 자신들의 민족어를 고수함을 의미한다.

> 국어를 떠난 문학이 있을 수 없고 또 국어도 문학으로 하여 保有되고 세련되고 발달되는 것이다. 朝鮮文學이 朝鮮語 위에 성립될 것은 無論이다. 그런데 조선어는 나날이 파괴되고 亂雜하게 되는 과정을 밟고 있다.[45]

통일된 국가 체제를 형성하기 위해서는 국어의 표준화와 전(全)국민적 보급이 긴요해진다. 이광수는 민족의 국가적 주권을 상실한 시대에도 여전히 조선어를 국어로 인식코자 했으며, 조선어가 자신이 종사하는 문학의 표기 방식이 되어야 한다고 믿었다. 국가에 의한 일관된 언어 정책이 없는 상황에서 문학을 수단으로 하여 한글을 지켜 나간다는 일이 지난한 과업이었음을 앞의 예문은 잘 드러내고 있다. 한국어 표기의 원칙이 무너진다면 한국 문학의 정체성은 그 근본을 훼손당하고 결국 독자적 구성력을 상실하게 될 것이다. 그래서 국어에 의한 새로운 민족 문학을 창출하는 과정에서, 문학자에게 부과된 필연적 과제[46]로 표기 문제가 제기되는 것이다. 물론 민족 고유어로 표준화된 표기 문제란, 소설 쓰기나 문학자의 처신을 훨씬 웃도는 국가 지배력의 원천에

---

43) 이광수, 「조선소설사」, 『이광수 전집』 제16권, 삼중당, 1962, 206쪽.
44) 코모리 요이치, 정선태 역, 『일본어의 근대』, 소명출판, 2003, 332쪽.
45) 이광수, 「문학에 대한 소견」, 『조선일보』, 1929. 8. 1.
46) 정백수, 『식민지 체험과 이중언어 문학』, 아세아문화사, 2000, 28쪽.

관한 사안이다. 허나 이미 언급한 바대로 문화적 실천이 없다면 언어는 무기력[47]해지는 것이 사실이다. 이로써 소설은 한글이 민족어로서 구체적 실천을 할 수 있도록 돕는 적실한 매체로서의 의미까지 부여받게 된다.

이제까지 살펴본 내용과 같이, 1910년대에는 국민 혹은 민족을 내재화하기 위해 소설이 요구되었다. 한국의 근대소설은 애초에 효용론으로부터 자유롭지 못했다고 볼 수 있다. 그러나 '단순한 도구'와 '총체적 미디어' 사이에는 확실히 분별할만한, 의미와 가치의 차이가 있다. 당시의 소설이 선 곳은 '단순한 도구'가 아니라 '총체적 미디어'의 자리이다. 소설은 민족 구성원에게 자신들이 하나의 감정과 의식으로 서로 연결되어 있다는 느낌을 부지불식간에 불어넣는다. "미성숙에서 벗어나 민족 성원으로서의 자기를 깨닫고 문명화된 공동체로 나아가게끔 하는 계몽의 매체"[48]인 것이다. 이처럼 개화 계몽의 시대, 근대소설은 문학 텍스트적 기원만으로는 설명하기 어려운 대상이다. 근대소설의 형성 과정은 정치적인 의도가 관여된 중층적인 결정 인자—민족, 신문, 국어 등—를 배경으로 하여 추진된 것이다. "소통의 측면에서 근대 독자의 형성은 곧 소설 독자의 형성을 일컫는다. 독자의 형성은 인쇄 매체를 통한 민족 계몽에 있어 가장 먼저 해결되어야 할 현실적 조건이다."[49] 소설은 그러한 현실적 조건을 충족하며 근대 독자층을 만들고 넓혀갔다.

---

47) 위의 책, 378쪽.
48) 송기섭·김정숙, 앞의 논문, 129쪽.
49) 위의 논문, 129쪽.

Ⅲ. 근대적 상상력

1. 근대국가의 성립

근대 이전까지 유교 문화권에서 소설(小說)은 사람들의 심성을 어지럽히는 괴력난신(怪力亂神)의 이야기라 지탄받았고, 역사 기록으로서의 대설(大說)과 대립되는 개념이었다. 그런데 소설이 근대와 더불어 주목을 받게 된 데에는 무엇보다 근대 계몽 담론에 원인이 있으며, 이때의 소설은 아이러니컬하게도 다시 대설인 역사와의 적극적 관련 안에서 진지하게 궁구된 것이라고 볼 수 있다. 전통적 서사가 도달하고자 했던 권선징악은, 근대적 삶의 환경에 적응해갈 주체적 인격의 실현으로 바뀐다. 그것은 국민 혹은 민족 단위의 공동체, 그러니까 '국가'에 조화롭게 살아가는 문명화된 인격을 지향한다. "무엇인가 변화를 도모한다는 점에서 근대소설은 각세(覺世)의 문장을 근간으로 하며, 근대적 이상 인격을 재도(載道)로 삼아 계몽을 기획한다."50) 때문에 미디어로 활약했던 1910년대의 소설들이 국가와 문학의 인식론적 관계를 모색하는 일련의 상상적 토대를 구축하고 있음에 대해서는 어렵지 않게 추론할 수 있다. 실제로 근대 민족국가는 작중인물의 의식을 지배하는 주도적 관념으로 명시되기도 한다.

신채호의 『꿈하늘(夢天)』은 환상적 구조 속에 투철한 독립운동의 정신을 제시한 소설이다. 작가는 서문에서 "멀건 대낮에 앉아 두 눈을 멀뚱멀뚱히 뜨고도 꿈같은 지경이 많아"51)이 소설을 쓰게 되었다고 말하고 있다. 신채호는 또 이 소설의 주인공인 '한놈'이 바로 작가 자신52)임

---

50) 송기섭·김정숙, 앞의 논문, 119쪽.

51) 신채호, 「꿈하늘」 서문, 『단재 신채호 전집』, 형설출판사, 1979, 174쪽.(이후 인용되는 신채호의 「꿈하늘」은 같은 책을 참고하였음을 밝히며, 해당 페이지 수만 표기하기로 한다.)

138

을 드러내면서, "한놈은 벌써부터 꿈나라의 백성"(174)이라고 적고 있다. 이러한 진술들은 이 소설에서 꿈이 희망의 다른 이름이며, 이 소설의 환상적 구조는 민족의 독립을 선취하기 위한 하나의 소설적 장치로 선택된 것임을 암시해 준다. '꿈나라'는 곧 님나라인 것이다. 그렇다면 '님나라'는 대체 어디에 있는 나라인가.

> 님나라 天國은 하늘 위에 있고 地獄은 땅밑에 있어 그 相距가 千里나 萬里인 줄 알은 것은 人間의 생각이라, 실제는 그렇지 않아서 땅도 한땅이요, 때도 한때인데 재치면 님나라고 엎치면 地獄이요, 세로 뛰면 님나라고 가로 뛰면 地獄이요, 날면 님나라며 기면 地獄이요, 잡으면 님나라며 놓치면 地獄이니, 님나라와 地獄의 相距가 요것뿐이더라.(213)

여기에서 님나라는 국민 또는 민족으로 구성된 근대적 독립국가를 지칭한다. 님나라는 하늘 위에 있고 지옥은 땅 밑에 있어서 어리석은 인간들은 그 사이의 거리가 천 리나 만 리 즈음 되는 줄 착각하지만, 깨달음을 얻고 나면 천국이나 지옥이나 "땅도 한땅이요, 때도 한때"임을 알게 된다는 내용이다. 민족의 독립이란 그렇게 마음먹기에 따라, 생각의 전환에 따라, 노력과 의지와 각성의 정도에 따라 결정되는 것이지, 결코 다다를 수 없는 먼 곳에 있는 것이 아니라는 말이다. 천국과 지옥의 거리는 그 깨달음의 유무—"요것뿐"—에 불과하다.

게다가 깨달음을 전하는 서술자는 인간을 뛰어 넘는 어떤 초월적인 존재이자, 깨달음을 얻은 인간의 목소리라고도 해석할 수 있다. 인용된 부분은 지옥에 떨어졌던 한놈이 강감찬의 말을 듣고 "大徹大悟"하여 몸을 떨쳐 자신을 묶고 있던 쇠사슬을 푼 뒤에 나온 서술로서, 그렇다면 이것은 깨달음을 얻은—지옥의 쇠사슬을 푼—한놈 자신의 말이기도 한 것이다. 그러니까 이 소설의 서술자는 초월자인 동시에 인간이며, 작

---

52) 이 서문의 끝에 신채호는 '한놈 씀'이라고 적었다.

가 자신인 동시에 주인공이다. 다시 말해 이 소설은 "민족사의 탐색을 통해 님나라를 찾아가는 작가 자신의 자전적 기록인 동시에, 민족 독립을 위한 투쟁만이 자기 구원에 이르는 길임을 가르치는 계몽소설"[53]이다. 바로 이 지점에서 『꿈하늘』은 그 시대적 의미를 획득한다.

> 꽃송이가 어여쁜 소리로 대답하되
> "싸우거든 내가 남하고 싸워야 싸움이지, 내가 나하고 싸우면 이는 自殺이요 싸움이 아니니라."
> 한놈이 바싹 달려들며 묻되
> "내란 말은 무엇을 가리키는 말입니까? 눈을 크게 뜨면 宇宙가 모두 내 몸이요, 적게 뜨면 오른팔이 왼팔더러 남이라 말하지 않습니까?"
> 꽃송이가 날카롭게 깨우쳐 가로되
> "내란 범위는 時代를 따라 줄고 느나니, 家族主義의 時代에는 家族이 '내'요 國家主義의 時代에는 國家가 '내'라. 만일 時代를 앞서 가다가는 발이 찢어지고 時代를 뒤져 오다가는 머리가 부러지나니, 네가 오늘 무슨 時代인지 아느냐?"(185-186)

한놈과 무궁화 꽃송이의 문답은 작가 자신이 주장해온 아(我)와 비아(非我)의 투쟁사관 또는 소아(小我)와 대아(大我)의 관계에 대한[54] 생각을 드러낸 것으로 읽을 수 있거니와, 이 대목이 더욱 중요한 것은 왜 하필 투쟁을 해야만 민족 독립의 경지인 천국에 들어갈 수 있는지 그 이유를 제시하고 있기 때문이다. 국가주의 시대를 맞아서는 독립투쟁을 해야 시대적 사명을 다하는 것이라고 한다. 여기에는 역사적 존재로서의 인간에 대한 통찰이 숨어있다. 한놈은 꽃송이의 말에 크게 느끼어 감사의 눈물을 뿌리는데, 이 역시 『꿈하늘』에 나타난 깨달음 중의 하나다. 이렇게 해서 한놈은 자신을 타자화시킨 제국주의 담론에 저항하는

---

53) 류양선, 앞의 논문, 110쪽 참조.
54) 신채호, 「朝鮮上古史 총론」, 「大我와 小我」, 『단재 신채호 전집』, 앞의 책 참조.

140

민족주의 담론을 통해, 제국주의를 다시금 타자화하는 새로운 주체로
우뚝 선다.

> "愛國者의 일도 宗敎家와 같으오리까?"
>
> "하나는 出世者의 일이요 하나는 入世者의 일이니, 일은 다르지만 宗敎
> 家가 信仰 밖에 다른 사랑이 있으면 宗敎家가 아니며, 愛國者가 나라 밖
> 에 다른 사랑이 있어도 愛國者가 아니다. 그러므로 사람마다 몸은 안 아끼
> 는 이 없지만 忠臣이 일에 當하면 열 두 번 죽어도 辭讓치 않으며 누가 妻
> 子를 안 어여뻐하리오만 烈士가 나라를 爲함에는 家族까지 犧牲하나니,
> 이와 같이 나라 밖에는 딴 사랑이 없어야 愛國이어늘, 이제 나라도 사랑하
> 며 술도 사랑하면 술로 나라를 잊을 적이 있을지며, 나라도 사랑하며 美人
> 도 사랑하면 美人으로 나라 잊을 때가 있을지니라.(212)

여기에서는 국가와 민족에 대한 사랑 외의 어떠한 사랑도 부정하고
있다. 독립 투쟁의 길에는 "미인으로 나라 잊을 때"가 발생하지 않기
위해서라도, 인간적인 욕망이 허락되지 않는다. 애국자의 투쟁은 종교
가의 수행과 같고, 애국자에게 내려진 윤리적 강령은 수도자가 지켜야
할 종교적 계율과 같다. 1900년대부터 역사·전기소설들을 많이 발표한
신채호의 작품 세계가 전반적으로 그러했듯이, 이 소설이 기반하고 있
는 최종 심급 역시 민족주의라 할 수 있다. 그러나 『꿈하늘』의 발상은
구체적인 삶의 공간에서 우러나온 것이 아니다. 작가 한놈이 주인공 한
놈에게 윤리적 강령을 내리는 자족적 정신주의를 드러내는가 하면, 단
군이 계신 님나라에 대한 서술도 민족을 신비화하고 있다는 비판에서
자유롭지 못하다.55) 인물이 당시의 객관적 현실에 놓여 있지 않다. 즉
한놈의 내면은 민족 독립의 길에 나선 구도자의 내면이기는 해도, 그
인식 틀 자체가 본격적인 근대인의 내면이라고 보기는 어렵다.

---

55) 류양선, 앞의 논문, 112-113쪽 참조.

　이 시기 소설이 묘사해야 할 근대인의 내면이란, 매우 어려운 화두였다. 객관적 현실 위에서 갈등하는 개인의 심리를 포착하기에는 계몽의 목소리가 지나치게 컸기 때문이다. 근대인의 자화상이 제대로 완성되기 위해서는 주체의 분리 경험으로 인한 고독과 단절감이 필수적이지만, 근대 국민국가 또는 민족국가의 성립이란 주체 개인을 국민 또는 민족으로 호명함으로써 그 근거를 확보했기 때문에 신채호의 소설에서 고독한 내면이 형성될 여력은 없었던 것이다. 하지만 근대국가의 성립에 대한 당대 지식인들의 관심이 신채호의 경우처럼 반식민주의적인 시각으로 일관되어 있었던 건 아니라고 볼 때, 이광수의 『무정』은 미묘한 지점에 위치한다. 외적 계몽으로서의 〈근대국가의 성립〉과 내적 계몽으로서의 〈근대인의 탄생〉 양자 어디에도 완벽히 귀속되지 않는 것이다. 이 소설에 민족주의와 식민주의가 교묘하게 뒤섞여 있는 것처럼 말이다. 우선 『무정』은 객관적 현실에 선 인물들을 개개인의 심리 묘사를 통해 그려 냈다는 면에서, 구체적 예로는 형식의 성적 욕망을 전례 없이 솔직하게 서술했다는 점에서, 『꿈하늘』보다는 월등히 근대소설다운 미적·감각적 완성도를 갖추었다고 볼 수 있다. 하지만 한편으로 순진할 정도의 낙관주의와 일본의 조선 침략으로 인한 상공업 발달을 예찬하는 대목들을 보고 있노라면, 이 소설이 지닌 식민주의적 계몽의 색채에 놀라게 된다. 이에 대해 한 논자는 "민족주의의 외피를 쓴 식민주의 담론"[56]이라 비판하기도 하지만, 실은 이런 모순점이야말로 식민 담론에서 자유로울 수 없는 현실 속 근대인의 감정적 방황이 무의식적으로나마 노정된 것은 아닐까 짐작해 보며, 근대인의 내면적 방황을 서사의 표면에 본격적으로 끌어올린 텍스트들을 다음 절에서 살피고자 한다.

---

56) 류양선, 앞의 논문, 118쪽.

2. 근대인의 탄생

루카치가 소설의 주인공을 가리켜, 내적 형식을 창조하는 인간으로서 영혼의 심연에서 주체를 찾는 개인[57]이라 규정함은 계몽된 인간의 내면이 무엇을 의미하는지를 잘 말해준다. 근대소설의 단초를 열어간 양건식의 「슬픈 모순」이나 현상윤의 「핍박」은 내면의 고유한 가치를 탐구하는 문제적 개인의 인식 틀을 형성한다. 한국 소설에 있어서도 "진정한 의미의 근대소설은 내부의 인식소를 교체하고자 하는 모험의 형식"[58]으로부터 비롯된다. 「슬픈 모순」의 주인공이 거리에서 사회적 분노에 공감하면서 고독한 자기 자신을 발견하는 과정은 근대적 개인의 처소가 어디에 있는가를 잘 보여준다.

> 서안을 의지하고 앉아서 이번에는 아무 까닭도 없이 공연히 생각해 본다. 한즉 제일 먼저로 생각나는 것은 집안 식구와 나의 취미가 아주 다른 것이다. 이는 참 재미없는 일이다. 그 다음에 일어나는 것은 사회에 대한 약한 나의 불평의 소리, 그리고 현재의 생활이 무의미한 것, 이러한 실마리를 잃은 실과 같이 서로 엉클어져 가슴을 치받치고 뭉게뭉게 일어난다.
>
> 이러니 마음이 다만 갑갑증이 나서 들어앉아 있을 수 없다. 그래 새삼스럽게 바깥 출입할 생각이 나서 옷도 입은 대로 두루마기를 입고 모자를 떼어 쓰고 마당으로 내려서니 어머니는 방문을 열고 내려다보시며
> "어디 가니?"
> 하시며 의아해 하시는데 나는 무의식적으로 대답 없이 집 밖에를 뛰어나왔다.[59]

---

57) 게오르그 루카치, 앞의 책, 79쪽.
58) 송기섭 · 김정숙, 앞의 논문, 117쪽.
59) 양건식, 「슬픈 모순」, 『한국현대대표소설선 1』, 임형택 · 정해렴 · 최원식 등 편, 창작과비평사, 1996, 135쪽.(이후 인용되는 양건식의 「슬픈 모순」은 같은 책을 참고하였음을 밝히며, 해당 페이지 수만 표기하기로 한다.)

「슬픈 모순」은 우선 개인의 고독과 단절의 문제를 정면에서 다룬다. 일인칭 '나'는 가정과 사회의 일원으로서의 소속감을 잃고, 갑갑증과 외로움을 느낀다. 「슬픈 모순」과 「핍박」을 비롯하여 염상섭의 『만세전』과 박태원의 「소설가 구보씨의 일일」 등 비슷한 계보를 잇는 실제 작품들을 총체적으로 살펴보면 개아(個我)를 탄생시키고 강조하기 위해 인물들이 얼핏 자의식의 과잉으로 비추어질 정도로 자기 심리에 몰입해 버리는 양상을 보여주지만, 여기서 소설의 주인공들이 느끼는 까닭 모를 단절감과 소외감은, 원래는 단절되지 않았을, 원래는 소속되어 있었어야 할, 그 무엇으로서의 타자를 설정하는 관념이라는 사실을 주지해야 한다. 재미있는 건 '타자의 발견'은 '주체의 자각'과 쌍을 이루는 법이라는 원리다. 그러니까 애초에 근대인의 탄생이란 근대사회와 아무런 관련 없는 독특한 국외자(局外者)의 탄생을 알리는 것이 아니라, 새롭게 요구되는 근대적 사회에 어떤 방식으로든 자기 내면과 감각으로 대꾸하는 시민(市民)의 탄생이라고 볼 수 있다.

> 물론 나는 목적이 있어서 나오지는 아니하였다. …… 마침 오는 광희문(光熙門) 행의 전차에 뛰어올랐다. 타기는 탔으나 어디로 갈 생각인지는 나도 모른다. …… 아무 얼굴을 보아도 모두 바쁜 듯한 모양이 그 보는 눈에도 역연히 보이니 나와 같은 한가한 사람은 한 사람도 없구나 생각한즉 현실계에서 별안간 천장만장 깊은 곳으로 떨어진 듯하여 야릇이 고독의 적막을 통절하게 느끼겠다. …… 어쩐지 낙오된 생각이 나서 홀로 외로운 마음이 난다. …… 내리고 보니 또 목적지가 없다. 한참 생각하다가 아무렇든지 또 타기로 하고 이번에는 동대문행 전차를 탔다. …… 한데 타고 앉아 가만히 생각한즉 찾아볼 데가 전차에 내려서도 한참이오. 또 마음에도 그리 탐탁히 갈 마음이 내키지 아니하여 '그만두자'고 마음을 먹었다. 동시에 '내가 왜 이러나?' 하며 내가 책망하는 마음이 일어나며 화가 벌컥 난다. (135-136)

그의 정처 없는 발걸음은 1930년대 중반, 박태원의 「소설가 구보씨

144

의 일일」에서 구보가 종로와 청계천 주변을 목적 없이 산책하는 바로
그 모습과 유사하다. 그러나 1930년대 '구보'와 달리 「슬픈 모순」의
'나'는 세계를 선과 악으로 구분지어 볼 줄 아는 뚜렷한 자기 준거가 있
으면서도 세상의 모순을 해결할 수 없는 자신의 무능을 발견하고 우울
해한다. '나'가 대중없이 서울 곳곳을 다니면서 의미 있게 보는 대상은
"뚱뚱한 기름이 흐르는 얼굴에 분은 부끄럽지도 않은지 새아씨 볼줴지
르게 바르고 이름도 알 수 없는 색주단으로 전신을 감은, 육냄새에 기
갈 들린"(136) 오십대의 비만한 부인과, 기생집에 들어갔다는 이유로 순
사에게 뺨을 맞고 발로 채여 살려 달라 애걸하는 막벌이꾼들이다. 색주
단으로 몸을 감은 오십대 부인과 순사와 막벌이꾼들은 세상에 존재하
는 부자와 빈자, 강자와 약자 사이에 벌어지는 힘의 논리를 '나'에게 새
삼 각인시키는 자들이다. '나'는 이렇듯 도처에서 목격되는 문제점을 해
결할 수 없는 나약한 존재다. 세상의 문제를 해결해 보겠다는 애초의
이상은 냉랭한 현실에 의해 깨져버린 탓이다. "나와 같은 약자는 대낮
에 이러한 활동의 천지를 남과 같이 내로라하고 다닐 자격이 없다"(137)
는 생각을 품는 그의 미천한 자존감은, 궐녀에 대한 증오심, 계급에 대
한 무력감과 무관하지 않다. 이는 어쩌면 경쟁을 부추기고 비교를 강요
당하는 자본주의란 것에 처음 맞닥뜨린—그러면서도 한편으로는 그 경
쟁과 비교에서 낙오되고 싶지 않은, 다시 말해 노예근성으로부터 해방
되어 깨어난—시민들의 보편적이고도 은밀한 속내일는지 모른다. '나'
의 이러한 내면적 갈등은 근대국가를 향한 막연한 이상으로 점철된 계
도의 부르짖음이 아니라는 점에서 주목할 만하다. 객관적이고 가혹한
진짜배기 현실 위에서 고민하는 개인의 심리 묘사로서 근대인의 탄생
을 알리는 것이다.

    조선 사람의 향상심(向上心)과 자각 없는 것은 말할 필요도 없거니와 병
문꾼 대 순사보가 자각이 없고 향상심이 없어 그 지위에 만족함은 다 일반

이다. 그 사이에 별로이 큰 차등을 발견하기 어렵다. 다만 관복을 입고 칼을 찬 까닭에 순사보는 막벌이꾼을 징계하는 권리와 자격이 있다.
　모순도 이쯤 되면 심하다. 참으로 기묘한 대조다. 그러나 나도 생활의 압박으로 나의 진실성과 모순이 많은 것은 사실이다.(138-139)

양건식은 일찍이 근대의 일그러진 지점을 간파했다. "징계하는 권리와 자격"은 "모순"에 의해 주어지는데, 그러한 현실을 목도하는 자기 자신 역시 "생활의 압박"으로 인해 "모순"된 존재로서 살아가야 한다. 이는 "생활의 광야에 서서 본즉 내가 지금까지 꾸던 꿈은 시시각각으로 깨어져 감"(139)을 의미하며, 근대소설의 서사 주체인 문제적 개인의 비극적 세계관을 담아낸다. "다만 이상만 그리던 숫보기 마음은 냉랭한 현실의 장벽에 다닥쳐 부서져 비참한 잔해만 남"(139)고 마는 것이다. 이러한 무능에 대한 죄책감은 과거시험을 보는 계층과 농사를 짓는 계층의 인생 목표가 확연하게 구분되던 옛시절의 사람들이 품었을 법한 고민과는 전혀 다른 성격의 좌절이다. 근대적 청춘의 방황이며, 먹고 살 만한—소위 배가 부른—고민이지만, 위협적으로 우울한 병증이기도 하다. 가족적 연대가 개인을 먹여 살려주지 않는 시대에, 한 개인이 세상 속에서 어떻게 제 몫을 하고 살아가야 할는지, 스스로 모든 것을 결정해야 하는 근대인에게 주어진 압박감이자 특유의 증세다.
　이어서 작가 현상윤이 창작한 여섯 편의 소설들은 모두 1913년과 1917년 사이에 발표되었다. 이 여섯 편의 소설들 중에서 본고에서 주목하는 「핍박」은 시기적으로 가장 마지막에 쓰여진 작품으로, 역시 일인칭 화자의 내적 독백을 통해 이야기가 진행됨으로써 종전의 소설들과 다른 면모를 보여준다.

　이즘은 병인가보다. 그러나 무엇이로든지 병일 이유는 없다. 신선한 공기가 막힘 없이 들어오고 영롱한 광선이 가림 없이 비피고 새는 울고 꽃은 웃고 샘은 맑고 산은 아름다운데, 조금도 병일 까닭은 없다.

146

그러나 병은 병이로다. 낮에는 먹는 밥이 달지 아니하고 밤에는 잠이 편치 못하며 얼굴은 파리하고 살은 깎이며 피는 왕성치 못하고 힘줄은 신축이 자유롭지 못하고 반가운 친구를 만나도 웃음이 발하지 아니하고 남에게 稱譽를 받아도 기쁨이 나오지 아니한다. …… 비록 병이라 할지라도 가슴을 붙안고 객혈을 하고 폐결핵도 아니요, 머리를 짚고 신음을 마지않는 말라리아도 아니요, 조금 하면 뇌충혈이 되어 두통과 眩暈이 되는 신경쇠약도 아니요, 걸핏하면 腹雷가 울고 트림이 나는 위확장도 아니건마는 맥이 폭 풀리고 기운이 나른하여 도무지 견딜 수가 없나니 어쨌든지 병은 병이로다. ……

…… "이놈아 약한 놈아! 하기에 게으르고 배우기에 게으른 이놈아!" 하는 한소리는 그치지 않고 들린다. 몸 둘 바를 모르겠다. 이리로 가도 이놈아 저리로 가도 이놈아 하는 소리에 목쟁이목쟁이 구석구석이 공포의 힘이 층층이 내리누른다. 몸은 끔짝할 수가 없다. 가슴은 천근 만근이 더한듯 하고 목은 불이 갈피갈피 타는 듯하다.

아아 이것이 무슨 병이냐? 그러나 과연 병은 병이로다. 속일 수 없는 병이로다.60)

「핍박」의 '나'는 자신이 위확장이나 신경쇠약은 아니지만 "맥이 푹 풀리고 기운이 나른하여 도무지 견딜 수가 없는" 병을 앓고 있다고 말한다. 그러면서 그는 "이편 저편에서 쏘아오는 시선이 나로 하여금 못 살게 군다"(144)는 대목에서처럼 사람들이 모두 자신의 무능을 꾸짖는 환청에 시달린다. '나'는 지식인이랍시고 윤리적 우월성을 갖기는커녕 타인의 시선과 비난을 상상하여 두려워하는 것이다. "용렬한 놈, 미욱한 놈, 약한 놈, 하기에 게으르고 배우기에 게으른 놈"(145) 등의 자기 비하는 뒤틀린 자의식에서 비롯된다. 이러한 자아에게 의미 있는 행위와 사건은 동반될 수 없다. 단지 그는 정주 성내나 마을 곳곳을 기웃거리며 산책할 뿐, 행동하지 않고 상념만을 펼친다. 세상이 자신을 비난하

---

60) 현상윤, 「핍박」, 『한국현대대표소설선』 1, 앞의 책, 144-145쪽.(이후 인용되는 현상윤의 「핍박」은 같은 책을 참고하였음을 밝히며, 해당 페이지 수만 표기하기로 한다.)

고 있다는 '나'의 생각은 망상으로까지 이어지기도 하는데, 어디를 가든지 '나'는 외부의 시선에 갇혀 있고 외부의 타자는 동일하게 '나'의 정체를 의심하고 꾸짖는 것으로 상상된다. 모두 한 목소리를 내는 타자는 칼을 찬 순사보조원의 모습이나 '나'의 무능을 조롱하는 주변 농촌 사람들의 모습으로 변주된다. 「핍박」에서 드러나는 타자와 자아의 치열한 갈등 심리는, 이처럼 사변적인 '의식의 흐름'을 통해 제시된다. 때문에 '내적 독백'은 이 소설의 근대적 면모를 살피는 데 중요한 요소가 된다.

> 나는 신문을 본다. 혹 잡지나 서적도 본다. 아침에 변하고 저녁에 고치는 신경질의 세상도 추이를 대강은 짐작하고, 웃음 있고 눈물 있고 정 있고 피 있는 시나 소설도 읽으며, 일찍이 학교에도 좀 다니어서 공기의 온도가 크면 비나 눈이 오고, 눈이나 비가 올 때면 공기의 온도가 높아지는 이치도 적이 알고, 수박은 사질양토(沙質壤土)에 적당하고 가지는 윤작(輪作)이 좋지 못하다는 농사상 지식도 약간 있다.
> 또한 나는 곤궁한 자를 긍측(矜惻)히 여기고 슬픈 자에게 떨어뜨리는 동정의 눈물도 있다. 저문 날에는 짧은 막대를 짚고 절름걸음을 간신히 옮기는 비렁뱅이를 보면 한술 밥과 한푼 돈도 아낌이 없고, 길을 가다가도 보지 못하는 소경이 좁은 다리를 건널 때에 막대를 두르면서 손발을 떨고 걸음을 머뭇거리는 것을 보면 손 당기어 인도하여줌도 꺼리지 아니하여 희생의 관념과 자선(慈善)의 귀한 줄도 안다.(145-146)

여기에서 보이듯이 '나'가 진정으로 의식하고 있는 집단 혹은 거대한 타자는 순사나 농민들로 표상되는 집단이라기보다는 근대 교육에 의해 제시된 이상—텍스트 내부에서 윤리, 도덕, 평등 자유 등의 어휘로 암시되었던—혹은 근대 교육 그 자체이다. 근대적 세계관과 상향평준화된 대중의 지적 수준은 개인을 그럴듯한 신인류로 포장해 주지만, 아무 것도 정하지 못하고 나서지 못하는 똑똑한 겁쟁이마저 양산하기 마련인데, 현상윤도 양건식의 경우처럼 이미 근대의 일그러진 지점을

148

예견하고 있었던 것이다. 실은 이와 같이 치열한 세계 인식이야말로 근대인으로서의 자질이자 특징이랄 수 있다. "그러나 나는 떨린다! 사방으로 들어오는 逼迫이 刻日刻 급하여간다. 맥이 더욱 풀리고 머리가 더욱 아프다"(146)고 거세게 중얼거리는 내적 독백과, 그 "내적 독백이 기반하고 있는 절대적 윤리의 부재"[61]는 현상윤의 이전 소설, 더 나아가 신소설과도 확연히 구별되는 지점이다. 「핍박」의 내적 독백은 상상적 자기 처벌과 죄의식 등을 통해 만들어진, 미처 발화되지 못한 내부의 언어로 이루어져 있다. 시대에 관한 윤리적 확신의 흔들림이 내부의 언어를 만든다는 점에서 「핍박」은 「슬픈 모순」과 비슷한 면을 지닌다. 이 두 소설은 "지식인 인물들이 자신이 가진 이상에 대해 회의하고 그 이상을 현실화시킬 행위를 하는 데 주저함으로써, 결과적으로는 소설의 내부에서 자의식이 결여된 사상을 밀어내는"[62] 결과를 만들어 낸다.

1910년대 후반의 소설들이 근대소설사에 제기한 질문은 소설이 개인의 얼굴을 어떻게 드러낼 것인가 하는 점이다. 역사·전기소설이나 신소설의 흐름과는 다른 갈래에서 근대적 서사 형식을 만들어낸 장본인이 바로 '개인'과 '자아'에 대한 자각이다. 「슬픈 모순」, 「핍박」 등은 인물의 들끓는 내면을 통해, 거대한 타자들과의 역동적 관계 속에서 이룩된 개인의 얼굴을 잘 보여주고 있다. 거꾸로 개인의 발견은 곧 타자의 발견이기도 하다. 개인의 내부에 들끓고 있는 이상에 대한 회의와 성적 욕망 — 여기에서는 『무정』 — 등이, 타자를 의식하는 가운데 '직접적으로' 표출되지 않는 것이다. 위의 소설들에서 공통적으로 발견되는 '내적 독백'은 타자를 의식한 일개인이 탄생되고 있음을 보여주는 증거인 셈이다. 사유의 방황과 많음, 깊음, 복잡함은 역설적으로 사유의 응집과 그것이 의미 있음을 강조한다. 그만큼 전체의 통합 논리에서 벗어

<hr>

61) 노지승, 「1910년대 후반 소설 형식의 동인(動因)으로서 이상(理想)과 욕망의 의미」, 『현대소설연구』 제32집, 한국현대소설학회, 2006, 37쪽.
62) 위의 논문, 40쪽.

나 개별 감각으로 스스로 생각할 수 있다는 뜻이며, 개인의 감정에 충실하다는 말이기도 하기 때문이다. 그것은 근대적 주체 형성을 투사하는 담화적 실현이다.

IV. 맺음말

1910년대 계몽의 기획은 먼저 1900년대 애국계몽기의 외적 계몽이 지속되면서 변화해가는 모습을 통해 감지된다. 또한 1910년대 후반기 소설의 경우, 외적 계몽이 서서히 내적 계몽으로 이행해 가는 과정을 거쳐 근대인의 탄생을 알린다. 이러한 계몽 담론의 형성은 일차적으로는 작가층이라 할 수 있는 지식인들의 역할과 사명에 영향 받는다. 국민 계몽에 대한 당위적 의무로써 그들은 문학하기를 선택했으며 계몽에의 지칠 줄 모르는 의지가 각각 소설에 관한 나름의 인식을 낳는다. 여기에서 우리는 각 개인의 미적 취향에 대한 차이를 보는 것이 아니라 이들이 소속되어 있던 민족적 상황을 엿보게 된다. 미(美)의 사회적 효용성이 국가라는 이상적 체제 구축을 향해 과도하게 강박되어 나간 데에는, 근대의 유입과 관련된 동양인의 고유한 환경이 고려될 수밖에 없는 것이다.

특히 소설은 근대 계몽 담론의 형성에 있어 가장 중요한 미디어로서 기능한다. 민족 단위의 지역어가 근대소설을 만드는 구성 요소로 작용하고, 또한 근대소설은 지역어의 표준화와 대량 보급에 결정적인 매체로 활약한다. 이때 근대소설은 민족 공동체의 감정과 의식을 균일하게 통합하는 근대적 문화 제도로서의 의미를 지닌다. 국어를 확산시키며 민족을 의식화하고 정서적 통합을 주도해 나가는 힘을 가지는 것이다. 칸트 식으로 미숙함에서 성숙함으로 나아가는 근대적 주체 형성이란, 무엇인가에 의해 자극되고 동화되지 않으면 불가능하다. 이로써 소설의 심미적 효용성은 각광 받는다.

소설이 일종의 조절력을 가진 사회적 존재라는 점63)을 인식한 에드워드 사이드의 서사론은 근대소설의 이러한 맥락을 적절하게 수렴한다. 근대소설은 정치적 상상력을 발원으로 하는 서사적 충동의 소산으로 시발된다. 사이드가 말하는 소설의 사회 조절이란 소설이 〈근대국가의 성립〉과 함께하고, 그 규범적인 통치권 안에 들어와 있음을 일깨운다. 우리의 근대소설이 근대적 〈계몽 담론의 형성〉에 기인함 역시 이러한 맥락에서의 이해를 가능케 한다. 전통 서사와 결별하려는 내러티브가 국가 혹은 국민이라는 새로운 목표를 표상하면서 구사되고 있음은 그런 점에서 주목할 필요가 있다. 신채호의 역사·전기소설류나『꿈하늘』,「용과 용의 대격전」이 그러했듯이 말이다.

또한 공동체의 운명에 투기하는 개인64)은 근대소설이 지향하는 작중인물의 아이덴티티를 가장 집약적으로 추출하여 지시한다. 〈근대인의 탄생〉은 개인이 국민으로 호명됨과 동시에 사회인으로 우뚝 설 것이 요구되던 중, 치밀하고도 비판적인 — 물론 그것의 서술 내용은 막연하거나 무기력한 것일 수 있다. — 세태 감각에 노출되는 일련의 과정이라고 볼 수 있다. 양건식의「슬픈 모순」과 현상윤의「핍박」에서처럼 자아와 세계의 갈등을 문제적으로 또 내면적으로 인식하는 문장들이 서사에 표면화되면서 근대소설은 하나의 주체적, 개성적 인간을 구현하는 경지에 이른다. 통틀어 1910년대 계몽의 기획은 근대소설과 근대화의 관계 속에서 때로는 거시적으로 때로는 미시적으로 당대를 조명하는 인식의 틀을 형성하였다. 그 인식의 틀이란 비단 문학 텍스트에만 국한하는 것이 아니었기에 궁극으로는 역사를 움직이는 문화적 울림이었던 것이다.

---

63) 에드워드 사이드, 앞의 책, 150쪽.
64) 이보경,『문과 노벨의 결혼』, 문학과지성사, 2002, 251쪽.

■ 참고문헌

1. 기본자료

신채호, 「소설가의 추세」, 『대한매일신보』, 1909. 12. 2.
신채호, 『단재 신채호 전집』, 형설출판사, 1979.
양건식, 「슬픈 모순」, 『한국현대대표소설선』 1, 임형택 등 편, 창작과비평사, 1996.
이광수, 「문학의 가치」, 『대한흥학보』 제11호, 1910. 3.
이광수, 「문사의 수양」, 『창조』 제8호, 1921. 1.
이광수, 『이광수 전집』, 삼중당, 1963.
이광수, 『무정』, 두산동아, 1995.
현상윤, 「핍박」, 『한국현대대표소설선』 1, 임형택 등 편, 창작과비평사, 1996.

2. 주요논저

(1) 단행본
권보드래, 『한국 근대소설의 기원』, 소명출판, 2000.
권영민, 『서사양식과 담론의 근대성』, 서울대 출판부, 1999.
김동식, 『한국근대문학의 풍경들』, 들린아침, 2005.
김동환, 『한국소설의 내적형식』, 태학사, 1996.
김복순, 『1910년대 한국문학과 근대성』, 소명출판, 1999.
김영민, 『한국근대소설사』, 솔, 1997.
나병철, 『근대서사와 탈식민주의』, 문예출판사, 2001.
류보선, 『한국 근대문학의 정치적 (무)의식』, 소명출판, 2005.
문학사와 비평연구회, 『한국문학과 계몽담론』, 새미, 1999.
민족문학사연구소, 『민족문학과 근대성』, 문학과지성사, 1995.
민족문학사연구소, 『한국 근대문학의 형성과 문학 장의 재발견』, 소명출판, 2004.
서동욱, 『차이와 타자』, 문학과지성사, 2000.
역사문제연구소, 『한국의 ‘근대’와 ‘근대성’ 비판』, 역사비평사, 1996.
역사문제연구소, 『전통과 서구의 충돌』, 역사비평사, 2001.
이광래, 『한국 서양사상 수용사』, 열린책들, 2003.
이보경, 『문과 노벨의 결혼』, 문학과지성사, 2002.

이승원·오선민·정여울,『국민국가의 정치적 상상력』, 소명출판, 2003.
이재선,『한국소설사-근·현대편 1』, 민음사, 2000.
장수익,『한국 근대소설사의 탐색』, 월인, 1999.
정백수,『식민지 체험과 이중언어 문학』, 아세아문화사, 2000.
정선태,『심연을 탐색하는 고래의 눈』, 소명출판, 2003.
조동일,『신소설의 문학사적 성격』, 서울대 출판부, 1998.
천정환,『근대의 책읽기』, 푸른역사, 2003.
한기형,『한국 근대소설사의 시각』, 소명출판, 1999.
가라타니 고진, 박유하 역,『일본근대문학의 기원』, 민음사, 1997.
게오르그 루카치, 반성완 역,『소설의 이론』, 심설당, 1985.
니시카와 나가오, 윤대석 역,『국민이라는 괴물』, 소명출판, 2002.
베네딕트 앤더슨, 윤형숙 역,『상상의 공동체』, 나남출판, 2002.
에드워드 사이드, 김성곤·정정호 역,『문화와 제국주의』, 창, 1995.
코모리 요이치, 정선태 역,『일본어의 근대』, 2003.
프라센지트 두아라, 문명기·손승희 역,『민족으로부터 역사를 구출하기』, 삼인,
        2004.
하루오 시라네, 왕숙영 역,『창조된 고전』, 소명출판, 2002.
호미 바바, 나병철 역,『문화의 위치』, 소명출판, 2003.

(2) 학위논문
권용선,「1910년대 '근대적 글쓰기'의 형성과정 연구」, 인하대 박사논문, 2004.
김교봉,「신소설의 서사양식과 주제의식에 관한 연구」, 연세대 박사논문, 1986.
김동식,「한국의 근대적 문학개념 형성과정 연구」, 서울대 박사논문, 1999.
김윤재,「한국 근대초기 문학론과 소설화 양상 연구」, 한국외대 박사논문, 2000.
양문규,「1910년대 한국소설 연구」, 연세대 박사논문, 1991.
이희정,「1910년대 매일신보 소재 소설연구: 근대소설 형성과의 관련양상을 중심으
        로」, 경북대 박사논문, 2006.

(3) 일반논문
노지승,「1910년대 후반 소설 형식의 동인(動因)으로서 이상(理想)과 욕망의 의미」,
        『현대소설연구』 제32집, 한국현대소설학회, 2006.
류양선,「1910년대 후반기 소설에 나타난 계몽적 목소리」,『한국문화』 제32집, 서
        울대학교 규장각 한국학연구원, 2003.
문영진,「근대 초기 소설의 근대상」,『한국언어문학』 제48집, 2002.

박혜경, 「이광수 소설에 나타난 사랑과 계몽의 기획」, 『한국문학연구』 제33집, 동국대학교 한국문학연구소, 2007.

송기섭·김정숙, 「근대소설과 어문의 근대화」, 『어문연구』 제51집, 어문연구학회, 2006.

천정환, 「계몽주의 문학과 재미의 근대화」, 『역사비평』 제66집, 역사비평사, 2004.

■ 국문초록

이 글은 1910년대 계몽의 기획에 대하여 근대소설과 근대화의 관계를 중심으로 일목요연한 관점을 통해 논의하는 정리 논문으로서의 성격과 가치를 지닌다. 1910년대는 근대 국가의 성립과 관련한 외적 계몽의 소설들과, 주체적 개인의 발견과 관련한 내적 계몽의 소설들이 공존한 때이다. 근대 문학의 한국적 형성이 대략 윤곽을 갖춘 것도 바로 이 시기에 와서이니, 1910년대 소설의 위상을 검토하는 일은 곧 한국 근대문학의 근거를 탐색하는 일이 된다.

한국 근대소설의 형성 과정에 관한 전체적인 구도를 염두에 둔다면 1910년대 이루어진 계몽의 기획이란, 문학 텍스트의 내부로부터 자발적으로 또는 귀납적으로 생겨난 자연스러운 결과가 아니라 텍스트 외부의 정치적 담론 형식으로 먼저 형성된 것이었음을 알 수 있다. 따라서 계몽 담론의 형성은 일차적으로는 작가 층이라 할 수 있는 지식인의 역할과 사명에 영향 받았다. 국민 계몽에 대한 당위적 의무로써 그들은 문학하기를 선택했으며 계몽에의 지칠 줄 모르는 의지가 각각 소설에 관한 나름의 인식을 낳았다. 여기에서 우리는 이들이 속해 있던 민족적 상황을 엿보게 된다. 미(美)의 사회적 효용성이 국가라는 이상적 체제 구축을 향해 과도하게 강박되어 나간 데에는, 근대의 유입과 관련된 동양인의 고유한 환경이 고려될 수밖에 없는 것이다. 특히 소설은 근대 계몽 담론의 형성에 있어 가장 중요한 미디어로서 기능한다. 민족 단위의 지역어가 근대소설을 만드는 구성 요소로 작용하고, 또한 근대소설은 지역어의 표준화와 대량 보급에 결정적인 매체로 활약한다. 근대소설은 민족 공동체의 감정과 의식을 균일하게 통합하는 근대적 문화 제도로서의 의미를 지닌다. 국어를 확산시키며 민족을 의식화하고 정서적 통합을 주도해 나가는 힘을 가지는 것이다. 칸트 식으로 미숙함에서 성숙함으로 나아가는 근대적 주체 형성이란, 무엇인가에 의해 자극되고 동화되지 않으면 불가능하다. 이로써 소설의 심미적 효용성은 각광 받는다.

이어서 근대를 건설하고자 하는 욕망이 서사에 내면화되기 시작하면서 근대국가의 성립을 꿈꾸는 소설들이 본격적으로 나타나게 된다. 이는 소설이 정치적 상상력을 발원으로 하는 서사적 충동의 소산임을 강조하는 입장과 상통한다. 근대소설은 근대국가의 성립과 함께하고 그 규범적인 통치권 안에 들어와 있다는 것이다. 전통 서사와 결별하려는 내러티브가 국가 혹은 국민이라는 새로운 목표를 표상하면서 구사되는 실제적 예로는 신채호의 『꿈하늘』과 「용과 용의 대격전」 등을 들 수 있다. 또한 공동체의 운명에 투기하는 개인은 근대소설이 지향하는 작중인물의 아이덴티티를 가장 집약적으로 추출하여 지시한다. 반면 근대인의 탄생이란 개인이 국민으로 호명됨과 동시에, 치밀하고도 비판적인 세태 감각에 노출되는 일련의 과정이라고 볼 수 있으며 이때에는 국가를 전면에 내세우는 사상성이나 계몽성이 뒤로 숨는 양상을 보인다. 양건식의 「슬픈 모순」과 현상윤의 「핍박」에서처럼 자아와 세계의 갈등을 문제적으로 또 내면적으로 인식하는 문장들이 서사에 표면화되면서 근대소설은 부조리한 근대사회 위에서 살아가며 근대적 감각으로 대꾸하는 하나의 주체적, 개성적, 현실적 인간을 구현하는 경지에 이른다.

통틀어 1910년대 계몽의 기획은 근대소설과 근대화의 관계 속에서 때로는 거시적으로 때로는 미시적으로 당대를 살아낼 인식 틀을 형성하였다. 그것은 비단 문학 텍스트에만 국한된 것이 아니었기에 궁극으로는 역사를 움직이는 문화적 울림이었던 것이다.

주제어: 1910년대, 외적 계몽, 내적 계몽, 지식인, 미디어, 민족, 근대국가, 근대적 개인, 근대소설

■ Abstract

Potential Scheme of Korean Enlightenment in 1910's
– Based on Associations between Modern Novel and Modernization

Song, Ji Yeon

This report has its nature and value as a review paper that intends to discuss potential scheme of Korean enlightenment in 1910's from a plain viewpoint, particularly on the basis of associations between modern novel and modernization. In general, the 1910's in Korea means a period when some Korean modern novels oriented to external enlightenment concerned with the materialization of modern country, while others oriented to internal enlightenment concerned with discovery of a subjective individual. In addition, it is the 1910's when the figure of Korean modern literature became profiled even roughly. Accordingly, review on standing of novels in 1910's means exploration into foundation of Korean modern literature.

In the light of overall composition about birth and evolution of Korean modern novels, it is found that the scheme of Korean enlightenment in 1910's is not spontaneous or inductive result from the inside of literary text, but is generated in form of political discourse outside literary text among others. That is why creation of popular discourses about enlightenment was directly influenced by original role and mission of the intellectual who acted as literary authors. They chose to do literary works as a part of mandatory duty for national enlightenment, and their tireless will of enlightenment gave birth to respective perceptions about modern novels. Here, we can peep into national circumstances where our forefathers lived. In order to explain why the social utility of beauty got excessively obsessed with building ideal social system of modern state, it is inevitable to consider original context of the Eastern people in association with introduction of modern civilization. In particular, novel works as the most crucial media among others in creating discourses on modern enlightenment. Regional ethnic languages work as a component of modern novels which play a pivotal media in standardization and nationwide propagation of regional languages. Modern novel has significance as a part of modern cultural system to uniformly integrate sentiment and consciousness of ethnic community. It has a power to propagate one national language, make consciousness of one nation and lead the emotional consolidation of people. Kantian creation of modern subject evolving from immaturity to maturity is a mission impossible without motivation by or assimilation to something. That is why the esthetical utility of novel became spotlighted among the people under enlightenment.

Next, as desires for building modern state become internalized into epic or narrative literature, there are a series of modern novels that dream of establishing modern state. This tendency is consistent with a standpoint emphasizing that novel is a product of epic urge coming from political imagination. That is, it indicates that modern novel gets along with the establishment of modern state and stands within the reach of its normative governmental control. For instance, Shin Chaeho's "Dream in Sky" and "The Hardest Battle of Dragon versus Dragon" are practical examples of Korean modern novel where narrative is about to make a break with traditional epic literature, but is commanded to stand for new goals like state or nation (citizen). Moreover, individuals who speculate in the destiny of community tend to most intensively extract and direct identity of ideal characters pursued by modern novels among others. On the other hand, it is inferred that the birth of modern person involves a series of procedures where individuals are called 'citizen (nation)' and are also exposed to elaborate and critical sensitivity to contemporary social conditions, where certain ideology or illuminativeness to put a state to the fore tends to be hidden behind. As shown in some modern novels like Yang Geonsik's 'Sad Contradiction' and Hyeon Sangyun's 'Suffering,' a chain of emerging literary texts which critically or internally perceives conflicts between ego and world begin to rise to the surface, and modern novels reach the implementation of a subjective, individual and realistic person who lives in absurd modern society and talks back to it in modern sensibility.

Summing up, the scheme of Korean enlightenment in 1910's created a macroscopic and microscopic framework of perception for contemporary people to live in same periods within relationships between modern novel and modernization. It is not limited only to literary text, but creates cultural vibrations to move history ultimately.

Key-words: 1910's, external enlightenment, internal enlightenment, the intellectual, media, nation, modern state, modern individual, modern novel

－이 논문은 2008년 11월 15일에 접수되어, 소정의 심사를 거쳐 2008년 12월 15일에 최종적으로 게재가 확정되었음.

프로문학과 운명 그리고 법

목 차

최 병 구*

Ⅰ. 문제제기: '이념'의 외부에서 '안'을 들여다보기

근대문학사에서 프로문학은 민족문학과 대별되는 지점에서 오랫동안 논의되어왔다. 물론 이러한 이분법이 그 자체로 허구임은 자명한 사실이 되었지만, 여전히 새로운 시각에 입각하여 프로문학을 조명하려는 시도는 그다지 이루어지지 못하고 있다. 다시 말해 프로문학연구가 1990년을 전후한 시점에서 일단락 지어졌고, 이후 후속 연구들이 제출[1]되고는 있지만, '방법론의 전환'이라는 명제 앞에서의 '머뭇거림'이 프로문학 연구의 현주소가 아닐까 한다. 이 글은 이러한 판단 아래 프로문학

---

* 성균관대학교

[1] 최근 프로 문학 연구의 동향을 분석한 손유경에 따르면, 크게 신경향파에 대한 적극적인 재평가, 프로 문학 전반에 관한 비판적 재인식, 이분법적 도식의 상대화 등으로 나누어 볼 수 있다. 자세한 내용은 손유경, 「최근 프로 문학 연구의 전개 양상과 그 전망」, 『상허학보』, 2006을 참조.

연구의 새로운 방향성을 제시하는 시론적 글임을 먼저 밝혀둔다.

본격적인 논의에 앞서, 문제가 되는 것은 '프로문학' 이란 개념의 정의이다. 근대문학사에서 프로문학이 차지하는 위치와 성격 규명의 문제와 직결되기 때문이다. 이러한 점에서 프로문학은 "코민테른의 지도력이 살아 있던 1920년대에서 1930년대 전반의 시기에 전세계적으로 전개되었던 혁명문학을 가리킨다."[2]라는 규정은 과거에서 현재에 이르기까지 지배적으로 적용되는 개념이었다. 그러나 역설적이게도 이러한 정의가 지금까지 프로문학 연구의 새로운 진전을 가로막는 가장 큰 장벽이었음을 되새겨 볼 필요가 있다. 다시 말해 이러한 정의에 입각한 운동사/비평사적 접근 방식[3]은 1920년대 프로문학을 1930년대 '사회주의 리얼리즘의 대두'와 '문학의 볼셰비키화'란 맥락으로 귀결시킨다. 여기서부터 소설과 비평의 간극이 생기는 것은 어쩌면 너무나 당연한 일이다. 세계적 차원의 혁명적 정세를 직접적으로 발화할 수 있는 비평과 이를 육화(肉化)시켜야 하는 소설의 간극은 필연적일 수밖에 없기 때문이다. 그리고 비평적 발화를 축으로 하는 프로문학 연구는 1920년대 프로소설을 "이념의 미달태"[4]로 정의하게 되는 악순환을 반복한다. 예컨

---

2) 최원식, 「프로문학과 프로문학 이후」, 『민족문학사연구』, 2002, 20쪽.

3) 김윤식, 『한국근대문예비평사연구』, 일지사, 1976; 역사문제연구소 문학사연구모임 편, 『카프문학운동연구』, 역사비평사, 1989; 김영민, 『한국근대문학비평사』, 소명출판, 1999; 조진기, 『한일프로문학론의 비교연구』, 푸른사상, 2000, 등.

4) 구체적인 작품에 대한 평가에서 이는 좀 더 확연하게 나타난다. 이 글에서 인용되는 작품 몇몇을 예로 들자면, "이 작품(「농촌사람들」-인용자)은 아직도 신경향파적 요소를 간직하고 있지만, 불완전한 형태로나마 원보라는 '문제적 인물'이 제시되었다는 점에서 의미가 있다. 물론 그는 '문제적 인물'의 개념에 합당한, 즉 '진정한 가치를 추구하는 인물'로 충분히 형상화되어 있지는 않고 그의 행동도 올바른 전망을 지니지 못한 것이었다."(역사문제연구소 문학사연구모임, 앞의 책, 161쪽)나 "(「석공조합대표」는-인용자) 공장주의 직공이 개성적 형상을 갖지 못하고 그들의 대립이 선악관계 차원에 머물러 있으며, 과정이 생략된 채 전국대회의 박수소리로써 현실의 극복을 상징적으로 제시하는 점에서 여전히 초기 프로소설에 머무르고 있다."(김재용·이상경 외 편, 『한국근대민족문학사』, 한길사, 1993, 337쪽)라는 평가는 '총체성'과 '전형성'이라는 기준

대, 초기 프로소설에 대한 "부자와 빈자로 대립되는 사회 자체의 모순"[5]을 드러냈지만, "'구체적 시간성'을 확보하는 데까지 나아가지는 못하였다."[6]라고 평가는 이를 단적으로 보여준다. 다시 말해 자본주의 사회의 모순으로 인한 빈/부의 출현이라는 맥락은 이해했지만, 이것이 개인적인 체험이나 과잉된 이념의 서사로 진행되며, 구체적인 현실의 맥락에 대한 이해와 미래의 전망에는 실패했다는 것이다. 물론 여기에는 이러한 문제점들을 극복하고 등장하는 '1930년대 소설'이라는 기준이 작용하고 있다.

따라서, 경계해야 할 부분은 1920~30년대 세계적 정세와 이를 수용·전유하고자 했던 비평담론의 맥락을 소설에 곧바로 투영시키는 것이다.[7] 다시 말해 세계사적 혁명의 이데올로기라는 사회주의 운동사적 맥락의 외부에서 소설 텍스트를 바라보아야 한다. 이를 위해 우선적으로 요구되는 것은 개별 작품에 대한 꼼꼼한 독해를 통해 프로문인들이 이해한 사회주의란 어떠한 것이며, 그들이 보여주고 있는 현실 인식의 방법이 무엇인지를 되물어 보는 작업이다. 다시 말해 프로문학=사회주의 문학이란 도식에서 벗어나, 프로문인들이 전유한 사회주의란 무엇인가를 질문해야 한다. 이를 통해 프로소설에 대한 온당한 평가는 물론이고 나아가 프로문학 전반에 대한 새로운 접근이 이루어 질 수 있을 것이다.

이 글은 이러한 문제의식 아래, 1920년대 프로소설을 주된 분석대상

아래 내려진 것이다.

5) 김재용·이상경 외 편, 위의 책, 315쪽.

6) 김윤식·정호웅, 『한국소설사』(개정증보판), 문학동네, 2000, 136쪽.

7) 1927년 이후 등장하는 프롤레타리아 국제주의를 이론의 측면이 아니라 작품을 통해 살펴보겠다는 유문선(「카프 작가와 프롤레타리아 국제주의」, 『민족문학사연구』, 2004)의 경우나 신경향파를 운동, 비평, 작품의 3가지 요소를 통해 종합적으로 검토한 박상준(『한국 근대문학의 신경향파』, 소명출판, 2000)의 경우도 비슷한 문제의식을 공유한다. 다만 본고는 1927년 이전의 프로소설을 통해 프로문학이 내재하고 있었던 사회주의란 어떠한 것인지를 근본적으로 질문하고자 한다는 점에서 차이를 보인다.

으로 한다. KAPF가 문단 전면에 등장하기 전후8)의 소설에 나타나는 현실 인식과 형상화 방법을 살펴봄으로써, 프로문학이란 개념의 실제적 의미에 접근해 볼 수 있을 것이다. 이 과정에서 '운명' 과 '법' 이라는 키워드에 주목한다. '운명의 무죄성'에 대한 인식은, 지금까지 운명을 운명이게끔 만들었던 국가—사회의 중층적 모순구조를 볼 수 있게 만들었다. 초기 프로소설의 근대자본주의 문명비판은 단순히 빈/부의 문제로 환원되는 것이 아니라 복잡한 연쇄관계들 속에서 이루어지는 것이었다. 실제 '생활'에 대한 '감각'에서 비롯된 문제의식이 투영된 프로소설은, 텍스트 안에서 형성되고 있는 내재적 의미에 주목할 것을 요구하고 있다. 이를 살펴보는 것은 '프로문인들에게 사회주의란 어떻게 현존했는가?' 라는 질문에 대한 답을 찾아가는 과정이기도 하다.

Ⅱ. 운명의 무죄성과 계급적 주체에 대한 인식

1920년대 프로소설의 성격을 오롯이 보여주는 개념은 '운명'이다. 소설마다 주인공이 처한 운명의 국면과 그것을 서사화하는 방식은 다르지만, 대부분의 소설에서 문제가 되는 것은 비참하고 모순되는 현실을 살아가야만 하는 주인공의 운명이라고 할 수 있다.

박영희의 「二重病者」에는 동맹휴업에 참여했다가 불면증에 걸려서 병원에 입원한 윤주가 등장한다. 그는 자신과 같은 운명관을 갖고 있던 운경에게 사랑을 느껴 동지들을 배신하지만, 결국 그녀에게 이용당하고 자신을 한탄하는 것으로 소설은 끝이 난다. 이 소설이 흥미로운 이유는

---

8) 권영민에 의하면, 프로문학의 조직체가 구체적으로 드러나게 된 시기는 1926년 12월 26일 「중외일보」의 기사이다. 그에 따르면 프로문학의 조직이 처음으로 발표된 것은 이 때이며, 앞 시기는 '염군사'와 '파스큘라'의 통합 회동에 대한 기사는 보도되고 있으나, 프로문학의 발족에 대한 기사는 찾아 볼 수 없다.(권영민, 『한국 계급문학 운동사』, 문예출판사, 1998, 78-80쪽 참조)

'윤주'의 운명관이, 곧 초기프로소설의 운명 개념을 상징적으로 보여주고 있기 때문이다.

사람에게는 생활이 잇고 생활에는 로동이 잇고 자유가 잇고 쾌락이 잇고 반항이 잇고 개혁이 잇고 혁명이 잇고 파괴가 잇고 건설의 적극뎍(積極的)요소가 잇스며 또 한 편으로는 구속(拘束)이 잇고 속박이 잇고 굴복(屈服)이 잇고 불행이 잇스며 노예(奴隷)가 잇고 탐욕이 잇고 살인(殺人)이 잇고 비루한 타협(妥協)이 잇다. 그러고로 전자(前者)는 후자(後者)로부터 뛰여 나와서 인생 생활의 근본 원리를 건설하려 하는 것이다. 이에서 전자와 후자 사이에 싸홈이 잇고 쟁투가 잇는 것이다. 이 쟁투에 참가하는 사람이라야 그의 운명을 개조할 수 잇스며 그의 현재의 문명을 파괴하는 사람이라야 그의 완전한 생활을 건설하러 나아가는 용사(勇士)가 될 수 잇는 것이다.[9](강조는 인용자. 이하 모든 강조는 인용자의 것임)

인용문에서는 인간을 '생활'을 축으로 하는 적극적 요소와 '구속'을 축으로 하는 타협적 요소들로 대비시켜 이해하고 있다. 전자의 편에 서서 후자의 축과의 싸움을 통해 생활을 개조하는 사람이야말로 '운명'을 개척하려는 '용사'로 파악된다. 다시 말해 운명이란 후자의 축—구속·속박·굴복·불행—과 연동하는 것이며, 사회주의적 인간이란 이러한 요소들을 제거할 때야 비로소 가능하다는 것이다. 소설의 결론부에서 윤경은 '사랑'에 '구속'됨으로써, 몸과 마음이 병든 '이중병자'가 된다는 사실이 이를 단적으로 보여준다. 이 시기 프로소설은 어떤 면에서 보자면, 현실의 비애를 보여주며 '용사'의 출현을 기대하고 있는 적극적 의지의 산물이다.

이러한 맥락에서 문제 삼아야 하는 것은, 운명(불행)을 극복하려는

---

9) 박영희, 「二重病者」, 『개벽』, 1924. 11; 이동희·노상래 편, 『박영희 전집 (Ⅰ)』, 영남대 출판부, 1997, 145쪽. 이하 박영희 소설 인용은 원출처와 『전집 (Ⅰ)』, 쪽수만 병기하도록 하겠다.

164

의지는 구체성이 담보되지 않으면 추상적인 구호에 그칠 수 있다는 점이다. 나의 운명(불행)이 어디서부터 어떻게 형성된 것인지에 대한 현실 사회와의 매개가 존재하지 않는다면, 그저 낭만적 열정의 분출에 그치고 말 수 있다. 이 지점에서 발터 벤야민의 논의를 떠올려 볼 수 있다. 그에 따르면, 운명이란 법에 의해 인간에게 선고되는 것이다. 운명의 구성적 범주에는 행복이란 포함되어 있지 않고, 법에 의해 선고되는 불행과 죄만이 포함되어 있을 뿐이다. 따라서 운명이란 종교적 질서일 수 없으며 법 권력에 의해 선고되는 개념이다.[10) '운명의 무죄성'에 대한 인식은 이러한 과정을 통해 이루어진다. 지금까지 나의 '죄'이자 '불행'으로 믿고 순응했던 '운명'이 사실은 법에 의해 선고된 것임을 깨닫게 되는 순간, '운명의 무죄성'에 대한 인식이 가능해진 것이다. 후술되겠지만, 프로소설에 나타나는 운명의 무죄성에 대한 이러한 판단은 국가의 법 권력과 이를 뒷받침하는 제도-조직에 대한 사유와 이어진다는 점에서 중요하다.

그렇다면 프로소설의 현실인식은 어떠한 매개를 통해서 이루지고 있을까. 흔히 이 지점에서 '감정의 과잉'이 문제점으로 지적되지만, 실제 프로소설에서 '감정'은 현실을 인식하고 개조를 꿈꾸는 매개로 작용하고 있다는 점은, 다시 한 번 중요하게 생각해 보아야 할 부분이다.[11) 이를 통해 볼 때, 사회주의 문학의 가장 중요한 키워드인 '계급' 개념이란 혁명을 위한 이데올로기적 도구이자 비애(悲哀)와 분노(憤怒)의 감정을 만들어내는 인식의 축이라는 점이 강조될 필요가 있다. 물론 후자는 전자를 위한 전제이기도 하지만 세계를 인식하는 패러다임의 변화[12)를

---

10) 발터 벤야민, 최성만 옮김, 「운명과 성격」, 『발터 벤야민 선집』 5, 길, 2008, 참조.
11) 감정의 변혁과 프로문학이 갖는 연속성에 대해서는 손유경, 「프로문학과 '감각'의 문제」, 『민족문학사연구』, 2006; 손유경, 『고통과 동정』, 역사비평사, 2008, 4장 논의를 참조.
12) 박헌호는 '계급' 범주가 개인의 정체성과 사회를 표상하는 방식을 새롭게 구성했음을 밝힌바 있다. 계급 범주와 그 역할에 대해서는 박헌호, 「'계급' 개념의 근대 지식적 역

만들어냈다는 점에서 중요한 문제설정이다. 이를 통해 인간과 사회의 관계는 이제까지와는 전혀 다른 위치에 놓이게 된다.

이러한 측면에서 주목할 만한 작가가 최서해이다. 그의 소설 전편에서 드러나는 비참한 현실과 비애의 정조는 주인공의 운명을 변화시키려는 의지를 축조하고 있기 때문이다.

> 우리는 여태까지 속아 살았다. 포악하고 허위스럽고 요사한 무리를 용납하고 옹호하는 세상인 것을 참으로 몰랐다. 우리뿐 아니라 세상의 모든 사람들도 그것을 의식치 못하였을 것이다. 그네들은 그러한 세상의 분위기에 취하였었다. 나도 이때까지 취하였었다. 우리뿐 아니라 세상의 모든 사람들도 그것을 의식치 못하였을 것이다. 그네들은 세상의 분위기에 취하였었다. 나도 이때까지 취하였었다. 우리는 우리로서 살아온 것이 아니라 어떤 험악한 제도의 희생자로서 살아왔었다. …(중략)… 허위와 요사와 표독과 게으른 자를 옹호하고 용납하는 이 제도는 더욱 그저 둘 수 없다.[13]

이처럼 최서해 소설에서 두드러지는 것은 모순된 일상에 대한 분노와 이를 생산해내는 제도에 대한 개혁의지이다. 예컨대 「기아와 살육」(『조선문단』, 1925. 6)에서 병든 아내와 노모를 부양하고 있는 경수나 「큰물진 뒤」(『개벽』, 1925. 12)에서 성실한 삶을 살아왔음에도 가난에서 헤어 나오지 못하고 있는 윤호의 운명은 현실에 대한 분노와 이어져 변혁을 꿈꾼다는 점에서 일치한다. 여기서 개혁의지가 계급의식의 소치(召致)인지는 분명하지 않다. 다만 현실에 대한 내면의 감정이 제도개혁이라는 목적으로 이어진다.[14] 우리가 여기서 생각해 볼 수 있는 것은,

---

학」, 『상허학보』, 2008, 참조.

13) 최서해, 「탈출기」, 『조선문단』, 1925. 3; 곽근 편, 『최서해 전집 (상)』, 문학과 지성사, 1987, 22쪽. 이하 최서해 소설은 원출처와 『전집 (상)』, 쪽수만을 병기하도록 하겠다.

14) 여기서 최서해 소설의 폭력적 결말이 문제가 될 수 있다. 개혁의지는 가지고 있으나 대부분의 소설에서는 개인적인 폭력으로 그치고 있기 때문이다. 그러나 이 문제는 자

현실에 대한 이러한 감정의 결이 계급의식을 통한 개혁의지와 이어질 가능성이 높다는 것이다.[15] 또한 앞서 살펴 본 운명의 개념 축에서 벗어나려는 열정을 무산자 계급의 입을 통해 과감하게 분출하고 있다는 점에서, 어느 프로작가의 소설보다 독자의 감정적 동요를 일으키게 한다. 그의 소설에 등장하는 무산자 계급의 운명은 대동소이하고, 현실 모순에 대한 구조적인 인식은 상대적으로 적지만, 최서해 소설이 1920년대 프로소설에서 중요한 위치를 차지할 수 있었던 것은 바로 운명을 벗어나고자 하는 "무산자의 열정"을 실감나게 그리고 있기 때문이다.

김기진의 대표작 「붉은쥐」는 이와는 조금 다른 방법으로 운명의 형식에 대해 이야기 하고 있다.

나날이 흘러가는 오늘날의 형편과, 힘없고, 용기 없고, 등신 같은 오늘날의 사람들이 과연 얼마나 두고, 어느 때까지나 이 현상을 그대로 가지고 갈 것이냐. 이것을 생각하자 그의 눈앞은 캄캄하였다. 자기가 생각하는 사람들의 행복이라는 것은 과연 어느 때나 이루어질 것이며, 또는 처음부터 이루어질 가망이 있는 것인지 없는 것인지? 오늘날의 문명 ─ (자본주의 문명) ─ 은 사람들에게 있어서 양잿물이나 비상 같은 것이다.[16]

본주의 체제가 가지고 있는 '폭력의 순환구조'로 인한 것이다. 다시 말해 최서해 소설 속 주인공의 폭력은 법에 의한 폭력에 대항하는 폭력이라는 성격을 갖는다. 이러한 폭력의 구조에 대한 논의는 초기 프로소설을 이해하는데 중요한 지점이며, 이 글이 다루고자 하는 근대 자본주의 제도의 구조와도 직접적으로 연결되는 지점이다. 다만 여기서는 논의를 제안하기 위해 이에 대한 분석은 차후 과제로 남겨둔다.

15) 이는 "다시 신식말로 하면 무산자(無産者)가 무산자에게 대한 자연적 의식에서 흘러나오는 정이겠습니다."(「최서해, 「무서운 印象」, 『동광』, 1926. 12. 1; 『전집 (상)』, 308쪽) 라는 구절에서 엿볼 수 있다. 이 부분은 최서해 소설에서 '계급' 개념이 처음으로 나타나고 있다는 점에서 주목할 만하다. 다시 말해 이전까지의 소설에서 나타났던 감정의 결이 곧 계급의식으로 치환되고 있다고 할 수 있다.

16) 김기진, 「붉은쥐」, 『개벽』, 1924. 11; 홍정선 편, 『김팔봉문학전집 IV』, 문학과지성사, 1989, 19쪽. 이하 김기진 소설은 원출처와 『전집 IV』와 쪽수만을 병기하도록 하겠다.

자본주의 근대문명이 만들어 낸 현실의 비애를 소설적으로 형상화하는 것은 비단 프로소설만의 특징은 아니다. 프로소설은 여기에 '계급'이라는 문제의식을 추가함으로써 사회가 구성되는 맥락을 구체적으로 이해하기 시작했다. 인용문에서는 현실 사회의 비애를 자본주의 문명과 등치시키며, 거기서 소외되고 있는 "힘없고, 용기 없고, 등신 같은" 사람들에 대한 인식이 나타나고 있다. 여기에는 자본주의 제도로 인한 빈자(貧者)의 등장이라는 계급의식이 함축되어 있다. 행복에 대한 비관적인 생각은 역으로 불행에 처한 사람들과 그것의 원인으로써 자본주의 문명에 대한 통찰을 보여주고 있기 때문이다. 현실 사회를 '자본주의 문명'이라고 직접적으로 명명하는 것에서 단적으로 나타나 듯, 이러한 방식은 '계급의식'이 보다 구체적으로 나타나고 있다는 점에서 특징적이다. 박영희의 「철야」는 더욱 선명하게 계급의식을 나타내고 있다. 잡지사로부터 인생에 대한 원고를 청탁받은 명진은 고심 끝에 마침내 "나는 현존한 사회에서 두 계급의 존재를 알고 잇슴니다."[17]라며 계급문제의 해결을 통해 인생 문제를 해결하겠다는 의지를 표시한다. 김기진과의 논쟁에서 단적으로 나타나 듯 소설적 완성도의 문제가 제기될 수 있겠지만, 이와는 별도로 이러한 방법을 통해 박영희가 보여주고 있는 것은 앞서 언급한 「이중병자」에서 나타나는 바와 같이 운명을 변화시키겠다는 적극적 의지인 것이다.

지금까지 살펴 본 바와 같이, 1920년대 프로소설은 기본적으로 '운명의 무죄성'을 자각한 주인공의 변혁의지에서 출발한다. 그리고 이와 동시에 '계급의식'을 공유함으로써 소설 속 수 많은 주인공들은 계급적 주체로 재탄생 하게 된다.

《그 목적이 뭐냐 말야?》
그는 더 흥분이 되었다.

---

17) 박영희, 「철야」, 『별건곤』, 1926. 11; 『전집 (I)』, 235쪽.

≪그 목적이야 물론 우리들의 행복을 위한 것이지요, 언제든지……≫

말이 끝나기도 전에 주인은 책상을 딱 치며 소리를 고래고래 지른다.

≪행복—흥. 그래 멀쩡하게 남들이 힘들여서 모아 논 것을 뺏어먹는 것이 너희들의 행복이냐? 사회주의자니 뭐니 하는 것들은 멀쩡한 도적놈들이야. 너도 젊은녀석이…… 아니 어떤 녀석의 꾀임에 빠졌니—공연히 온공하게 시대를 따라서 부모처자를 굶어죽이지 아니 할 생각이나 해—구구로.≫

그는 불이 되었다. 그 대신 벙어리가 되었다.[18]

창호는 석공조합의 목적을 물어보는 주인의 물음에 "행복"을 위한 것이라고 답한다. 행복하게 산다는 것은 운명(불행)을 적극적인 의지로 바꾸겠다는 것이다. 자본주의 생산체제 아래서 일방적인 착취를 당했던 과거의 삶이 불행이었다면, 이제 '조합'을 매개로 이를 극복하고 행복해지고 싶다는 것이다. 다시 말해 자신의 계급적 위치를 발견하고 하나의 주체로서 스스로를 인식하게 된 것이다. 이를 '계급적 주체'에 대한 인식이라고 할 수 있다면, 이는 프롤레타리아 혁명을 위한 전제가 아니다. 오히려 창호에게 그것은 '운명'이라는 속박에서 벗어나 인간으로서 자신의 삶을 살아가겠다는 의지를 갖게 만든 동력이라고 할 수 있다. 이 지점에 이르면 KAPF가 강령으로 내세웠던 "우리는 단결로서 여명기에 있는 무산계급문화의 수립을 기함"에 내재하고 있는 의미가 분명해진다. 그것은 단순히 프롤레타리아 혁명만을 의미하는 것이 아니다. 오히려 수많은 무산자 계급의 운명을 정당화시켰던 자본주의 착취제도를 제거하겠다는 인식론적 전환에 대한 표현이며, 한편으로는 현실 사회의 대다수를 차지하고 있는 무산자 계급을 구원하겠다는 휴머니티의 표현이라고 할 수 있다.

이처럼, 초기 프로소설이 공유하는 것은 운명을 변화시키겠다는 적

---

18) 송영, 「석공조합대표」, 『현대평론』, 1927. 1; 『현대조선문학선집』 12, 문예출판사, 54쪽.

극적인 의지이다. 비록 작가들마다 이를 서사화하는 맥락은 달랐지만, 적어도 운명(불행)이 자본주의 문명의 착취구조로 인한 허위라는 것을 인지했다는 점에서 공통감각을 가지고 있었다. 무엇보다 이는 모순의 체험자로서 계급적 주체에 대한 자각을 수반했다는 점에서, 여타의 문학과 차별성을 보였다. 지금까지 운명이란 이름으로 당연하게 인식되었던 세계가 '운명의 무죄성'을 깨닫게 되는 순간, 전혀 다른 세계로 표상되었으며, 그 모순된 세계 속에 서 있는 계급적 주체로서 자아를 돌아볼 수 있게 된 것이다. 그렇다면 이제 문제가 되는 것은 구체적으로 제도의 문제를 어떻게 다루고 있느냐이다. 다시 말해 계급의식을 장착한 주인공들이 표상하고 있는 세계란 어떠한 것인지를 질문할 차례이다.

Ⅲ. '적'으로 상정되는 착취 구조의 중층성

김기진의 「몰락」에는 사회주의에 물든 아들과 대립관계에 놓여 있는 구식부인이 등장한다. 그녀는 몰락한 양반 가문의 사람으로서 "어떠한 까닭으로 무슨 연유로"[19] 자기 집이 몰락했는지를 알지 못할 뿐만 아니라, "자기 일 개인의 운명에 대해서도 그 인과"[20]를 알지 못한다. 현실 속에서 그녀가 할 수 있는 말은 "예수, 예수 내 주여"가 전부이다. 이러하기에 사회주의자인 아들 성칠은 어머니를 받아들일 수가 없다. 자신과 세계관이 뿌리부터 다른 어머니를 외면할 수밖에 없는 현실은, "역사가 짊어지워놓은 운명"[21]으로 파악된다. 사실 프로소설에서 기독교 비판은 매우 일관된 서사이다. 적극적인 의지를 가지고 운명을 변화시키려는 그들에게 기독교는 자신들의 불행을 합리화하는 집단으로 인

---

19) 김기진, 「몰락」, 『개벽』, 1926. 1; 『전집』 IV, 49쪽.
20) 위의 글.
21) 김기진, 「몰락」, 『개벽』, 1926. 1; 『전집』 IV, 52쪽.

170

식되었기 때문이다. 자신들이 처한 운명들의 인과관계를 따지는 가운데
발견하게 된 것 중에 하나가 바로 '기독교'라는 종교적 맥락이었다.

그런데 종교는 국가에 의해 관리되는 대상이었다. 일본은 1915년 사
립학교 규칙을 개정하고 종교 교육과 종교 의식을 금지했다. 기독교의
문명화 지향은 일본의 통치제제와 상호보완적 관계에 있었으나, 기독교
교의와 관련된 자유·평등사상은 통치체제를 위협할 수 있었기 때문이
다.22) 종교 교육이 합법적으로 행해질 수 있었던 것은 1920년대 문화
통치기에 이르러서다. 여기서 드러나게 되는 것이 일본 통치제제의 중
층성이다. 다시 말해, 법에 의한 통치의 합법화와 이를 뒷받침하도록 사
회 전 분야에 걸쳐 있는 각종 제도 기관들이다. 그렇다면 가장 먼저 문
제가 되는 것은 그 기만성에도 불구하고, 합법과 비합법을 나누는 기준
으로 작용했던 법(률)에 대한 인식이다.

> 흥, 부자될 수 밖에. 요전까지도 그 부자(父子)가 다 돈벌이 하였지. 작
> 년부터 돈노리하고 더구나 지금은 **동척회사** 사음이고 지독하게 긁어 모으
> 니 부자될 수 밖에…… 게다가 세도가 좋지, 옛날의 닷분(五分) 세 뭉치니,
> 량반이니 하는 것은 그만두고라도 군청이고 척식 회사고 헌병소고 다 무
> 엇 세도가 막 난당이지.』
> 원보의 친구가 하는 말이다.
> 『주릿대를 앵길 놈들, 그놈의 부자는 두 놈이 다 고약도 하더니』
> 『고약하니께 돈 모은단다. 법에 숨어서 도적질하는 놈들이니께. 못난
> 우리 같은 것들이 공연히 서뿔리 도적질하다가 법에 잡혀 들어 가지.』23)

인용문에서는 가난한 농민들을 착취했던 법 권력에 대한 인식이 전
면에 나타나고 있다. '동척회사' '군청' '헌병소'와 같은 국가 기구가

---

22) 고마고메 다케시, 오성철 외 옮김, 『식민지제국 일본의 문화통합』, 역사비평사, 2008,
152-161쪽 참조.
23) 조명희, 「농촌사람들」, 『현대평론』, 1927. 1; 『조명희 선집』, 창조문화사, 2000, 196쪽.

'법'에 의해 보장받는 '합법성'을 가지고 자행했던 폭력의 구조가 날카롭게 부각되고 있다. 한편으로 이것은 "못난 우리 같은 것"들은 잡혀 들어갈 수밖에 없는 법의 억압성과 폭력성에 대항하여 또 다른 폭력을 생산할 수밖에 없음을 보여준다. 이러한 맥락에서 최서해의 「해돋이」(『신민』, 1926. 3. 1)에서 만수가 "처음에는 막연하게 나라 나라 하였으나 점점 개성이 눈뜨고 또 감옥 생활에서 문명한 법의 내막을 철저히 체험하고 불합리한 사회 역경에 든 사람들의 고통을 뼈가 저리도록 목격함으로부터는 그의 온 피는 의분에 끓었다."라는 대목이나 용정의 조선인들이 "일본과 중국과의 이중법률(二重法律)의 지배를 받는다. 아무런 힘없는 그네들은 두 나라 틈에서 참혹한 유린을 받고 있다."라는 부분은 눈여겨 볼만 하다. 최서해 소설에서 나타나는 과잉된 열정이 오롯이 체험이 아니라 법제도의 모순에 대한 정확한 인식에서 비롯되는 것임을 암시하기 때문이다.

이기영의 「농부정도령」은 국가의 법 권력과 자본주의 제도라는, 당대 프로소설이 겨냥하고 비판하고자 했던 자본주의 사회의 중층적 구조가 나타나고 있다는 점에서 매우 흥미로운 작품이다. 소설은 주인공 정도령의 가족을 중심으로 진행된다. 정도령은 마을 사람들의 대소사에 관여하며 문제를 해결해주는 정신적 존재이다. 그의 자식인 금석과 금순은 이러한 정도령을 믿고 따른다. 한 마디로 정도령은 운명을 개척하려는 적극적인 의지를 가지고 주변 사람들을 개조시키는 인물이다. 그가 자본주의 현실사회에 대해 "법률인지 무엇인지 그런 것은 무식한 우리는 모른다."라고 자조적으로 내뱉을 때, 여기에는 법으로 상징되는 공권력에 대한 강한 반감이 내재되어 있다.

더 나아가 정도령은 구체적인 억압기구에 대해 비판적인 인식을 드러낸다.

「오날은 선생님이 무엇을 가라치시드냐?」하고 아들에게 무러보았다. 그

때 금석이는 여러 가지 과정을 주서섬긴뒤에

　「선생님이 오늘은 훈계를 하시기를 사람은 위생을 잘해야 된다고요—
음식을 일정한 시간에 먹고 잠도 일정한 시간에 자고 때때로 운동을 잘
하라고요—그리고 될 수 있는 대로 고기와 게란을 만히 먹으라고 그래
야 몸이 튼튼하다고요—」

　이 소리 별안간 그는 소리를 버럭지르며 담뱃대로 재터리를 후려따렸다.

　「무엇이 엇자고 엇재? 그래 그 말을 듣고 가만이 잇섯늬? 누가 그런
것을 먹을 줄 모른다더냐고 하지—죽이나마 제 양대로 못으더먹는우리
네보고 무엇이엇재? 운동을 하면 도로혀 허기가 지는 것을 엇자랴고 좀
무러보지! 그런것은 배지부른 놈들이나 할 노릇이라고—」[24]

위생은 개항이후, 조선이 근대 문명화 국가로 나아가는데 있어서 중
요한 요소였다. 이는 국민국가 만들기 프로젝트의 일부로, 조선 민중을
일본 제국의 관리아래 두는 과정이기도 했다.[25] 1920년대 위생담론은
사회적인 문제로 대두했다. 특히 일본 당국은 학교 교육을 통해 국민을
건강하게 관리하고, 노동력과 군사력을 양성하고자 했다.[26] 인용문은 이
러한 일본 제국의 관리 시스템에 대한 비판적 태도를 보여주고 있다.
학교 기관이 시행하고자 했던 국민의 위생화란 사회 기득권층 일부에
만 해당한다는 주장을 통해, 학교제도와 위생 담론이 갖고 있던 기만성
을 여실히 보여주고 있기 때문이다. 뿐만 아니라, 정도령은 딸 금순이
교회에서 사람은 모두 죄를 지었으니 범사에 감사해야 한다는 목사의
말을 들었다고 하자, "하느님은 우리에게는 마귀다"라고 버럭 같이 화
를 내며 교회에 나가지 못하게 한다. 정도령이 학교와 교회에 분노를
터뜨리는 것은 학교나 교회(종교)가 국가 제도의 구성물로서 가난한 자

---

24) 이기영, 「농부정도령」, 『개벽』, 1926. 2, 169쪽.

25) 이승원 외, 『국민국가의 정치적 상상력』, 소명출판, 2003; 고미숙, 『한국의 근대성, 그
　　기원을 찾아서—민족·섹슈얼리티·병리학』, 책세상, 2001.

26) 강진호, 「근대 교육의 정착과 피식민지 주체—일제하 초등교육과 『조선어독본』을 중
　　심으로」, 『상허학보』, 2006.

신의 삶을 더욱 억압하는 기제임을 누구보다 잘 알고 있었기 때문이다. 「부흥회」(『개벽』, 1926. 8)에서 빈부의 격차가 "부지런히 일하는 사람은 잘살게 되는 것이요 게으르디 게으른 사람은 가난뱅이로 못살데 되는 것이다."라는 하느님의 가르침 때문이라는 목사의 말은 정도령이 '교회'라는 기관에 부정적 인식을 보일 수밖에 없음을 단적으로 보여준다.

한편 박영희의 「전투」에서는 아버지의 실직으로 만두를 팔러 다니는 운명에 처하게 된 순복이 등장한다. 아버지의 실직 전에는 학교에 다니며 공부를 하던 순복은 만두통을 매고 학교를 다시 바라보게 된다.

> 순복을 마음것 뛰게 할 수 잇든 널분 운동장도 잇섯다. 또한 그곳에는 사랑하여 주든 선생님들도 잇섯고 정이 들어 하로라도 아니볼 수 업섯든 동무들도 잇섯다. 그러나 엇지해서 그들을 다시 만나지 못하게 되며, 엇지해서 그는 운동장에서 뛸 수가 업시 되엿나 하고 순복이가 생각할 때에 그는 말할 수 업시 외로움을 맛나 보았다. …(중략)… 순복은 그 붉은 벽돌집을 미워하지 안을 수 업섯다. 만흔 이해들—엇던 아해는 삼년이나 락제를 하면서도, 엇던 아해는 늘 벌만 쓰는 데도 학교에서는 즐거히 마저 준다. 그러나 공부도 잘하고 또한 쾌활한 순복이는 엇지해서 학교에서 마저주지 아니하며, 더 사랑하여 주지 아니하는지! 그럴사록 순복은 그 붉은 벽돌집을 미워하였다.[27]

순복이 학교에 갈 수 없었던 이유는 한 마디로 돈이 없어서이다. 앞선 이기영의 소설과는 다르게 여기서는 순복의 감정을 통해 학교제도의 모순을 드러내고 있다. 이 장면이 인상적인 것은 법으로 대표되는 국가권력을 보조하는 기구로서 '학교'가 가지고 있는 억압의 구조를 보여주지는 않지만, 개인의 내면을 통해서, 제도가 가지고 있는 모순이 얼마나 큰 고통을 가져다주고 있는지에 대한 공감대를 형성하게 만들기 때문이다. 특히 "싸움에 이름 난 순복이의 패를 「소년불온단」이라고 이

______

27) 박영희, 「전투」, 『개벽』, 1925. 1; 『전집 (Ⅰ)』, 163쪽.

174

름을 지어 준 경찰서에서는 이 어린 세 명을 잡으렁으로 수백원의 돈
으로 수십명의 순사를 비밀히 꾸미여 활동을 하엿섯다. ……"라는 마지
막 구절은 상징적이지만, 학교제도라는 이데올로기적 억압기구와 이와
공모하고 있는 법권력의 만남을 적절하게 보여준다. 이러한 맥락에서
앞서 살펴 본 김기진의 「붉은쥐」의 마지막 구절은 세밀하게 살펴보아
야 할 부분이다.

> 피스톨의 출처와 그와 관련된 사실의 혐의자로 세 사람의 청년이 경찰
> 서로 일본 순사에게 붙잡히어서 끌려가고 서울 안의 신문은 이 일에 대해
> 크나큰 거짓말의 기사(記事)를 내었다.[28]

사회주의자로 추측해 볼 수 있는 형준은 자본주의 문명이라는 현실
속에서 비애의 감정을 토로하다가 자동차에 치여 죽음을 맞이한다. 그
러나 이 사건을 해결하는 경찰은 '자동차 사고'를 조사하는 것이 아니
라, 아니라 "피스톨"의 출처에만 관심을 갖는다. 여기서 "피스톨"이 문
제가 되었던 것은 국가라는 테두리를 공격할 수 있는 무기로 사용되기
때문이다. 형준이 거리를 걸으면서 느꼈던 비애는 제거된 채, "피스톨"
과 관련된 불온단체만 부각되었을 "거짓말의 기사"는, 법이라는 테두리
속에서 벌어지고 있는 국가권력의 폭력성을 우회적으로 보여준다고 하
겠다.

종교, 교육 제도에 이어서 세 번째로 주목해야 하는 부분은 근대 문
명의 상징으로서 '기차'에 대한 인식이다. 기차는 근대 문명의 상징이었
지만, 제도적 폭력을 휘둘렀던 대표적인 기계문물이기도 했다.[29] 다시
말해 기차는 앞장에서 살펴 본 '자본주의 문명'의 상징물로서 대표성을
보인다고 하겠다. 이와 관련하여 이기영의 「원보(일명 서울)」에는 서울

---

28) 김기진, 「붉은쥐」, 『개벽』, 1924. 11; 앞의 책, 25쪽.
29) 박천홍, 『매혹의 질주 근대의 횡단』, 산처럼, 2003.

노동자 석봉이 등장한다. 그는 어느 날 일을 마치고 집에 와보니 늙은 부부가 방을 차지하고 앉아있다. 그리고 노인은 석봉에게 "차를 타고 왔느냐?"고 물어본다. 처음에는 무슨 말인지 이해하지 못했던 석봉은, 차에 대한 노인의 경험을 듣고는 질문을 이해한다.

> 자기네와 갓튼 사람으로서 차를 타본다던지 서울 구경을 하는 사람이 잇다하면, 그는 마치 서간도로 이사간 광출이네 개똥이네 일본으로 버리간 억득이네 상부자 갓튼 또는 산비탈에서 내리 둥그러서 두골을 깨치고는 ○○자혜병원으로 가서 죽엇다는 나무장사 정첨지 갓치―그런 불행한 일이나 닥치지 안으면 도모지 차를 타볼 수 업다는 말이나 일반이엇다.[30]

대부분의 민중들에게 (기)차는 병을 얻거나 간도지방으로 유랑을 떠날 때와 같은 불행한 일이 있을 때나 탈 수 있는 대상이었던 것이다. 때문에 그들에게 기차=불행이라는 도식이 성립하게 된다. 이를 통해 소설은 근대 문명의 상징인 기차가 지니고 있었던 억압과 소외의 맥락을 적절하게 보여주고 있다. 다시 말해 '기차'에 대한 노인의 인식을 통해 근대 문명의 상징인 기차로부터 소외될 수밖에 없었던 프롤레타리아 계급의 현실이 구체적으로 나타나게 된다. 앞서 김기진의 소설에서 '자본주의 문명'이 막연히 운명을 형성하는 원인으로 그려졌다면, 여기서는 기차라는 매개를 통해서 실감 있게 이를 형상화하고 있는 것이다. 이를 통해 "과연 서울은 그들에게 무엇을 주었던가?"라는 소설의 마지막 문장은 서울=자본주의 문명이라는 상징이 내포하고 있는 폭력성을 우회적으로 보여준다. 최서해의 「무서운 印象」(『동광』, 1926. 12. 1)에서는 기차역에서 떨어진 콩조각을 주워 담는 '나'가 등장한다. 그는 함께 일하던 봉준 어머니가 기차에 치어서 죽는 모습을 목격하고, "그 때문에 세상에 기계라는 기계와 쟁기라는 쟁기는 다 미워"하게 된다. 남편

---

30) 이기영, 「원보(일명 서울)」, 『조선지광』, 1928. 5, 96쪽.

과 아들을 잃고 하루하루를 간신히 살아가던 봉준 어머니에게 기계문명은 삶을 더욱 비참하게 만들고 마침내 죽음까지 이르게 하는 대상이었던 것이다. 이처럼 프로소설은 사회구조의 모순과 더불어 '기차'로 대변되는 근대문명 일반이 내재하고 있는 폭력성에도 주목하고 있었다.

결국 1920년대 프로소설이 이룩한 성취는 법제도의 폭력성에 대한 인식을 보여준다는 점에 있다. 국가 권력에 의해 만들어지는 법(률)제도가 내재하고 있는 폭력성과 이를 수행하는 경찰제도에 대한 비판적 인식은 프로소설 전반에 내재하고 있는 문제의식[31]이다. 또한 법 권력을 뒷받침하는 기관으로서 학교와 교회는 이들이 설정하고 있는 문제의식의 일부분이었다. 따라서 1920년대 프로소설은 단순히 부르주아와 프롤레타리아라는 구도로만 설정되어 있는 것이 아니다. 그 안에는 근대 자본주의 제도의 복잡한 억압기제들이 섞여 들어있다. 다시 말해 지금까지 살펴 본 많은 소설들의 주인공이 싸워야 하는 적은 단순히 자본가/지주 계급만이 아니라 학교/종교 제도를 포함하는 근대를 직물처럼 형성하고 있는 생산기제의 구조, 그 자체라고 할 수 있다.

또한 1920년대 프로소설에서 나타는 사회/구조의 모순에 대한 인식은 프로문인들이 파악했던 사회주의란 어떠한 것인지를 보여주는 것이다. 마르크스주의에 내재하고 있는 인간의 감각에 주목했던 테리 이글턴은 "마르크스주의가 해야 될 이야기는 인간의 육체가 사회와 테크놀로지라는 그 연장을 통해 지나치게 뻗어 나가다 균형을 잃고, 무로 떨어지는 교만전락담이다."[32]라고 이야기한 바 있다. 자본주의 지배 아래서 벌어지고 인간의 도구화와 이를 제도적으로 합리화하는 '사회적 조

---

31) 최근 최수일에 의해 발견된 「Trick」(『개벽』, 1925. 11)은 이를 보여주는 사례라고 할 수 있다. 「Trick」의 주인공 보통학교 선생 광수를 통해 비판되는 일본인 여선생과 교장의 문제는 일제하 교육제도와 민족문제를 동시에 제기하고 있기 때문이다. 이에 대한 자세한 내용은 최수일, 「식민지 제도와 지식인에 대한 새로운 통찰」, 『상허학보』, 2005, 참조.
32) 테리 이글턴, 방대원 역, 『미학사상』, 한신문화사, 1995, 219쪽.

건'들의 구조를 이야기하는 것이야 말로, 마르크스주의가 해야 할 중요한 역할이라는 것이다. 지금까지 살펴보았듯 1920년대 프로소설이 주목한 것은 인간을 착취하는 근대 자본주의 문명의 구조에 있었다. 또한 이것은 인간이 처한 운명의 구조를 보여주는 것이기도 하다. 그러니까 프로문학이 전유했던 마르크스주의란 인간다움의 조건들을 회복하겠다는 휴머니티의 발현33)에 초점이 맞추어져 있었던 것이다.

IV. 정리하며

1920년대 프로소설은 운명의 무죄성에 대한 자각과 인간을 불행으로 몰아넣었던 사회구조에 대한 비판적 인식을 토대로 창작되었다. 살펴 본 바와 같이 이러한 내용은 1920년대 프로소설에서 동시다발적으로 이루어지고 있다. 그러나 학교나 교회 같은 제도기관의 모습은 소설의 곳곳에 소품처럼 배치되어 있기 때문에, 발견하기가 그리 쉽지 않다. 지금까지 프로소설 연구는 비평 담론을 기준으로 소설의 외형에만 치우친 나머지 이러한 지점들을 놓치고 말았다. 이로 인해 사회구조의 모순을 비판하고 운명의 굴레에서 인간을 구원하겠다는 애초의 문제의식은 드러나지 못하게 된 것이다. 이 글에서 시론적으로 제기된 이러한 내용들은, 앞으로 진행되어야 할 프로문학 연구에 크게 두 가지 시사점을 던져준다고 할 수 있다.

첫째, '방향전환'이라는 비평사적 기준을 바탕으로 한 프로문학의

---

33) KAPF 해산 직전인 1933~1935년 사이에 벌어졌던 소위 '창작방법논쟁'과 '물논쟁'은 이를 상징적으로 보여준다. 백철의 「인간묘사시대」(『조선일보』, 1933. 8. 29~9. 1)와 김남천의 단편 「물」에서 비롯된 두 논쟁의 핵심은 '인간' 개념을 둘러 싼 공방에 있었다. 조직으로서 KAPF가 지녔던 이념지향성에 대한 자기비판이 이루어지던 시기에, '인간' 문제가 화두에 오른 것은, 이전까지 KAPF가 내재하고 있었지만 한편으로는 간과했던 문제에 대한 재인식이 이루어졌기 때문은 아니었을까.

시기 기분은 재고되어야 한다. 이러한 기준으로 프로문학을 바라 볼 경우 '소설과 비평의 간극'은 확대될 수밖에 없다. 지금까지 살펴 본 바와 같이 1920년대 프로소설은 1차 방향전환을 기준으로 구분되지 않는다. 오히려 주된 문제는 소설 안에서 사회구조의 모순에 대한 인식이 어떻게 나타나고 있느냐가 되어야 한다. 이러한 문제의식의 연장선상에서 1930년대 프로소설을 살펴 볼 때, 프로소설에 대한 새로운 접근이 가능해질 것이다.

둘째, 당대 사회문화라는 맥락 안에 프로문학을 위치시켜 놓고 메타비평의 형태로 살펴보아야 한다. 프로소설에서 보이고 있는 사회제도 비판이 동시대의 식민지 사회문화와 밀접하게 연동되어 있음은 너무나 당연한 사실이다. 그러나 지금까지의 프로문학 연구에서 이러한 지점은 간과되고, 곧바로 운동사의 맥락과 연결되어져 왔다. 프로문학을 식민지 사회문화라는 맥락 안에서 되새겨 볼 때, 새로운 해석의 가능성이 열리게 될 것이다.34) 나아가 사회문제에 대해 비평적 입론을 함께 고려할 때 '소설과 비평의 간극'을 통합적으로 이해할 수 있는 방법이 보일 수 있을 것이다. 앞으로의 프로문학 연구는 이러한 지점들을 고찰해 보는 가운데 새롭게 진행될 수 있을 것이다.

---

34) 일제 말기 "저널리즘의 상업화" 경향에 대해 비판적 촉수를 보여주었던 인물은 임화, 김남천, 안함광 같은 프로문인이었다는 사실은 이러한 점에서 우연이 아니다.

■ 참고문헌

1. 자 료

곽근 편, 『최서해 전집 上·下』, 문학과지성사, 1987.

권영민 편, 『한국근대단편소설대계 18·19-이기영 편』, 태학사, 1988.

이동희 편, 『박영희 전집 (I)』, 영남대 출판부, 1997.

하정일 편, 『식민지시대 노동소설선』, 민족과 문학, 1988.

홍정선 편, 『김팔봉문학전집 IV』, 문학과지성사, 1989.

2. 주요논저

강진호, 「근대 교육의 정착과 피식민지 주체-일제하 초등교육과 『조선어독본』을
　　　중심으로」, 『상허학보』, 2006.

고미숙, 『한국의 근대성, 그 기원을 찾아서-민족·섹슈얼리티·병리학』, 책세상,
　　　2001.

김영민, 『한국근대문학비평사』, 소명출판, 1999.

김윤식, 『한국근대문예비평사연구』, 일지사, 1976.

손유경, 「최근 프로 문학 연구의 전개 양상과 그 전망」, 『상허학보』, 2006.

역사문제연구소 편, 『카프문학운동연구』, 역사비평사, 1989.

이승원 외, 『국민국가의 정치적 상상력』, 소명출판, 2003

조진기, 『한일프로문학론의 비교연구』, 푸른사상, 2000.

최원식, 「프로문학과 프로문학 이후」, 『민족문학사연구』, 2002.

최수일, 「식민지 제도와 지식인에 대한 새로운 통찰」, 『상허학보』, 2005.

테리 이글턴, 방대원 역, 『미학사상』, 한신문화사, 1995.

■ 국문초록

이 글은 프로문학 연구의 새로운 방향을 제기하기 위해 운명과 법이라는 키워드에 주목하여 1920년대 프로소설을 분석했다. 지금까지의 프로문학 연구는 운동사/비평사적 관점에서 수행됨으로써, '소설과 비평의 간극'을 확대시키고, 1920년대 프로소설을 '이념의 미달태'로 정의했다. 이러한 문제점을 해결하기 위해, 우선적으로 필요한 작업은 '이념'의 외부에서 소설의 내부를 들여다보는 일이다. 1920년대 프로소설은 '운명의 무죄성'에 대한 자각과 사회제도의 모순을 비판하려는 의지로 구성되었다. 사회제도는 법권력과 이를 뒷받침하는 학교, 교회 같은 기관들의 중층구조로 이루어졌다. 이러한 구조는 인간의 운명을 불행으로 만드는 구조적 원인으로 제시되고 있다. 1920년대 프로소설은 이러한 지점들을 하나의 장치처럼 소설 곳곳에 배치시켜 놓고 있다. 이를 통해 프로소설은 사회 제도에 의해 억압된 인간을 구원하겠다는 휴머니티를 표현하고 있는 것이다. 무엇보다 이 점은 프로문인이 전유했던 사회주의란 무엇인지를 보여준다는 점에서 시사하는 바가 크다. 앞으로의 프로문학 연구는 이러한 지점들을 고려하는 가운데 새롭게 진행될 수 있을 것이다.

주제어: 프로문학, 운명, 법, 계급적 주체, 휴머니티

■ Abstract

Proletarian Literature, Fate and the Law

Choi, Byoung Goo

This study analyzed 1920s proletarian novels focusing on key words of fate and law to present a new direction for proletarian literature. Proletarian literature studies until today have focused on history of movement and critique, expanded 'gap between novels and critiques,' and defined 1920s proletarian novels as 'a form of incomplete ideology.' In order to solve this problem, the first thing that needs to be done is to look at the inside of the novel from the outside position of 'ideology.' Proletarian novels of the 1920s are structured with consciousness of 'non-guilt of fate' and the will to criticize contradictions of the social system. The social system consists of layers such as the power of the law and facilities that support the law, such as schools and churches. This structure is presented as a structural reason that causes misfortune in the fate of people. 1920s proletarian novels place these points here and there in the stories. Through this, proletarian novels express humanity that tries to save people repressed by the social system. Above all, this is an important point because it shows what socialism claimed by proletarian writers is. Future studies on proletarian literature can find a new direction that considers such points.

Key-words: Proletarian literature, fate, law, subjects of class distinction, humanity

―이 논문은 2008년 11월 15일에 접수되어, 소정의 심사를 거쳐 2008년 12월 15일에 최종적으로 게재가 확정되었음.

1930년대 식민지와 미궁의 심상지리

— 박태원과 이효석을 중심으로

목 차

Ⅰ. 서론
Ⅱ. 제임스 조이스의 수용과 식민지 근대성의 극복: 박태원의 경우
Ⅲ. 뒤비비에의 전유와 디아스포라의 연대: 이효석의 경우
Ⅳ. 결론

오 현 숙*

Ⅰ. 서론

식민지 시기 한국문학연구에서 미궁의 심상지리로 표상되는 공간구조에 대한 인식은 작가들이 식민지를 어떻게 인식하고 극복할 수 있는가를 탐색하는 중요한 주제이다. 일반적인 지리학이 물리적 실재로서의 지리와 인간들이 재창출하는 지리를 대상으로 과학적으로 탐구하는 학문이라면, 심상지리(imaginative geogrphy)는 객관적이고 과학적인 실재로서의 지리를 인간 주체가 심미적 구조로 재인식한 공간을 탐구한다.[1]

---

* 서울대학교

** 이 연구는 2008년 서울 인문학 장학금의 지원을 받아 수행되었음.

1) 심상지리에 대한 원론적 논의는 에드워드 사이드, 『오리엔탈리즘』, 박홍규 옮김, 교보문고, 2004; 강상중, 이경덕·임성모 옮김, 『오리엔탈리즘을 넘어서』, 이산, 2004를 참조.

따라서 심상지리는 실재로서의 지리가 아니라 이를 재인식하는 주체의 심미적 인식을 가장 중요한 주제로 다룬다.

박태원과 이효석의 문학에서 공간은 핵심적인 문학적 주제이다. 박태원은 사건의 전개에 의한 전통적인 서사 형식을 파괴하고 경성이라는 공간을 주인공의 다양한 내면과 결합하고자 했으며, 이효석은 조선을 벗어난 이국적 공간에 대한 열망을 반복적으로 소설로 형상화 했다. 이들 작품에서 공간 표상은 단순히 근대적이고 새로운 기법의 차원에 머무는 것이 아니라, 상당부분 정치적인 문맥을 지닌다.

본고는 식민지 시기 한국문학에서 조선이 주로 '닫힌 공간'으로 표상되고, 현재의 공간을 넘어서는 '외부 공간'에 대한 동경의 구조가 반복적으로 나타나는 것에 주목하고 이를 '미궁의 심상지리'로 명명하고자 한다. 미궁의 심상지리는 물리적인 실재로서의 조선을 작가들이 문학작품을 통해서 주체적으로 변형하고 표상함으로써 한편으로는 조선과 일본의 식민지적 관계를 환기시키고 다른 한편으로는 식민지적 관계를 넘어서고자 하는 공간을 창출하는 심미적인 지리를 지칭한다.

미궁의 심상지리는 역설적인 공간이다. 작가들은 식민지 조선을 폐쇄된 부정적 공간으로 인식함으로써 표면적으로는 일본과 조선의 식민지적 관계를 반영한다. 조선은 부정적 현실을 넘어 설 수 없는 공간으로 한정됨으로써 식민지배에 긴박된 공간으로 표상된다. 그러나 다른 한편으로 작가들은 조선을 폐쇄적 공간으로 인식함으로써 끊임없이 이를 벗어날 수 있는 새로운 공간에 대한 상상력을 추구할 수 있다.

박태원과 이효석은 식민지적 관계를 넘어 설 수 있는 심상지리를 문학적으로 형상화하고자 했다는 점에 주목할 필요가 있다. 구체적으로 박태원은 제임스 조이스로 대표되는 아일랜드 문학을 전유해서 경성이라는 공간을 탐색하고, 이효석은 뒤비비에로 대표되는 프랑스의 시적 리얼리즘 영화를 전유해서 경성을 넘어 선 외부 공간을 탐색하고자 했다. 기존 연구는 이들이 서구의 문학과 영화들을 체험하고 소설화한 것

을 주로 '근대성의 체현'이나 '새로운 기법', '서구 지향적 의식' 등의 키워드로 설명해 왔다.[2]

그러나 필자는 이들의 서구예술 지향성이라는 거친 평가를 넘어 이들의 서구예술 수용의 문제 설정을 작품 안에서 섬세하게 살펴볼 필요가 있다고 생각한다. 박태원과 이효석의 서구 예술의 수용은 식민지 현실에 대한 인식과 매우 긴밀한 관련이 있다. 당대 식민지 현실의 문맥을 소거하면 이들의 문학적 실천은 단순한 서구 예술에 대한 영향이나 모방으로 함몰될 뿐만 아니라, 수용의 내적 계기 역시 서구나 근대성을 지향하는 일원적 과정으로 단순화될 위험이 있다.

당대 문인들에게 서구 예술은 근대성이라는 추상적인 논리나, 그들의 문학의 전체를 지배하는 선험적인 위치에 있지 않았다. 본고는 문인들이 영문학이나 영화처럼 구체적인 실체로 서구 예술을 경험하고, 이를 자신들의 문학과 조선의 현실로 재문맥화시키는 탈식민적 계기 안에 서구 예술이 위치한다는 것을 논증하고자 한다. 이를 위해서 본고는 박태원과 이효석이 동시대의 서구 예술을 체험하고 이를 조선의 문맥으로 전유(appropriation)함으로써 제국의 논리를 뛰어 넘는 새로운 공간의 심상지리를 형상화할 수 있었음을 보이고자 한다.

Ⅱ. 제임스 조이스의 수용과 식민지 근대성의 극복: 박태원의 경우

식민지 시대에 '애란(아일랜드)'의 문학과 정치는 조선에서 활발하게 소통되며 참조되었다. 식민지 지배의 경험을 공유하고 있다는 인식아래

---

2) 김양선, 「1930년대 모더니즘 소설의 영화기법」, 『한국문학이론과 비평』 제9호, 2000; 이호림, 「1930년대 소설과 영화의 관련양상 연구」, 성균관대 박사논문, 2003; 박배식, 「모더니즘 소설의 영화 기법」, 『한국비평문학회』 제19호, 2004. 11.

186

만들어진 조선과 아일랜드의 '상동성'은 각종 신문 매체와 잡지들에 의해서 반복 생산되었으며 당대의 지식인과 문인들은 민감하게 이를 참조 혹은 수용하였다.3) 사노 마사토에 따르면 "1920년대부터 1930년대에 걸쳐서 많은 한국 작가들, 학생들이 아일랜드 문학에 관심을 가진 것은, 당시 한국인에 있어서 "영문학"에 대한 관심의 핵심이 어디에 있었는지에 대한 암시를 줄 것이다. 당시의 아일랜드는 정치적으로 오랜 독립운동의 결과 1922년에 아일랜드 자유국이라는 자취를 쟁취한 시기였고, 그 뿐만 아니라 문화적으로는 영어에 대한 민족어(게일어)의 강조, 민중 생활에 기초한 민족적인 문학운동의 고조(아일랜드 문예부흥), 특히 에비 극장을 중심으로 했던 근대극 운동으로 세계적인 주목을 끌기 시작한 시기이도 했다. 그런 아일랜드의 상황이 민족적 정체성에 대해 모색하고, 문학적으로 한국문학이 나아갈 길을 찾고 있던 한국인 지식인, 학생들에게 많은 시사를 준 것은 당연한 일일 것이다."4)라는 평가는 타당하다. 즉 한국 문학의 정체성을 모색하기 위한 학문적, 지적 참조항으로서의 역할을 영문학이 담당했다는 것이다.

박태원이 「천변풍경」(『조광』, 1936. 8~10), 「속 천변풍경」(『조광』, 1937. 1~9)을 연재하고, 이를 1938년 장편 『천변풍경』(박문서관, 1938. 3)으로 개작하여 출판하게 된 시기는 이러한 지적 흐름의 맥락 안에 위치한다. 박태원은 일찍이 동경 유학시절 영문학을 전공하고 싶어 했다.5)

<hr>

3) 다음의 기사들은 1930년대 지식인과 문인들에 의해서 '애란'의 정치적 상황과 문학이 활발하게 조선에 소개되었음을 보여준다. 이하윤, 「현대시인연구─애란편」, 『동아일보』, 1930. 12. 3~9; 김우평, 「弱小民族運動과 領主國態度」, 『삼천리』, 1931. 11; 무서명, 「英國人이본 愛蘭問題」, 『동광』, 1932. 7; 띠·에스·밀스키, 백석 역, 「죠이쓰」와 愛蘭文學」, 『조선일보』, 1934. 8. 10~9. 12; 김동환, 「愛蘭의復活祭動亂─愛蘭民族運動의 一斷面」, 『평화와 자유』, 김동환 편, 삼천리사, 1935.

4) 佐野正人, 「경성제대 영문과 네트워크에 대하여」, 『한국현대문학회 2008년 제3차 학술대회 자료집』, 2008. 8. 22, 20쪽.

5) "나는 當時 英文學을工夫하고 싶다 생각하고 있던 터이었다. 그래서 「사흘굶은봄人달」, 「옆집색씨」, 「五月의薰風」, 「疲勞」 등 一群의 作品을 創作하는 한便으로, 몇篇의

그의 영문학에 대한 관심은 이후 제임스 조이스의 작품과 기법에 관심으로 지속 된다.

박태원의 『천변풍경』은 세계사적인 감각으로 영국의 식민지인 아일랜드에서 생성된 문학인 제임스 조이스의 『더블린 사람들(*Dubliners*)』(1914)을 수용하고, 이를 조선의 문학적 맥락에 위치시킴으로써 당대 조선의 문제에 대응하는 창조적 상상력을 보여주는 작품이다. 『더블린 사람들』이 단행본으로 나온 1914년은 아일랜드의 독립과 자치를 위한 혁명(1916년의 부활절 봉기)이 발발하기 2년 전이다. 이 시기 아일랜드는 1800년 영국에 의한 합방과 1840년의 대기근 이후 침체된 사회상의 연속선상에 있으면서, 동시에 게일어를 중심으로 한 민족어 부흥운동과 자치법안이 주장되던 시기였다.6) 『천변풍경』이 단행본으로 나온 1938년은 1937년 중일전쟁의 발발부터 제2차 세계대전이 종결되기까지 일제의 통제정책과 전시 동원책이 본격화되기 시작하는 시점이었다. 이처럼 박태원은 파시즘이 대두하던 초입에 아일랜드라는 다른 식민지 도시를 다룬 작품을 참조하고 있다.

두 작품은 구조나 모티프 간의 상동성이 있다. 『더블린 사람들』은 더블린이라는 식민지 도시를 공간을 중심으로 군중들의 일상을 그린 독립된 단편의 연작소설로 구성되어 있으며, 『천변풍경』은 경성이라는 식민지 도시를 중심으로 군중들의 일상을 그린 독립된 에피소드의 병렬로 구성되어있다. 두 작품의 다양한 세대적 구성과 핵심적인 이야기의 화소 역시 유사하다. 『더블린 사람들』의 아이들(「자매들」, 「뜻 밖의

小說을 飜譯하여 보았었다. 「맨스필드」의 「茶한잔」, 「헤밍웨이」의 「屠殺者」, 「오오푸라아티」의 「봄의播種」 「조세핀」―以上四篇으로, 나는이것들을 「夢甫」라는이름으로 東亞日報에 發表하였다.”(박태원, 「春香傳耽讀은 이미就學以前」, 『문장』 2권 2호, 1940. 2, 5쪽) 박태원이 이 글에서 언급한 번역소설들은 1930~1931년에 발표되었다. 박태원이 영문학 공부를 하고자 하면서 번역소설을 발표한 시기는 그의 동경유학 시절과 일치한다.

6) 최병갑, 『제임스조이스와 아일랜드의 사회상』, 홍익, 2000, 17쪽.

188

만남」, 「애러비」)은 『천변풍경』의 재봉이와 구락부의 아이들(「시골서온
아이」, 「昌洙의 錦衣還鄉」, 「俱樂部의 少年少女」)로, 젊은 여성과 청년
들(「이블린」, 「두 건달들」)은 이쁜이와 점룡 그리고 난봉꾼 강서방(「慶
事」, 「젊은 녀석들」, 「姜某의 思想」)으로 변주된다. 또 시의원 선거라는
모티프(「위원실의 담쟁이」)는 민주사의 부회의원 선거의 모티프(「閔主
事의 憂鬱」, 「多事한 閔主事」)로 변주된다. 하지만 제임스 조이스가 연
작 형식을 통해서 아이에서 점차 성인으로 성장하는 세대를 순차적으
로 그리고 있다면 박태원은 장편의 형식을 통해서 다양한 세대를 동일
한 시공간에 병치하고 있다. 장편의 형식으로 인한 서사적 확대는 『더
블린 사람들』의 단편적인 이야기의 화소를 다양하게 변주하고 인물들
의 운명을 창조적으로 확장하는 역할을 한다.[7]

그러나 두 작품의 구조와 변용된 모티프 간의 상동성에도 불구하고
식민지 도시 표상은 상당한 차이가 있다. 『더블린 사람들』에서 더블린
은 닫힌 폐쇄회로의 공간으로 표상된다. 더블린을 지배하는 것은 '마
비', '죽음', '부패'이다. 「자매들」은 매독으로 죽게 된 플린 신부를 죽음
을 아이의 시점으로 그리고 있다. 과거 자신에게 많은 것을 가르켜 준
플린신부에 대해 소녀는 해방을 소망한다. 소녀는 매일 밤 신부가 있는
창문을 쳐다보며, "마비라는 말을 혼자 조용히 중얼거렸다."(20쪽)[8] 그
리고 그의 죽음으로 인한 일종의 "해방감"을 맛본다. 소녀는 "풍습이

---

7) 『더블린 사람들』의 단편적 이야기는 『천변풍경』에서 확장된 서사와 창조적인 문맥으
   로 새롭게 서사화된다. 가난한 아이가 동방의 매력을 지닌 상점에 매료되었다가 좌절
   하면서 동전을 떨어뜨리는 이야기는 '한약국집'과 '한양구락부'의 다양한 아이들의 이
   야기로 변주되며, 새로운 가정을 꿈꾸며 가출하는 여성과 돈과 향락을 위해서 연애를
   이용하는 파락호들의 이야기는 금순, 이쁜이, 강서방을 중심으로 한 다양한 연애서사로
   변주된다. 또 선거 모티프는 애란의 민족주의 운동의 타락에 대한 이야기에서 경성의
   상위계층이 권력의 중심으로 더욱 상승하고자 하는 타락한 욕망을 보여주는 이야기로
   변주된다.
8) James Joyce, 김종건 옮김, 『더블린 사람들 · 망명자들』, 범우사, 1989. 이하 이 작품의
   인용시 괄호 안에 인용쪽수만 밝힘.

이상한 나라—페스시아"에 가는 것을 몽상하고 꿈꾼다. 성장한 여성화자가 주인공인 「이블린」에서도 과거로 인한 현재의 "부패"는 지속된다. 19살 된 이블린은 머나먼 미지의 나라의 "새로운 집"을 꿈꾼다. 아버지의 폭력에 시달리던 어머니의 운명은 이제 이블린에게 되물림 된다. 이블린은 프랭크라는 뱃사람이 들려주는 해협과 선상의 모험 이야기에 끌린다. 그녀는 프랭크와 함께 더블린을 떠나서 새로운 가정을 꾸릴 것을 결심한다. 그러나 과거 어머니의 일생이 현재 그녀의 삶을 지배한다. 그녀는 어머니의 환영의 "데레바운 세라운!(The end of pleasure is pain)"(59쪽)이라는 게일어의 외침에 발작적인 공포에 휩싸인다. 이 외침은 프랭크와 함께 사랑의 도피를 하려는 이블린의 꿈이 고통으로 귀결되리라는 암시로 작용한다. "그녀는 도피해야 한다. 프랭크가 그녀를 구해주리라"(59쪽)고 생각한다. 그러나 이블린 자신의 환영 안에서 정작 그녀는 부두가에서 정지한다.

> 한 가닥 종소리가 그녀의 가슴속까지 울렸다. 그녀는 프랭크가 자신의 손을 잡는 것을 느꼈다.
> "가요!"
> 세계의 모든 바다가 그녀의 가슴으로 몰려드는 듯했다. 그가 그녀를 그 바다 속으로 끌어들이고 있는 듯했다. 그녀를 빠뜨려 죽일 것만 같았다. 그녀는 두 손으로 쇠난간을 꼭 움켜쥐었다.
> "가요!"
> 아니! 아니! 아니! 불가능한 일이었다. 그녀는 발작적으로 쇠난간을 움켜쥐며 바다 가운데서 고통에 찬 비명을 질렀다.(60쪽)(이하 강조는 인용자)

그녀는 내일이면 떠날 수 있는 배표가 예약되어 있지만, 환영 속에서 떠나지 못하고 정지해 버린다. 결국 이블린은 더블린으로부터 탈출을 욕망하지만 결국 광기에 빠진 어머니의 운명을 되풀이 하는 것으로 암시된다. 이처럼 더블린의 지배적 종교인 가톨릭은 타락했으며, 부권역시 부패해있다. 식민지 공간에 대한 부정적 인식은 자본과 결탁한 아일랜드의 민족운동과 문예부흥운동에 대한 비판(「위원실의 담쟁이 날」, 「어머니」)에서도 지속된다. 또 아일랜드의 "빈곤과 무기력의 길을 뚫고 유럽 대륙의 부와 공업이 속력을 내고 있"(61쪽)는 제국의 자본에 대한 비판(「경주가 끝난 뒤」)으로 확장되기도 한다. 하지만 더블린의 부정적 속성은 도시에서 살아가고 있는 민중들 자체에 대한 비판이 훨씬 밀도가 높다.

더블린에서 살아가는 군상들은 과거에 의해서 현재가 지배되는 시간의 구조에 갇혀있다. 따라서 미래의 시간은 도래하지 않는다. 이러한 더블린의 시간 구조를 극명하게 드러내는 것이 「죽은 사람들」이라는 작품이다. 주인공은 게이브리얼은 이모와 조카가 준비한 댄스 파티에 참석한다. 이 파티에는 더블린에서 살아가는 다양한 군상들이 등장한다. 나는 조국에 진저리를 내는 인물이다. 이러한 나는 민족주의자인 아이버즈양에게 "친영파"라는 비판을 받는다. 이러한 갈등이 있지만 파티는 계속된다. 파티에 참석한 사람들은 모두 과거의 '기억' 속에서 살아가는 인물들이다. 이들의 파티는 과거의 아름다운 기억에 대한 일종의 공유 행위이다. 브라운은 "과거에 더블린에 늘 오곤 했던 옛날 이태리 오페라단"(245쪽)을 그리워하면서 그 시절에만 노래다운 노래를 들을 수 있었다고 말한다. 이모는 "말라빠진 얼굴"로 '신부로 단장하고'라는 노래를 부른다. 게이브리얼은 아내가 '오그림의 처녀'라는 노래를 들으면서 생기가 도는 모습에 사랑을 느낀다. 하지만 이 노래는 아내의 첫사랑과 사랑을 나누던 세레나데로 그녀를 사랑하다 죽은 소년의 추억을 담은 것이었다. 과거에 긴박된 아내의 사랑을 깨달은 게이브리얼은 환영 속에서 유령들, 사자들과 조우한다.

방안 공기가 그의 어깨를 오싹하게 했다. 그는 조심스럽게 이불속으로 몸을 뻗고 아내 곁에 누웠다. 하나하나 그들은 모두 유령이되고 말 것이다. 늙어서 시들어 쓸쓸히 사라지기보다는 어떤 정열이 가득 찬 영광 속에서 저 세상으로 대담하게 사라지는 것이 한층 나으리라. 자기 곁에 누워 있는 아내가 살고 싶지 않다고 그녀에게 말했을 때의 애인의 눈의 이미지를 어떻게 그토록 오랜 세월 동안 마음속에 간직하고 있었을까 하고 그는 생각했다.

관용의 눈물이 그의 눈을 가득 채웠다. 그는 어떤 여인에 대해서도 자기 스스로 지금까지 그와 같은 감정을 결코 느껴 보지 못했으나 이러한 감정이야말로 사랑임을 알았다. 눈물은 더 많이 눈에 괴었고, 희미한 어둠 속에서 빗물이 뚝뚝 떨어지는 나무 밑에 서 있는 한 소년의 모습을 보고 있는 것 같았다. 다른 형상들도 다가왔다. 그의 영혼은 수 많은 사자(死者)의 무리들이 살고 있는 지역으로 점점 다가갔다. 그는 그들의 걷잡을 수 없이 깜박이는 존재를 의식했으나 붙잡을 수가 없었다. 자신의 정체는 회색의 불가사의한 세계속으로 사라져 갔고, 이러한 사자들이 한때 자라면서 살았던 실질적인 세계, 그 자체가 허물어지며 줄어들고 있었다. (273-274쪽)

인용문에서 더블린은 "사자의 무리들이 살고 있는 지역"으로 표상된다. 자신이 참석했던 파티의 군상들 모두 과거의 세계에 살고 있다는 점에서 일종의 유령이자 사자들이다. 조국에 진저리를 냈었던 게이브리얼은 그들이 "살았던 실질적인 세계, 그 자체가 허물어지며 줄어들고" 있는 현실에 대해서 관용과 슬픔의 눈물을 흘림으로서 그들의 세계를 이해한다.

이상 살펴본 것처럼 더블린은 '마비', '죽음', '부패'의 부정적 공간으로서의 내부와 '부두'나 '몽상'에 의해서 매개되는 미지의 공간, 모험의 바다라는 외부 공간으로 분할되어 있다. 더블린에서 살아가는 군상들은 과거의 운명과 사랑에 긴박됨으로써, 과거가 현재의 공간을 지배하는 시간 속에서 살고 있다. 과거의 시간이 지배하는 현재는 결코 미래의 시간에 닿을 수 없다. 이처럼 제임스 조이스는 내부의 더블린과 외부의 미지의 공간이라는 이분법으로 분할된 공간 구조와 과거의 시간에 긴박된 영원한 현재와 도달할 수 없는 미래가 지배하는 이중의 시간 구조를 통해서 식민지 도시를 부정성으로부터 탈출할 수 없는 미궁으로 형상화했다.

제임스 조이스가 식민지 도시를 폐쇄회로의 미궁으로 표상함으로써 부정적인 성격을 부각시켰다면, 박태원은『더블린 사람들』을 수용하면서도『천변풍경』을 통해서 식민지 도시의 부정적 측면뿐만 아니라 제국의 지배와 통제를 넘어 설 수 있는 공간의 긍정적 가능성을 탐색하고 있다. 그러나 경성의 긍정적 성격이 계급과 정치적 갈등이 무화된 "자족적 유토피아"9)로 기능하거나 "세계관의 결여로 말미암아 한갓 세태 풍속 묘사에 그친 것"10)은 아니다. 이러한 평가는 이 작품에서 전면화되는 하위주체에 대한 박태원의 정치한 형상화와 그것이 지니는 의미의 문제를 소략하게 이해하게 한다.

이 작품에서 경성의 긍정적인 속성이 부각되는 이유는 식민지 지배 정책과 경합하는 가운데, 이러한 논리에서 벗어나고자하는 다양한 하위주체들의 선택을 박태원이 강조해서 형상화하기 때문이다. 경성은 한편으로는 '산금정책'과 '돈'으로 상징되는 속악한 식민지 자본주의에 편입되는 공간이지만, 동시에 이를 거부하는 다양한 주체들이 거주하는

---

9) 하정일, 「'천변'의 유토피아와 근대비판」,『기전어문학』10·11합호, 1996. 11, 300쪽. 하정일은 순환적 시간 아래 있는 천변을 본질적 변화가 없는 자기 완결적 세계이며, 천변에는 계급적, 계층적, 이념적, 세대적 갈등이 드러나지 않는다고 설명한다. 따라서 그는 천변은 모든 갈등이 해소되는 자기 완결적 공간으로, 박태원이 상정한 유토피아이자 근대의 상이라고 설명한다. 그러나 순환적 시간과 일상을 반드시 모든 가치가 무화된 것이라고 평가할 수는 없다. 일상적 반복행위가 관례화를 통해서 '종속'의 구조로 편입될 수도 있지만, 일상을 창조하는 주체를 강조함으로서 개별적 인간들이 현실의 구조를 '생산'하는 긍정적 의미를 지닐 수도 있다.(Alf Ludtke 외, 나종석 외 옮김,『일상사란 무엇인가』, 청년사, 2002, 20-21쪽) 필자는『천변풍경』에서의 일상은 후자의 관점에서 해석될 수 있다고 생각한다.
10) 김윤식·정호웅 공저,『한국소설사』, 예하, 1993, 242쪽.

역동적 공간이다. 실제로 1930년대를 기점으로 해서 제2차 세계대전가
지 일본은 식민지 조선에 강도 높은 산금 정책을 펼쳤으며, 이는 일본
의 통화제도를 안정시키면서 국가 경제를 안정시키는 역할을 하였다.
일본의 산금 정책으로 조선 전체가 금광열에 장악되었다.11) 그러나 박
태원은 이러한 산금 정책에 참여조차 하기 어려운 '하위계층'을 전면에
내세운다.

　　『요새 금 값이 자꾸 올라간다는군그래.』
　　곰방대를 베어 불며, 민주사집 행랑아범이 하는말.
　　『그저 둔 있는 사람은 을마든지 둔 벌어 먹기루 마련 된 세상이지.』
　　보기 좋게 가래침을 탁 뱉고, 빨래터 관리인이 하는 말.
　　『하였든, 새면 둘러 봐야 금점꾼이로군그래. 그저 금광 거간……』
　　『아, 그게 헐만 허니깐 그렇지. 으떡 혀다 꿈이나 한번 잘 꾸어, 노다
지나 하나 얻어 걸려드는날엔, 최챙액(—최창학, 인용자)이 부럽지 않으
니까……』
　　『허지만, 그 것도 얼마간 미천이래두 있어야 말이지. 그저 경깽깽이구야
말이 되나? 금광출원 등기만 허는데두 백여환이 든다지 않어?』
　　『그러기에 없는 사람은, 또 수단대루 거간이래두 해서, 그저 매매계약
하나만 되면 몇백환씩 구문이 생기니……』
　　『그저 불상허긴, 둔 없구 수단 없구 헌 우리지. …… 넨—장헐 둔 한
가지 잇담야 지금 세상에 정승판서 부럴꺼 있나?』(185-186쪽)12)

　　인용문은 최창학이라는 기표로 상징되는 금광열이 당대의 지배적
풍조임을 보여준다. "새면 둘러 봐야 금전꾼", "금광 거간"이 판치는 시
대이다. 그러나 "천변"에 모인 군상들은 금광열 역시 얼마간의 자본을
지닌 계층에 한정되는 것임을 분명히 보여준다. 박태원의 『천변풍경』에

---

11) 전봉관,『황금광시대』, 살림, 2005, 43쪽.
12) 박태원,『천변풍경』, 박문서관, 1938. 이하 이 작품의 인용시 쪽수만 밝힘.

서 등장하는 다수의 군상들은 이러한 금광열에서 벗어나 있는 "둔 없구 수단 없구 헌 우리"들이다. 박태원은 이들의 대화를 통해서 경성의 하위계층을 더욱 소외시키는 당대의 금광열을 간접적으로 비판하고 있다. "천변"에서 비교적 자본이 있는 금은방의 주인이자 "한양구락부"의 주인은 금밀수사건으로 검거된다. 일본의 산금 정책은 '산금보국'을 위한 정책이었다. 따라서 금밀수와 같은 지하경제를 통한 개인의 부의 축적은 강력하게 처벌되는 대상이었다는 점에서 식민정책에 반하는 것이다. 이처럼 『천변풍경』에서는 일본의 산금정책에 벗어나 있는 다수의 하위계층을 통해서 이를 비판하거나 금광열에 편입되더라도 식민정책에 반하는 지하경제를 통한 방법으로 편입하는 인물을 부각시키고 있다.[13]

식민지 자본주의로의 편입은 "입신출세"라는 돈에 대한 세속적인 욕망으로도 재현된다. 당대 경성의 아이들 역시 예외가 아니었다. "구락부"의 아이들은 "입신출세"를 욕망한다.

> 명숙이란 계집애는 영선이나 순동이와 한동갑인 열여섯―, 그 언니가 관철동에서 기생노릇을 하는 것은 삼봉이 누나가 카페 여급인 것과 그 경우가 근사 하지만, 기생의 아우라는 그러한 티는 눈꼼 만치도 없어, 권번에를 다니라고 그렇게 제 언니의 「어머니」가 권하여도 듣지 않고, 제가 어떻게어떻게 주선을 하다싶이하여 이곳에 와있는 그는 평생 지망이, 제일이 백화점의 여점원이요, 제이가 버스껄이다.
>
> 일이 없을 때면, 동무 경순이와 손을 맞잡고 바로 지척사이인 화신상회로 가서 위아래층을 한바퀴 돌아오는 것이 우습게 처버릴수 없는 기쁜 사무였고, 그것에도 지치면 그는 곧잘 「소년구락부」니, 또는 「깅꾸」니 하는 그러한 묵은 잡지를 뒤적거렸다. 그 헌 잡지는, 보통학교를 졸업하

______

13) 파시즘이 강화되는 일제말기로 가면서 박태원 문학에서 하위계층의 형상화가 전면화되고 경성 '밖' 공간에 대한 탐색으로 변화한다는 점이 주목할 만하다. 일제말기 박태원의 사소설 창작과 경성 '밖'의 공간에 대한 탐색에 대해서는 장성규, 「시대와의 〈불화〉, 세계와의 〈긴장〉―일제말기 한국 사소설의 문학사적 의미」, 『작가세계』, 2008년 여름 참조.

였을뿐인 젊은 감독이 제자신 보기 위하여 때때로 야시장에서 오전씩에 삼
전씩에 사오는 것이었으나, 정작 그보다도 명숙이와 순동이가 좀 더 열심
히 읽었다.(353-354쪽)

열여섯 동갑인 명숙, 영선, 순동 등의 구락부 아이들은 1920년생으
로 일본의 대정기 자본주의의 대중문화 아래서 성장한 세대들이다. 이
들 세대의 특징은 대중주의, 보통교육, 동화주의 등으로 요약되는데, 이
들은 "입신출세"를 모토로 하는 『キング』 등의 대중잡지를 읽으면서,
자연스럽게 식민지 자본주의의 일원으로 편입될 수 있었다.[14] 구락부
아이들은 보통학교 졸업이 가장 높은 학력이다. 명숙과 영선이는 "소년
구락부"니 "킹꾸"니 하는 매체를 통해서 화신백화점으로 상징되는 자
본주의적 소비를 욕망하고, 백화점의 여점원과 버스껄과 같은 말단의
직업을 통해서 식민지 자본주의에 편입되고자 한다.

그러나 구락부의 아이들 모두가 속악한 식민지 자본주의에 편입되
는 것은 아니다. 소설에서 명숙은 속악한 자본주의에 물든 삼봉이와 대
조된다. 명숙이 역시 식민주의적 대중문화, 보통교육, 동화주의의 세례
를 받은 세대에 속하지만, 권번에 다니라는 어머니의 권유와 삼봉이의
유인을 당당하게 거절하는 당찬 아이기도 하다. 명숙이는 소박하지만
속악한 식민지 자본주의로의 편입을 거절할 수 있는 가능성이 있는 존
재로 형상화 한다. 식민지 자본주의로의 편입을 거절할 수 있는 가능성
은 기미꼬와 금순의 관계를 통해서 훨씬 적극적으로 모색된다. 금순은
가난한 농가에서 태어나서 기구한 운명으로 어린 남편이 죽어서 "처녀
과부"가 된다. 고된 시집살이와 방종한 시아버지로 인해서 마침내 집을

---

14) 이러한 세대의 특징은 南富鎭이 채만식의 「치숙」을 분석하면서, '킹꾸'를 읽는 소년
　　의 세대를 분석하면서 명명한 것인데, 『川邊風景』의 구락부 아이들도 「치숙」의 소년과
　　동일한 세대 안에 위치하므로 역시 적용되어질 수 있다고 판단된다. 南富鎭, 「『キング』
　　と朝鮮の作家」, 『文學の植民地主義: 近代朝鮮の風景と記憶』, 京都: 世界思想社, 116-
　　121쪽.

가출하지만, 그녀를 유혹한 것은 "금광뿌로커"였다. 사내는 공장에 취직을 미끼로 금순과 함께 경성으로 상경한다. 그는 "금광뿌로커"에서 이젠 금순을 팔아넘겨서 일종의 사람매매의 브로커까지 겸임할 계획이다. 그러나 사내는 마작을 하다 경찰에 검거되면서 금순은 오도가도 못하는 처지가 된다. 금순의 딱한 처지를 듣고 그녀를 구한 것은 기미꼬이다.

> 이 경우에, 금순에게 있어서 가장 필요한 것은, 금전이나 그러한것보다도 오히려 그를 위하여 길을 인도하여 주고, 보호하여 주고 그러는 사람의 힘과 정이었다.
> 카페 주인이 좋아는 안하는 것을, 그대로 사흘째 한 방에서 숙식을 가치하며, 기미고는 마침내 절묘한, 한 방도를 생각해 내였다.
> 돈이 없어도 딱한 시골 여인을 위하여 생활을 갖게 할수 있는 방도ㅡ, 그리고 그것은 더욱 다행하게도 자기네 자신에도 얼마쯤 뜻 있는, 생활설계였던 것이다. …… 그러나, 그들보다도 몇곱절이나, 그 계획에 대하여 명랑한 기대를 가진 것은, 바로 그것을 생각해 내인 기미꼬 자신이었다.
> 부모를 여인 뒤, 더욱이 얼굴이 못생긴 가난한 계집은 주위에 한 사람의 사랑하는 이도 가져보지 못한채, 사람의 정이니, 은혜니, 그러한것을 도무지 받아보지 못하고 지내 왔다. …… 그러나 이제는 이미, 그러한 것을 혼자 슬퍼하지 않아도 좋았다, 한가지 불행한 동무들과 함께, 서로 믿고, 의지 하고, 깊은 사랑과 따뜻한 정을 가져 나갈 때, 참말 「삶」의 기쁨은 샘과 같이 서로 서로의 가슴 속에 용솟음 칠 것이다.(231-232쪽)

"금광뿌로커"로 인해 식민지 자본주의 세계로 타락할 위기에 있던 금순을 기미꼬는 자본의 논리가 아니라 "사람의 힘과 정"으로 구한다. 여기서 사람의 힘과 정은 바로 "불행한 동무들"과 함께 사는 것이다. 기미꼬가 금순, 하나꼬와 함께 살기로한 선택과 "불행한 동무들"과의 연대라는 이상은 "황금광시대"와 "입신출세주의"로 요약되는 식민지 지배 정책과 날카롭게 대립된다. "황금광시대"와 "입신출세주의"는 식민지 정책에 의해서 개인들이 억압된 욕망을 지니게 되는 것으로 기능한다. 이간이 지닌 질적으로 다양한 능력과 성향들을 화폐의 유용성추구라는 하나의 성향으로 동질화되고, 인간은 물질적 이익이라는 가치기준에 의해서 가장 효율적인 행위를 하도록 제한된다. "황금광시대"와 "입신출세주의"는 인간의 욕망을 물질적인 것에 한정시키고, 이를 내면화하는 식민지 자본주의 구조에 순응하는 인간으로 재생산하는 메커니즘을 이른다. 따라서 기미꼬가 지닌 '정의감'은 소박한 감정의 동조가 아니라, 속악한 식민지 자본주의의 논리에 대한 주체의 거부의지를 명확히 한 것이다. 그녀는 물질적 이익의 논리가 아니라 자신의 윤리적 가치와 이상에 의해서 자유롭게 행동하고 연대할 수 있음을 보여준다.

『천변풍경』에서 이러한 군상들의 일상이 봄, 여름, 가을, 겨울이라는 순환하는 계절의 흐름과 함께 나타나는 것 역시 자본의 논리에 대립되는 인간의 본성을 강조하기 위한 문학적 전략이다. 이 작품에서 절기(節氣)와 물 등의 자연의 순환이 강조되는데, 이는 식민지 제도나 정치 구조로 인한 인공적인 제도와 강하게 대비되는 시간 질서를 상징하기 위한 문학적 장치로 이해될 수 있다.

Ⅲ. 뒤비비에의 전유와 디아스포라의 연대: 이효석의 경우

이효석은 이국적인 감각과 예술에 지속적인 관심을 가졌던 작가이다. 그의 이국적 취향의 미술, 영화, 음악에 대한 경도는 잘 알려져 있다. 그의 영화체험 역시 이러한 이국적인 감각과 예술의 체험과 밀접한 관련이 있다. 그는 채플린의 무성영화에서부터, 장 콕토, 줄리앙 뒤비비에 등의 프랑스 감독의 영화와 당대의 할리우드 영화 등을 다수 감상하였다. 특히 그의 영화 체험에서 프랑스 영화는 가장 미적인 것으로 평가된다. 이효석은 「스크린의 여왕에게 보내는 편지」(『조광』, 1938. 9)에서 "영화 감상인으로서의 솔직한 고백을 하면 나는 미국 영화보다는 구라파에서 제작되는 영화를 한층 높게 평가하는 자이며, 이 생각은 옛날이나 지금이나 달라지지 않는다."(210쪽)15)라고 고백한다. 이 글에서 그는 미국에서 활동하고 있는 프랑스 출신인 여배우 다니엘 다류우를 비판하면서, "지나친 명랑성을 버리고 파리의 감상을 회복할 때 거기에 밋밋하게 자랄 미래성이 있지 않을까. 속히 고향으로 돌아가라. 구라파로 돌아가라. 거기서 다시 그대의 길을 찾으라."(215쪽)라고 충고한다. 이효석은 파리의 감상이 곧 하나의 아름다운 예술로 표현될 수 있기 때문이라고 설명한다. 여기서 파리는 지리적으로 실재하는 도시가 아니라, '구라파'로 상징되는 미적인 공간으로 표상된다. 일찍이 이효석은 발자크 소설을 평가하면서 그것이 훌륭한 '문학'이라고 하면서 그 이유는 "결국 위도와 지리의 탓이라고 생각한다. 위대한 체구를 가진 발자크가 일생의 열정을 기울여 제작한 소설—그 속에는 그와 같은 불란서에 태어나 남구적 열정을 가진 백성들이 힘차게 생활한다"16)고 언급한 바 있다.

　이처럼 이효석에서 프랑스는 미적인 것을 표상하는 공간으로 인식되며, 프랑스 영화에 대한 높은 평가 역시 동일한 맥락을 지닌다. 그러나 이효석의 산문들에서 나타나는 구라파로 상징되는 미적인 공간에 대한 동경과 프랑스 영화에 대한 취향이 바로 유럽 중심주의와 일치되는 것으로 섣부르게 판단할 수 없다. 프랑스 영화를 통한 이국적 체험이 그의 작품 안에서 어떻게 재문맥화되는가를 통해서 섬세하게 규명되어야 할 문제이기 때문이다.

　프랑스 영화에 대한 동경에도 불구하고 이효석의 영화 매체에 대한 평가는 비판적이다. 그는 영화의 치밀한 수법과 표현 방법에 감탄하면

---

15) 이효석, 『이효석 전집』 제7권, 창미사, 2003.
16) 이효석, 「북위 42도」, 『매일신보』, 1933. 6. 3; 위의 책, 23-24쪽.

서도 문학의 풍부한 환상을 감소시키는 기술적 특징들을 비판한다.

> 훌륭한 영화라고 해도 그것이 소설의 풍미와 암시를 항상 덜어 버리는 것은 일단 시각화된 화면은 아무리 우수한 한 폭이라고 하더라도 벌써 결정적 운명의 옷을 입고 나타나는 까닭에 소설이 주는 풍부한 환상을 옹색하게 한 까닭으로 규정해 버리고 이지러트리는 까닭이다. 그러기에 영화란 아주 잘된 영화가 영화이지 섣불리 되었을 대에는 가장 졸렬한 소설보다도 더욱 졸렬한 운명에 놓이게 된다.[17]

> 영화를 관상할 때에 일껏 스크린 위에 흐르는 면면한 인생의 이야기에 마음을 뺏기다가도 문득 그 어떤 서슬에 제작자의 입장에 몸을 두고 나타나나 영화면의 각종 기술의 관점에 주의의 방향이 향하여질 때 그만 이야기의 흥미는 삭감되어 버리고 무미건조한 관조의 태도로 돌아가 한결같이 삭막한 환멸의 슬픔을 느끼게 되는 것은 항상 경험하여 오는 바이다. …… 참으로 이 모든 생명 없는 무기적 도구와 요소를 모아 나열하고 꾸며서 한 토막의 감정 있는 장면을 만들고 이런 여러 토막의 장면을 따로따로 촬영한 것을 순서를 따라서 끊고 있고 편집하여 드디어 한 편의 생명있는 유기적 이야기를 구성하는 것이니 이 모든 감정은 참혹하게도 중단되어 버리고 삭막한 진실로 돌아와 눈은 이번에는 기술의 비판으로 향하여 직책 이상의 것에 관여하게 된다.[18]

인용문에서 그는 영화의 기술에 대해서 "환멸의 슬픔"을 느낀다. 영화 기술은 문학의 풍부한 암시와 환상을 감소시키기 때문이다. 인용문에서 이효석은 이러한 영화 매체의 기계성을 비판한다. 다양한 이미지들은 영화라는 매체에 의해서 물질적인 장면으로 재현되고, 정교한 이미지들로 분할되고 재조합된다. 이러한 영화기술의 기계성을 이효석은 "모든 생명없는 무기적 도구와 요소를 모아 나열하고" 하는 행위로 묘

---

17) 이효석, 「채롱」, 『조선일보』, 1938. 4. 28~5. 5; 위의 책, 199-200쪽.
18) 이효석, 「四溫肆想」, 『조선일보』, 1937. 2. 17~20; 위의 책, 124-125쪽.

사한다. 위의 「사온사상」이라는 글에서 그는 현대문명의 비극이 지(知)의 과잉으로 인해 시심(詩心)이 상실되었기 때문이라고 하면서 이러한 맥락에서 지의 계열인 영화기술이 문학의 암시와 환상을 산문화시킨다고 비판한다. 이효석은 소설을 창작하면서도 산문에 대비되는 시적인 요소를 매우 중요하게 생각했다. 그는 새로운 영화 매체의 기술에 단순히 경도되기 보다는 기계성에 대해서 비판적 입장을 견지했다. 이처럼 그는 한편으로는 프랑스 영화의 미적 가치를 높게 평가하면서도 영화 매체의 기계적 속성에 대해서는 거리를 두었다.

따라서 이효석이 프랑스의 시적 리얼리즘(réalisme poétique)계열의 대표적인 감독인 쥴리앙 뒤비비에(Julien Duvivier)의 영화 「페페 르 모코(Pépé-le-Moko)」에 경도되고, 이러한 체험을 「여수」(『동아일보』, 1939. 11. 29~12. 28)라는 소설로 창작한 것은 상당부분 개연성이 있다. 시적 리얼리즘에서 '시적'이란 서정적인 대사 및 영상을 통해서 몽환적이고 주관적인 표현을 효과적으로 사용하는 것을 지시하며, '리얼리즘'이란 당대 프랑스의 현실을 반영하는 것을 의미한다.[19] 즉 시적 리얼리즘은 서정적이고 몽환적인 표현기법을 통해서 현실을 반영하고자 했던 1930년대 프랑스 영화의 주류적 경향을 지칭한다.[20] 시적 리얼리즘을 표현한 대표작 가운데 하나로 평가받는 「페페 르 모코」는 1936년 파리에서 상

---

19) 김호영, 『프랑스 영화의 이해』, 연극과 인간, 2003, 24쪽.

20) 이러한 시적 리얼리즘의 현실 반영론은 이효석이 생각했던 리얼리즘과 상당히 유사하다. 이효석은 "시에서 산문으로 다시 시에서 산문으로 옮기는 동안에 문학이 자랐으며 꿈과 리얼리티가 혼합된 곳에 예술이 서게 된 듯하다. 아무리 리얼리즘을 구극(究極)하여도 그 속에는 모르는 결에 꿈이 내포되는 법이니 그것이 인간성의 필연이며 동시에 예술의 본질인지 모른다."(이효석, 「나의 수업시대」, 『동아일보』, 1937. 7. 25~29)라고 하면서 자신이 생각하는 리얼리즘을 꿈과 리얼리티의 혼합으로 설명하였다. 이처럼 프랑스 영화의 시적 리얼리즘은 이효석의 창작 방법론과 결합되어서 몽환적이고 주관적인 표현을 통해서 당대 현실을 반영하기 위한 효과적인 전략으로 기능한다는 점에서 주목된다. 이러한 논의는 추후 이효석의 창작 방법론에 대한 정치한 분석을 통해서 보완되어야 할 것이다.

영되었으며, 1938년 11월에 「망향」이란 제목으로 경성에서 상영되었다. 이 영화에 대한 당대의 반응은 열광적이었다.[21] 문인들 중에서는 김기림과 임화 등이 감상을 피력한 바 있으며[22], 이효석과 김남천이 이 영화를 각각 「여수」(『동아일보』, 1939. 11. 29~12. 28)와 「이리」(『조광』, 1939. 6)라는 작품으로 소설화했다. 김남천이 「페페 르 모코」를 단편적인 모티프로 서사에서 활용한 반면에, 이효석은 이 영화의 핵심적인 주제인 미궁의 심상지리를 전면적으로 다루고 있다는 점에서 주목된다.

「페페 르 모코」는 식민 본국인 프랑스와 식민지인 알제리의 카스바라는 공간의 대립 안에서 주인공 페페의 이중적 정체성으로 인한 비극을 다룬 영화이다. 주인공 페페는 본래 프랑스 출신이지만 수많은 범죄를 저지른 범죄자이다. 그는 경찰을 피해서 카스바라는 도시로 건너오게 된다. 영화의 첫 장면은 독특한 도시구조를 지닌 카스바에 대한 묘사로 시작된다. 영화의 도입부에서 카스바는 경찰 본부에서 영사되는 다큐멘터리 몽타주로 표현된다. 카스바는 알제리의 높은 곳에 위치해서, 길고 꼬불꼬불한 계단과 바깥으로 확장된 열린 테라스의 모자이크로 형상화 된다. 이 도입부의 설명적 몽타주에 의해서 카스바는 도시의 위험한 미궁의 지리로 면밀하게 시각적으로 재현된다. 다음은 영화의 몽타주 장면에 삽입된 경찰의 해설(voice-over)이다.

카스바는 밀림이오. 이리 와서 보시오. 페페는 밀림 속에 산다고나 할까. 카스바라고 불리는 지역을 위에서 본 모양이오. 숲에서 후미지고 사람이

---

21) 당대의 잡지와 신문에 소개된 『페페 르 모코』의 기사는 다음과 같다. 이 영화는 외국 영화 중 베스트 영화로 선정되기도 했다. 「망향 Pépé le Moko」, 『삼천리』 10권 11호, 1938. 11; 이헌구, 「불란서 영화감상, 특히 삼대예술가에 대한 단편적 메모로」, 『삼천리』 13권 6호, 1941. 6; 「망향」, 『여성』 3권 8호, 1938. 8; 「외국영화베스트텐소개」, 『동아일보』, 1940. 2. 27; 「아국의 문화상과 예술상」, 『삼천리』 12권 5호, 1940. 5.
22) 김기림, 「동양의 미덕」, 『문장』, 1939. 9; 임화, 「신극은 어디로 갔나—영화 조선의 새 출발」, 『조선일보』, 1940. 1. 4.

우글대죠. 집의 테라스가 마치 계단처럼 해안까지 이어져 있죠. 집들 사이로 꼬불꼬불 어두운 골목들, 숨기에 안성맞춤인 이 골목들이 교차하고, 겹치고, 얽히고 다시 풀어지고…… 마치 미로 같소. 어떤 길은 아주 좁고 어떤 길은 동굴처럼 지붕이 있고 여기저기 계단이고 가파르게 올라가나 하면 어둡고 냄새나는 구덩이로 내려가죠. 길은 쥐죽은 듯 조용하고 길 이름은 이상하죠 만 평이 살 곳에 사만 명이 살고 있소. 사방에서 모인 사람들, 원주민, 옛 바르바리아 사람들과 전통주의자들이며 신비한 그 후손들, 카빌리아인, 중국인, 집시, 무국적자, 슬라브족, 몰타인, 흑인, 시실리아인과 스페인 사람, 각국에서 온 가지각색의 여자들, 큰 여자, 뚱뚱한 여자, 작은 여자, 나이를 알 수 없는 여자, 여기 저기 살이 쪄 보기 흉한 여자, 집들마다 외부와 차단되고 시끌벅적한 안뜰이 있고 뜰 위의 테라스가 모든 뜰을 연결하는 통로가 되죠. 본토 여자들만 이 테라스에 올라갈 수 있죠. 하지만 유럽 여자는 눈감아 줍니다. 마치 별개의 마을인 것 같은 이 테라스들이 해안까지 계단처럼 이어져 있어요. 색색가지 모습, 생기있는 모습, 다양한 모습, 시끌벅적한 모습 이런 가스바가 한 군데도 아닌 수백 군데가 있습니다.[23]

제국의 경찰에게 카스바의 미궁의 지리와 이질성은 위협으로 묘사된다. 카스바의 특이한 공간적 특성은 법의 직선적 메커니즘을 효과적으로 좌절시킨다. 경찰은 복잡한 카스바의 지리 안에서 페페의 검거에 번번히 실패하며, 카스바는 제국의 감시와 통제를 벗어난 무법자들의 공간으로 표상된다. 이러한 환경은 모든 낯선 이방인들의 거주지이자 보호지이다. 따라서 카스바의 '여성화된 미궁의 지리'는 단순히 서구 제국의 동양에 대한 매혹의 에로티시즘과 '차이'가 있다. 카스바는 제국의 지배 욕망에 의해서 수동적으로 영토화된 공간이 아니라, 제국의 법을 위협하는 잠재적 공간으로 표상되기 때문이다.[24]

---

23) Julien Duvivier 감독, 「망향(Pépé-le-Moko)」(1936). 본고는 2004년에 video형식으로 복각된 영화를 판본으로 삼았으며, 해석 역시 이 판본에 의존한다.

24) Janice Morgan, *In the Labyrinth: Masculine Subjectivity, Expatriation, and Colonialism in Pépé le*

제국의 법의 질서는 이러한 낯선 공간을 찾고 영토화하고자 한다. 이 영화에서 카스바에 대립되는 공간은 파리이다. 본국에서는 페페의 검거를 위해서 경찰관을 파견하고 여행자로 온 프랑스 여인 가비를 이용한다. 페페는 자신과 동일한 인종적, 문화적 특징을 공유하는 가비와 사랑에 빠진다.25) 페페는 백인의 유럽 여성으로 표상되는 제국의 중심인 파리를 자신의 정체성과 일치시킴으로써 이질적이고 제국에 대항하는 공간인 카스바를 감옥으로 느끼게 된다.26) 가비와 함께 프랑스 행배를 타고 밀항하려던 페페는 경찰에 검거되고 결국 그는 스스로 자결하는 선택을 하는 것으로 영화는 끝난다. 이처럼 이 영화는 파리와 카스바라는 이중적인 공간의 대립과 제국과 식민지 간의 정체성의 대립 안에서 페페의 비극적인 운명을 다루고 있다.

「페페 르 모코」(당시 상영된 제목은 「망향」)의 카스바/파리의 대립적 공간적 표상은 이효석 소설에서 하얼빈/구라파라는 공간으로 대체된다. 작중 화자인 '나'는 「망향」의 광고지의 도안을 위해서 "이국정서의 결

Moko, The French Review vol. 67, No. 4, March 1994, pp. 639-640.

25) 「페페 르 모코」에서 페페와 가비가 사랑에 빠지게되는 중요한 계기는 파리라는 도시의 공유이다. 둘은 파리의 거리와 건물들을 떠올리며 사랑에 빠진다. 「가비: 눈을 뜰 때 파리 근처에 있지 않으면 다시 자고 싶어져요. 파리에 갔었나요? 페페: 여기 오기 전에 있었소. 쌩 마르땡 거리 가비: 샹젤리제 페페: 북부역 가비: 오페라, 까뿌씬느 거리 페페: 가르베스, 라샤벨르 가비: 몽마르뜨르 거리 페페: 로슈슈아르 거리 가비: 퐁땐느 거리(동시에): 블랑슈 광장 페페: 만났군요.」

특히 영화에서 페페가 가비에게 사랑을 고백하는 다음과 같은 대사는 가비가 파리의 도시 자체로 표상되고 있음을 잘 보여준다. 「페페: 너와 함께 있으면 파리에 있는 기분이야. 네 옆에 있으면 여기(-카스바, 인용자)서 벗어나는 거야. 네가 경치를 바꾸는 거야. 조금 전에 내가 자는 척하고 아무 말도 없을 때 분위기에 젖어 있었거든. 내가 무슨 소리를 들은 줄 알아? 지하철 소리…… 알겠어. 지하철 말야. 눈길을 끄는 보석에 비단옷 금으로 휘감았는데 지하철을 연상시키다니. 거기에 감자 튀김과 테라스에서 먹는 크림커피 이런게 바로 너야.」

26) 「페페 르 모코」의 이중적 시공간의 구성과 비극의 구조에 대해서는 다음의 논문을 참조할 수 있다. Henry A. Garrity, *Narrative Space in Julien Duvivier's Pépé-le-Moko*, The French Review. Vol. 65, No 4, March 1992.

정판"인 가비 역할을 한 배우인 미레이유 바랑을 그리고 있다. 나는 바랑에게 매료되지만, "연애. 바랑과의 연애! 어차피 우리는 그런 환상의 연애 밖에는 하지 말라는 팔잔가 부다. 허수아비인 사진쪽지와 연애니 무어니—다 귀찮다."라고 한다. 정작 '나'를 매료시킨 것은 만주에서 온 폴란드 여성인 카테리이나와 공연단이다.

> 그의 말로 새삼스럽게 깨달을 것도 없이 카테리이나는 참으로 바랑과는 같은 바탕의 미인이었다. 동그스름한 윤곽도 같으려니와 깊고 부드러운 눈매며 불룩한 콧망울이 바랑을 그대로 떼어 붙인 것도 같고 다만 다른 것이 있다면 입술이 엷고 두 볼이 팽팽해서 바랑보다는 조금 쌀쌀할 듯한 인상을 주는 점이었다. 그러나 이것이 반면에 다른 효과를 자아내서 그 냉정하고 침착한 속에 말할 수 없이 으늑한 일종의 애수를 담은 것이었다. 눈앞을 깔아보고 그 어디인지 먼 곳을 생각하고 있는 듯한 기색이 눈과 볼에 나타나서 그것이 알 수 없는 매력을 더한다.
> 꿈의 매력이라고도 할까—바랑에게도 그것이 없는 것은 아니나 그의 남국적인데 비해 카테리이나의 그것은 북국적인 향기를 풍겨 그와는 또 다른 힘으로 사람을 잡는다. 참으로 동료의 말마따나 나는 가장 가까운 내 눈앞에 꿈의 대상을 보고 있는 셈이었다.[27]

'나'는 프랑스 배우인 바랑보다도 오히려 만주에서 온 카테리이나에게 끌린다. 백인의 여성이라는 점에서 "같은 바탕의 미인"이지만, 카테리이나에게는 "애수"라는 정조를 불러일으킨다는 점에서 '차이'가 있다. 바랑이 연기한 가비 역할은 영화에서 프랑스 파리라는 도시로 표상된다. 그런데 이 소설에서 '나'는 전형적인 백인 유럽여성인 가비 역할의 바랑이 아닌 카테리이나를 보면서 "가장 가까운 내 눈앞에 꿈의 대상을 보고 있는 셈"이라고 생각한다. '나'의 카테리이나에 대한 끌림은 단순히 동양인으로서 백인 유럽여성에 대한 욕망을 투사한 옥시덴탈리

---

27) 이효석, 「여수」, 『이효석전집』 제2권, 303쪽.

즘으로 해명할 수 없다. 이러한 시각으로는 카테리이나가 속한 외국인 공연단의 성격과 '나'가 느끼는 "애수"의 감정을 해명할 수 없다.

카테리이나는 「망향」을 상연하면서 막 사이에 출현하기로 계약된 외국인 공연단의 일원으로 만주에서 경성에 온 것이다. 이 공연단은 다음과 같이 묘사된다. "셀비안 쇼오는 노래와 춤을 밑천삼아 이곳으로 흘러든 가무단으로 반드시 셀비아 사람들로만 조직된 것이 아니라 십여 명 단원이 백계 노인을 주로 하여 폴란드, 유태, 헝가리, 체코 등 각기 국적을 달리하고 가운데는 유라시안도 끼어있는—마치 조그만 인종의 전람회를 이룬 혼잡한 단체였다."28)

이 소설에서 묘사된 동유럽과 러시아를 넘나드는 이질적인 인종이 모인 공연단의 성격은 이효석이 직접 만주를 여행하고서 쓴 첫 수필인 「대륙의 껍질」(「大陸の皮」, 『京城日報』, 1939. 9. 15~19)을 참고할 때 그 의미가 명확해진다. 그는 만주의 하얼빈을 여행하면서 다양한 인종으로 구성된 거리에 주목했다. 그는 하얼빈의 국적이 다른 많은 외국인을 보면서, "신흥 기세와 몰락의 입김이 서로 짜여져 명암 이중주를 이루어 특수한 거리 분위기를 자아내고 있었다."29)라고 한다. 특히 백계 러시아아인들의 주요 거주지였던 하얼빈을 여행하면서, "외국인이라 하나 백계 로서아인만이 아니라 유태인, 폴란드인, 독일인, 영국인, 프랑스인 기타 각 종족이 점거하고 있어 그들이 점차 몰락의 길을 걷고 있음이 애달품을 재촉하고 있었다."30)라고 묘사한 바 있다.

하얼빈은 19세기 말 제정 러시아에 의해 건설되었고, 볼세비키 혁명 이후로는 반(反)볼세비키적 백계 러시아아인의 최대 근거지이기도 했다. 그러나 만주국 건설과 함께 일본과 조선인 인구의 급격한 유입, 경제적 정치적 권력의 재편 등으로 지배적 위치를 잃게 된다. 20세기 전반 러

---

28) 앞의 책, 300쪽.
29) 이효석, 「대륙의 껍질」, 『이효석전집』 제7권, 258쪽.
30) 위의 글, 259쪽.

206

일전쟁, 반볼셰비키 백군의 내전, 만주국 건설 등을 둘러싸고 하얼빈은 러시아, 영국, 미국, 일본 등 제국주의 열강의 각축전이 펼쳐진 무대였다.[31]

「여수」에서 이효석은 공연단을 통해서 제국의 각축전 아래 몰락한 동서양의 이질적인 집단에 주목하고 있다. 공연단의 일원들은 과거에는 귀족이나 군인 등의 높은 계급의 출신들이었으나 현재 이들은 "하얼빈의 뒷골목"을 전전하는 하층민이자 유랑민들이다. 1939년 독일의 폴란드 침공으로 나라를 잃은 스타아홉, 중동철도의 경로를 따라서 치타, 하얼빈으로 흘러들어와 부모를 잃고 유랑하는 이리아나, 몰락한 백계 러시아인인 마리아, 과거 반볼셰비키 백군의 내전에 참여한 코자크 출신 병사라는 혐의로 검거[32]되는 크리이긴 등은 모두 "고향을 잃어버린 난민들"이라는 공통점이 있다. 하얼빈의 통치 세력이 시대의 추이를 따라 러시아, 일본 등으로 재편되는 과정 아래 발생한 디아스포라들이다.

이처럼 이효석의 「여수」는 하얼빈의 다양한 국적 중에서도 신흥세력인 "이쪽 사람들", "국방복"을 입은 사람들이 아니라, 제국의 각축전과 함께 몰락한 백계 러시아인들 및 동유럽 출신의 사람들을 형상화하고 있다. 따라서 경성에 "이국정서"를 팔러온 공연단에 의해서 표상되는 하얼빈은 만주국 건설로 선전되는 부흥하는 "국제도시", "동양의 파리"가 아니라 제국의 각축전으로 인해 '몰락한 도시'로서의 하얼빈이다. 이처럼 제국의 각축전으로 몰락한 도시로 표상되는 하얼빈은 「페페 르 모코」의 카스바처럼 제국의 이해와 결합할 수 없는 이질적인 공간이라는 점에서 공통점이 있다.

---

31) 김경일 외, 『동아시아의 민족이산과 도시』, 역사비평서, 2004, 278, 284쪽.

32) "일본은 백계 러시아인을 기본적으로 잠재적 스파이로 간주하고 있었다. 대다수의 백계 러시아인이 공산주의를 반대하고 볼셰비키정권에 반감을 품어 망명한 제정 군인, 관리와 그 가족들이며, 따라서 현 정세상 모국 소련으로 복귀하기란 도저히 불가능한 환경임에도 불구하고 아직 그들 대다수는 정치운동에 의한 모국복귀를 몽상하며 현실 생활에서 유리되는 경향을 보이고 있다는 것이 일본의 기본인식이었다." 위의 책, 331쪽.

하지만 영화에서 페페는 백인 유럽인이라는 문화적 인종적 동질성을 지닌 파리라는 공간을 지향한 반면에, 소설에서 화자인 '나'는 문화적 인종적 차이를 지녔지만 제국의 논리에서 벗어나 있는 고향으로서 구라파라는 공간을 지향한다는 점에서 차이가 있다. 페페가 정신적으로 동일시한 공간은 프랑스 파리이다. 그는 카스바를 상징하는 집시 여인인 이네스를 냉혹하게 거부하고, 백인 유럽인으로서 자신과 동일한 인종적, 문화적 정체성을 지닌 가비를 택한다. 이는 페페가 정치적으로 백인 유럽으로서의 정체성을 지향하면서 자신의 이중적 위치33)로 인한 갈등의 문제를 소거하거나 문제의 본질에 대한 인식에 이르지 못했다는 비판이 가능하다.

그러나 이효석의 소설에서 화자인 '나'는 하얼빈에서 몰락한 백계러시아인과 동유럽인들의 집단인 공연단에 대해서 동서양의 차이를 뛰어넘어 깊은 공감과 애수를 느낀다.34) '나'는 그들과의 인종적, 문화적 정체성의 차이에도 불구하고 제국의 지배과정에서 "고향을 잃어버린 난민들"이라는 공통점을 통해서 동질감을 갖는다.35) '나'와 단원들은 동

---

33) 제니스 모간은 주인공 페페의 이중적 정체성에 의해서 필연적으로 존재론적 '불안'을 수반하는 비극적 구조를 지닌다고 분석한다. 페페는 힘있는 남성적 주체이며, 백인 유럽인으로서의 정체성을 지닌다. 그러나 그의 강한 남성적 주체는 식민주의적 시각에 의해서 동양의 여성적 육체로 재현된 카스바라는 도시의 문맥 안에 위치함으로써 이중적 정체성을 지니며 필연적으로 존재론적 불안을 지니게 된다고 설명한다. 또 그는 페페의 존재론적 불안이 영화에서 가비와 이네스로 상징되는 대립적 공간의 갈등과 끌림으로 형상화된다고 분석한다. Janice Morgan, ibid, pp. 638-644.

34) 정실비는 화자인 '나'와 공연단의 공통점을 '식민지 약자간의 상호 모방'을 통해서 해명하고 있다. 정실비, 「이효석 소설에 나타난 타자 인식과 모방 양상 연구」, 서울대 석사논문, 2008, 61쪽.

35) 방민호는 이효석의 「합이빈」이라는 작품을 분석하면서 식민지 지식인 '나'가 백계러시아인들과 진리, 가난, 아름다운 것 등의 보편성을 공유하고 있다고 분석한 바 있다. 이러한 분석은 「여수」를 포함해서 이효석이 추구한 보편성의 성격이 진리, 계층, 미의 문제를 새롭게 평가할 수 있는 지점을 제시한다. 방민호, 「이효석 소설과 하얼빈」, 『제29회 한국현대소설학회 학술연구 발표대회 자료집－동아시아 현대소설과 도시』, 한국현대소설학회, 2007. 6, 54쪽.

양과 서양이나 민족 단위를 뛰어 넘어서 제국의 "난민들", "죄수들"로서 "여러 가지의 외국어 범벅", 음악과 음식을 통해서 소통한다. 따라서 '나'와 단원들이 돌아가고자 하는 이상적 고향으로서의 "구라파"는 새롭게 표상된다. "지금의 내 심정은 구라파로 가고자 하는 스타아홉의 회포와도 같은 것, 다 함께 일종 고향에 대한 정"36)은 곧 제국의 지배 논리에서 배척된 디아스포라들의 연대의 공간으로 돌아가고자 하는 것이다.

Ⅳ. 결론

본고는 박태원과 이효석을 중심으로 서구예술의 체험을 통해서 세계사적 감각으로 다른 나라 문학을 참조하고 이를 통해서 조선의 현실에 대응하는 창조적인 작품을 창작하는 과정을 검토했다. 이들이 중심적으로 사유했던 문제는 식민지 미궁의 심상지리로 표상되는 공간의 문제였다. 미궁의 심상지리는 제국과 식민지의 관계를 반영하면서 동시에 이러한 관계를 벗어날 수 있는 공간을 탐색하는 것이다.

구체적으로 박태원은 당대의 "애란" 담론 안에서 제임스조이스의 문학을 참조하면서 『천변풍경』을 통해서 식민지에 대한 부정적 인식을 극복할 수 있는 공간으로서 경성을 표상하고자 했다. 이효석은 프랑스의 뒤비비에 감독의 영화를 적극적으로 소설화 했다. 그는 영화의 유럽 중심적인 정체성의 추구와는 반대로 몰락한 하얼빈이라는 공간에 대한 동일시를 통해서 러시아, 일본, 미국 등의 제국의 각축과정에서 배제된 이질적인 인종과 문화를 지닌 디아스포라의 연대의 공간을 창조하고자 했다. 이처럼 박태원과 이효석은 식민지적 관계를 넘어 설 수 있는 심

---

36) 이효석, 「여수」, 같은 책, 318쪽.

상지리를 문학적으로 형상화하고자 했다. 당대 영문학과 영화체험은 문
인들에게 선험적인 근대가 아니라 구체적인 경험이었으며, 단순히 서구
중심주의나 근대성에 편입되는 과정이 아니라 조선의 현실에 대응하기
위한 탈식민적 계기를 포함하는 의식적인 과정이었다.

　이상의 논의는 식민지 시기 문학작품에서의 공간표상과 탈식민주의
의 연관관계를 살펴보기 위한 시론적 성격을 지닌다. 이후 작가론의 차
원에서 박태원과 이효석의 심상지리의 변모양상과 당대 컨텍스트 안에
서의 의미 등에 관한 논의에 의해서 보완되어야 할 것이다. 또 박태원
과 제임스 조이스의 관련 양상은 당대 아일랜드 담론 아래 문인들의
싱, 예이츠 등의 활발한 수용 양상과 함께 조망되어야 할 것이다. 이러
한 논의 아래 경성과 아일랜드에 대한 심상지리 역시 보다 정치하게 이
해될 수 있을 것이다. 이효석의 경우 프랑스 영화의 시적리얼리즘과 창
작론의 관련 양상은 보다 미학적인 접근에 의해서 해명되어야 할 것이
다. 이상의 논의는 추후의 연구 과제로 남겨둔다.

■ 참고문헌

1. 기본자료

〈문학작품〉
박태원, 『천변풍경』, 박문서관, 1938.
이효석, 『이효석 전집』(전8권), 창미사, 2003.
James Joyce, 김종건 옮김, 『더블린 사람들 · 망명자들』, 범우사, 1989.

〈아일랜드 및 제임스 조이스 관련 당대 자료〉
김동환, 「愛蘭의復活祭動亂－愛蘭民族運動의 一斷面」, 『평화와 자유』, 김동환 편,
　　　삼천리사, 1935.
김우평, 「弱小民族運動과領主國態度」, 『삼천리』, 1931. 11.
띠 · 에스 · 밀스키, 백석 역, 「죠이쓰」와 愛蘭文學」, 『조선일보』, 1934. 8. 10~9. 12.
무서명, 「英國人이본 愛蘭問題」, 『동광』, 1932. 7.
이하윤, 「현대시인연구 ―애란편」, 『동아일보』, 1930. 12. 3~9.

〈「페페 르 모코」 관련 당대 자료〉
김기림, 「동양의 미덕」, 『문장』, 1939. 9.
「망향」, 『여성』 3권 8호, 1938. 8.
「망향 Pépé le Moko」, 『삼천리』 10권 11호, 1938. 11.
「아국의 문화상과 예술상」, 『삼천리』 12권 5호, 1940. 5.
「외국영화베스트텐소개」, 『동아일보』, 1940. 2. 27.
이헌구, 「불란서 영화감상, 특히 삼대예술가에 대한 단편적 메모로」, 『삼천리』 13
　　　권 6호, 1941. 6.
임　화, 「신극은 어디로 갔나－영화 조선의 새 출발」, 『조선일보』, 1940. 1. 4.

2. 국내논저

김경일 외, 『동아시아의 민족이산과 도시』, 역사비평서, 2004.
김양선, 「1930년대 모더니즘 소설의 영화기법」, 『한국문학이론과 비평』 제9호, 2000.
김윤식 · 정호웅 공저, 『한국소설사』, 예하, 1993.

김호영, 『프랑스 영화의 이해』, 연극과 인간, 2003.
박배식, 「모더니즘 소설의 영화 기법」, 『한국비평문학회』 제19호, 2004. 11.
방민호, 「이효석 소설과 하얼빈」, 『제29회 한국현대소설학회 학술연구 발표대회 자
        료집-동아시아 현대소설과 도시』, 한국현대소설학회, 2007. 6.
이호림, 「1930년대 소설과 영화의 관련양상 연구」, 성균관대 박사논문, 2003.
장성규, 「시대와의 〈불화〉, 세계와의 〈긴장〉-일제말기 한국 사소설의 문학사적 의
        미」, 『작가세계』, 2008년 여름.
전봉관, 『황금광시대』, 살림, 2005.
정실비, 「이효석 소설에 나타난 타자 인식과 모방 양상 연구」, 서울대 석사논문,
        2008.
최병갑, 『제임스조이스와 아일랜드의 사회상』, 홍익, 2000.
하정일, 「'천변'의 유토피아와 근대비판」, 『기전어문학』 10・11합호, 1996. 11.

3. 국외논저
姜尙中, 이경덕・임성모 옮김, 『오리엔탈리즘을 넘어서』, 이산, 2004.
南富鎭, 「『キング』と朝鮮の作家」, 『文學の植民地主義: 近代朝鮮の風景と記憶』, 京
        都: 世界思想社, 2006.
佐野正人, 「경성제대 영문과 네트워크에 대하여」, 『한국현대문학회 2008년 제3차
        학술대회 자료집』, 2008. 8. 22.
Garrity, Henry A., *Narrative Space in Julien Duvivier's Pépé-le-Moko*, The French Review,
        Vol. 65, No 4, March 1992.
Ludtke, Alf 외, 나종석 외 옮김, 『일상사란 무엇인가』, 청년사, 2002.
Morgan, Janice, *In the Laabyrinth: Masculine Subjectivity, Expatriation, and Colonialism in Pépé
        le Moko*, The French Review Vol. 67, No. 4, March 1994.
Said, Edward, 박홍규 옮김, 『오리엔탈리즘』, 교보문고, 2004.

■ 국문초록

박태원과 이효석은 서구예술의 체험을 통해서 세계사적 감각으로 다른 나라 문학을 참조하고 이를 통해서 조선의 현실에 대응하는 창조적인 작품을 창작했다. 이들이 중심적으로 사유했던 문제는 식민지 미궁의 심상지리로 표상되는 공간의 문제였다. 미궁의 심상지리는 제국과 식민지의 관계를 반영하면서 동시에 이러한 관계를 벗어날 수 있는 공간을 탐색하는 것이다.

구체적으로 박태원은 당대의 "아일랜드"담론 안에서 제임스조이스(James Joyce)의 문학을 참조하면서 『천변풍경』을 통해서 식민지에 대한 부정적 인식을 극복할 수 있는 공간으로서 경성을 표상하고자 했다. 이효석은 프랑스의 뒤비비에(Julien Duvivier) 감독의 「페페 르 모코(Pépé-le-Moko)」를 적극적으로 소설화 했다. 「여수」의 화자인 '나'는 자신의 정체성을 카스바와 함께 몰락한 도시인 하얼빈과 동일시한다. 그는 영화의 유럽 중심적인 정체성의 추구와는 반대로 몰락한 하얼빈이라는 공간에 대한 동일시를 통해서 러시아, 일본, 미국 등의 제국의 각축과정에서 배제된 이질적인 인종과 문화를 지닌 디아스포라의 연대의 공간을 창조하고자 했다.

이처럼 박태원과 이효석은 식민지적 관계를 넘어 설 수 있는 심상 지리를 문학적으로 형상화하고자 했다. 당대 영문학과 영화체험은 문인들에게 선험적인 근대가 아니라 구체적인 경험이었으며, 단순히 서구중심주의나 근대성에 편입되는 과정이 아니라 조선의 현실에 대응하기 위한 탈식민적 계기를 포함하는 의식적인 과정이었다.

주제어: 심상지리, 미궁, 식민지적 공간, 표상, 동일시, 전유, 디아스포라, 더블린 사람들, 페페 르 모코, 박태원, 이효석

■ Abstract

Colonial Chosun and Imaginative Geography of the Labyrinth in Korean Novels of the Late 1930s
- Focusing on Park Tae Won and Lee Hyo Seok

Oh, Hyun Sook

Park Tae Won and Lee Hyo Seok, who acquired distinguished insights into the world with their deep appreciation of the Western Arts, were aspired from other countries' literature and created remarkable literary works against the colonial situation of Chosun. In their works written during the colonial period, one of their main themes was the issue of space represented as imaginative geography of the labyrinth. This imaginative geography of the labyrinth reflects the relation between the empire and the colony, and at the same time implies the exploration of the space where Empire and Europe can be overcame.

Particularly, in "Riverside scenary(천변풍경)", with the references from James Joyce's Literature in the context of Irish Discussion, Park Tae Won tried to represent the city of Gyung Sung as the space where the negative recognition on the colony could be overcame, Lee Hyo Seok wrote "Yeo Soo(여수)" as the novelization of Julien Duvivier's film, "Pépé-le-Moko". The narrator of "Yeo Soo" identifies himself with the city of Harbin, which was falling with Khasba. In contrast to the pursuit of Euro-centric identity revealed in the film, Lee strived to create a space of the solidarity ofdiaspora composed of different culture and ethnicity, which were excluded from the severe competition among Empires such as Russia, Japan, and the United States.

Park Tae Won and Lee Hyo Seok attempted to represent the imaginative geography of overcoming the relation between the empire and the colony. Appreciating English literature and western films at that time did

not mean a priori Modernism. Rather, it provided them with the real ex-
perience on the West. Furthermore, this was not the process of being in-
tegrated into the West or modernity, but the struggle including the post-
colonial opportunity against the colonial situation of Chosun.

Key-words: imaginative geography, labyrinth, the colonial place,
representation, identity, appropriation, diaspora, Dub-
liners, Pépé-le-Moko, Park Tae Won, Lee Hyo Seok

－이 논문은 2008년 11월 15일에 접수되어, 소정의 심사를 거쳐 2008년 12월 15일에
최종적으로 게재가 확정되었음.

주체의 형성과 사회적 억압, 그 존재론적 인식

— 이청준 소설 「소문의 벽」을 중심으로

목 차

Ⅰ. 들어가는 말
Ⅱ. '전짓불', '소문의 벽', 그리고 작가의 숙명
Ⅲ. 나오는 말

방 룡 남*

Ⅰ. 들어가는 말

작가 이청준의 문학작품을 대하면 대개가 읽는 이로 하여금 자신의 실존적 삶의 내면을 들여다보는 듯 하는 중압감을 느끼게 한다. 많은 사람들은 사회를 살아가면서 욕망과 지배의 사이에서 '전짓불'에, '소문의 벽'에 부딪치고 있다. 때로는 치열하게 저항하기도 하지만 대개는 체념적으로 체질화하여 억압되고 결박당한 삶을 숙명적으로 받아들이고 만다. 아니면, 적어도 운명적으로 받아들일 수밖에 없는 처지라고 생각하면서 자신을 그냥 쇠창살 속의 생활에 적응시키려 한다.

그런데 그러한 인간들의 기억 속에 감추어진 '일기'를 새삼스럽게

---

* 한림대학교

들춰내어서(물론 작가의 '일기'도 그 속에 들어있겠지만) 세상에 공개해 버리는 것이 작가이다. 그래도 독자들은 좋은 것이다. 익명으로 공개되는 만큼 자신은 안전하면서도 일종의 대리적인 '심리배설' 내지 '정감조절'은 되는 셈이니깐. 그렇지만 작가한테는 항상 위험과 위협이 뒤따르게 된다. 그만큼 작가는 만인을 대신하여 '마음의 금선'을 튕기는 모험가이다.

그냥 상업주의에 물젖은 '상품생산자'로서의 계산적인 '작가'를 제외하면, 작가가 글을 쓰는 목적은 대개 자신을 포함한 인간들의 욕망을 '해방'시키기 위해서이다. 물론 그것은 사회 제도적이고 실천 규범적인 도덕, 질서, 법과의 직접적인 투쟁을 통하여 쟁취하는 '해방'이 아니라, 독자들의 정감세계에 호소하고 문화의 자아조절기능에 의한 변이 내지 변화를 통하여 획득하는 '해방'이다. 그리고 정감과 이성을 상상력(허구)에 의해 매개하는 것이 문학의 미학원칙이라고 할 때, 설령 오락성을 띠는 문학텍스트라 해도 그것이 즐거움을 통해 억압된 인간들의 마음을 '해방'시키기 위한 것이라면 결코 이러한 미학원칙과 멀리 떨어져 있는 것은 아니다.

그런데 이러한 작가적인 욕망 내지 동기가 이청준한테서는 누구보다 강렬하게 발산되고 있는 것이다. 이청준의 문학세계를 두루 돌아보면, 언제나 특정한 시대의 이념이나 구체적인 역사사건을 기표로 하여 주체와 타자, 욕망과 사회라는 영원한 인간문제들에 대한 기의를 향해 의미를 확장시키고 있다. 사명감에 투철한 작가는 그만큼 고단하고 심지어는 불행할 수도 있는 것이다. 하지만 그것이 작가의 명분이고 숙명이라면, 작가이기를 포기하기 전에는 외면할 수도 없는 것이다.

"이청준, 그는 황무지에서 날아오르는 영혼의 비상학(飛翔鶴)을 꿈꾸는 작가이다. 그런 그는 언제나 무척 고단했고 지금도 여전히 고단할 것이다. 하지만 그가 고단한 것과 역비례하여, 그의 소설적 언어의 미로 위로 날아오르는 영혼의 비상학을 응시할 수 있는 독자들은 매우 행복하다."1)

　이청준의 「자서전들 쓰십시다」, 「지배와 해방」 등 『언어사회학서설』 연작들이 작가의 창작 동기 내지 욕망을 묻고 있다면, 「소문의 벽」은 그러한 확인 위에 작가의 명분에 따르는 책임과 숙명적인 모험정신을 밝히고 있다고 할 수 있을 것이다. 즉 그는 작가가 인간문제를 다루는 '전문직'임을 의심치 않았기에 그 '전문직'의 '직업의식'과 '직업윤리'를 분명하게 '규범화'하려고 하였던 것이다. 그러면서도 그는 작가적 이념과 성찰을 문학적인 상상력에 의하여 형상적으로 구현함으로써 현실적인 인식가치를 미학원칙으로 하는 리얼리즘에 충실하고자 하였다.

　문재원은 「소문의 벽」을 내적 서사와 외적 서사의 이중구조로 되어 있는 이른바 액자소설 형식이라고 확인하고 있다. 그러면서 이 소설에서는 일반적인 액자형식의 구조와는 달리, 작중화자는 내부적인 이야기에 대해 성찰적인 시각과 자기반성적인 자세를 보여줌으로써 내적 서사와 외적 서사는 역동적인 대응관계를 이루고 있다2)고 지적하였다. 이러한 서사적 구성은 내부적인 이야기의 개별성과 특수성을 화자의 감성과 이성의 정화를 통하여 알레고리적으로 현재화시킴으로써 일반적이고 보편적인 것으로 전형화 하게 되는 것이다.

　특히, 라캉의 네 가지 담론형식을 방법론으로 제시한 엄미옥의 연구가 흥미롭고 의미 깊다. 그는 대타자의 응시로서의 '전짓불'을 주인의 담론으로, 김박사와 안형에 의한 대타자의 지식의 강요를 대학의 담론으로, 대타자에 대한 박준과 '나'의 의심을 히스테리 담론으로, 그리고 작가의 글쓰기를 분석자 담론으로 확인함으로써, "이청준의 글쓰기는 욕망의 대상, 은폐된 실재를 향해 현실 속에서 늘 반성하고 회의하면서 문학적 진실, 개인적 진실을 찾아가는 윤리적 행위"가 됨을 증명하

---

1) 우찬제, 「'틈'의 고뇌와 종합에의 의지」, 이청준, 『눈길 外』(한국소설문학대계 53), 동아출판사, 1995, 763쪽.

2) 문재원, 「이청준의 『소문의 벽』 연구」, 『국어국문학』 33, 1996.

고 있다.[3)]

이 글은 이런 기성 연구의 연장선에서, 「소문의 벽」이 나타내는 주제와 그것을 직조하는 의미담론에 대해 재론해보려 한다.

Ⅱ. '전짓불', '소문의 벽', 그리고 작가의 숙명

이청준의 소설 「소문의 벽」은 단지 소설형식의 측면에서만 볼 때 액자소설 형식을 취하고 있다. 외적 서사구조는 화자인 '나'의 내부시점에서 박준을 두고 '나'와 안형, 그리고 김박사 사이에서 일어나는 갈등을 보여주고 있고, 내적 서사구조는 '나'의 외부시점에서 박준이 쓴 세 개의 소설을 단서로 박준의 진술공포증의 수수께끼가 풀려가는 과정을 보여주고 있다.

그런데 얼핏 보기에 소설은 박준의 진술공포증의 수수께끼를 풀기 위해 사건을 전개시키고 있는 것 같다. '나'에 의해 만들어진 액자틀 안에 박준에 의해 만들어진 액자틀이 있고 박준의 액자틀 안에 또 세 개의 소설에 의해 세 개의 액자틀이 조성되어 있다. 그리고 이야기의 흐름은 그 세 개의 소설이 담고 있는 내용들이 하나하나 억압 요인으로 되는 사건에로의 점진적인 접근을 보여주면서 박준의 수수께끼를 풀어간다. 그리하여 마침내 '나'는 박준이 '전짓불' 공포증에 걸리게 된 원인을 밝혀내고야 마는 것이다. 그렇게 보면, 박준의 진술공포증의 수수께끼를 세 개의 소설내용에 대한 논리적인 추리과정을 통해 풀어가는 것이 이 소설의 기본 플롯인 듯하다.

「소문의 벽」을 변용 추리소설과 현대소설이 만나는 지점에 놓인 탐색소설로 보는 관점도 이 소설의 '수수께끼 → 논리적 추리과정 → 수수

---

3) 엄미옥, 「『소문의 벽』 연구―라깡의 네 가지 담론을 중심으로」, 『시학과 언어학』, 2002.

께끼 풀기'라는 공식이 추리소설의 공식을 따르고 있다는 데에 근거를 두고 있다.4)

여기서 잠깐, 세 개 소설의 내용을 간추려보면 다음과 같다.

첫 번째 소설 「괴상한 버릇」의 주인공 '그'는 어렸을 때부터 괴상한 버릇을 가지고 있었다. 어른들한테 꾸중을 듣거나 부끄럽거나 난처한 일이 있기만 하면 광 속 같은 데로 들어가 숨는다. 그런 버릇이 대학을 졸업하고 결혼을 하고 나서도 여전하였다. 결혼을 하고 나니 오히려 생활이나 주변이 전보다도 훨씬 복잡해지고 낭패스런 일도 많아져서 그 가사의 잠을 자는 일이 더욱 빈번해지고 더욱 길어져 갔다. 그런데 한 번은 그가 막 가사의 잠에 들 때 아내가 '정말 한번 죽어 보기라도 하지' 하는 무심한 말이 그만 효험을 보고 만다.

두 번째 소설 「벌거벗은 사장님」에서 주인공 '그'가 다니는 회사에는 사장 차 운전수들이 얼마 안 가서 그 사장 차 운전수 자리뿐 아니라 종당에는 회사에서마저 쫓겨나는 이상한 관례가 있다. 그런데 그 많은 운전수들이 회사를 쫓겨 나갔지만, 한 번도 그 이유가 밝혀진 일이 없고, 다만 몰라도 좋을 일을 알아 버린 것이 죄라는 뒷소리뿐이다. 그런데 그 내키지 않은 일이 소설의 주인공인 '그'에게서 발생한다. '그'는 어느 날 사장을 어떤 곳에 모셔갔고 결국 보아서는 안 될 것을 보게 되는, 실수 아닌 실수를 하게 되었다. '그'는 사장의 당부대로 순종을 맹세했음에도 종당에는 신경과민 증세가 생기고, 주의력 결핍 때문에 운전수로서의 자격을 상실하고 회사를 쫓겨나고 만다.

세 번째 소설 「G와 심문관」에서 주인공 'G'는 어느 날 하루의 일과를 끝내고 집으로 돌아오는 길에 좌석버스를 탔는데, 환상 속에서 어떤 음모의 피의자로 체포당하여 정체불명의 심문관으로부터 취조를 받는다. 그러나 심문관은 음모사건과는 관계없이 그의 생애에서 기억해 낼

---

4) 임성래·이정옥, 「변용 추리소설의 소설적 의의─『최후의 증인』과 「소문의 벽」의 비교를 중심으로」, 『대중서사연구』 14, 2005, 296쪽.

수 있는 모든 것을 가식 없이 진술할 것을 강요한다. 진술을 행할 수밖에 없었던 'G'의 과거고백은 온통 '전짓불'과 관계된 일들뿐이다. 6·25 전란 때에 '전짓불'의 공포가 생긴 이래 그의 과거의 기억은 온통 '전짓불'투성이였다. 대학시절, 군영생활, 가정생활, 교우 관계 모두가 그랬다. 심문관은 진술을 중단하고 심판을 내렸는데 말할 것도 없이 유죄였다. '전짓불'만 이야기하는 'G'의 진술은 자신에 관한 정직한 진술일 수 없었던 것이다. 진술 내용이 중요한 것이 아니라, 진술 태도 그것만으로도 이미 유죄 심증이 충분하다는 것이었다. 그리고 '전짓불'과 자기에 대한 두려움이 바로 'G'가 받고 있는 형벌이라고 한다.

소설에서는 '나'의 하숙집에 느닷없이 나타나 스스로를 광인이라고 자처하는 박준이가 사실은 소설가 박준일임을 알게 되고, 또 바로 그의 소설이 문학담당인 안형의 서랍 속에 잠자고 있다는 데로부터 '나'의 박준의 공포증에 대한 수수께끼풀이 탐색이 시작되는 것이다. 그런데 첫 번째 소설은 그냥 어릴 때부터의 괴상한 버릇이라고 하였으니 공포증의 원인을 알 수 없다. 두 번째 소설도 현대판 '임금님의 귀'에 해당하는 것이지만, 박준의 공포증의 원인을 직접적으로 밝혀낼만한 단서는 전혀 보이지 않는다. 세 번째 소설에 와서야 그의 공포증은 6·25전란 때 생긴 정체불명의 '전짓불'에 대한 공포로부터 생긴 것이고 그것이 작가로서의 진술공포증으로 이어지고 있음이 드러난다.

「괴상한 버릇」→「벌거벗은 사장님」→「G와 심문관」이라는, 추상적인 것에서 현실적인 것에로의 점진적인 추리를 통하여 '나'는 마침내 박준의 진술공포증에 대한 수수께끼를 풀고야만 것이다. 그런데 이러한 논리적인 추리의 결과는, 이 소설의 주제가 6·25전란의 소재, 1970년대의 창작연대라는 설정에 의하여 특정시대에 대한 정치적 반발에 있는 듯이 보이게 한다. 과연 그렇다면 이 소설의 생명도 특정시대의 정치참여소설로 끝나고 말 것이다.

그러나 우리는 이제 여기에서 액자소설형식을 갖춘 듯한 「소문의 벽,의 구조를 다시 곰곰이 분석해보아야 한다. 그러면 우리는 이 소설의 구조가 이른바 규범적인 액자소설의 형식과는 다르다는 것을 발견하게 될 것이고, 그 다른 점이 이 소설의 서사담론의 특징임을 보아낼 수 있다.

이 소설의 내적 구조에서 '나'는 외부적 관찰자의 신분으로 박준의 세 소설을 찾아 그의 공포증의 수수께끼를 풀이하는 역할만 하는 것이 아니라, 그것을 풀어가는 과정에서 심리적인 갈등과 정신적인 자각증상을 앓는다. 그리고 외적 구조에서는 플롯의 전개를 이끌어가면서, 내부적 행위자의 위치에서 갈등의 중심에 서있는 주인공이다. 이와 같은 텍스트의 이중구조는 외적 구조가 주로 내적 이야기들을 연결시키는 역할만 하는 일반적인 액자소설과는 성격이 다르다고 할 수 있다. 이점은 김동인의 「배따라기」나, 훨씬 고전으로 올라가서 보카치오의 『데카메론』을 떠올리면 쉽게 알 수 있을 것이다. 그것과 비교하면, 이 소설의 구조는 중층구조 또는 이중플롯으로 봐야 하는 것이다. 그리고 화자인 '나'가 다만 사건진술에서 사슬고리를 연결하는 역할만 하는 '서술자'가 아니라, 갈등의 중심에 서있는 주인공이라는 확인이야말로 소설의 주제를 포착하는데 결정적인 근거가 되는 것이다. 다시 말하면, 이 소설에서는 이른바 일반적인 액자소설과는 달리 두 개의 플롯을 교차적으로 전개시키고 있는데, '나'를 주인공으로 확인할 때, 내적 구조가 호응적인 사건을 다루는 플롯이 되고, 반대로 외적 구조가 동기적인 사건을 다루는 플롯이 되는 것이다.

텍스트에서 동기적인 사건은 작중인물이 신변적인 변화 내지 성격적인 발전을 일으킬 수밖에 없게 되는 계기로서의 사건을 말한다. 이 소설에서 동기적인 사건을 다루는 플롯은 '나'와 안형, '나'와 김박사의 갈등으로 구성된 외적 구조에서 전개된다. 이 외적 구조의 서사담론에서 플롯의 발전을 동기화하는 그런 신변적인 변화 내지 성격적인 발전을 가져오는 것은, 박준이나 다른 누구도 아니고 바로 화자인 '나'인 것이다. 그리고 그 변화와 발전의 결과가 나의 사표로 이어지고 있는 것이다.

박준의 경우, 그의 현재 행위는 어떤 신변적인 변화나 성격적인 발전을 보여주고 있는 것이 아니다. 그에 대한 수수께끼풀이는 이미 진술공포증에 걸리고 현재의 상황에 이르게 된 과거에 대한 추적에 다름 아니다. 즉 그의 현재는 과거의 결과로 머물고 있는 것이다. 그리하여 그에 대한 수수께끼풀이는 탐정소설의 연역추리과정과 다르지 않다. 물론 탐정추리소설에서는 이러한 연역추리를 통해 드러나는 사건발전과 인물의 성격변화는 기본플롯을 구성한다. 탐정추리소설에서 논리적인 추리 내지 해석을 담당한 탐정은 해설자의 역할 외에는 별 의미가 없는 것이다.

그런데 「소문의 벽」의 화자인 '나'는 그러한 해설자에 만족하지 않는다. 박준의 수수께끼에 대한 풀이는 애초에 '나'와 안형과의 갈등에서부터 시작된다. 즉 '나'는 안형과의 문학관 차이에서 갈등을 겪으면서 자기의 정당성을 확인하기 위해 박준의 수수께끼를 풀어내려고 한 것이었다. 편집장인 '나'와 문학담당 편집인 안형, 그리고 작가 박준이라는 인물구도는 합리적인 대응관계를 성립한다. 그리고 이런 '삼각관계'에서 보면, 박준과 그의 작품을 두고 편집장인 '나'와 문학담당 편집인 안형 사이에 일어나고 있는 갈등이 기본 플롯을 이루고 있음이 투명하게 보인다고 할 것이다. 플롯의 발전과 함께, 과거적인 결과물인 박준에 대한 수수께끼풀이 과정에서 마침내 사표에까지 이르는 것이 바로 화자인 '나'인 것이다. 말하자면 소설의 시작도 그랬지만, '나'의 신변 변화나 성격 발전의 발단은 광인행세를 하면서 불쑥 나타난 박준이 '나'의 편집장 일과 무관하지 않은 소설가 박준일이고, 그의 소설이 문학담당 편집인 안형의 서랍 속에 세월 모르고 잠자고 있다는 사실이 계기가 되는 것이었다. 박준의 공포증의 수수께끼를 풀어가는 과정은 결국 안형과의 갈등, 김박사와의 갈등 속에서 겪고 있는 '나'의 심리적 방황과

정신적인 고민이 자각과 각성에로 나아가는 과정이었던 것이다. 박준의 과거들이 '나'의 발견을 통하여 다시 박준의 성격발전에 작용하는 것이 아니라, '나'의 성찰을 통하여 '나'의 신변에 변화를 일으키는 계기가 되고 마침내 사표를 내게 되는 동기가 될 때, 박준과 그의 세 개의 소설 이야기는 이러한 갈등과 변화에 계기를 마련하기 위한 호응적인 사건임에 다름 아니다.

단지 박준의 공포증의 수수께끼를 풀어간다는 시각에서 보면, 사건의 발전은 「괴상한 버릇」→「벌거벗은 사장님」→「G와 심문관」이라는, 모호하게 추상적인 것에서 투명하게 현실적인 것에로의 점진적인 추리 과정으로 되어 있다고 할 수 있을 것이다. 그런데 이러한 분석은 자칫 우리의 사유를 특정시대에 대한 비판이라는 정치적인 이데올로기에 이 작품을 한정시킬 수 있고, 역시 통속적인 추리소설의 오명을 쓰게 할 위험이 있다.

그러나 '나'가 소설의 주인공이고 갈등의 중심에 서있는 것이라고 확인하면, '나'와 안형의 갈등이 중심적인, 동기적인 사건이 되고 그 발단의 초점은 안형의 서랍에 갇힌 박준의 소설 「괴상한 버릇」에 맞춰져 있다고 할 수 있는 것이다. 이는 '나'와 안형은 「괴상한 버릇」에 대한 문학 관념과 태도에서 이미 갈등을 빚고 있다는 말이 되며, 바꾸어 말하면 '나'나 안형 모두 이 작품의 진가에 대해 이해하고 일가견을 가지고 있다는 말이 된다.

이를테면 안형의 말 못하는, 이른바 사회적으로 있을 수 있다는 말썽, 그의 특정한 문학관념이나 태도, 「괴상한 버릇」이 괴상한 버릇이 생기게 된 현실적이고 구체적인 압박 요인들을 말해줬어야 한다는 주장은 오히려 역설적으로 그가 이 작품의 알레고리적인 수법의 의미를 그 나름대로 잘 알고 있음을 말해준다. 나중의 두 작품은 결국 이를 구체적으로, 사실적으로 증명해주고 있을 뿐이다. 결국 안형은 그러한 지배적인 이데올로기나 권력적인 폭력이라는 상징성을 쉽게 떠올릴 수 있었기 때문에 도저히 이 소설을 발표시킬 수 없었던 것이다. 그런데 이와 같은 상징성은 소설 「괴상한 버릇」의 알레고리적인 기법에서 확인되기 전에 벌써 안형의 특정한 문학관념과 태도에서 기인한 것이고, 또한 박준이라는 작가에 대한 선입견에서 출발하는 것이라고 할 것이다. 이는 안형이 지배이데올로기와 권력 앞에 문학적인 양심을 지킬 수 없었거나 문학작품의 주제를 언제나 정치적으로 판단하는 용속한 사회정치학적인 문학관을 가지고 있음을 말해준다. 「괴상한 버릇」이 그러한 버릇이 생기게 된 현실적이고 구체적인 압박 요인들을 말해주지 못했다는 주장이 그의 특정 문학관념을 말해준다면, 그것이 연재중단 된 소설 「벌거벗은 사장님」의 작가 박준이 쓴 것이기에 사회적으로 말썽을 일으킬 수 있다는 판단은 이기적인 계산에 의해 변질된 그의 문학적 양심을 말해준다. 아무튼 「임금님의 귀」에 해당하는, 연재중단된 소설 「벌거벗은 사장님」과 「괴상한 버릇」의 작가가 동일한 작가라는 사실이 이러한 정치적인 문학관념과 태도를 가지고 있는 안형의 신경을 자극했음이 분명하다. 즉 정체불명의 심문관이 'G'에 대한 심문에서 진술내용이 중요한 것이 아니라 그의 태도가 문제라는 식으로, 안형도 「괴상한 버릇」이 어떤 알레고리적인 의미를 나타내는가가 중요한 것이 아니라 그것이 말썽 있는 인터뷰와 연재중단 된 소설의 작가 박준이 쓴 작품이라는 것이 문제였던 것이다. 또 그러한 선입견이 그로 하여금 「괴상한 버릇」의 알레고리적인 의미가 독자를 엉뚱한 데로 끌고 가거나 '시대양심'을 배반하고 있다고 판단하게 한 것이다. 편집인인 그로서는 '공연한 문제'가 생길 것 같은 소설을 서랍에 감금시켜버리는 것이 그냥 당연한 처사였을 뿐이다.

그러나 '나'는 「괴상한 버릇」의 알레고리적인 상징성을 실존적인 주체의 형성에 가해지는 사회적인 억압으로 보고 있었다. 이것은 특정시대담론을 넘어서서 주체와 타자, 인간과 사회라는 보다 보편적이고 실존적인 인간문제에 대한 총체적인 성찰이라고 할 수 있을 것이다. '나'

는 이 소설을 본 후, 아직 다른 두 소설을 보지 못한 상황에서 벌써 이와 같이 안형과는 전혀 다른 보편적인 상징의미로 받아들이고 있다. 그리고 이러한 판단은 박준의 수수께끼를 풀어가는 과정에서 더욱 확실해진다. 그렇다면 박준의 공포증에 대한 '나'의 '수수께끼풀이' 과정은, 결국 '나'와 안형의 의식 대결에서 '나'의 주장의 정당성을 확인하기 위한 실증적인 논거를 찾아 나선 것임에 다름 아니다. 그리고 '나'와 안형과의 갈등이 박준의 소설 「괴상한 버릇」에 대한 해석에 초점이 맞춰졌을 때, 「벌거벗은 사장님」, 「G와 심문관」의 발견, 발굴과정은 '나'가 주장하는 그러한 보편적인 상징의미를 논증하는 귀납과정이라고 할 수 있을 것이다. 따라서 이러한 귀납과정을 통해 확인되는 「괴상한 버릇」의 의미담론은 특정 시대, 특정 사회의 맥락 위에, 다시 이념적인 성찰의 여과를 통해 초월적으로 지각하는, 사회의 존재자에 대한 존재론적 인식이라고 할 것이다. 이처럼 '나'에 의해 확인되는 박준이라는 작가의 의식층위의 비약에 따르면, 세 개 소설의 순서는 「G와 심문관」 → 「벌거벗은 사장님」 → 「괴상한 버릇」으로 재배열될 수 있을 것이다. 이것은 구체적인 것에서 추상적인 것을 도출해내는 작가의 상상력에도 부합되는 결론이다.

　그런데 만약 「괴상한 버릇」이 과연 박준의 진술공포증을 밑그림으로 하였고, 박준이 진술공포증에 걸리게 된 원인이 6·25전란의 상처 때문이라면, 이 소설은 안형의 말처럼 그러한 현실적이고 구체적인 억압 요인을 말해주지 않음으로 하여 실패작일 수밖에 없다.

　그러나 6·25전란의 상처는, 「괴상한 버릇」에 나오는 주인공의 대인공포증 해석에는 하나의 현실적이고 실증적인 사례로 될 수도 있겠지만, 박준의 진술공포증의 원인으로는 될 수 없다. 왜냐하면 박준은 6·25전란의 상처로 진술공포증에 걸려 작가로서의 진술행위인 창작을 할 수 없는 것이 아니라, 오히려 창작한 소설이 문학 담당 편집자에 의한 발표중단, '서랍 속의 감금', 인터뷰 기자에 의한 언론의 억압 등에 부딮치면서 진술공포증후가 생긴 것이기 때문이다. 즉 그의 진술욕망은 어릴 때에 받은 6·25의 상처가 무의식 속에 응어리져 생긴 진술공포증에 의해 스스로 억제되고 있는 것이 아니라, 언어로 가시화된 후에 사회로부터의 억압을 받고 있는 것이다. 또 그러한 사회적 억압에 의해 그는 마침내 진술공포증에 걸리고야 마는 것이다. 그렇다면, 결코 6·25의 '전짓불'이 준 상처가 박준의 진술공포증을 초래한 것이 아니라, 현실의 정체불명의 '전짓불'이 박준이로 하여금 6·25에 겪은 '전짓불'에 의한 상처를 기억하게 하는 것이었다. 이것은 과거의 상처가 오늘의 불행을 초래하는 것이 아니라, 오늘의 불행이 과거의 상처를 되살아나게 하는 경우이다. 그렇게 되살아나는 상처는 오늘의 불행에 대하여 그냥 오늘의 불행으로만 보지 않고, 보다 보편적인 인간문제에로 인식의 비약을 가져오게 할 수 있었던 것이다.

이러한 인식적인 비약이 6·25의 '전짓불'을 정체불명의 '전짓불'로 추상화시킬 때, 이 소설에서의 '전짓불'은 박준이 6·25때 겪은 구체적 상처의 잔존물에 한정되지 않는다. 이때 그것은 이미 기의가 확장되어, 존재론적인 의미에서 사회적 존재자가 부딪칠 수밖에 없는 사회억압의 '상징'이 되는 것이다. 실제작가 이청준에 의해 소설 속의 작가 박준이 현실에서 그러한 '전짓불'에 부딪치고 있다면, 박준에 의해 그의 소설 속의 주인공도 일상생활에서 늘 그러한 정체불명의 '전짓불'에 부딪치고 있다. 대학시절, 군영생활, 가정생활, 교우관계 모두에 걸쳐 온통 '전짓불'투성이인 것이다.

그런데 추상화, 상징화 된 이러한 정체불명의 '전짓불'이 현실을 살아가는 인간들에게 억압 요인으로 작용하려면 그러한 '전짓불'을 반사하는 반사체가 있어야 할 것이다. 그렇지 않을 때 작가의 상상력은 막연한 '상상'에 지나지 않을 것이다.

「소문의 벽」에서 그러한 정체불명의 '전짓불'을 반사하는 반사체는 바로 '소문의 벽'이다. 박준의 진술욕망은 번번이 이러한 '소문의 벽'

에 부딪쳤고, 그것은 마침내 진술공포증을 유발하게 된 것이었다. 결국 「괴상한 버릇」이 발표될 수 없는 원인, 「벌거벗은 사장님」이 발표중단 되는 이유, 「G와 심문관」을 꾸러미 채로 동생한테 맡겨둘 수밖에 없는 억압 요인은, 일찍 신문사 기자와의 인터뷰에서 했던 박준의 말 속에 예언적으로 제시되어 있었던 것이다. 그것은 역시 '소문의 벽'이었다.

여기에서 '소문의 벽'은, 엄미옥이 앞의 연구에서 제시한 라캉의 네 가지 사회적 연대의 담론방식 중 대학의 담론을 차용하여 해석할 수 있을 것이다. 대학의 담론은 주인담론이 안정화된 상태에서 계속 확장되고 정교화 되는 과정, 완성되는 과정을 암시한다. 여기서 행위자는 지식과 기술을 소유한 자다. 반면 그 행위의 대상은 아직 체계밖에 남아있는 잔여, 잉여지대이다.5) 그러니깐 대학의 담론은, 지식과 기술을 소유한 행위자가 주인의 담론을 담당하고 그것을 사회적으로 확장시키는 것이다. 즉, 지배적인 이데올로기와 권력에 의한 주인의 담론이 그 폭력성을 은폐하고 상징계에 들어갈 때, 이러한 전문적인 행위자들이 지식과 기술의 제도화 된 장치를 이용하여 그것을 대리 수행하는 것이다. 「소문의 벽」의 문학담당 편집 안형, 신경병원 원장 김박사, 신문사 기자 등이 이러한 행위자들이다. 그들은 모두 제도적인 장치에 의한 전문적인 위치에 선택된 것만큼이나 주인의 담론을 정당화하고 사회화시키고 있다. 이들이 쌓아가는 '소문의 벽'에 의해 주인의 담론은 '체계밖에 남아있는 잔여, 잉여지대'에로 확장될 수 있는 것이었다.

그렇다면 「괴상한 버릇」은 주인의 담론이 지식과 기술에 의해 제도화되어 가는 사회에서 '소문의 벽'을 통하여 주체의 형성을 억압하는 인간의 실존적인 상황을 알레고리적으로 보여주었다고 해서 무리하진 않을 것이다. 괴상한 버릇이 생긴 것에 대해 꼭 구체적인 압박요인을 밝힐 수 없는 것은, 그러한 압박요인들이 흔히 '소문의 벽'에 가리어서

---

5) 엄미옥, 앞의 글, 173쪽.

그 정체가 보이지 않기 때문일 것이다. '나'가 마침내 사표를 쓰게 된 것도 결코 특정한 권력과의 직접적인 충돌에서가 아니라, 바로 이와 같은 '소문의 벽'을 쌓고 있는 안형이나 김박사, 그리고 R사 기자와 같은 인물들과의 갈등 때문이었다. 특히 문학 담당 편집인 안형에 의하여 '소문의 벽'은 작가 박준의 소설을 서랍 속에 가두어 넣고 그더러 진술 공포증에 시달리게 할 뿐만 아니라, 나아가서 직접적으로는 편집장인 '나'의 권리마저 무력하게 하고 이른바 시대적인 문학적 양심으로 책임을 물을 수 없게 하고 있는 것이다.

그런데 앞에서 말한바와 같이, 그들이 쌓은 이른바 '소문의 벽'에 부딪친다는 것은 특수한 개인과의 모순과 갈등을 의미하는 것이 아니다. 왜냐하면, 그것은 비록 일차적으로는 제도화 된 지식과 기술을 소유한 자들을 대행자로 하는 지식담론과의 충돌이지만, 그 지식담론이 폭력성을 띠게 되는 것은 그것을 제도화하는 권력의 폭력성이 원동력이 되고 있기 때문이다. 따라서 제도나 권력의 폭력성을 상징하는 '전짓불'을 외면하고 '소문의 벽'은 해석되지 않는다. 지식담론이 주인담론을 대리 수행하듯이 '소문의 벽'이 언제나 '전짓불'을 반사하는 것이라면, 그 '소문의 벽'은 아무래도 '전짓불'이 비춰야만 반사작용을 일으킬 수 있는 반사체임에 다름 아니다. 그러므로 '전짓불'이라는 광원이 없이는 반사체로서의 '소문의 벽'도 사회에서나 소설에서나 아무런 의미가 없는 것이다. 그렇다면, '소문의 벽'에 대한 해석은 작품의 의미를 내재적으로 국한시키는 것이 아니라, '전짓불'의 복사 면에로 끊임없이 의미를 확장해가는 작업이어야 하는 것이다.

다음으로, '소문의 벽'이 보편적인 사회적 억압의 상징으로 될 수 있는 것은 우선 '전짓불'이 보편적 의미에서의 제도나 권력의 폭력성을 상징할 때라야만 가능한 것이다. 다시 말하면, 「소문의 벽」에서의 '전짓불'이 6·25나 창작연대라는 특정 시대에 국한되지 않을 때 '소문의 벽'도 시대를 초월하여 보편적인 상징의미를 나타내게 되는 것이다. 실제로, 이 소설에서 '소문의 벽'에 반사되어 사회적 억압으로 작용하는 것은 정체불명의 '전짓불'이다. 정체불명의 '전짓불'일 수밖에 없는 것은, 그것이 반사체인 '소문의 벽'에 의해 굴절되었기 때문이며, 동시대를 살아가는 존재자일지라도 그들에게 비추는 '전짓불'이 서로 다를 수 있기 때문이다. 박준과 화자인 '나', 그리고 실제작가 이청준은 정직한 진술을 하려는 욕망에서 복수로 묶인 자유의지의 '주체'일 수 있다. 그런데 그들을 비추는 '전짓불'은 꼭 같은 것이 아니다. 그것은 오직 진술의 욕망을 억압하는 '전짓불'이라는 보편적인 상징의미에서만 동일성을 획득할 수 있는 것이다.

이러한 의미 확장에 의하여 '소문의 벽'이 특정한 시대의 특정한 주인담론만을 의미하지 않고, 주체와 타자, 욕망과 사회라는 인간의 근본적인 존재방식을 보여주는 것이라고 할 때, 그것과의 충돌은 훨씬 보편적이고 시대초월적인 의미를 나타낸다고 할 수 있을 것이다.

따라서 '나'의 갈등과 고민과 선택은 특정시대를 초월하여, 존재론적으로 존재자와 사회적인 억압이라는 보편적인 인간문제를 생각하게 한다. 그것은 '소문의 벽'은 언제나, 그리고 어디서나 부딪칠 수밖에 없는 것이기 때문이다. 역사·시대적인 인간을 괴롭히는 것은 특정시대의 지배이데올로기와 권력에 의한 폭력일 수 있지만, 존재론적인 존재자를 억압하는 것은 사회의 영원한 부산물인 '소문의 벽'인 것이다. 그리고 '소문의 벽'이 사회의 영원한 부산물이라면, 작가는 숙명적으로 '소문의 벽'에 부딪칠 수밖에 없을 것이다.

그렇다면, 소설 속의 작가인 박준과 화자인 '나'의 히스테리담론을 통한 내포작가의 분석담론은, 실제작가 이청준의 작가의 숙명에 대한 자각과 리얼리즘적인 창작이념으로서의 정직한 진술에의 욕망을 전달하고 있는 것이다.

Ⅲ. 나오는 말

이청준은 다른 많은 작품들에서 작가와 글쓰기에 대해 다루고 있거니와, 「소문의 벽」에서도 그러한 주제를 다루고 있다.

그런데 이 작품에서 '전짓불'이 제도적인 억압이나 권력적인 폭력이라면, '소문의 벽'은 그것을 익명화하고 지식·기술화하는 사회적인 폭력인 것이다. 따라서 작가의 욕망도 다만 특정시대의 권력과 이데올로기에 의해서만 억압당하는 것이 아니므로, 근본적으로는 '소문의 벽'을 쌓는 사회적인 폭력과의 대결 속에서 실현해야만 하는 것이다.

그렇다면 작가는 숙명적으로 '전짓불'을 마주하고 '소문의 벽'에 부딪칠 수밖에 없는 것인지도 모른다. 왜냐하면 인간을 사회적인 존재라고 할 때, 인간의 존재론적인 모순은 근본적으로 주체와 타자, 욕망과 사회와의 갈등이기 때문이다. 군사독재요, 파시즘이요 하는 것은 다만 특정시대에 의한 갈등의 특수표현일 따름이다. 오히려 존재자와 사회적인 '소문의 벽'과의 갈등은 영원한 것이다.

인간은 어떤 시대, 어떤 사회에서든 어쩔 수 없이 틀 속에 갇힌 존재이다. 기존의 틀을 깨뜨리면 또 새로운 틀에 갇힌다기보다는, 기존의 틀을 깨뜨리기 위해 새로운 틀을 만든다. 그래도 그것을 원점의 회귀가 아니라 나선형의 발전이라고 본다면, 인간은 그런대로 자유와 해방을 향해 발전한다고 할 수 있을 것이다.

아무튼 때로는 직접 '전짓불'을 받으면서 끊임없이 '소문의 벽'을 허무는 것이 진정 작가의 숙명이라면, 작가 이청준은 글쓰기를 특정한 시대를 초월하여 현실의 존재론적인 인식가치를 확인하려는 문학의 리얼리즘 정신에서 출발하고 있다고 해야 할 것이다.

■ 참고문헌

이청준, 「소문의 벽」, 『눈길 外』(한국소설문학대계 53), 동아출판사, 1995.

문재원, 「이청준의 『소문의 벽』 연구」, 『국어국문학』 33, 1996.
엄미옥, 「『소문의 벽』 연구-라깡의 네 가지 담론을 중심으로」, 『시학과 언어학』, 2002.
우찬제, 「'틈'의 고뇌와 종합에의 의지」, 『눈길 外』(한국소설문학대계 53), 동아출판사, 1995.
이윤옥, 『다시 태어나는 말-이청준 소설 읽기』, 문이당, 2005.
임성래·이정옥, 「변용 추리소설의 소설적 의의-『최후의 증인』과 「소문의 벽」의 비교를 중심 으로」, 『대중서사연구』 14, 2005.

■ 국문초록

　작가 이청준의 문학작품을 대하면 대개가 읽는 이로 하여금 자신의 실존적 삶의 내면을 들여다보는 듯 하는 중압감을 느끼게 한다. 그만큼 그는 글쓰기를 통하여 인간의 존재적 의미와 가치를 진지하게 묻고 있다. 그는 아마도 문학창작을 인간의 자유의지의 해방을 위한 작가의 숙명으로 받아들이고 있는 듯하다.

　이청준은 다른 많은 작품들에서 작가와 글쓰기에 대해 다루고 있거니와, 「소문의 벽」에서도 그러한 주제를 다루고 있다.

　「소문의 벽」에서 작중의 작가는 어릴 때 6 · 25전란을 겪으면서 '전짓불'의 공포를 체험하며, 또 작가로 글을 쓰면서 사회적인 억압에 의하여 진술공포증에 걸린다. 이로 하여 이 소설이 특정 시대 지배 이데올로기와 권력의 폭력성을 고발하고 있다고 보기도 한다. 그러나 화자를 '나'로 확인하고, 작중의 작가, '나', 그리고 실제작가 이청준을 글쓰기와 진술공포증이라는 동일층위에서 복수로 묶이는 자유의지의 '주체'로 볼 때, 소설의 의미는 보다 보편적인 인간문제로 확장된다.

　이 작품에서 '전짓불'이 제도적인 억압이나 권력적인 폭력이라면, '소문의 벽'은 그것을 익명화하고 지식 · 기술화하는 사회적인 폭력인 것이다. 따라서 작가의 욕망도 다만 특정시대의 권력과 이데올로기에 의해서만 억압당하는 것이 아니므로, 근본적으로는 '소문의 벽'을 쌓는 사회적인 폭력과의 대결 속에서 실현해야만 하는 것이다. 이러한 의미 확장에 의하여 '소문의 벽'이 특정한 시대의 특정한 주인담론만을 의미하지 않고, 주체와 타자, 욕망과 사회라는 인간의 근본적인 존재방식을 보여주는 것이라고 할 때, 그것과의 충돌은 훨씬 보편적이고 시대초월적인 의미를 나타낸다고 할 수 있을 것이다.

　작가의 숙명은 때로 직접 '전짓불'을 받으면서 끊임없이 '소문의 벽'을 허무는 것이라면, 작가 이청준은 글쓰기를 특정한 시대를 초월하여 현실의 존재론적인 인식가치를 확인하려는 문학의 리얼리즘정신에서 출발하고 있다고 해야 할 것이다.

주제어: 전짓불, 소문의 벽, 권력, 사회적 억압, 주체, 자유, 해방, 작가의 숙명

■ Abstract

Ontology Cognition about Formation of Subject and Social Suppression

– Laying Stress on 『Wall of Rumor』 of Lee Cheong-jun

Bang, Ryong Nam

Give oppressive feeling that outline seems to look in inside of life own existence enemy by this to read if treat Lee cheong-jun's literary productions. He is asking meaning and value seriously human's existence through writing so much. He is seeming to receive literature novel as writer's fate for release of human's freedom perhaps. Lee cheong-jun is speaking about writing with writer in other many works as 『Wall of Rumor』.

Writer who appear in this work experiences fear about 'Flashlight light' through 6 · 25 wars childhood. Also, as being written being writer, fall in statement morbid fear by social suppression. In this way, this work is prosecuting control ideology and violence department of power specification age. But, writer 'I' and actuality writer Lee cheong-jun that appear in work can prescribe them as freedom will's 'Subject' through work to write and statement morbid fear. In the present case, meaning of novel is extended to more universal human problem.

If 'Flashlight light' is institution suppression or violence of power in this work, 'wall of rumor' means social violence that change it by ano- nymousness and knowledge or skill. Therefore, writer's desire is not op- pressed by power and ideology of specification age, therefore must realize through confrontation with social violence that 'wall of rumor' is hand- me-down fundamentally. Through these meaning extension,『Wall of Ru- mor』 does not mean specification discourse of only specification age. When speak that is that show fundamental existence way of human who this work is 'subject' and 'the other', desire and society, collision with it can display meaning that is much more universal and transcend age.

That pull down 'wall of rumor' as receiving 'Flashlight light' constantly writer of if is fated Lee cheong-jun's work in realism mind to transcend particular age and confirm cognition value of actual ontology start.

Key-words: Flashlight light, Wall of Rumor, social suppression, sub-ject, release, freedom, writer's fate

—이 논문은 2008년 11월 15일에 접수되어, 소정의 심사를 거쳐 2008년 12월 15일에 최종적으로 게재가 확정되었음.

아버지 찾기 서사로서의 최상규 소설

목 차

최 영 자*

Ⅰ. 서론

최상규(1934~1994)는 『문학예술』(1956)에 「포인트」와 「斷面」이 발표되면서 작품활동을 시작한 작가로 장용학, 오상순과 더불어 인간의 실존[1]문제를 천착한 작가이다. 그는 1956년부터 1994년 타계할 때까지 장편 9편을 포함하여 총 160여 편의 작품을 남겼지만, 크게 부각되지는 못한 실정이다. 그러나 40여 년간 꾸준한 작품활동을 해왔고 그가 남긴 이론이나 작품성이 현대문학에 끼친 영향을 간과할 수 없는 실정이다.

　그의 작품에서 주인공들은 주로 자신이 처한 환경으로부터 갑작스런 '소환'을 당하거나 자신의 권리가 '박탈'되는 부조리한 현실에 직면

---

* 강원대학교

1) 이대영, 「한국 전후실존주의 소설연구」, 충남대 박사논문, 1998; 이정윤, 「최상규 소설연구」, 경원대 박사논문, 1997.

236

하는 경우가 대부분이다. 최상규의 작품 활동이 주로 전후 시대와 90년대로 이어지는 것을 감안한다면, 소설속에서 묘사되고 있는 주인공들의 병리현상은 전후의 현실과 더불어 급속한 산업혁명과 도시화를 경험한 당대 산업일군들의 심리적 내면에 각인된 심리적 외상의 일종으로 파악할 수 있다. 역사의 현장에서 아버지는 언제나 역사의 중심으로 혹은 증인으로 부각되어 왔다. 역사적·사회적 변화에 따른 아버지의 존재는 최상규의 소설에 이르러서 개인사와 더불어 전가족의 병리현상으로 구조화되는 특성을 보여주고 있다. 그리고 그러한 병리현상은 당대의 현실에 토대를 두고 있음을 추측하게 한다. 최상규의 소설에 빈번하게 등장하는 '아버지에 대한 실체'[2]는 결국 주체의 존재론적 물음과 연관된다. 아버지의 존재는 개인이전 역사의 공동체적 운명과 연관되어 왔다. 많은 문학 작품들 속에서 역사의 질곡으로 인한 아버지의 부재와 미귀환은 소설 형성의 요인이 되어 왔다.[3]

최상규는 인간의 실존 문제가 이데올로기로부터 파생됨에 주목한 작가이다. 그의 텍스트에서 주인공들은 역사성에 저항하기보다는 그것

---

2) '부자관계'는 최상규의 많은 작품에서 빈번하게 드러나는 주제다. 그 한 예로 다음과 같은 대목을 들 수 있다. "~아비가 먼저 죽고 다음은 자식의 차례다. 그 자식이 또 자식을 낳고 아비 노릇을 한다. 또 비슷한 일이 벌어진다. 그런데 세상에는 제 자식에게 아무 뜻도 가지고 있지 않은 놈들이 있다. 더없이 못한 아비들이다. 또 아비의 처사에 대해서는 아무 생각이 없는 놈들이 있다. 이 또한 더없이 못난 아비들이다. 부자간이란 그래서는 안된다. 최상규, 『그 어둠의 終末』, 기린원, 1980, 199쪽.

3) 근대문학의 효시로 알려져 있는 이광수의 『무정』으로부터 30년대의 염상섭의 『삼대』, 채만식의 『태평천하』로 대표되는 가족사소설에서 아버지는 전통적 가부장적 제도의 몰락을 상징하는 기표로 인식되어 왔다. 이후 하근찬의 「흰종이 수염」이나 임철우의 「아버지의 땅」과 같은 1950, 60년대의 작품들은 전쟁으로 인한 아버지의 상실을 주로 다루어 왔다. 이후 장용학의 『원형의 전설』이나 최인훈의 『광장』에 이르면서 아버지란 이데올로기를 표상하는 상징적 기표로 부각된다. 이후 산업화와 도시화에 따른 1970, 80년대의 변화 속에서 아버지의 존재는 '죽은 아버지'라는 문화적 주체의 상징 기표로 작용한다. 이후 김훈의 『빗살무늬 토기에 대한 추억』『칼의 노래』에 이르러서는 강력한 왕권에 대한 열망으로 표출된다.

을 표층적으로 수용함으로써 자신의 빈 구멍(결여)을 대면하게 하는 모습을 보여주고 있다. 즉 아버지로 상징되는 이데올로기나 규범의 폭로보다는 그로 인해 오인된 그 자체를 유지해야 하는 당위성을 역설적으로 표출하고 있다. 실제 최상규가 끊임없이 거론하고 있는 아버지 상은 강한 힘을 가진 가부장적 아버지가 아니라 도착증적이고 왜곡된 아버지의 형상에 집중되어 있다. 「가멸법」, 「동소체」, 「손의 의미」, 「대합실」 등은 상징계로부터 거세된 아버지의 모습을 보여주고 있다. 이후 1970, 80년대 이후 발표된 「캄팔야의 향연」, 「새 공화국의 고지」, 「대합실」, 「독야행」, 「마지막 주말」과 같은 작품에서는 집단의 우두머리가 주인공으로 등장하고 승화된 고도의 세계를 지향하는 주인공의 모습을 보여주고 있기는 하다. 이 같은 작품들의 이면에는 후기자본주의적 주체로서의 아비 상실에 따른 고아의식 내지 주체의 위기의식이 내포되어 있다고 볼 수 있다. 이같이 변모된 아버지의 모습들은 주체 개인의 병리현상이라기보다는 후기자본주의가 생산한 '잉여'적 생산물이라는 데 본고의 주안점이 있다. 이로 볼 때 최상규 소설에 등장하고 있는 아버지 상은 동시대의 다른 소설에 나타나고 있는 아버지의 모습과 다른 형상을 하고 있다.

역사적으로 볼 때 아버지란 존재는 사회적으로 늘 소환되는 위치에 있어왔고, 이러한 소환으로 인한 아버지의 미귀환은 가정구성원들의 정체성적 변화를 야기하였다. 오늘날 근대문명은 '아버지 살해'로부터 시작되었다는 프로이트의 주장대로 부친살해는 죄의식과 동시에 강력한 문명의 동인으로 작용하였지만 그로 인해 인간 개체에게 근친상간이라는 금지와 아버지와의 동일시적 욕망이라는 양면성을 각인하게 하였다. 이러한 논리의 이면에는 자식으로부터 죽음을 당해야 하는 가혹한 아버지의 운명과 더불어 그러한 아버지를 살해4)해야 하는 역사적 동인으

---

4) 프로이트는 「토템과 터부」에서 다음과 같은 가설을 제시한다. 자식들은 아버지를 죽인 후 토템동물을 아버지와 동일시함으로써 아버지에 대한 죄의식에서 벗어나는 일종

로서의 아들의 운명이 함께 내재되어 있다는 사실이다. 다시 말해 아들에게 죽음을 당한 아버지는 죽은 후 아들에게 신격화를 당함으로써 더욱 강한 힘을 발휘하는 아버지로서 모습을 드러내고, 아버지를 죽인 아들은 아버지를 죽였다는 죄의식을 토템 공호제를 통해 면제받고자 한다. 아버지에 대한 이 같은 죄의식의 양면에는 더욱 강력해진 법으로 아버지 이름에 복종해야 한다는 마조히즘(masochism)과 동시에 그로부터 벗어나고자 하는 사디즘(sadism)적 욕망이 잠재되어 있는 것이다.[5]

따라서 아들은 그 아버지를 부정함으로써 더욱 강력한 힘을 가진 아버지를 만드는 메커니즘을 생산한다. 이때 아버지는 '토템의 아버지'처럼 아들에게 무서운 힘을 발휘하는 상징적 역할을 완수하게 된다. 이로 볼 때 '죽은 아버지'란 텅 빈 기표에 지나지 않는 것이다. 다시 말해 문

의 화해를 한다. 이로써 아버지는 보다 강한 아버지로 다시 태어난다. 이후 자식들은 사회가 분열될 때마다 토템동물 공호제를 통하여 살해의 범죄를 반복하는 정당성을 성취한다. 이러한 초자아적 아버지는 인간의 역사적 사건과 깊은 관계를 갖게 된다. 여기서 토템은 결국 신의 개념으로 대체되지만, 처음에는 아버지의—대리에서 파생된 것이다. 이 아버지는 다시 인간의 모습을 회복한다. 반면에 이러한 초자아는 생물학적 요소를 함께 갖게 되는데, 그것은 초자아의 기원이 파괴와 공격충동을 갖는 이드의 발현물이라는 데 있다. 이처럼 초자아의 형태는 죄의식과 공격성이라는 양가성에서 비롯된다. 이후 오이디푸스적 사건은 인간의 빙하기에 나타난 문화적 발전의 유산과 더불어 개체와 종의 발달에 중요한 요소로 작용한다. 프로이트, 이윤기 옮김, 『종교의 기원』, 열린책들, 2003, 64-379쪽 passim; 프로이트, 윤희기·박찬부 옮김, 「자아와 이드」, 『정신분석학의 근본개념』, 열린책들, 2003, 378-379쪽 참조.

5) 토템동물(아버지)에게 잡아먹일 것이라는 거세공포는 원시적 구순 조직에 그 기원을 두고 있다. 다시 말해 아버지에게 얻어맞고 싶은 욕망은 사디즘(파괴적)적 단계에서 나온 것이다. 이 같은 거세공포는 이후 부인되지만, 성기기 조직의 침전물로서 마조히즘적 환상의 내용으로 되돌아온다. 결국 거세공포는 결국 성기기조직의 침전물로써 마조히즘적 환상으로 돌아오는 사디즘 뒤에 오는 것으로 성감발생적 성격을 갖는다. 엉덩이는 사디즘적 항문기에 성감발생적 선호도가 강한 육체의 일부분이다. 마조히즘은 결국 주체의 욕망이 환상과 허구라는 현상으로 되돌아옴을 의미한다. 문화적 억압은 때로 물러선 파괴본능이 자아에서의 마조히즘의 강화요소로 등장하기도 하고 (변환) 초자아에서의 사디즘의 강화요소로 등장하기도 한다. 프로이트, 「마조히즘의 경제적 문제」, 『정신분석학의 근본개념』, 위의 책, 424-425쪽 참조.

명이란 결국 '텅 빈 아버지'를 토대로 이룩한 실제 없는 허상이라는 의미로 함축된다. 이러한 바탕위에서 주체란 결국 빈 기표의 향유로 이어지는 '왜곡, 환영, 오류'의 다름 아니다. 토템적 아버지란 본래적으로 존재하지 않는다. 이는 결국 후기자본주의적 주체의 물신화 과정과 연계된다. 후기자본주의를 표상하는 상품 혹은 돈은 해골의 다름 아니며, 그것은 결국 사회적 주체가 만들어낸 '왜곡', '환영', '오인'에 불과한 것이다.

「포인트」에서부터 『새벽기행』에 이르기까지 최상규 소설에 반복적으로 드러나고 있는 현상은 주로 내적세계에 침잠하며 유아기로 퇴행6)하는 연약한 남자 주인공들의 심한 자기분열이다. 본고는 최상규 소설에 등장하는 이같은 주인공들의 병리상황을 오이디푸스 콤플렉스에 기반을 둔 현대 남성적 주체의 히스테리적 상황임을 밝히고자 한다. 최상규의 소설의 구조적 특징은 주로 아버지와 아들의 관계에 많은 비중이 적용되고 있다. 프로이트의 히스테리적 사례에서 보면 그들의 발병 원인은 대개 아버지와의 동일시적 욕망이 잠재되어 나타난 현상이다.7) 이는 후기자본주의 시대에 직면한 주체들의 도착화된 욕망이 거세불안에 따른 신경증적 불안의 일면임을 밝히는 것이며, 나아가 상징적 아버지에 대한 부정임과 동시에 강력한 힘을 가진 기원적 아버지에 대한 열망

---

6) 「단면」, 「창을 열자」, 「제일장」, 「포유도」, 「동소체」 등의 전후소설에는 주로 유아기로 퇴행하는 주체의 모습이 부각되고 있다. 아내의 아랫도리에 오줌을 싸거나(「단면」) 아내 스스로 젖꼭지를 자르는(「창을 열자」) 그로데스크한 장면이 자주 나타나고 있다. 또한 「포인트」에서 아버지는 자살하고 아들은 아버지로부터 수많은 책을 물려받고 군밤장수의 향취를 통해 아버지를 기억한다. 그리고 주인공을 호명하는 군(軍)은 아버지의 상징적 거세의 의미를 지닌다. 「야수」에서 아들은 아버지를 죽인다. 「손의 의미」에서는 누나를 정부로 삼는 아버지의 모습이 나타난다. 이후 「대합실」과 같은 1970, 80년대의 작품들에서는 도착지도 목적지도 없이 어디론가 도주하고 달리는 익명적 주체들이 등장하고 있다.

7) 「편집증 환자 슈레버」, 「쥐인간」, 「늑대인간」과 같은 사례들에서 보면 이들의 잠재된 욕망은 유아기 시절에 아버지에게 사랑받고 싶은 욕망에서 연원되는 것이 대부분이다.

임을 밝히는 것이 될 것이다.

II. 질환으로의 도피[8)

「악령의 늪」(1994)은 1980년대 운동권에 참여했다가 고문 후유증으로 실어증에 걸린 장리백과 그로 인해 실직을 하고 알코올에 의지하며 집안에만 칩거하는 아버지, 이로 인해 가족의 생계를 담담하게 책임지고 있는 어머니를 비롯한 가족의 삶을 담고 있다.[9) 이 작품은 80년대 운동권에 참여했던 장리백이 출옥 후 심한 자기분열에 빠지는 내용을 다루고 있다. 같이 운동권에 참여했으나 장리백 혼자만 옥고를 치른데 대한 죄의식으로 그를 물심양면으로 돌보는 친구 이유한과 애인 박월주를 통해 한 가족의 몰락과 주인공의 상태를 조명하고 있다. 리백의 아버지는 '아들은 이미 자신의 아들이 아니라 자신의 아들이지 못하게 한 자들의 아들'이라고 친구 이유한에게 말한다.(「악령의 늪」, 116쪽) 이러한 서술은 텍스트의 성격이 다분히 역사적 의미를 내포하고 있음을 의도하고 있다. 운동권 아들을 둔 이유로 회사에서 실직한 아버지와 아들, 이때 그 가정을 책임져야 하는 몫은 아내이자 어머니에게로 부각되지만 최상규 소설에서 어머니의 목소리는 미미하다. 시골 후배의 집에 칩거하고 있는 리백의 문제로 집을 방문한 이유한에게 리백의 아버지는 다음과 같은 말을 한다.

우리 집은 망했다. 살아 있는 남자 2대가 다 바보가 되어 버렸다. 이렇게

---

8) 프로이트가 「히스테리 발작에 관하여」에서 현실이 괴롭거나 무서울 때 위안으로서 도피하고자 하는 개념으로처음 사용하였다. 프로이트, 황보석 옮김, 「히스테리 발작에 관하여」, 『정신병리학의 문제들』, 열린책들, 2003, 9쪽.

9) 「광장과 삼각」(1960)도 부자간의 갈등을 다루고 있는데, 어머니를 잃고, 자기 세계만 침잠하는 아버지와 그런 아버지로 인해 아웃사이더가 되는 유진식을 다루고 있다.

될 줄은 몰랐다. 그래도 세상에는 우리만의 몫이 남아 있는 줄 알았다. 그런데 알고 보니 우리 몫은 없다. 애당초 세상은 배부른 자들의 것이었다. 그런데, 배고픈 자는 배를 채우기 위하여 애를 쓰고, 배부른 자는 먹은 것을 소화시키기 위하여 그들을 주무르며 주인 노릇을 하고 있다. 그리고 우리는 그 중간에서 안주하는 행운조차 잃었다. …(후략)…(『악령의 늪』, 120쪽)

장리백의 아버지가 말하는 '남자 2대'에는 과거의 아버지와 그 아버지를 토대로 미래를 개척해야 할 현재의 아버지가 함께 거세되어 있다. 이는 역사성의 상실인 동시에 현대를 상징하는 집단적 아버지에 대한 상징적 거세의 의미를 함축하는 말이다. 장리백에게 역사란 자신을 옥죄는 '감금'의 의미를 갖는다. 오랜만에 거리에 나온 장리백은 자신을 끊임없이 따라다니는 보이지 않는 감시의 눈과 위협하는 목소리를 인식한다. 이 같은 거세공포로 인하여 장리백은 거리에서 오줌을 싸는 상황에 직면한다. 아내의 무릎에 오줌을 싸고나 유두를 자르는 도착화된 현상들은 「斷面」을 비롯한 최상규의 소설 곳곳에 드러난다. 가로수를 안고 멍해있던 그는 '도와드릴까요?'라는 행인의 말에 '잠깐 현기증'이 났을 뿐이라고 응답한다. 이는 히스테리 발작의 일종인 순간적인 '보행불능'[10]적 상태를 의미한다. 이 같은 보행불능은 상징적 거세의 일종으로 볼 수 있다. 그와 동시에 고문 후유증으로 인한 '실어증'이 치유되는데, 이는 외상으로 인한 신경증환자가 고착 당시와 같은 비슷한 강도의 또다른 외상을 경험하게 될 경우 처음의 증상이 사라지고 대체된 다른 증상의 히스테리가 발작됨을 보여주는 한 예이다.[11] 칩거상태에 있던

---

10) '보행불능'이나 '무의식적인 방뇨' 현상은 히스테리 증상의 대표적인 예이다. 프로이트가 상담한 많은 히스테리 환자들 중에는 주로 '보행불능'의 증세를 보인 환자가 많다. 특히 프로이트는 '엘리자베트 폰 R양'에게 나타난 보행불능의 상태에 대하여 이같은 통증을 수반하는 보행불능의 상태가 왜 히스테리적 증상으로 나타나는지에 대한 원인을 규명하지 못하고 있다. 프로이트, 김미리혜 옮김, 『히스테리 연구』, 열린책들, 2003, 193쪽; 『정신병리학의 문제들』, 앞의 책, 77쪽.
11) 히스테리 증상은 일종의 전환(Konversion) 현상이다. 다시 말해 외상성 경험으로 인한

장리백은 오랜만의 외출에서 누구에게도 보호받을 수 없는 '유아적' 상태에 직면한다. 자신을 괴롭히는 끝없는 '환청'은 불안에 직면한 주체가 느끼는 일종의 거세위협에 대한 공포이다. 이는 자신을 고통스럽게 하는 무엇인가로부터 끊임없이 옥죔을 당하기 때문에 나타나는 히스테리적 발작의 일종으로 볼 수 있다.[12] 이후 장리백의 행동은 '여자에 대한 탐닉'으로 전환한다. 상징계로부터 자신을 가면화하고자 하는 리백의 행위는 일종의 도피적 성격을 띤다. 거세위협에 대한 강박증은 후배의 방에서 후배의 여자에 탐닉하고 이어 하숙집 주인인 과부의 방에 칩거하는 등의 '도착'[13] 형태로 드러난다. '남의 여자'에게 탐닉하는 주인공들의 기이한 행동은 최상규 소설에서 반복적으로 나타나는 현상이다. 이것은 신경증적 억압에 의한 일종의 도착증적인 충동의 일환으로 볼

심리적 불안감이 다른 어떤 것으로 대체되어 나타나게 되는 것이다. 『늑대소년』에 나타나는 동물 공포증은 아버지에 대한 동성애적 소망 충동이 동물에 대한 불안 히스테리로 전환되어 나타난 예이다. 늑대소년의 경우는 어려서 아버지에 대한 소망, 즉 동성애적 충동의 일부가 장기(자기애가 대상애가 되는 과도기)에 남아 이후 히스테리에 걸린 것 같은 양상을 취한 것이라고 프로이트는 말한다. 늑대소년에게 중요한 영향을 끼친 것은 아버지와의 관계이다. 그것이 이후 늑대 공포증으로 전환된 예이다. 늑대소년의 아버지에 대한 동성애적 소망은 성장해서 그리스도에 대한 사랑으로 승화된다. 늑대소년의 경우 도착된 오이디푸스 콤플렉스임에도 불구하고 아버지가 거세자가 되고 유아기적 성생활을 협박하는 사람이 된 경우이다. 프로이트, 김명희 옮김, 『늑대인간』, 열린책들, 2003, 280-341쪽 참조.

12) 심한 저항을 보이던 신경증적 증상이 극도의 위험스런 상황에 직면하게 말끔히 사라지는 현상을 '마조히즘'의 한 성격으로 시사한다. 이것은 한 형태의 고통이 다른 형태의 고통에 의해 다른 증상으로 대체됨으로써 이전의 증상이 해소되는 것인데, 프로이트는 이를 토템동물(아버지)에게 잡아먹힐 것이라는 원시적 구순 조직의 기원으로 보고 있다. 프로이트, 「마조히즘의 경제적 문제」, 『정신분석학의 근본개념』, 앞의 책, 424쪽 참조.

13) 프로이트에 의하면 히스테리 발작은 흔히 꿈의 왜곡된 형태와 비슷하게 나타난다. 이러한 히스테리의 전형적 특성들은 '반쪽 마비' '시각 장애' '간질' '환각'의 형태 등으로 나타나는데, '심리적 외상'은 히스테리의 가장 강력한 요인으로 작용한다. 히스테리는 주로 '복합적인 신경증의 한 요소로 나타난다.' 프로이트, 『히스테리 연구』, 앞의 책, 340쪽 참조.

수 있다.14)

「형성기」에서도 주인공들의 기이한 행동은 계속된다. 이 작품은 아버지와 삼촌을 사이에 두고 벌어지는 기묘한 가족관계를 조명하고 있다. 주인공 한지수는 비정상적인 삼촌을 감싸는 아버지를 이해할 수 없다. 여자의 나체 사진에 탐닉하는 도착증적 병리현상을 보이는 삼촌과 한 방을 쓰는 한지수는 삼촌과 미묘한 애증관계를 형성한다. 또한 한지수는 후배를 통해 알게 된 서동환의 여자에 탐닉한다.

최상규에 소설에서 공통적으로 드러나는 주인공의 여자에 대한 도착화 현상은 지극히 사도마조히즘(Sadomasochism)적인 성격을 갖는다. 「형성기」, 『악령의 늪』, 「加減法」 등에서의 여자에 대한 탐닉은 은닉된 것이 아니라 지극히 의도적이다. 외출했던 친구나 후배가 곧 들이닥치리라는 것을 의식하면서 벌어지는 주인공의 행동은 자신의 행동으로 하여금 그들에게 비난받고 그로 인해 철저히 자신이 부서지는 것을 즐기는 듯한 행동을 취한다. 후배의 여자, 형의 여자. 친구의 여자에 탐닉하는 모습은 혼자 여자를 쟁취함으로써 아들에게 죽음을 당한 기원적 아버지를 연상하게 한다. 주인공들의 '평면적이고 고착화된' 표정이나 언술은 프로이트의 히스테리적 발화를 연상하게 한다. 무표정한 주인공들의 행동이나 표정은 주인공이 처한 부조리한 상황을 더욱 극적이게 하는 언술효과를 산출한다. 비틀린 주인공들의 언술작용은 프로이트의 히스테리적 발화의 특성이다. 이와 같은 주인공의 행동은 마조히즘적 특성을 내포하는 것으로 지극히 양가적이다. 이것은 다분히 오이디푸스적인 성격을 내포하고 있다.

최상규 소설의 가장 큰 특성의 하나는 '위치 바꿈'이다. 예컨대 「加

---

14) 오이디푸스 콤플렉스를 원만하게 수용한 일반인은 아버지의 법을 규범화하면서 강력한 초자아를 형성한다. 그러나 정상인도 일상생활에서 강력한 초자아 형태의 거세 위협을 느끼게 되면 유아기의 고착화된 행동을 보이게 되고 나아가 도착적인 성에 집착하게 된다.

滅法」에서 주인공은 '나의 여자'를 '그의 여자'로, '친구의 여자'를 '나의 여자'로 바꾸는 위치 전도 현상이 나타나고 있다. 이 같은 주·객 전도는 히스테리적 환상에서 빈번하게 일어나는 양가적 현상이다.15) 친구를 자기로 대치하여놓고 친구가 자기의 아내와 성교하기를 바란다. 이때 주인공은 그 친구를 자기라고 상상한다. 이 같은 주체와 객체에의 위치 전도는 히스테리적 환상의 양가적 특성에서 발현된다. 양가성이란 오이디푸스기에 기원을 두고 있다. 자아는 리비도 충동의 첫 번째 대상인 부모를 자아 속에 내투사시킴으로써 초자아를 발현시킨다. 이때 자아가 초자아를 두려워하는 데서 죄의식이 발생하고, 그러한 죄의식은 부모에게 얻어맞고 싶은 사디즘과 마조히즘의 양가적 특성으로 주체에게 각인된다.16) 히스테리의 본질이 양가적인 것은 이와 같이 주체 형성의 기원에 바탕을 두고 있기 때문인 것이다. 동시에 그것은 잃어버린 기원에 대한 애증과 증오의 원천이기도 하다. 히스테리란 본질적으로 잃어버린 것에 대한 향유적 갈망이다. 때문에 히스테리자의 목적은 자신의 증상을 통해 고착하기를 원하거나 향유하고자 한다. 이때 환자는 환각, 환상, 환청과 같은 무의식적 메커니즘을 통해 자신의 소망을 충족하고자 한다.

　　최상규 소설에서는 의식적으로든 무의식적으로든 아버지에 대한 강

---

15) 히스테리의 본질은 무의식적 환상을 통해 소망을 실현하고자 한다. 그래서 그들은 종종 자신의 성적 만족에 도달하기 위해 남성을 여성으로, 여성을 남성의 위치에 놓음으로써 성적 만족에 도달하고자 한다. 이 가운데 자신을 여성의 위치에 놓는 남성주체의 무의식적 환상은 동성애적 충동이 발현됨으로써 일어나는 현상이다. '편집증 환자 슈레버'는 그러한 예의 하나이다. 프로이트, 「히스테리성 환상과 양성 소질의 관계」, 『정신병리학의 문제들』, 앞의 책, 68-69쪽 참조; 프로이트, 「편집증 환자 슈레버」, 『늑대인간』, 앞의 책, 166-171쪽 참조.

16) 마조히즘 환자는 질책을 통해 속죄받아야 한다는 것 때문에 적절하지 못한 행동을 해야 하고 자신의 이익에 반하는, 현실세계에서 자신에게 널려있는 좋은 전망을 망쳐 놓아야 한다. 그래서 급기야는 자기 자신의 현실적 존재 자체를 파괴해야 한다. 이러한 죄의식은 아버지에 대한 일종의 효심이자 애정이다. 프로이트, 「마조히즘의 경제적 문제」, 『정신분석학의 근본 개념』, 앞의 책, 431쪽 참조.

한 살해 욕망이 분출되고 있다. 「乾坤」은 아홉 자식을 낳아 놓고 재산을 탕진한 무능력한 아버지에 대한 원망이 아버지 살해 욕망으로 분출되는 내용을 담고 있다. 군에서 지뢰 폭발로 인해 한쪽 다리를 잃은 기수는 말을 잃은 채 침묵으로 생을 연명하고 있는 아버지에 대한 원망을 늘어놓는다. '부채'만 떠안긴 아버지, 거기다 자신이 낳아 놓은 아홉 자식까지 맏아들 기준에게 부담을 지우는 아버지의 무능력을 가혹하게 비판한다. 이후 아버지의 갑작스런 죽음과 더불어 마을의 가뭄이 해소되고 농토는 물바다로 변해버린다. 그런 와중에 기수는 한쪽 다리로 몸을 이끌고 시체를 묻으면 부자가 된다는 용마루 골로 아버지의 시체를 옮긴다. 이러한 기수의 행동에는 아버지를 거세한 데에 대한 죄의식과 그런 아버지에 대한 부채를 청산하고자 하는 죽은 아버지에 대한 자의식이 내재되어 있다고 볼 수 있다. 일종의 가족 소설로 볼 수 있는 이 작품에서 아홉 자식을 낳은 어머니에 언급이 미미한 것은, 최상규의 여타 소설이 그렇듯 작가의 아버지에 대한 강한 인식을 알 수 있다.

「건곤」, 『악령의 늪』을 비롯한 최상규의 대부분의 작품에서 주인공과 관계를 형성하고 있는 삼촌이나 후배 그리고 친구와 형제들은 모두 당대 사회의 이데올로기를 표상하는 아버지의 상징적 의미를 지니고 있다. 「형성기」에서 주인공은 아버지의 삼촌을 감싸는 이유가 계모에 대한 속죄의식에 있음을 알게 된다. 아버지는 계모에 대한 죄책감으로 계모의 아들인 삼촌을 거둔다. 나는 그런 아버지에게 "그러면 아버지의 속죄를 위하여, 아버지의 아들을 희생해도 좋다고 생각하십니까?"라고 반박한다. 특히 『악령의 늪』에서 장리백은 끊임없이 자신을 위협하는 거세의 목소리를 인식하는데, 여기서 '목소리'의 상징성은 다분히 상징적 아버지의 목소리를 환기하게 한다. 상징적 아버지는 원초적 아버지를 거세시킨 장본인 동시에 자신을 희생함으로써 강력한 문명의 토대를 형성한 초자아의 상징이기도 한 것이다.

Ⅲ. 반영론적 서사구조를 통한 아버지 찾기로의 담론

「새벽기행」(1989)은 지금까지 최상규 작품에 나타난 인물들의 다양한 신경증적 증후들은 응축하는 의미를 가지고 있다. 1장 도입서사와 11장은 1인칭 관찰자시점으로 (서술적 자아)서술된다. 이어 2장과 10장까지는 주인공의 내적욕망이 투사된 '꿈'의 형식으로 서술된다. '꿈'으로 유추되는 서술방식은 히스테리 증상의 하나인 '환각'적 성격으로 볼 수 있다.17) 이는 주인공으로 하여금 자신의 근원인 아버지 어머니와의 관계를 돌아보게 하는 반영론적 의미를 지님과 동시에, 이를 통해 무의식 속에 억압된 자신의 원초적 욕망을 재현하는 메커니즘으로 활용되고 있다.18) 다시 말해「새벽기행」은 내부서사로서의 '그를 통해 자신의 근원을 객관적으로 응시하는 '탐색서사'인 셈이다. 이는 주체의 '환각' 증상을 통해 독자를 분석자의 위치에 놓는 사후서사의 의미를 지니고 있다.

「새벽기행」의 '나'는 어느 아침 출근길에 갑자기 자신 앞에 나타난 또다른 '나'를 대면한다. 일상적인 삶을 반복하던 '나'에게 어느 날 불쑥 나타난 '또다른 나', 즉 '그'에 대한 정체는 주인공으로 하여금 과연 나는 누구인가에 대한 의문을 제기한다. 과연 나는 진짜 나인가. 박탈된

---

17) 프로이트는 꿈은 종종 발작을 대신한다고 말한다. 즉 꿈의 환상을 통해 꿈의 내용이 환각된 것으로 금기의 위반과 관계된다, 여기서 꿈은 히스테리적 소질에서 가장 많이 나타나는 '환상'의 성격을 지니고 있다. 환상이란 원초적 상황으로 되돌아가기 위한 퇴행적 성격을 갖고 있기 때문에(즉 성적 성격) 도착증적 행위의 발생기제와 연관이 깊다. 즉 히스테리자들의 '무의식적 환상은 성도착자들의 의식적 만족 행위와 일치한다.' 이 때 환자는 환상을 통한 가학과 피학적 만족을 유도해내야 되는데, 이것이 결국은 환상이 성본능의 가학적 피학적 구성 요소와 연관되는 요인이다. 프로이트, 『정신병리학의 문제들』, 앞의 책, 65-79쪽 참조.

18) 프로이트에게의 무의식이란 고유의 것이 아니라 이미 다른 세력들과 결합된 것으로, 무의식 자체가 하나의 이데올로기군과 결합된 것이다. J. Derrida, *Writing and Differance*, Trans, Alan Bass, Univ. of Chicago, Great Britain by TJ international Ltd. Press, 1978, p. 265 참조.

주체는 어느 날 홀연히 고아의식에 직면한다. 지금껏 존재의 일부로 군림해온 가족 구성원들조차 정작 자신의 존재를 증명하는데 몰인정하다. 이러한 상황에서 '내가 나'일 수 있는 정체의 근원은 무엇인가. 그렇다면 과연 '나'의 근원은 어디로부터 연원되는가에 대한 것이 이 작품의 테마이다. 존재에 대한 본격적인 탐구는 아버지에 대한 기억으로 환원된다.

'그'는 복제인간이다. '그'는 'Q'라는 유령적 존재에서 파생된 복제물이다. 여기서 '그' '나'는 진짜가 아닌 닮은꼴(semblance), 즉 오인된 주체로 존재한다. 이 오인된 주체는 오인된 주체 그 자체로 존재할 때 존재의 가치를 지닌다. '그' 혹은 '나'라는 존재는 '누군가의 아버지일 때' 존재자가 된다. '나' '그' 'Q'는 자본주의가 잉태시킨 잉여물, 즉 사물화된 주체로 존재한다. '나'는 '그'이면서 동시에 '나'가 아니다. '나' '그'라는 주체의 본질은 오인된 주체의 응시를 통해서만 존재할 뿐이다. '사물'은 다른 '사물'과의 관계를 통해서만 교환가치로서의 의미를 지닌다. 『새벽기행』에서 '나'는 '그'를 통해서 비로소 자신의 존재를 응시한다. '나'는 텅 빈 주체이다. 본래적 '나'는 존재하지 않는다. 여기서 주체는 오직 사물화된 자본주의적 메커니즘으로서 존재한다. 후기자본주의적 사회에서의 주체는 이처럼 사물화된 주체로 존재하기 때문에 도착화에 빠지기 쉽다. 이는 결국 주체의 죽음 혹은 파멸을 야기한다.

복제인간은 결국 아버지의 부재를 증명한다. 복제인간은 자본주의의 메커니즘이 생산한 사물화의 표상이다. 여기에는 오직 도착화된 형태로서의 사물화가 존재할 뿐 마조히즘의 경제적 가치로서의 '잉여'싱이 존재하지 않는다. 때문에 복제인간은 과거와 현재와 미래를 잇는 뿌리의 상실을 의미한다. 『새벽기행』에서의 동일화적 부정은 근대성이 이룩해 놓은 합리적인 주체로서의 자기의 부정이다. 이는 선험적 자아로서 되돌아가야 할 원초적 고향의 상실과 연관된다. 『새벽기행』의 '나'의 위기의식은 여기에서 비롯된다. 돌아갈 시원성을 상실한 것. 따라서 그 시원으로 돌아가고자 하는 열망의 발현인 것이다. '나'는 개별적 주체가 아니라 집단적 주체로 상정할 수 있다.『새벽기행』을 비롯한 최상규 소설에 등장하는 주체들의 모습은 21세기를 대표하는 집단적 자아의 표상이다. 사회와 가정, 주변부로부터의 일탈과 소외는 어느 특수한 한 개인의 문제가 아니라 정신적 위안으로의 고향, 즉 선험적 자기위안의 장소와 현존재로서의 존재의 기반을 갈구하는 현대를 살아가는 모든 개인의 문제로 귀결되는 것이다.『새벽기행』은 과거로의 회귀이자 근원의 탐색인 아버지에 대한 기원의 갈망이 내재된 텍스트이다. '나'의 알 수 없는 충동의 근원은 사실상 아버지와의 향유를 갈망하는 근원적 갈망인 것이다. 이때 아버지는 주이상스적 아버지가 아니라 강력한 초자아적 힘을 보유한 '죽은 아버지'인 것이다.

집단적 초자아를 바탕으로 하는 근대문명은 '아버지의 살해'를 통해서 이룩된 것이고, 그러한 역사적 과정 속에서 현대인들이 느끼는 소외는 필연적이다. 왜냐하면 그것은 수많은 집단적 아버지들을 희생한 대가로 이루어진 것이고, 그러한 아버지가 남긴 '잉여'는 부채(負債)의식으로 남아 자식을 옥죄기 때문인 것이다. 역사는 수많은 아버지를 죽인, 즉 '죽은 아버지'에 대한 질투와 증오와 희생을 통해서 이루어진 것이다. '나'는 또다른 무수한 '나'의 복제물인 '그' 'Q'를 통해서만 주체의 동일성을 획득한다. 아버지의 이름이라는 가면을 벗어버리는 순간 주체는 무서운 블랙홀에 갇힌다. 프로이트가 말한 것처럼 꿈의 본래적 의미는 영원히 찾을 수 없다. 꿈은 꿈의 형식으로만 존재하기 때문이다.

언제 어떻게 자기의 존재가 박탈당할지 모르는 현대적 주체의 위기감은 최상규 소설 곳곳에 나타난다.「함정」에서 주인공은 어느 날 자신을 '부장님'이라고 부르는 익명의 사람들에게 소환당한 채 선채로 이동된다. '자신이 누구인지' 혹은 지금까지 '자신을 얽어매고 있는 모든 관계'에 대해 아무도 해명해주지 않는다. 자신도 모르게 익명의 공간에 '내 던져진' 그는 보호자를 잃은 어린아이처럼 울고 만다. 이는 '아버지

부재'의 시대를 살고 있는 현대적 주체의 고아의식을 보여준다. 자신의 주머니에서 '김××'란 명암을 발견함으로써 자신이 누구인가를 어렴풋이 인식하지만 그는 그것을 바다에 던져버린다. 그는 자신이 '오인'되었다는 사실을 간과한다. '실제로 존재하는 바대로' 보는 순간 그 존재는 무화되어 버린다[19]는 지젝의 말처럼 그는 자신이 오인되었다는 사실을 아는 순간 해체된다는 것을 잘 알고 있다. 후기자본주의 사회에서 '증상'이란 주체의 존재 조건이다. 이데올로기란 왜곡된 본질을[20] 폭로하기보다는 '거짓의 가장 실질적인 형태로 간주'[21]함으로써, 그것을 더욱 강력하게 부정하는 것이다.

Ⅳ. 동성애적 욕망으로의 승화

박탈당한 주체가 여관에서 홀로 나흘을 보낸 뒤 제일 먼저 찾아가고자 하는 곳은 죽은 아버지의 산소이다. 이후 만나게 되는 '뒤로 걷는 노인'은 승화된 아버지의 분신이다.

① 그것은 내가 난생 처음 보는 아버지의 무력하고 얼빠진 모습이었다. 그것은 아무것도 보이지도 않고 들리지도 않고 생각하지도 않는 상태였다. 그저 한 덩어리의 물체로 놓여 있는 것이었다. 그때 나는 처음으로 거기에서 아버지의 죽음을 보았다.(『새벽기행』, 82쪽)
② 웃방의 사나이들은 분노했다. 그리고 그들은 자기들 나름대로, 미래

---

19) 슬라보예 지젝, 이수련 옮김, 『이데올로기라는 숭고한 대상』, 인간사랑, 2002, 61쪽.
20) 지젝의 용어로 '냉소적 이성주의'에 해당한다. 지젝은 고전적 이데올로기를 전복하는 개념으로 아이러니와 풍자를 통해 공식지배의 담론을 웃음거리로 만드는 키니시즘(Kynicism)과 구별하는 '냉소주의'를 주장하고 있다. 슬라보예 지젝, 위의 책, 60-64쪽 참조.
21) 슬라보예 지젝, 위의 책, 63쪽.

의 시체의 장례절차를 의논하기 시작했다. 그들은 안방의 시끄러운 합창에 맞서 목청을 돋구었다. 그들은 돌연히 그때부터 시체를 열렬히 사랑하기 시작한 것이었다.(『새벽기행』, 79쪽)

예문 ①은 화자의 아버지의 죽음에 대한 회상으로 지극한 연민을 보여준다. 프로이트의 '토템과 타부'를 연상하게 하는 ②의 예문은 아버지 임종에 대한 주인공의 회상이다. 이 작품에서 주인공은 아버지의 임종을 지켜보지 못했다는 이유로 자책한다. 『새벽기행』에서 주인공은 '아버지가 기억될 수 없는 형태만 남기고 사라졌다(86쪽)는 사실에 경악한다. 그것은 자기가 '여태껏 본 적이 없는 비약하기 없는 촉루'일 뿐으로서의 아버지였던 것이다. 이 같은 아버지에 대한 연민은 아버지의 임종을 지키지 못했던 죄의식적 강박관념으로 남는다. 이는 결국 '꿈'의 형식을 통해 자의식을 회복하고자 하는 것으로 나타난다.[22] '나'는 자신의 반복되는 일상을 탈피하기 위해 교묘하게 '꿈'이라는 환상적 공간으로 자신을 도피시킨다. 환상이라는 '불가능한 응시'[23]를 통하여 자신의 정체성을 확인하고자 하는 것이다. 주인공의 이같은 응시의 이면에는 아버지와의 관계를 통해 자의식을 회복하고자 하는 소망충족이 내재된 것이다.

『새벽기행』에서의 '아버지의 제사'는 매우 중요한 의미를 내포하고 있다. 남겨진 자식들에게 '죽은 아버지'는 자식들을 분열시킨다. 이러한 분열의 이면에는 아버지에 대한 속죄의식이 내재되어 있다. 프로이트의 「토템과 타부」에서 죽은 아버지는 자식들에게 죄의식을 유언으로 남김으로써 살아 있을 때보다 더욱 강력한 '죽은 아버지'로 존재한다. '나'는 아버지의 기일이 다가오자 '그'를 찾아가 어머니의 뜻에 따라 추도

---

22) 이러한 증상은 프로이트의 「쥐인간」과 비슷하다. 「쥐인간」에서 아버지에 대한 죄의식은 아버지의 죽음을 인정하지 않는 강박신경증적 현상으로 나타난다. 실제로 그의 죽음은 아버지가 죽은 후에 심해졌다. 프로이트, 「쥐인간」, 『늑대인간』, 앞의 책, 29쪽 참조.
23) 슬라보예 지젝, 김소연·유재희 옮김, 『삐딱하게 보기』, 시각과 언어, 1995, 49쪽.

예배를 준비하라고 부탁한다. 이것은 무의식적 자아의 내면에 아버지에 대한 동경이 내재되어 있음을 추측하게 한다. 이 무의식적 자아는 '나'의 잠재적 욕망의 다름 아니다. 아버지 살해는 자식들에게 죄의식을 낳음으로써, 더 큰 위력을 발휘하는 '죽은 아버지'로 존재함으로써 역사의 반복을 되풀이하게 한다. 이로써 문명화된 주체가 감당해야 정신적 전락은 아버지와의 동일시적 욕망과 그로 인한 죄의식과 연민인 것이다.[24]

　『새벽기행』을 비롯한 최상규의 많은 작품들에서 가장 많이 나타나는 소제가 아버지와 아들의 관계, 그리고 아버지의 임종이다.『동소체』[25] 에서도 아버지의 임종이 등장한다. 죽어가는 아버지를 지키고 있던 동생 대신 돌아온 형이 대신 아버지의 임종을 지키고, 동생은 형의 애인을 겁탈한다. 여자는 아침에 도망을 가지만, 여기서 '형'과 '동생'은 여자를 사이에 두고 쟁취하는 토템족의 공호제적 형제가 된다. 특히 최상규 소설에서 '형과 형수'와의 근친상간이 자주 등장되는데(「창을 열자」, 「건곤」, 「동소체」, 「포유도」 등) '여자를 공동'으로 취하는 이 같은 형태는 기원적 아버지와의 동일시를 의미한다. 이는 또한 아버지에 대한 양가적 특성을 의미한다. 즉 아버지의 여자를 취함으로써 아버지에 대한 죄의식을 유발하고 그로 인해 속죄 받고 싶음에 대한 양가적 욕망이 근친상간의 형태로 드러난 것이라고 볼 수 있다.『새벽기행』의 주인공이 아버지에 집착하는 것은 상징적 아버지의 죽음에 대한 소망이 내재된 것이며(즉 현실에 대한 부정), 그러한 아버지의 금지와 명령에 대해 벗어나고자 하는 양가성이 함께 내재된 것이라고 볼 수 있다. 후기자본주의적 사회에서 사물화된 주체들은 강력한 아버지와의 동일화를 갈망하

---

24) 기독교는 인간이 자기 아버지와 실질적으로, 육체적으로 근친상간적으로 융합하는 것을 동성애를 노출시켜서 승화시키는 것이다. 그리스도의 살해는 그의 자식을 통해 죽음으로써 예수의 수난이라는 표상을 자식에게 부메랑처럼 지우는 어떤 죄의식을 갖게 한다. 크리스테바, 김인환 옮김, 「유일신에 대한 신앙」, 『사랑의 정신분석』, 민음사, 1999, 81쪽 참조.
25) 다이아몬드와 흑연과 같이 동일한 원소이나 각각 다른 홑원소적 물질을 말함.

252

면서도 동시에 그로부터 벗어나고자 하는데서 신경증적 주체가 된다.

이 같은 의미에서 「새벽기행」에서의 '아버지의 제사'는 후기자본주의적 주체가 감당해야 하는 양가적 특성을 표면화하고자 하는 작가의 의도를 엿보게 하는 대목이다. 다분히 우울증적 면모를 보이고 있는 주체의 아버지에 대한 애도는 '아버지 부재'로 연유되는 현대적 주체의 상실감에서 비롯된 것이라고 볼 수 있다. 이것은 강력한 아버지와의 동성애적 욕망을 드러낸 것이라고 볼 수 있다.[26] 여기서 아버지의 산소는 상징적 주체로서의 상실감에 대한 대치물로 작용한다.[27] 최상규의 여타 소설들이 그렇듯이 주인공들은 모두 사회에서 낙오된 아버지와의 관계에 포커스가 맞추어져 있다.[28] 사회와 가족으로부터 외면당한 주체는

---

26) 히스테리란 주체로 하여금 잊혀진 충격에 대한 최초의 문제, 즉 근본의 문제를 제기한다. 상실된 자기애의 대상을 외부에서 찾는 과정에서 동성애적 충동이 발현된다. 프로이트, 황보석 옮김, 「히스테리성 환상과 양성 소질의 관계」, 『정신병리학의 문제들』, 앞의 책, 60-69쪽 참조.

27) 이 장면은 프로이트의 『늑대인간』에서 늑대소년이 어질 적 자신의 경쟁대상자이자 사랑의 대상이었던 누나의 죽음에 대한 대치물로 누나가 죽은 지 수개월이 지난 후에 자기의 우상이었던 시인의 무덤을 찾아 눈물을 흘리는 것과 유사하다. 이는 누나가 죽었을 당시에는 슬픔을 느끼지 않다가, 수개월이 흐른 후에 평소 아버지가 죽은 누나의 작품을 그 위대한 시인의 작품에 비교하고 했었다는 것을 의식한 행동이다. 늑대소년의 어릴 적 숭배대상은 아버지였다. 늑대소년은 아버지의 사랑을 유도해 내기 위해 나쁜 행실을 의도적으로 취한다. 그것은 곧 아버지와의 동일화를 유도해내기 위한 일종의 피학대적 성적 쾌감이었던 것이다. 프로이트는 이 같은 늑대소년의 행동이 가학적─항문기의 성격을 가지고 있다고 보고 있다. 늑대소년은 자위행위를 통해 누나와 가정교사를 유혹하는 행동을 취하는데, 이를 통해 소년은 자신의 성기가 매를 맞는다는 환상을 가지게 된다. 이 능동적인 환상을 통하여 소년은 자기 자신을 수동적 위치에 놓는 목표를 가지게 된다. 이것이 환상 자체가 띠고 있는 양가성이다. 소년의 가학적 행동은 아버지를 성적 대상으로 여기는 아버지와의 동일화를 위한 욕망이다. 이러한 양가성은 '가학적 항문기'에 바탕을 둔 것으로 자신이 매를 맞는다는 피학대적 현상으로 나타난다. 프로이트의 '늑대인간'이나 '쥐인간' 등에 나타나는 사례를 통해 보듯이 주로 경쟁 상대의 형제와의 관계를 통해 신경증적 증상이 발현된다. 이것을 프로이트는 가족로맨스라 하였다. 프로이트, 『늑대인간』, 앞의 책, 218-221쪽 참조; 「토템과 타부」, 『종교의 기원』, 앞의 책, 379쪽 참조.

28) 「제일장」, 「위대한 자식」, 『겨울잠행』, 『악령의 늪』은 모두 무능한 아버지와의 관계에

여관에서 홀로 나흘을 보낸 뒤 자아에 대한 탐색여행을 떠나는데, 제일 먼저 찾아가는 곳은 아버지의 묘소이다. 이 추모의 장소에서 주인공은 자신의 대학입학 때의 아버지, 아버지 친구와의 술자리 등, 아버지에 대한 기억을 상기한다. 이러한 아버지에 대한 회상은 결국 자신의 존재를 다시 인식하고자 하는 자기동일성의 기본적 메커니즘으로 연결된다. 또한 이는 죽은 아버지를 환기함으로써 오이디푸스 콤플렉스로부터 놓여나고 싶은 내적 욕망이 투사된 것이라고 볼 수 있다. 죽은 아버지에 대한 부채의 청산은 아버지의 법을 소급적으로 받아들이는 반복을 통해 이루어질 수밖에 없는 것이다.29) 주체는 반복을 통해 아버지의 법을 소급적으로 받아들일 때만이 아직 상징화되지 않은 외상으로부터 놓여날 수 있다. 이는 역설적으로 아버지의 법을 거부하면 도착증과 같은 정신병적 주체가 될 수밖에 없음을 의미하는 것이고, 아버지의 법을 수용하면 스탈린과 같은 도착증적 파시즘으로 이어질 수밖에 없는 역설을 동시에 함유하는 것이기도 한 것이다.

『새벽기행』의 '나'는 이후 우연히 거리에서 '모래헤엄'치는 여자를 만나고 그녀를 통해 '뒤로 걷는 노인'과 조우하게 된다. 여자와의 모든 것을 허용하는 노인은 사실상 그의 분신적 의미를 지니고 있다. 이것은 사실상 화자의 아버지에 대한 동성애적 욕망을 드러내는 것이다. 다시 말해 '모래 헤엄'치는 여인은 아버지와의 동일화를 위한 매개의 의미를 지닌다. '뒤로 걷는 노인'은 원시적 아버지에 대한 은유로, 아버지와의 열망을 추구하는 화자의 무의식적 욕망에 해당한다. 이것은 아버지에 대한 더욱 강력한 열망의 한 형태로 볼 수 있다. 이는 혼자 여자를 쟁취함으로써 자식들에게 죄의식을 유언으로 남기는 토템적 아버지의 의미

초점이 놓여 있다.

29) 죽은 자를 아웃하는 일은 가능하지 않다. 삶의 의미가 사회적 구성물이라면 죽은 후에도 의미는 멈추어버리지 않고 계속된다. 클로디아 가드, 강수영 옮김, 『레즈비언 선택』, 인간사랑, 2004, 375-380쪽.

를 지니고 있다. 이 노인은 사실 1980년 6월 발표된 「뒤로 가기」(1980. 6)에 나타난 바 있다. 최상규 소설에서 '노인'은 가상적 인물로 기원적 아버지로 상징된다. 80년 광주항쟁이라는 역사적 현실을 맥락에 놓고 볼 때, '뒤로 걷는 노인'은 기원적 아버지에 대한 열망인 것이다. 여기서 '모래 헤엄치는 여인'은 이러한 아버지와의 동일화를 욕망하기 위한 상징계로의 통합화 과정의 매개로 작용한다. 다시 말해 '모래헤엄 치는 여자'는 아버지 살해의 동인인 성욕 즉 에로스적 욕망이며. 노인은 모든 여자를 독자적으로 차지한 집단적 살해의 동인으로서 작용한다. 이런 의미에서 '모래헤엄을 치는 여자'는 노인과 내가 공유하는, 즉 원시사회에서 포로로 잡힌 일처다부제30)의 여자와 동일시된다.

1970, 80년대에 발표된 「대합실」, 「독야행」, 「마지막 주말」, 「최후의 강」과 같은 작품들은 오지 않는 배와 무엇인가를 막연하게 기다리는 주인공들의 모습이 나타난다. 또한 홍수로 집을 쓸어버리고 새로이 성을 만들고자 하는 원시적 공동체에 대한 향수가 드러나기도 한다. 이로 볼 때 최상규 소설에 빈번하게 등장하는 '뒤로 걷는 노인'에 대한 향수는 기원적 아버지에 대한 은유로 볼 수 있다. 다시 말해 '뒤로 걷는 노인'은 '자신이 죽은 줄도 모르는 계속 살아있는 외설적 아버지'인 것이다.

『새벽기행』을 비롯한 1980, 90년대에 발표된 『악령의 늪』, 「겨울잠행」 등은 시대적 컨텍스트와 연계해 있다. 여기에서 아버지들은 모두 부권적 지위를 상실하고 도태된 인물들이다. 부권상실은 그의 텍스트의 주인공들을 일종의 허무주의 내지 시니시즘으로 일관하게 하는 동인으로 작용한다. 이것은 초자아적 권위로 일관되어야할 아버지의 본질적 의미가 상실되거나 변질되었음을 역설하는 것이다. 이때 주체들은 퇴행

---

30) 프로이트는 유아기의 무력함과 그것이 불러일으키는 아버지에 대한 동경에서 종교적 욕구가 유래한다고 보고 있다. The derivation of religious needs from the infant's help- lessnes and the longing for the father aroused by it seems to me incontrovertible~, S. Freud, *Civilization and Its Discontents*, By James, Strachey, New York: Norton, 1989, p. 20.

과 같은 환상적 메커니즘에 의존하거나 '이데올로기로의 한 형태인 냉소주의'31)로 일관하게 된다.

『새벽기행』은 '아버지의 부재'에 따른 현대적 주체의 상실감과 그로 인한 아버지와의 동성애적 욕망이 내재된 텍스트라고 볼 수 있다. 정부 관계로 밝혀진 노인과 여인이 유리벽 밖으로 사라지는 순간 화자는 자신이 속해 있는 일상성보다 더 가혹한 실재계를 직면한다. 결국 주체는 일상성을 벗어나고자 하는 무의식으로의 도피를 통해 상징적 아버지의 결핍을 확인할 뿐이다. 의식을 깨우는 빗소리는 화자로 하여금 도착화된 무의식의 영역에서 상징계로 귀환하게 하는 일종의 '보호막'으로 작용한다. 텍스트의 마지막 부분에서 주인공은 자신의 아들이 이미 죽은 아들이 되어 자신을 빗겨가는 것을 목격한다. 이는 '근원적인 적대감'32)으로 살아가야 할 후기자본주의 주체들의 숙명을 의미한다. '뒤로 걷는 노인'은 기원적 아버지의 권위에 대한 그리움의 표상이자 미래의 부정적 시간을 잇는 시발점이 되는 것이다. 『그 어둠의 終末』을 비롯한 최상규의 소설에서 자주 언급되는 익명의 '노인' 은 이처럼 기원적 아버지의 의미를 지닌다.

『새벽기행』은 상징적 아버지에 대한 거세 위협적 불안과 외설적인 죽은 아버지에 대한 열망이 내포된 양가적 아버지의 특성을 보여준다. 이것은 또한 집단성과 익명성으로 대변되는 후기자본주의 사회에서 아버지란 이름의 가면을 벗어버리는 순간 '도착증적인 파시즘으로 퇴행'33) 함을 보여주는 것이다. 『새벽기행』의 '나'의 위기의식은 이렇듯 '아버지의 부재'로 일컬어지는 후기자본주의 도착화된 욕망의 한 재현이라고 볼 수 있다. 이로 인해 비틀리고 왜곡된 형상, 때로는 의도적인 냉소주의로 일관해 보이는 듯한 최상규 소설에서의 신비성은 오이디푸스적

---

31) 슬라보예 지젝, 앞의 책, 60쪽.
32) 권택영, 『잉여쾌락의 시대』, 문예, 2003, 129쪽.
33) 권택영, 위의 책, 64쪽.

아버지가 남긴 '잉여'이다.[34] 이 잉여성은 또다른 주체의 재생산을 위해 남겨지고 오인되어야 '본질' 그 자체이다. 이는 또한 돌아갈 수 없는 근원점으로의 퇴행이자 아버지와의 향유를 갈망하는 현대적 주체의 비의이기도 한 것이다.

V. 결론

지금까지 최상규 소설에 등장하는 주인공들의 도착화된 병리현상이 현대적 주체의 히스테리 특성과 아울러 현대적 주체의 '아버지 열망'과 연관됨을 밝히고자 하였다.

『악령의 늪』, 「형성기」, 「건곤」, 「加滅法」, 『새벽기행』 등에 나타나는 주인공들의 신경증적 불안의 원인은 후기자본주의 시대를 살고 있는 현대적 주체의 거세공포에 기인한다. 거세불안에 따른 다양한 신경증적 증후군들은 상징적 아버지에 대한 부정임과 동시에 강력한 힘을 가진 기원적 아버지에 대한 열망인 것이다.

'나의 여자'를 '그의 여자'로, '친구의 여자'를 '나의 여자'로 바꾸는 것과 같은 「加滅法」에서와 같은 위치 전도 현상은 히스테리적 환상에서 빈번하게 일어나는 양가적 현상의 일환으로, 이는 오이디푸스기에 그 기원을 두고 있다. 이러한 양가성은 주체 형성의 기원에 바탕을 둔 것으로, 그것은 결국 기원적 아버지에 대한 애정과 증오의 원천인 것이다. 최상규 소설의 많은 부분은 '부자 관계'에 조명되어 있다. 아버지 살해, 동성애적 욕망, 원시적 공동체에 대한 향수 등은 결국 아버지와의 동일시적 욕망이 잠재된 것이라는 것이 본고의 주안점이다. 『새벽기행』에 나타나는 복제인물로서의 '그'는 오인된 주체의 표상물이다. 이때 주

---

34) 권택영, 앞의 책, 97쪽 참조.

체는 오인된 주체로 존재할 때 블랙홀의 심연에서 벗어날 수 있다.

　이와 같이 최상규의 소설에서 빈번하게 등장하고 있는 '위치 바꿈' '익명성' '기다림' 등의 개념들은 주체의 '오인'을 유도한다. 이것은 자본주의에서의 사물화와 유사한 개념이다. 전쟁, 군부독재, 산업화와 도시화에 따른 병리현상이 잉여적 주체를 생산하는 메커니즘으로 작용하였다. 현대사회에서 주체란 오인된 존재로 살아갈 수밖에 없고, 그것을 인식하는 순간 끝없는 불랙홀로 추락한다. 주체는 근본적인 결핍으로 존재하는 것이다. 『새벽기행』에서 '나'는 자신의 근원을 증명해줄 아버지의 존재를 부재로써 인식한다. 자신의 근원이며 기원적 아버지와 동일시적 의미를 갖는 '뒤로 걷는 노인'은 결국 텅 빈 기표로 환유된다.

　따라서 후기자본주적 주체란 '누군가의 아버지이거나 남편'으로 사물화 되고, 그로 인한 끝없는 잔여물을 생산하기 때문에 증상들은 존재의 필연적 요소로 작용한다. 이때 존재의 본질은 베일 속에 가려져 끝없는 기표의 그물망을 형성하고, 그러한 잔여물은 억압, 불안, 소외 등과 같은 일상적인 삶의 증상들을 파편화한다.

■ 참고문헌

1. 기본자료
최상규, 『악령의 늪』, 문학사상사, 1994.
최상규, 『새벽기행』, 예림기획, 1999.
최상규, 『형성기』(중판), 삼성출판사, 1975.
최상규, 『그 어둠의 종말』, 기린원, 1980.
최상규, 「밤의 끝에서」 외, 『최상규 전집』, 삼성출판사, 1985.

2. 논문 및 단행본
권택영, 『잉여쾌락의 시대』, 문예, 2003.
이대영, 「한국 전후실존주의 소설연구」, 충남대 박사논문, 1998.
이정윤, 「최상규 소설연구」, 경원대 박사논문, 1997.
Card, Claudia, 강수영 옮김, 『레즈비언 선택』, 인간사랑, 2004.
Freud, Sigmund, 김명희 옮김, 『늑대인간』, 열린책들, 2003.
Freud, Sigmund, 김미리혜 옮김, 『히스테리 연구』, 열린책들, 2003.
Freud, Sigmund, 김정일 옮김, 『성욕에 관한 세편의 에세이』, 열린책들, 2003.
Freud, Sigmund, 윤희기 · 박찬부 옮김, 『정신분석학의 근본 개념』, 열린책들, 2003.
Freud, Sigmund, 이윤기 옮김, 『종교의 기원』, 열린책들, 2003.
Freud, Sigmund, 황보석 옮김, 『정신병리학의 문제들』, 열린책들, 2003.
Kristeva, Julia, 김인환 옮김, 『사랑의 정신분석』, 민음사, 1999.
Žižek, Slavoj, 김소연 · 유재희 옮김, 『삐딱하게 보기』, 시각과 언어, 1995.
Žižek, Slavoj, 이수련 옮김, 『이데올로기라는 숭고한 대상』, 인간사랑, 2002.

Derrida, Jacques, *Writing and Differance*, Trans. Alan Bass, Univ. of Chicago, Great Britain by TJ international Ltd. Press, 1978.
Freud, By James, Strachey, *Civilization and Its Discontents*, New York: Norton, 1989.

■ 국문초록

  본고는 최상규 소설에 등장하는 주인공들의 도착화된 병리현상이 현대적 주체의 히스테리 특성임과 동시에, 아울러 이러한 병리현상이 현대적 주체의 '아버지 열망'과 연관됨을 밝히고자 한다.

  최상규 소설의 많은 부분은 '부자 관계'에 조명되어 있다. 아버지 살해, 동성애적 욕망, 원시적 공동체에 대한 향유 등은 결국 아버지와의 동일시적 욕망이 잠재된 것이라는 것이 본고의 주안점이다. 『악령의 늪』, 「형성기」, 「건곤」, 『새벽기행』 등에 나타나는 주인공들의 다양한 도착증적 현상은 후기자본주의 시대를 살고 있는 현대적 주체의 거세공포에 기인한다. 이 같은 주체의 병리현상들은 후기자본주의가 생산한 '잉여'적 생산물이다. 다시 말해 후기자본주의적 주체란 오인의 한 과정이며, 이는 결국 상징적 아버지에 대한 부정임과 동시에 강력한 힘을 가진 기원적 아버지에 대한 열망으로 이어진다.

  최상규의 소설에서 빈번하게 등장하고 있는 '위치 바꿈' '익명성' '기다림' 등의 개념들은 주체의 '오인'을 유도한다. 이것은 자본주의의 메커니즘인 사물화와 유사한 개념이다. 전쟁, 군부독재, 산업화와 도시화에 따른 병리현상은 잉여적 주체를 생산하는 메커니즘으로 작용하고 있다. '나의 여자'를 '그의 여자'로, '친구의 여자'를 '나의 여자'로 바꾸는 「가멸법」에서와 같은 위치 전도 현상은 히스테리적 환상에서 빈번하게 일어나는 양가적 현상의 일환으로, 이는 오이디푸스기에 기원을 두고 있다. 또한 복제인물 표상화되는 『새벽기행』의 '그'는 '나'의 오인된 표상물이다. 이때 '나'는 오인된 주체 그 자체로 존재할 때 블랙홀의 심연에서 벗어날 수 있다. 이러한 양가성은 주체 형성의 기원에 바탕을 둔 것으로, 그것은 결국 기원적 아버지에 대한 애정과 증오의 원천이다.

주제어: 오인, 히스테리, 오이디푸스기, 거세공포, 동성애, 잉여

■ Abstract

Choi Sanggyu's Novel as a Narrative of Seeking Father

Choi, Young Ja

The paper tries to disclose that the perverse pathological symptom of characters in Choi Sanggyu's novels is one of features of modern subject, hysterics, showing that such a pathological symptom is related with the 'father aspiration' of modern subject.

Many parts of Choi Sanggyu's novels shed light on the relationship between a father and son. Thus, the paper focuses that the murder of father, homosexual desire, and nostalgia to primitive community are caused by the potential desire to be identified with father. Varying perversion phenomena of characters in 『Swamp of the evil spirit』, 「The formative period」, 「Heaven and earth」, and 『Dawn journey』are traced back to the castration fear of the modern subject living in the post capitalism period. These pathological symptoms of the modern subject are surplus products made by the post capitalism. In other words, the subject of the post capitalism is one process of misconception. After all, it is connected with the denial of the symbolic father and an aspiration for the original father who has a powerful force at the same time.

The concepts frequently appearing in his novels, such as 'position change,' 'anonymity,' 'waiting,' and so on, induce misconception of modern subject. This is a similar concept to the materialization of capitalism. Pathological symptoms caused by war, military dictatorship, industrialization, and urbanization present that they work as a mechanism that produces surplus subjects. As position change like 'my girl' is changed into 'his girl' and 'my friend's girl' 'my girl' is one of ambivalent phenomena that frequently happen in a hysterical situation, it dates from the Oedipus period. 『Dawn journey』 Justice he is a symbol of which me is misconception. This time when existing with that oneself of the subject which is misconception there is a possibility of deviated from the abyss of the black hole. As such an ambivalence is traced back to the origin of forming a subject, after all it is a source of love and hatred toward the original father.

Key-words: misconception, hysterics, the oedipus period, castration fear, homosexuality, surplus

−이 논문은 2008년 11월 15일에 접수되어, 소정의 심사를 거쳐 2008년 12월 15일에 최종적으로 게재가 확정되었음.

대중소설의 이데올로기와 미학

― 정비석의 『자유부인』을 중심으로

목 차

Ⅰ. 대중문학을 위한 헌정(獻呈)
Ⅱ. 새로운 방법론의 모색―다관점적 해석학
Ⅲ. '부인'(否認)된 자유와 전통 윤리의 재현
Ⅳ. 권위적 목소리와 계몽의 서사
Ⅴ. 생산적 쾌락과 자발적 순종의 양가적 독서
Ⅵ. 나오며

진 선 영*

Ⅰ. 대중문학을 위한 헌정(獻呈)

포스트모던 문화연구의 일환으로 대중문화 연구가 '문화적 대중주의'(cultural populism)[1]로 전환되면서 최근 대중 서사의 새로운 가능성에 대한 연구가 활발히 진행되고 있다. 이러한 상황의 변화는 거대 패러다임의 변화, 문화산업의 지형 전환과 거기서 파생되어 급속도로 성장한

---

* 이화여자대학교

1) '문화적 대중주의'(cultural populism)는 문화의 창조적 전유를 통해 사회적 지배에 저항하는 대중의 능력에 주목한다. 이전의 문화 연구가 문화 형태의 구조화에 주목했다면, 이후의 문화 연구는 인간 행위자의 능동성에 보다 관심을 집중시키는 쪽으로 이행된 것이다.(존 피스크, 박만준 역, 『대중문화의 이해』, 경문사, 2002)

대중의 능동성에 대한 긍정적 이해, 본격문학과 대중문학의 경계가 흐려짐으로써 가능했다.

기존의 대중문학 연구는 본격문학, 순수문학, 중심부 문학에 대한 대타적 항목으로 대중문학 설정함으로써 그 경박성과 체제순응적 세계관을 비판하였다.[2] 이러한 근저에는 한국문학사를 관통하는 엄숙주의와 엘리트주의가 자리잡고 있는 듯하다. 하지만 소설은 발생론적으로 독자의 기호와 취향에 기대어 있으며 당대의 역사·사회적 교호관계 속에서 파악될 수밖에 없다. 가치론적으로 순수성과 엄숙성을 절대 기준으로 놓고 이항대립의 한 편을 부정적으로 평가하는 것은 정당한 평가라 할 수 없다.

대중문학 자체는 언제나 풍요롭고 열광적이었다. 대중문학은 당대 사회·역사의 변화와 맥락 속에 자리 잡고 있으며 대중들의 삶을 재구하면서 그들의 삶에 희망과 위로를 주었다. 대중 독자의 최근접에서 그들에게 활자의 힘과 이야기의 역사를 갈파하였다. '무목적'의 예술 가운데 대중문학만큼 '웃음의 미학', '치료의 기술'을 가진 매체가 또 있을까.

흔히 인문학의 위기, 소설의 종말 등이 지적되면서 문학과 독자 사이의 거리가 점점 벌어지고 있는 이때에 대중독자의 가장 가까운 곳에서 그들의 삶을 위무하는 대중문학에 관심을 돌리는 것은 문학의 본질과 문학의 생명력에 대한 현실적 물음이라고 할 수 있다.

Ⅱ. 새로운 방법론의 모색―다관점적 해석학

존 스토리는 대중문학을 "어떤 맥락에서 규정을 하느냐에 따라 여러

---

2) 김종회, 「우리 문학의 대중성과 경박성―그 발생론적 성격과 양상을 중심으로」, 『본질과 현상』, 2008년 봄호.

가지 모순들로 가득 채워질 수 있는 빈 그릇"3)에 비유한 바 있다. 대중문학에 대한 그의 시각은 다양한 담론이 교차되는 대중문학의 본질에 대한 정의이지만, 반면 어떠한 이론을 해석의 준거로 삼느냐에 따라 이현령비현령(耳懸鈴鼻懸鈴) 식이 될 수밖에 없는 대중문학 연구의 현 주소를 보여준다.

대중문학 연구 초창기에는 대중문학이 지닌 오락성과 선정성 등 긍정적 측면보다 부정적 측면이 부각되었다. 그 역시도 국문학 분야보다는 신문방송학적 차원의 접근이 두드러진다. 1990년대 이후에는 대중문학 연구가 학문의 장에서 본격화되면서 학위논문들이 쏟아지기 시작한다. 이 시기에는 대중문학이 문화사에서 문학사로 이행하는 경향을 보이며 대중문학을 미학적 측면에서 고찰한 논의가 주조를 이룬다.4)

그동안의 대중문학 연구가 연구 영역의 확대라는 외연적 확장을 이룬 반면 대중문학의 깊이와 문학성에 대한 천착은 미흡한 점이 있었다. 또한 특정 시기, 특정 작가에 대한 과도한 경도는 대중문학 내에서도 정전을 재배치하면서 배제된 작품과 작가를 주변화하였다.

이에 본고는 축적된 논의를 바탕으로 대중문학에 대한 통합적이고 다관점적인 연구 방법을 통해 대중문학 연구의 하나의 모델을 제시하고자 한다. 이때 '다관점적'5)이란 용어는 하나의 관점으로 수용될 수 없는 대중문학의 외연을 끌어안음과 동시에 대중문학을 '문학답게' 만드는 내연에 집중하는 해석학이다.

---

3) 존 스토리, 박만준 역, 『대중문화와 문화연구』, 경문사, 2002, 2쪽.

4) 대중문학의 연구사는 강옥희의 논문(「대중문학 연구의 현황과 과제」, 『대중서사연구』, 2004년 겨울호)을 참고하였다.

5) '다관점적'이란 용어는 대중적 인기를 얻고 있는 문화 텍스트들이 오늘날의 정치적 · 문화적 투쟁들과 어떻게 연관되어 있는지를 살펴본 더글라스 켈너의 문화연구에서 차용한 것이다. 그는 오늘날의 문화연구는 비판적이고 다문화주의적이며 다관점적인 차원에서 이루어 질 것을 주장하는데 이때의 '다관점적'의 기능은 실용성과 맥락성을 강조하는데 있다.(더글라스 켈너, 김수정 · 정종회 옮김, 『미디어 문화』, 새물결, 1997)

대중문학은 대량 생산을 모델로 하여 조직되어 왔고, 대규모의 수용자를 대상으로 해서 장르별로 제작되며, 관습적인 공식과 코드 그리고 규칙을 따른다. 이러한 이유로 대중문학은 다분히 상업적 형식을 띨 수밖에 없으며 오늘날의 주제와 관심에 부합해야 한다.

앞선 대중문학의 개념을 바탕으로 할 때, 첫째 대중문학은 그것이 산출되는 정치·사회적 토대를 바탕으로 텍스트가 담지하는 이데올로기적 측면에 집중할 필요가 있다. 대중문학이 시사성이 강하고 사회상을 담아내는 상형문자라는 지적은 당시 사회의 반영은 물론이거니와 당대 헤게모니에 일정한 지위를 부여함으로써 특정한 이데올로기적 입장을 드러낸다는 뜻이다. 대중소설은 순수한 오락물이 아니라 당대의 정치적 수사, 사회적 의제에 속박되어 있는 이데올로기의 산물이다. 그러므로 당대의 이데올로기가 어떻게 재현되는지 살펴보는 작업은 사회적 알레고리로서 대중문학을 이해하는 독법이다.

둘째, 대중문학을 장르문학으로 규정하고 각 장르별로 고유한 서사규칙과 관습화된 특징을 도출할 필요가 있다. 최근 대중문학 연구가 대중문학의 장르성, 서사전략에 대해 주목하는 것은 문학이 문학으로서 읽히지 않고 일종의 문화로서만 전유된 것에 대한 반성적 자세에 기인한다. 텍스트의 공식성은 이야기의 차원에서만 존재하는 것이 아니다. 장르성이 하나의 참조틀로서 독자들에게 작품을 쉽게 접근하게 하는 방향키가 되는 것은 형식상의 공식과 규칙이 존재하기 때문이다. 따라서 대중문학의 장르성에 대한 규명은 텍스트 내적 분석을 바탕으로 형식주의적으로 접근할 필요가 있다.

셋째, 문화적 대중주의에 힘입은 대중문학의 긍정적 평가는 "문학작품은 독자와 만나 비로소 문학적 사건이 된다"는 야우스의 이론에 힘입은 바 크다.[6] 대중문학의 최종 심급을 독자의 판단에 놓는 것은 대중독

---

6) 야우스, 장영태 역, 『도전으로서의 문학사』, 문학과지성사, 1983.

자의 읽기 행위가 단순한 이미지의 소비가 아니라 하나의 생산적인 과
정으로 정의되고 이에 따라 이론적 초점도 재현으로부터 기호학적 활
동으로, 텍스트적이고 내러티브적인 구조로부터 독해하는 실천으로 이
동하게 됨을 말한다. 이렇게 대중문학 텍스트를 소비하는 과정에서 그
것의 구체적인 이용, 소비-생산의 개별적 실천, 그 과정에서 생겨나는
새로운 창조성에 대한 주목은 대중문학 텍스트를 진보적 · 저항적 실체
로 이해하는 것이다. 즉 이제 문제는 "대중들이 무엇을 읽고 있는가"가
아닌 "대중들이 어떻게 그것을 읽고 있는가" "대중들이 왜 읽는가"이다.

대중문학은 강력한 대중적 파급력을 가지면서 사회적 통제력을 행
사하며 획일적인 지배 이데올로기를 강압적으로 부과하기도 하지만 텍
스트를 수용하는 독자들의 능력에 따라 조작에 저항하고 자신들이 섭
취한 내용물들로 스스로의 힘을 신장 시킬 수 있는 의미와 용도를 만들
어 내기도 한다. 결과적으로 대중문학 비평은 이데올로기와 대중독자의
창조적 전유를 통한 실천적 사용에 주목하는 다관점적 해석학을 필요
로 한다.[7]

본고는 다관점적 연구방법을 바탕으로 1954년 『서울신문』을 통해 발
표된 정비석의 『자유부인』[8]을 해석하고자 한다. 한국문학사에서 1950

---

7) 대중문학의 '다관점적 해석학'은 대중문화 연구의 역사적 계보를 통합한다. 영국문화
연구는 1970년대에 들어서면서 알뛰세의 구조주의적 맑스주의를 도입함으로써 이데올
로기의 문제를 중심적으로 사고하게 된다. 알뛰세는 '허위의식'으로서의 이데올로기 개
념을 비판하고 이를 인간이 처한 물질적 상황을 해석 · 이해 · 경험하는 개념틀로서 정
의하였다. 이데올로기는 단지 우리의 문화를 생산할 뿐만 아니라 우리 자신의 의식까
지 생산한다. 알뛰세의 이론이 갖는 함의는 특정한 문화적 형태가 어떻게 주체의 호명
을 수행하는지를 보여주었다는데 있다. 하지만 이후의 문화연구가 단순한 이데올로기
의 주입이라는 한계점에 봉착하게 되면서 대중문화를 적대적으로 폄하하거나 무비판적
을 찬양하는 양자택일 대신 문화실천과 이데올로기적 접합의 유동성을 강조하는 그람
시의 헤게모니론이 새로운 집중을 받게 된다. 1990년대 들어서면서 이데올로기론이 더
이상 탄력을 받을 수 없게 되자, 대중적 힘의 성장을 바탕으로 수용자의 개별적 쾌락과
해석적 자유에 대한 관심으로 이행된다.(강현두 편, 『현대사회와 대중문화』, 나남출판,
1995)

년대는 한국전쟁이 던진 가공할 만한 폭력으로 문학사의 마지막 소외 지대였다. 하지만 전쟁 이후에도 대중의 일상은 여전히 지속되었고, 오늘날의 베스트셀러를 능가하는 다양한 대중문학 작품이 생산, 독서되고 있었다. 양적으로 볼 때 대중문학의 전성기라고 할 수 있는 1950년대를 대표하는 대중문학 작품이 정비석의 『자유부인』9)이다. 『자유부인』은 대중문학의 공과(功過)를 명징하게 반영하는 1950년대적 문학적 증언이며 오늘날까지 여전히 그 파장을 지속시키고 있는 '살아있는' 문학 텍스트이다.

Ⅲ. '부인'(否認)된 자유와 전통 윤리의 재현

정치적으로 볼 때 1950년대는 일제식민 통치와 해방 연이은 한국 전쟁의 영향으로 국가의 헤게모니가 시장과 사회의 헤게모니를 압도하는 친미·반공의 시대였다. 해방에서 쿠데타에 이르는 '15년 이상의 막간극'(more than a 15-year interlude)10)에 해당하는 이 시기는 민족주의자·유교적 권위주의자로 여겨지는 고집불통의 지도자가 이끄는 '종속'의 시대였다. 그것은 공산주의와 비견될만한 또 다른 의미의 독재정치였고 체제 전반에 만연된 부패로 번성했으나 미국식 자유민주주의라는 달콤한 포장을 하고 있었다. 경제적으로 볼 때에도 '원조'라는 대외 종속적

---

8) 정비석, 『자유부인』(상)(하), 고려원, 1985.

9) 1954년 1월 1일부터 그해 8월 6일까지 『서울신문』에 연재되어 세인의 폭발적인 관심을 끌었던 『자유부인』은 당초 150회로 기획되었으나 높은 인기를 얻자 215회로 늘려 연재되었으며 연재가 끝나자마자 『서울신문』 가판이 5만 2천부나 줄어들었을 정도로 당대 최고의 베스트셀러였다. 신문연재가 다 끝나기도 전에 단행본으로 출판되어 7만 부가 팔렸고, 극단 신협에 의해 연극으로도 만들어졌으며 영화화 돼 상연되자 28일 동안 13만 명의 관객을 동원하였다.(서울신문사편찬위원회, 『서울신문 50년사』, 서울신문사, 1995)

10) 브루스 커밍스, 김동노 외 옮김, 『한국현대사』, 창작과비평사, 2001.

성격이 심화되면서 사회·경제적 불평등은 더욱 깊어졌고 이로 인한 국민들의 무기력, 지독한 실망은 문화적 차원에서 돌파구를 찾고자 한 경향이 있었다.

『자유부인』은 이러한 혼란한 전후 시기의 정치·사회적 상황과 속류적인 문화 현실을 "사회의 정신적 지표인 대학 교수 부부와 당시의 부패상을 상징하는 정치 브로커"11)를 중심인물로 세태를 고발한다.

1950년대와 『자유부인』의 공통항은 단연 '자유'라는 용어일 것이다. 1950년대는 범람하는 미국문화 속에서 무슨 일을 하든지 '자유'라는 단어를 수식어로 붙이지 않고는 말해 질 수 없을 만큼 정의되지 않은 '자유'가 넘쳐나는 시기였다.

오선영 여사에게 '자유'는 가정적 구속을 벗어나 집 밖의 세계에서 맛보는 '상쾌함'이다.

> 오선영 여사는 쾌활한 걸음거리로 대문을 나섰다. 그에게 있어서는 대문 밖은 자유의 세계였다. …(중략)… 오여사는 눈에 보이는 모든 것에서 상쾌함을 느꼈다. …(중략)… 아무든 거리에 나선 오선영 여사는 지극히 자유로운 기분이었다. 여자들이 외출을 위하여 화장을 할 때에는, 얼굴만을 화장하는 것이 아니라, 자유라는 화장품으로 마음조차도 화장을 하는 것인지도 모른다. <u>진실한 자유라는 것은 거리를 걸어다니는 여자들의 마음을 가리키는 것인지도 모른다.</u>(상권, 16쪽)

광(廣)결합어로서의 '자유'는 다층적 의미를 지닌다. 유한한 인간을 절대적 신으로부터 분리한 근대이후 주체의 자기보존의 독립성과 책임

---

11) 부정의 축을 형성하는 정치 브로커는 국회의원 오병헌만을 지칭하지 않는다. 애인이 있으면서도 오선영을 사모하여 춤으로 유혹하는 신춘호나, 아내와의 만남을 일생일대의 중대한 착오라고 고백하면서 오선영에게 접근하는 한태석, 최윤주를 유혹하여 이혼하게 한 뒤 동거하면서도 전혀 죄의식을 느끼지 못하고, 심지어 그 친구에게까지 추파를 던지는 백광진 등도 이런 부류에 속한다.

성을 강조한 '자유'는 근대적 자아의 합리성과 자율성에 대한 믿음을 기반으로 한다. 근대적 '자유'는 인간 이성에 대한 절대적 믿음을 바탕으로 한 무한(無限)의 개념이면서, 책임이 부과된다는 점에서 유한(有限)의 개념이기도 하다. '자유'는 개인적 자아가 도덕적, 윤리적으로 책임질 수 있는 경계를 넘어설 때 방종, 일탈, 허영, 허세, 타락 등으로 지탄받게 된다.

미국화된 문화가 범람하는 한 징후로 보아야 할 이 단어는 역사적 배경과는 무관하게 전후사회의 문화적 혼란을 은유한다. '자유'라는 말은 기의를 삭제한 채 기표의 세계로 옮겨지면서 속류화되는데 대문 밖을 나선 오선영에게 '자유'라는 개념은 화교회에 가입하기 위한 마음에서 촉발되었다. 사교모임인 화교회는 당대의 자유주의 분위기를 대변하는데 정부관료나 고관들의 부인만으로 이루어진 이 단체의 회원들은 사교춤에 능숙할 뿐만 아니라 이성교제에도 적극적이다. 첨단 유행의 옷을 입고 돈을 물 쓰듯이 하면서 자유롭게 애인들과 어울린다. 오선영의 위치가 집에서 멀어지면 멀어질수록 '자유'의 개념은 부정의 축에 가까워진다. "민주주의 세상에서 자유는 대통령도 침범할 수 없는 권리"(상권, 72쪽)라는 절대적 믿음하에 그녀는 조카의 정혼자인 대학생과의 춤바람, 유부남을 유혹하여 최후의 정사를 시도하는 등 '자유'의 극단치를 시험한다.[12] 이 때 민주주의는 개인의 치부마저도 신성불가침의 권역을 상징하는 말로, '자유'는 개인의 일탈과 무절제를 정당화시켜주는 논리로 과장된다.

방종하고 타락된 '자유'는 '거리'의 사상이다. 작품 곳곳에서 묘사되

---

12) 당대의 신문 지면은 연일 일탈과 방종이라는 이름하에 자행된 사건들을 대서특필하였다. 외간 남자와 간통하고 본 남편과 재산상의 문제로 법정에까지 서게 된 '박부미 사건'이나 '쌍벌 간통 제1호 사건' 등이 연일 신문의 사회면을 장식하였고, 댄스홀을 무대로 춤바람 난 여대생 등을 70여명이나 농락한 한국판 돈 주앙 '박인수 사건'은 이러한 시대상을 반영한다.(이임하, 『여성, 전쟁을 넘어 일어서다: 한국전쟁과 젠더』, 서해문집, 2004)

는 전쟁이 끝난 직후의 거리는 사람들로 들끓고 쇼윈도우에서는 휘황한 광선이 발산되어 전에 보지 못하던 새로운 풍경들이 연출되고 있다. 자유주의 사상이 만연하면서 청춘 남녀들은 대담무쌍하게 길 한복판에서 껴안고 키스를 하며 단성사 광고판에는 남녀간의 애정을 노골적으로 나타낸 그림들이 걸려 있다. 오선영은 이러한 풍경에 거부감을 갖기보다는 오히려 "신비의 세계요, 동경의 세계"라고 받아들인다. "진실한 자유라는 것은 거리를 걸어 다니는 여자들의 마음"이며, 대문을 탈출한 거리의 여성은 언제나 독부, 음부, 요부, 매소부로 전락할 소지가 다분하다는 언술은 전후 여성의 경제활동과 사회적 진출에 대한 위험스럽고 적대적인 사회 분위기를 재현한다.13) 그러므로 "자유와 방종이 혼동되어, 사회 질서가 그로 인하여 파괴될 우려가 있을 경우에는, 민주주의를 잠시 무시해도 좋으니 여성 각자에게 지각이 생길 때까지는 아낙네들을 엄중히 단속할 필요가 있을지도 모른다."(하권, 38쪽)

여성의 외출과 사회진출은 성적 방종과 일탈, 도덕적 타락의 길로 접어드는 첫걸음으로 서술된다. 오선영은 '화교회'에 참석하는 첫외출을 통해 자신의 처지를 타인과 비교하고 나름의 방식으로 지속적인 외출을 감행하기 위해 '취직'을 선택한다. 이후 그녀의 행보는 타락의 일로를 걷게 된다.

살림의 노예, 아내이자 주부로서의 역할에서 벗어나 진보적 현대여성으로 거듭나기 위해서는 '취직'이 전제 되어야 한다. 여성이 하나의 개체로서 사회적 정체성을 형성하는 계기가 되는 '취직'은 '아버지'가 부재하는 시대에 여성이 가부장이 될 수밖에 없는 시대상을 반영한다. 사회 경제적 테제로서 여성의 노동력은 개발되고 권장되어야 하지만 반면 여성이 경제적 능력을 획득함에 따른 물리적 권력의 이동은 가부장제 사회의 두려움에 대상이 된다.

---

13) 이시은, 「전후 국가재건 윤리와 자유의 문제—정비석의 〈자유부인〉을 중심으로」, 『현대문학의 연구』, 2005, 150쪽.

　오선영의 취직은 표면적으로 경제적 목적을 가지고 있지만 이면은 자유로운 시대 사조에 발맞춘 단조로운 가정 탈출로 처리된다. 오선영이 생활의 어려움을 토로하는 장면이 간간이 노출되기는 하지만 남편은 어엿한 대학교수로 생존의 극한으로 내몰린 당대 민중들의 실생활과는 거리가 먼 소수 혜택받은 사람들에 속한다. 그렇기에 오선영의 취직 플랜을 전후 사회를 관통하는 이데올로기적 메타포를 지닌 '작전계획'으로 명명함으로써 치밀함을 강조하는 이면에 공포감과 적대감을 조성한다. 취직을 허락받기 위해서는 십년 동안이나 동거동락해 온 남편을 적으로 설정하고 "적을 무찌르기 위한 가지가지 작전 계획은 실로 공산당 이상으로 무자비한 일이었다."(상권, 63쪽) 오선영의 취직을 위한 준비공작14)은 적의 아성을 일거에 함락시키려는 기막힌 작전 계획이었으며 "그만한 계획 밑에서 총공격을 개시한다면 제아무리 난공불락의 적성이라도 함락을 면할 길이 없다."(상권, 65쪽)

　한국전쟁을 통해 공산주의의 폭력성과 잔인함을 생체험한 사람들에게 여성의 취직을 괴뢰도당과 연결시키는 것은 물리적 공포와 불안을 조성하기에 부족함이 없다. 1950년대 반공주의는 냉전체제를 내면화시킨 한국사회에서 절대적 사상으로 규정력을 발휘하며 자유와 민족을 수호한 성스러운 담론으로, 균질화된 국민을 만들어내는 국가주의를 관철시킨다. '자유'를 만끽하고자 취직을 감행한 오선영의 행로를 다분히 범죄 행위로 처리하면서 그것이 북한 괴뢰도당의 사상과 공통점이 있음을 주지시킨다.

---

14) 첫째, 일하는 아이를 되도록 빨리 얻어 오는 것이었다. 적에게 거절당할 구실을 봉쇄해 버리기 위해서는 우선 일하는 아이가 절대로 필요하였다. 둘째, 대의명분이 분명할 필요가 있었다. 셋째, 수입의 문제였다. 만원을 더 불린 것은 남편의 대항을 심리적으로 약화시키자는 전술이었다. 이를테면 심리작전이다. 넷째, 취직은 자신의 의사가 아니라 어디까지나 올케의 권고에 의한 것이라고 주장하는 점이었다. 남편의 호감을 사는 데에는 그것도 대단히 필요한 심리전술이었다. 다섯째, 이야기를 끄집어내는 시기가 문제였다.(상권, 64-65쪽)

텍스트 안에서 다양한 형상으로 반복·변주되는 문화변동의 패턴은 전후 경제와 관련한 윤리적 부도덕의 만연과 여성의 사회 진출을 '가정으로부터의 일탈'로 규정하는 담론이다. 그것은 전쟁의 여파로 생겨난 도덕적 공황 상태에 갑자기 밀어 닥친 미국적 소비문화의 세속성에 대한 구체적인 반응이다.[15] 그렇다면 작가가 오선영의 일탈과 전락 그리고 회개의 과정을 통해 이야기하고자 하는 진정한 자유민주주의란 무엇인가. 또한 텍스트에 지속적으로 노출되는 '자유 민주주의'는 당대 지배이데올로기를 어떻게 재생산하고 경합하는가를 『자유부인』 연재예고를 통해 확인해 보자.

> 8·15 해방 후 조수처럼 급격히 밀려 들어온 민주주의는 봉건적인 부덕(婦德)이라는 제방을 여지없이 무너뜨리고 말았다. 그래서 바른 세계를 모르고 규방에 갇혀있던 여성들은 해방된 기쁨을 가슴에 안고 푸른 하늘로 푸른 하늘로 흩어졌던 것이다. 이 「자유부인」은 해방 후에 갈피를 못 잡는 이러한 여성세계의 얽히고 혼선된 한 폭의 풍속도를 그의 섬세한 솜씨로 한 가닥씩 풀어나간 시원한 작품이다. 아기자기한 구성과 함축성이 풍부한 <u>이 소설은 민주주의 여성들을 위한 하나의 한 새로운 '모랄'을 지향하는 작품으로</u> 만천하 독자와 더불어 그 연재가 기대되고 있다.[16]

1950년대는 식민지 해방과 함께 곧바로 뒤따른 한국전쟁으로 가치관의 혼란은 물론 의식의 공백상태로 다음 세기를 살아가야할 국민들에게 새로운 비전으로서 '현재적 주체'의 정립은 필수적이었다. 이러한 상황에서 '피로 맺은 우방' 즉 혈맹으로 다져진 한국인의 미국관은 다분히 우호적이고 긍정적일 수밖에 없다. 하지만 '해방의 은인', '자유민주주의 수호자'인 체제로서의 미국과 물질적 미국 문화를 받아들이는데 있어서는 양가적 반응이 뒤따른다. 미국을 동경하고 이상화하였으며 미

---

15) 유임하, 「전후소설과 대중문학의 상호연관」, 『한국문학연구』 20, 1998.
16) 『자유부인』 연재 예고, 서울신문 1953년 12월 23일.

274

국적 생활양식과 가치관을 피상적으로 모방하려고 하였으나 우리의 생활관습과의 차이에서 빚어지는 전환기적 혼란에 대한 두려움이 모순적으로 드러난다.[17] 전쟁의 참혹한 여파 속에서 밀물처럼 유입된 외래 문화는 전통적인 도덕과 가치를 급속하게 붕괴시켜 책임과 의무를 외면한 채, 개인들의 욕망만을 앞세우는 정신의 공백 상태를 불러왔다.[18]

여러 가지로 혼란한 시대를 살아내면서 미래를 준비해야할 국민에게 당위적 가치로서 주입되고 훈육된 사상은 다분히 전통주의적이며, 봉건주의적이다. 이러한 시기에서 작가가 찾고자 한 '새로운 모랄'은 과거로의 회귀에 가깝다. 그것은 여남동권(女男同權)의 시대에 여필종부(女必從夫)의 미덕을 최고선에 놓음으로써 강한 회귀본능을 작동시킨다.

정치적 민주주의와 경제적 자유주의는 남한 정부가 공식적으로 표방하는 이념 노선이었지만 이승만의 일민주의가 일관되게 강조한 것 중의 하나가 "물질과 정신의 일치"이다. 이는 결국 개인주의와 자본주의에 반대함은 물론, 자본주의와 공산주의 모두에 공통된다는 물질주의까지를 배척하는 이념의 형태로 나타나게 된다. 실제로 이승만은 "사익, 계급, 개인, 경쟁과 같은 근대 자유주의와 자본주의 이념"에 매우 적대적이었고 스스로 '국부'로 불리우길 원했던 데서 알 수 있듯이 강한 유교적 가부장제에 대한 지향을 숨김없이 드러내었다. 아닌게 아니라 일민주의는 가족 유기체론과 도의, 윤리론을 주장함으로써 유교와의 친화성을 공공연히 표방하기도 하였다.[19]

그렇기 때문에 『자유부인』은 다분히 대중적 통속성으로 포장되지만 강한 윤리성을 띠게 된다. "8·15이후 경박한 아메리칸이즘이 들어와서

---

17) 임의섭 외, 『한국인의 대미인식』, 민음사, 1994.

18) 강진호, 「1950년대의 현실과 도덕적 계몽의 서사―정비석의 『자유부인』을 중심으로」, 『한국의 대중문학』, 소화, 2001.

19) 박명림, 「1950년대 한국의 민주주의와 권위주의」, 『1950년대 남북한의 선택과 굴절』, 역사문제연구소, 1998, 109쪽.

우리나라의 윤리적인 과정의 면이 상당히 붕괴되고 있습니다. 이 붕괴되는 과정을 한번 들추어낸 것이 『자유부인』의 목적이고 주제입니다.”[20] 라는 백철의 언술은 『자유부인』의 메커니즘을 전통의 열렬한 욕망으로 환원한다.

> 　그 당시 〈자유부인〉에 대한 나의 근본적인 작의(作意)는 봉건주의 사회 에서 자유 민주주의 사회로 넘어가는 과도기의 가정적인 혼란상과 사회적 인 부패상을 소설로 그려 봄으로써 참된 민주주의란 어떤 것이어야 한다는 것을 보여주고자 하는데 있었다.[21]

　작가가 말하는 참된 민주주의란 전통적 가치질서의 회복으로서의 전통주의, 보수주의이다. 작가는 양가적 의미를 지닌 ‘자유’와 ‘민주’라는 용어의 부정적 가치를 강조함으로써 비판하기 위한 ‘자유’ 개념을 차용하였다. 결국 작가의 근본적 작의(作意)는 “현모양처이던 여성들이 자유라는 미명으로 얼마나 방종의 길을 걷게 되었으며, 그릇된 민주사조 때문에 미풍 양속이 얼마나 문란해졌던가.”(하권, 167쪽)를 비판하면서 “오직 나의 집만이 유일한 자유의 세계요, 행복의 보금자리”라는 미명의 깨달음을 전달한다. 이 작품의 진정한 표제는 ‘부인(否認)된 자유’인 것이다.

　이로써 『자유부인』은 전후의 멘탈리티를 극명하게 재현한다. 당대 이데올로기를 서사의 결속에 교직하여 교묘한 긴장관계를 유지하면서 담론을 재생산한다. 『자유부인』이 전후 최고의 베스트셀러가 될 수밖에 없었던 것은 표면으로 드러난 통속성이 대중독자의 독서 본능을 끌어안았고 그 안에서 추동되는 이데올로기가 지배이데올로기를 부드럽게 노출시킴으로써 화해로운 결말에 이른다.

---

20) 백철, 「한국문학의 현재」, 『사상계』 2월, 1955.
21) 정비석, 앞의 책(상권), 작가의 말.

IV. 권위적 목소리와 계몽의 서사

대중소설은 각 장르에 따라 공통된 특성을 드러내는 장르 소설적 성격을 지닌다. 각 장르에 따라 담화를 조직하는 요소가 달라지는데 추리소설에서의 범죄나 연애소설에서의 애정 갈등 등이 그것이다. 장르적 공식을 밝히는 작업은 대중소설의 텍스트성에 대한 접근이며 나아가 공식을 통해 예견될 수 있는 텍스트에 대한 독자의 반응을 분석할 수 있다.22)

그동안 『자유부인』은 연애·애정 소설 혹은 성애 소설 등으로 정의되었다.23) 표면적으로 드러난 오선영의 연애사가 작품의 성질을 규정한 것인데, 이것을 보더라도 대중문학의 장르시학이 제대로 유형화되어 있지 않음을 알 수 있다.

『자유부인』의 서사는 오선영과 장태연을 중심으로 전개된다. 오선영의 욕망에 의해 진행되는 애정사는 특별한 갈등상황을 만들어 내기 보다는 인물의 교체를 따른 다양한 양상만을 전개할 뿐 서사의 중심에 놓여 있지는 않다. 엄밀히 말해 이 작품을 연애소설(애정소설)의 범주에 넣기 어려운 것은 이러한 이유 때문이다. 연애·애정소설의 중심 축이라 할 수 있는 사랑의 문제가 전혀 드러나지 않으며 사랑의 궁극적 도달점인 인간에 대한 이해를 목적으로 하지도 않는다. 사랑에 대한 작가의 독특한 생각이 드러나지 않고 애정사를 단지 독자의 흥미를 끌기 위한 수단으로 사용하기 때문에 이 작품은 연애·애정 소설을 가장한 다른 유형의 소설임이 틀림없다.24)

---

22) 이정옥, 『1930년대 한국 대중소설의 이해』, 국학자료원, 2000, 99쪽.

23) 자유부인을 연애·애정·성애소설로 범주화하고 있는 논문은 다음과 같다. 안영숙, 「정비석 초기 연애소설 연구」, 부산대 석사논문, 2000; 김지연, 「정비석 소설 '자유부인' 인물 연구」, 동아대 석사논문, 2001; 서동훈, 『한국대중소설연구』, 계명대 박사논문, 2003.

24) 연애소설에서는 ① 사랑 또는 연애의 과정이 전면적으로 나타나야 한다. 만일 그 사랑이 부분적이거나 부차적인 요소에 지나지 않는다면 이는 연애소설에 속하지 않는다.

『자유부인』의 서사는 표면적으로 매우 복잡하게 얽혀 있는 것처럼 보이지만 사실은 매우 단순하다. 중심이 되는 두 인물 이외에 동원된 여러 인물들은 중심인물의 심리와 행동에 영향을 미치거나 배경으로서의 기능만을 담당한다. 장르론적으로 연애·애정소설로 분류되는 작품에서 흔하게 볼 수 있는 애정 갈등이 이 작품에서는 중심 기능을 상실하고 주변 환경으로서의 기능만을 갖는다. 이러한 변화는 소설이 시대적 서사로서 담당해 온 기능의 변화와 무관하지 않다. 1950년대 전후 대중소설은 새로운 주체정립과 민족주의라는 시대적 분위기나 요구에 대응하는 하나의 태도를 보여주고 있다고 볼 수 있다. 이와 같은 변화의 맥락에서 부각되는 서사적 특징이 서술자의 계몽적 위치와 권위적 목소리이다.[25]

일찍이 정한숙은 이 작품을 "해방과 함께 몰려온 서구 자유주의 물결과 그로 인해 조성된 사치와 허영의 풍속도를 묘파한 이른바 세태풍속소설"[26]로 정의한 바 있는데, 작가의 의도가 시정세태의 객관적 묘사보다는 자신의 도덕적 의도를 설파하는데 모아져 있는 까닭에 세태소설이라는 범주보다는 대중문학의 하위 장르로서 '계몽소설'로 보는 것이 온당할 것이다.

서사체를 구성하는 원리의 주조정자는 '작가의 의도'인데 그것은 서사 내부에서 작가적 분신이라 할 수 있는 서술자의 목소리를 통해 드러난다. 서술자는 평가하는 사람이고 민감하게 지각하는 사람이고 관찰하

---

② 연애 과정 자체를 이야기 전개의 중심축으로 만들기 위해 그 사랑을 방해하는 요소나 인물 들이 반드시 나타나야 한다. 만일 그런 장애 요소가 무시해도 좋을 만큼 거의 미비하거나 약화되어 있다면 이는 연애소설로 보기 힘들다. ③ 소설 속의 사랑이 인간 간의 깊은 이해나 화합을 목표로 해야 한다. 그렇지 못하다면 즉 연애의 목표가 궁극적으로 인간에 대한 혐오나 진정한 인간관계를 단절 시키는데 있다면 그런 작품을 연애소설에 포함시킬 수는 없다. 연애소설의 경계를 놓고 보더라도『자유부인』을 연애소설로 범주화하기는 어렵다. 김창식,『대중문학을 넘어서』, 청동거울, 2000.

25) 김영애,「『자유부인』에 나타난 인물 형상화에 관한 연구」,『현대소설연구』28호, 2005.
26) 정한숙,『현대한국소설론』, 고려대 출판부, 1977.

는 사람이다. 일반적으로 독자는 "세계를 그 자체로 이해하는 것이 아니라 한 관찰하는 정신이라는 매개를 통해 인식"한다.[27] 그러므로 서사 텍스트의 분석에서 서술자와 그에 관련된 서술상황을 고찰하는 것은 텍스트에 나타난 '관찰하는 정신'을 규명하는 일이며, 서로 다른 중개적 상황이 유발하는 효과를 밝히는 작업이 된다.

계몽소설을 이해하는 독법으로 『자유부인』에 특징적으로 드러나는 서사전략은 서술자의 권위적 목소리이다. 권위적 목소리로 이야기가 전개될 때 독자의 의식은 특정방향으로 고정되고, 독서의 진행 방향은 서술자의 의도대로 유도된다. 즉 작가는 이 소설을 단순히 즐거움을 주기 위한 이야기로 쓴 것이 아니라 특정 이념을 독자에게 주입하기 위해 쓴 것이므로 독자의 독서 방향은 일정하게 교정되는 것이다. 서술자가 나서서 자신의 의도를 끊임없이 드러내고 또 자신의 가치관과 인물에 대한 직접적인 평가를 내림으로써 독자는 서술자의 의도를 그대로 따라가기만 하면 된다. 이는 서술자의 목소리를 권위적으로 만들고, 서술 세계에 대해 교화적 태도를 형성하게 한다.

권위적 목소리를 드러내는 서술 양상은 초점자인 오선영에 대한 태도에서 특히 두드러진다. 오선영이 춤을 배우기 위해 신춘호를 찾아간 자취방에서 그녀가 순진함을 가장하여 신춘호를 유혹하자 서술자는 논평적 해석을 통해 비판적 시각을 드러낸다.

> 여자들의 의견을 들어보면, 여성을 유혹하는 악당은 언제나 남성이라고 한다. 천만의 말씀이다. 여자들은 언제나 자기감정에 흥분해서 스스로 유혹을 환영하는 것이다. 다만 그 유혹의 그물에 걸려 들어서 억울하게도 죄인 신세가 되는 어리석은 존재가 남자일 뿐이다.(상권, 75쪽)

서술자는 오선영의 행동을 "천만의 말씀"이라는 과장된 언술로 부

---

27) 스탄젤, 김정신 역, 『소설의 이론』, 문예출판사, 1991, 19쪽.

정하고 그 행위를 여성 본연의 본성으로 처리한다. 개체적 인물인 오선영을 "인류 억만대의 죄악을 남긴 장본인"인 '이브'로 일반화 시킨다. 특수한 경우의 의미를 한 집단이나 사회, 혹은 인류 전체에 까지 적용할 수 있도록 확대시키는 일반화는 그럴 듯함의 요구 때문에 생겨난 것으로 "골치 아픈 역사적 시기에 있어서 그 코드들(작가의 사상)이 외견상 리얼리티를 확립할 만큼 강력하지 않기 때문"에 등장한다. 그러므로 일시적으로 창조된 작가의 특유의 핍진성이 좀 더 널리 보급되는 것이기는 하나 "고도로 자의적인 것"이 될 수 있으며 이는 일시적으로 뒤집어질 수 있는 것이다.[28]

> 아내란 무슨 일에나 배반을 하기 시작하면 아무리 하찮은 일에도 철저한 기질을 가지고 있기 때문에 그 본능이 무섭다는 말이다.(상권, 66쪽)

> 알고도 속는 어수선한 것이 사내들이다. 오여사는 그 점을 교묘히 이용하는 것이었다.(상권, 83쪽)

> 자기는 자기대로 애인이 있으면서, 남편더러는 자기만을 위하라고 하는 데서 이혼 소동이 일어난 듯싶다. 여자란, 워낙 반성할 줄을 모르는 생물인지도 모를 일이었다.(상권, 142쪽)

서술자의 교조적 해석은 여성의 본능을 논평함에 있어 최고조를 이른다. 여자는 태생적으로 본성은 어리석으나 상황 대처 능력이 철저하고 성격상 교활하며, 남의 구체적인 불행을 통해서만 자신의 행복을 인식할 수 있기에 그 영악함이 무섭다. 여자는 허영의 노예이며 반성할 줄 모르는 생물이다. 이에 반해 남성은 알고도 속고 모르고도 아는체하지 않는 다분히 관용과 포용의 정신을 가진다.

---

28) 시모어 채트먼, 김경수 역, 『영화와 소설의 서사구조』, 민음사, 1990, 299쪽.

서술자의 해석은 인물의 말이나 생각, 행동에 대해 숨은 뜻이 무엇인지 직접 설명한다. 이러한 방식은 우월적인 위치에 있는 서술자가 서술 대상에 대해 적극적으로 그 의미를 정당화하고, 독자가 자연스럽게 느끼도록 유도하는 것이다.

서술자의 해석과 판단에는 '가치'의 문제가 개입되므로 서술자의 도덕적 입장까지 드러난다. 판단은 정보의 측면에서 서술자가 다른 등장인물들에 비해 훨씬 많은 것을 알고 있으며 또한 그 정보의 질에서도 우월하다는 자신감이 스며들어 있음을 의미한다. 그렇기에 서술자는 인물들을 평가하고 판단하는데 주저함이 없다. 이와 같은 윤리적 도덕적 가치 평가에 근거한 설명은 일종의 "작품에 대한 각주"이며 "현학 취미를 곁들인 소설상의 요소들"이다.

> 시대 풍습이란 무서운 것이다. 오병헌 국회의원은 선거 운동을 위하여 장교수에게 생활 보장을 운운하였고, 국회의원 마누라는 돈을 꾸기 위해 시누이에게 점심을 사겠노라 하였고, 오선영 여사는 밤 외출을 하려고 자식들에게 만화책을 선사했거니와, 아이들은 아이들대로 어머니의 약점을 이용하여 어머니에게서 돈을 낚아내는 것이었다. 천진난만한 행동으로 보면 그만이기는 하겠지만 만약 그런 행동에 죄가 있다면 그 죄는 어린 아이들에게 있는 것이 아니라, 사회 전체에 있는 것이다.(상권, 29쪽)

오병헌은 물론이거니와 장교수, 오병헌의 마누라, 오선영, 아이들까지 인간 본연의 약점을 노출하면서 서술자의 논평으로 재단된다. 서술자의 전체적 조감 아래 그것은 인간 본성의 악함보다는 전체 사회의 구조적 모순으로 드러난다.

『자유부인』의 서술자는 지식의 측면에서 볼 때, 등장인물 누구보다도 가장 많이 알고 있으며, 시간의 측면에서 볼 때도 과거에서 미래까지를 모두 포괄하고 있고, 윤리적 도덕적 측면에서도 누구보다도 정당하다. 이러한 지적 우위와 진지함을 소유한 서술자이기에 『자유부인』은 권위적 목소리의 지배를 받는다. 수화자 내지 독자는 지식과 인지 능력, 윤리성에서 열등한 위치에 놓인다. 수화자로 작품 속에 투영된 독자는 지식을 전달해야 하는 대상이며 올바른 삶의 자세를 가르쳐야 하는 대상이다. 이로써 이 작품의 서술자는 교화적 서술 태도를 지니고 있으며 계몽주의적 인식론을 토대로 삼고 있다고 할 수 있다.

이러한 인식론을 바탕으로 결말에 이르러 『자유부인』의 등장인물들은 하나같이 회개하거나 벌을 받는다. 오선영은 집을 뛰쳐나와 며칠을 보낸 뒤 아이들과 남편을 그리워하고 가정을 버리는 것이 자유롭기보다는 오히려 부자유스럽다고 생각한다. 신춘호는 향락에 젖어 있던 생활을 청산하고 착실한 삶을 살겠다는 다짐으로 미국 유학을 떠나고 한태석은 가정으로 돌아가 아내와 단란한 시간을 보내고 있다. 정치의 부패상을 보여주었던 오병헌은 금권 선거 혐의가 포착되어 경찰에 구금되었고 오병헌의 집은 쥐새끼 한 마리 드나들지 않을 정도로 썰렁하거나, 꾸어준 돈을 받으러 온 사람들에 의해 들끓는다. 자유를 찾기 위해 남편과 자식들을 버리고 가정을 나온 최윤주는 "돈은 돈대로 빼앗기고 사랑은 사랑대로 속은데다가 몸은 몸대로 망쳐서, 글자 그대로 만신창이"(하권, 260쪽)가 되었다.

텍스트에서 부정적인 것들을 극복하는 대안적 존재로서 장태연 교수가 배치되어 있다. 『자유부인』에서 유일하게 계몽의 세례를 받은 그는 사회적 양심과 지식의 권위를 가진 전형이다. 집안의 중심이자 사회의 중심부에서 타락한 정치와 사회 경제에 대응되는 도덕적 가치의 체현자로서 계몽적 열정과 구도자적인 생활방식을 가지고 양심과 사회윤리를 재건하는 역할을 부여받고 있다.

작가는 이 작품을 연재하는 당시 한글 간소화 파동[29)]이 이슈화되자

---

29) 한글 간소화 파동은 한글 철자법의 개정을 둘러싼 대립과 갈등으로 이승만 정부가 현행 철자법(한글 맞춤법 통일안)을 버리고 1910년대의 번역 성경에 쓰인 철자법으로 돌아갈 것을 지시한 데서 촉발된다. 이 파동은 단기간에 물리적 행동력을 동원하여 위로

소설의 후반부에서 장태연이 한글 학자인 점을 적절하게 활용한다. 장태연은 한글 맞춤법 개정안에 대해 열렬히 비난하고 그 부당성을 역설하는데 장태연의 영웅적 모습은 다른 누구보다도 오선영에 의해 강력히 인지된다. 지금까지 남편을 무시하고 한글을 '홀소리 닿소리'라는 말로 비아냥거리던 오선영은 자신의 무지한 태도를 반성함은 물론 공청회장에서의 남편의 모습을 통해 순교자적 모습과 험난한 시대를 온 몸으로 부딪치며 자신의 의지를 관철시키는 영웅의 모습을 발견하게 된다. 장태연은 혁명적이거나 행동주의적 노선을 표방하지는 않지만 자신의 신념과 의지를 끝까지 관철시키면서 의지를 시험하는 1950년대판 영웅의 모습을 지닌다.

서술자의 계몽주의적 태도는 장태연의 서사와 오버랩되면서 혼란에 빠진 민족을 바른 길로 인도하는 가부장을 통해 위기에 처한 가족관계를 복원함과 동시에 자신의 위치를 재정립하는 계기를 마련한다. 결국 서술자는 자본주의의 물신에 지배당하는 인물인 오선영을 통해 전통적인 가치의 소중함을 역설하고 가부장의 우산속으로 걸어 들어가게 만든다.

> 가정적 구속을 받아 가면서 남편을 받들고 자식들을 지도해 나가는데 진정한 자유가 있었던 것이다. …(중략)… 결국 잃어버린 것은 남편과 자식들이었고 얻은 것이라고는 처량한 신세뿐이 아닌가. 진정한 자유가 자기 집 안방에 있는 줄을 모르고 거리에서 찾아 보려고 했기 때문에 백광진에게는 사기를 당하였고, 한태석에게는 기만을 당하였다. …(중략)… 가정! 여자들은 가정을 떠나서는 자유도 행복도 있을 것 같이 않았다. 왜냐하면, 여자들의 자유와 행복이란 오리지 결혼이라는 토대 위에서만 성립될 수 있기 때문이다.(하권, 240-241쪽)

부터 강압적으로 추진된 것으로 비민주적이며 불합리, 비효율성을 근거로 반대파의 열띤 저지를 받게 된다.(오영섭, 「이승만과 한글파동」, 『1950년대 한국사의 재조명』, 선인, 2004)

V. 생산적 쾌락과 자발적 순종의 양가적 독서

대중성을 확보하기 위해 작가들은 흔히 마음속으로 자신의 작품을 읽어 주리라 기대하는 독자층을 미리 상정하고, 그 독자층의 문학적 능력에 맞추어서 텍스트 전략을 세운다. 따라서 작가는 당대 독자들의 희망과 기대를 반영하며, 독자는 소설을 읽는 과정에서 텍스트에 대한 사전 지식이나 문학적 관습, 시대적 환경 등을 바탕으로 텍스트에 대한 기대 지평을 가질 수 있다. 『자유부인』이 전후 최대의 문제작이자 최고의 베스트셀러임을 감안할 때 작가의 의도와 독자의 요구는 정확히 일치하였다고 할 수 있다.

당시 신문소설 독자들의 상당수가 중산층 여성들이었음을 감안할 때,[30] 이들은 누구이고 왜 『자유부인』에 열광하였으며 무엇을 느꼈으며 이러한 체험을 통해 어떠한 사회적 정체성을 갖게 되었는가를 살펴보는 것은 대중문학 텍스트가 촉발하는 다원적 기능에 주목하는 것이다.[31]

1950년대는 '자유부인'의 시대이다. 당대적 의미에서 소설 텍스트로서의 『자유부인』은 전후 여성의 일탈과 자유, 미국적 라이프 스타일과 소비문화, 봉건적 가치관의 붕괴와 윤리의식의 혼란을 재현한다. 오늘날의 '자유부인'은 일탈과 방종을 일삼다 결국 남성 가부장의 이해와 관용으로 징치(懲治)되는 여성 대명사로서의 메타포를 지닌다.

앞서 살펴보았듯이 『자유부인』은 당대 이데올로기의 투사체로 지배 담론의 헤게모니를 재현하고 있다. 하지만 텍스트의 결말이 조화롭고 이데올로기적으로 성공한 것처럼 보일 때조차도 서사 내적으로 긴장과 불일치가 발생하는 지점이 있다. 대중문학의 많은 메시지들은 잠재적으

---

30) 김동윤, 『신문소설의 재조명』, 예림기획, 2001, 51쪽.

31) 대중문학의 기능적 특성은 팬들이 종속 문화를 통해 자신들의 사회적 정체성과 체험을 의미화한 뒤 강한 사회적 행동을 보이거나 아니면 보상적인 환상 수준에 만족하게 되는 특성을 의미한다.(존 피스크, 손병우 역, 「팬덤의 문화경제학」, 『문화, 일상, 대중문화에 관한 8개의 탐구』, 한나래, 1996, 193쪽)

로 작용하지만 이데올로기처럼 인지적 지식으로만 설명할 수 없고 비인지적 차원도에서 작동되는 것도 있다. 작가의 의도가 서사의 행간에서 엇나가는 지점을 통해 능동적 독자는 창조적 전유를 통해 '나만의' 독해를 수행한다. 그렇기에 대중문학 텍스트는 수용자들이 특정 순간에 무엇을 느끼고 생각하는가를 보여줌으로써 그들의 공포와 희망, 꿈과 악몽을 접합하고 따라서 새롭고 중요한 사회심리학적 통찰의 원천을 제공한다. 결국 이러한 입장은 대중문학의 즐거움(쾌락)을 이데올로기적 관점에서 접근하기 보다는 그것이 우리 삶의 맥락 속에서 구체적으로 실현되는 과정에 주목하는 것이다.

『자유부인』이 일차적으로 독자의 관심을 끈 것은 당대의 문화적 조류를 반영하는 미국적인 라이프 스타일과 소비문화를 텍스트의 전면에 배치하고 있기 때문이다. 『자유부인』은 오선영의 시선을 통해 상류층의 새로운 유행 현상을 자세히 묘사한다. 독자는 이러한 과정을 통해 자신들이 가보지 못한 낯선 곳을 추체험하게 된다. 이러한 정보의 새로움은 독자들에게 사회 현실을 보다 알기 쉽게 설명해주는 기능을 함은 물론, 상류사회의 세부적인 묘사를 통해 호기심을 만족시키는 효과를 갖는다. 결국 독자들은 자신들의 생활과는 거리가 먼 소수의 혜택 받은 사람들만으로 이루어진, 상상만으로 그려보던 상류사회의 면모를 직접 목도하는 만족을 얻게 된다. 더불어 작가의 해석적 서술을 통해 특권계층의 위선적 가면이 벗겨지고 그들의 타락하고 방종한 생활이 속속들이 드러날 때 일종의 '권위 깎아내리기'에서 오는 즐거움을 만끽한다.[32]

일상생활의 삶의 맥락에서 작용하는 즐거움은 미시 정치적 수준의 즐거움이다. 그것은 의미를 생산하는 쾌락이며 이 때 의미는 유관성과 기능성을 가진다. 유관성이란 지배세력과 그에 대한 저항이 개인의 경험 속에서 공존한다는 것이고, 기능성은 이런 의미들이 일상생활을 이

---

32) 김창식, 「신문소설의 대중성과 즐거움의 정체」, 『오늘의 문예비평』, 1997.

해하는데 사용될 수 있을 뿐만 아니라 또한 일상생활 속에서 이루어지는 개인의 내면적 혹은 외적 행동들을 변화시키는 데도 사용된다는 것이다. 즐거움은 바로 이러한 유관성과 기능성으로부터 나온 복합적인 산물이다. 다시 말해서 독자가 하나의 텍스트를 바탕으로 만들어내는 의미는 그것이 독자 개인의 의미이고, 또 나의 일상생활과 실질적으로나 직접적으로 연결되어 있다고 나 자신이 느낄 때 비로소 쾌락일 수 있는 것이다.

상류사회 엿보기를 통한 호기심의 충족과 즐거움은 독자의 심리적 수혜를 입고 있는 오선영에게도 자신의 처지를 재인식하고 삶의 나아갈 방향에 대한 새로운 모색으로 이어진다. 오선영은 그동안 남편 뒷바라지와 가난한 살림살이 속에 갇혀 있는 자신의 삶을 '노예의 생활'로 인식하고 자식과 남편을 버리고 인형의 집을 나온 노라처럼 '진정한 자유의 세계'로 발걸음을 옮겨놓겠다고 다짐한다. 시대는 변화하는데 홀로 '홀소리 닿소리의 세계'에 살면서 "현실을 장님처럼 무시하는 남편은 질색"이라거나 "일부종사란, 가소로운 봉건 사상일 뿐, 어리석은 남편을 섬기면서 한평생을 고생꾸러기로 살아간다는 것은 개화된 세기에 있어서는 여성의 면목상 용납할 수 없는 일 같았다. …(중략)… 아내는 누구를 믿고 무슨 재미로 살아가란 말인가." 등의 대사회적 발언은 독자들에게 그동안 자신들을 억눌러온 가부장제 이데올로기에 대한 저항을 불러일으킨다.

독자들은 능동적 독서를 통해 가부장제도의 가치들과 대립되는 여성의 가치를 발견한다. 그동안 여필종부(女必從夫), 일부종사(一夫從事) 등으로 강요된 봉건적 억압성, 수동성, 여성존재의 가치론적 폄하 등에 항변의 목소리를 발산한다. 취직이라는 사회적 행위를 통해 발견된 여성의 새로운 가치는 '일을 통해 얻게 되는 새로운 보람'이나 '무가치하고 의미없는 존재로 여겨졌던 자신의 능력에 대한 발견' '사회인으로서 경쟁과 유혹을 이겨내' 근대적 주체로 정립되는 이전에는 익히 경험할 수 없었던 사회적 존재로서의 정체성이다.

이러한 가치들은 보다 정치적인 성격을 띠는 권력적인 가부장제도
의 가치들보다 도덕적으로나 사회적으로 우월하게 느껴진다. 가부장제
가치들은 독자나 여주인공을 괴롭힐 수 있으나 그녀를 완전히 종속시
키지는 못한다.

종속적인 가부장제 가치들에 엇나가는 오선영은 자신의 욕망을 마
음껏 실현한다. 이러한 이유로 오히려 긍정적 인물인 장태연은 죽은 인
물로, 부정적 인물인 오선영은 살아 움직이는 입체적 인물로 형상화된
다. 그녀는 욕망의 충동에 따라 자연스럽게 움직이면서 갈등을 느끼고
그 갈등의 결과에 의해 좌우되는 인물이다. 육체적 욕망을 자연스럽게
노출시키는 오선영의 발언은 자신의 섹슈얼리티를 노출할 수 없었던
당대 여성 독자들의 사회적 창구 역할을 하면서 그녀들의 억눌린 불만
을 발산하는 창구 역할을 한다.

> 약혼시절에 오여사가 장교수의 하숙방에 놀러갔을 때에도, 지금 신춘호
> 의 방에서와 똑같은 동물적인 냄새가 났다. 그것은 아마 독신 남자들의 냄
> 새인지도 모를 일이었다. 결코 향기로운 냄새는 아니지만 어딘지 모르게
> 그리운 냄새이기는 하였다.(상권, 71쪽)

> 여자처럼 얌전해 보이는 신춘호의 어디에 그런 야만성이 숨어 있었던가
> 하고, 오여사는 신춘호의 사과 먹는 모양을 머엉하게 바라보았다. 남성들
> 의 야만성에 대해서 여성들은 경멸과 동시에 일종의 황홀감을 느끼는 법이
> 다.(상권, 74쪽)

> 여자들이란 귀여운 자식을 품에 안아 봄으로써 어머니로서의 애정을 더
> 한층 절실하게 느끼게 되는 것과 마찬가지로 남편의 억센 팔에 힘차게 껴
> 안겨야만 비로소 아내로서의 행복을 명확하게 깨닫는 법이건만, 남편은 여
> 자들의 그러한 본능을 전연 모르는 성 싶었다. 오선영 여사는 그것이 불만
> 이었다.(상권, 75쪽)

가정주부가 독신남의 방에서 맡게 되는 동물적 체취, 사과를 왈칵 씹어먹는 모양에서 느끼는 황홀한 야만성, 억센 팔로 으스러지게 안겼을 때 느끼는 근육의 흥분. 후각, 미각, 촉각에 작용하는 성적 흥분은 오선영의 육체와 독자의 신체에 작용하여 환락(jouissance)의 경지를 이끌어 낸다. 환락은 독자가 텍스트를 읽는 순간 독자의 육체 안에서 생겨난다. 다시 말해서 환락은 텍스트와 독자가 성적으로 흥분하여 그들 각자의 정체성을 상실하여 그 육체가 의미나 규율 따위는 무시한 채 그들 자신의 것, 오직 그들 자신들만의 것이 되는 그 순간에 생겨난다.

권한과 성적 관계들에 대한 자기본위적이고 자기 생산적인 의미들은 혼합되어 있다. 독자는 그녀 남편들과의 일상적 관계들을 통해 발휘되는 가부장제도의 권력에 도전해야 하는 동기를 갖게 되고, 또 그 권력 내부에 그녀 자신의 공간을 확장하여, 비록 사소하기는 해도 그녀 자신에게 재분배해야 하는 동기도 갖게 된다.

하지만 독자들이 느끼는 환락의 즐거움은 주인공이 육체적 정절을 훼손되는 순간 깨져버린다. 여기서 독자들의 양가적 감정이 발생되는데 훔쳐보기, 느끼기, 만지기 등의 신체적 접촉은 반드시 일정한 경계치를 넘어서면 안 되는 것이다. "육체적 쾌락을 정신면에서 노려 보려고 하였다"는 발언을 통해 알 수 있듯이 육체적 쾌락을 신체로 발현하였다면 독자들의 감정이입은 차단되고 결국 오선영은 최윤주와 마찬가지로 부정적으로 귀환되었을 것이다. 그것이 도를 넘지 않는 육체적 장난에서 정신적 유희로 결말지어졌기 때문에 독자는 안도하며 책을 덮을 수 있는 것이다.

『자유부인』은 표면적으로 주인공 오선영의 사회 진출과 춤바람, 그리고 불륜이라는 소재를 통해 수세기 동안 억눌려온 여성의 삶을 전복하고자 하는 환상적인 면모가 그려진다. 그러나 다른 한편으로 자유를 찾아 나섰던 가정주부가 파멸 직전으로 몰리고 결국 남편의 용서를 받고 집으로 귀환한다는 결말을 통해 여성의 자유란 가부장적 이데올로기하에 종속될 수밖에 없음을 드러낸다. 결국 『자유부인』속에는 가부장적 이데올로기를 전복하고자 하는 욕망과 가부장적 이데올로기를 더욱 견고하게 완성하는 이중성이 공존하게 되는 것이다. 그리고 이러한 이중성은 주인공 오선영으로 하여금 독자들의 이중적 감정이입을 이끌어 낸다. 즉 오선영이 남성의 권위에 도전하고 순간적으로나마 그것을 획득하는 가운데, 독자는 그것이 비록 정당하지 못한 방법에 의한 것일지라도 관여를 통한 즐거움을 느끼게 되며, 동시에 오선영이 어떠한 처벌이나 제재를 받을 때에는 이탈의 해독 위치를 갖게 되어 좌절감을 최소화하게 된다. 독자의 해석은 언제나 모순 대립적이다. 그것들은 반드시 저항의 대상과 그에 직접적으로 저항하는 양쪽 모두를 포함할 수밖에 없다.

오선영의 행적은 독자들에게 한여름밤의 꿈과 같은 백일몽을 선사한다. "험상궂은 꿈을 꾸다가 깨어난 것 같았다." 그런 뉘우침이 들자 불현듯 그리워지는 곳이 '나의 집'이었다. 오직 '나의 집' 만이 유일한 자유의 세계요, 행복의 보금자리라고 생각되었다.

VI. 나오며

대중소설의 공과를 한 몸에 안고 있는 이 작품은 다양한 담론들의 교차점에 놓여있으며 그렇기에 접근방법에 따라 새롭게 조명될 수 있는 풍요로운 소설이다. 이데올로기적으로 보자면 과도기에 새로운 모랄을 정립하기 위해 허영과 타락의 일로를 걷는 여성 주인공을 중심으로 진정한 자유의 길이란 결국 일부종사, 여필종부라는 전통적, 봉건적 세계임을 나타낸다. 이것은 미국식 자유민주주의라는 대의 정치를 표방하면서도 그 소비적 문화에 대해서는 정신의 우위를 강조하여 부정적으로 반응한 당대 지배이데올로기의 모순성을 드러낸다. 텍스트의 서사전략으로 볼 때 『자유부인』의 장르는 '계몽소설'에 가깝다. 등장인물과 독자보다 우위에 위치하면서 권위주의적 목소리를 발산하는 서술자는 장태연의 서사와 오버랩되면서 도덕적·윤리적 태도를 드러낸다. 독자들이 이 텍스트를 읽을 때는 서술의 지점과 독해의 지점이 엇나가는 부분이 발생하게 되는데 이곳에서 독자들은 쾌락과 순종의 양가적 독서를 수행한다.

대중문학의 외연과 내연을 좀 더 깊이 있고 다양하게 해석하고자 시도한 본고는 대중문학이 순수문학에 대비되어 가치론적으로 평가받기보다는 통합적이고 진단적으로 비판받고 이해되기 위한 하나의 모델을 제시하고자 하였다. 이것은 대중소설에 대한 무조건적인 찬양이나 부정이 아닌 대중의 '독서사'에 대한 사회적·문학적·심리학적 해석이다.

■ 참고문헌

1. 기본 텍스트
정비석, 『자유부인』(상)(하), 고려원, 1985.

2. 논 문

강옥희, 「대중문학 연구의 현황과 과제」, 『대중서사연구』, 2004년 겨울호.

김영애, 「『자유부인』에 나타난 인물 형상화에 관한 연구」, 『현대소설연구』 28, 2005.

김종회, 「우리 문학의 대중성과 경박성」, 『본질과 현상』, 2008년 봄호.

김지연, 「정비석 소설 '자유부인' 인물 연구」, 동아대 석사논문, 2001.

김창식, 「신문소설의 대중성과 즐거움의 정체」, 『오늘의 문예비평』, 1997.

백 철, 「한국문학의 현재」, 『사상계』 2월, 1955.

서동훈, 『한국대중소설연구』, 계명대 박사논문, 2003.

안영숙, 「정비석 초기 연애소설 연구」, 부산대 석사논문, 2000.

유임하, 「전후소설과 대중문학의 상호연관」, 『한국문학연구』 20, 1998.

이시은, 「전후 국가재건 윤리와 자유의 문제-정비석의 『자유부인』을 중심으로」,
　　　『현대문 학의 연구』, 2005.

3. 단행본

강진호, 「1950년대의 현실과 도덕적 계몽의 서사-정비석의 『자유부인』을 중심으
　　　로」, 『한국의 대중문학』, 소화, 2001.

강현두 편, 『현대사회와 대중문화』, 나남출판, 1995.

김동윤, 『신문소설의 재조명』, 예림기획, 2001.

김창식, 『대중문학을 넘어서』, 청동거울, 2000.

더글라스 켈너, 김수정·정종회 옮김, 『미디어 문화』, 새물결, 1997.

박명림, 「1950년대 한국의 민주주의와 권위주의」, 『1950년대 남북한의 선택과 굴
　　　절』, 역사문제연구소, 1998.

브루스 커밍스, 김동노 외 옮김, 『한국현대사』, 창작과비평사, 2001.

스탄젤, 김정신 역, 『소설의 이론』, 문예출판사, 1991.

시모어 채트먼, 김경수 역, 『영화와 소설의 서사구조』, 민음사, 1990.

야우스, 장영태 역, 『도전으로서의 문학사』, 문학과지성사, 1983.

오영섭, 「이승만과 한글파동」, 『1950년대 한국사의 재조명』, 선인, 2004.

이임하, 『여성, 전쟁을 넘어 일어서다: 한국전쟁과 젠더』, 서해문집, 2004.

이정옥, 『1930년대 한국 대중소설의 이해』, 국학자료원, 2000.

임의섭 외, 『한국인의 대미인식』, 민음사, 1994.

정한숙, 『현대한국소설론』, 고려대 출판부, 1977.

존 스토리, 박만준 역, 『대중문화와 문화연구』, 경문사, 2002.

존 피스크, 손병우 역, 「팬덤의 문화경제학」, 『문화, 일상, 대중문화에 관한 8개의 탐구』, 한나래, 1996.

존 피스크, 박만준 역, 『대중문화의 이해』, 경문사, 2002.

■ **국문초록**

1950년대와 『자유부인』의 공통항은 '자유'라는 단어이다. 미국화된 문화가 범람하는 징후로 보아야 할 이 단어는 역사적 배경과는 무관하게 전후사회의 문화적 혼란을 은유한다. 여성의 자유는 거리의 사상으로 엄숙히 단속할 필요가 있는 타락이자 허영이다. 여러 가지로 혼란한 시대에 당위적 가치로서 주입되고 훈육된 사상은 다분히 전통주의적이며, 봉건주의적이다. 그렇기 때문에 『자유부인』은 다분히 대중적 통속성으로 포장되지만 강한 윤리성을 띠게 된다.

서사체를 구성하는 원리의 주조정자는 '작가의 의도'인데 그것은 서사 내부에서 작가적 분신이라 할 수 있는 서술자의 목소리를 통해 드러난다. 계몽소설을 이해하는 독법으로 『자유부인』에 특징적으로 드러나는 서사전략은 서술자의 권위적 목소리이다.

종속적인 가부장제 가치들에 엇나가는 오선영은 자신의 욕망을 마음껏 실현한다. 독자들은 능동적 독서를 통해 가부장제도의 가치들과 대립되는 여성의 가치를 발견한다. 취직이라는 사회적 행위를 통해 발견된 여성의 새로운 가치는 '일을 통해 얻게 되는 새로운 보람'이나 '사회인으로서 경쟁과 유혹을 이겨내' 근대적 주체로 정립되는 이전에는 익히 경험할 수 없었던 사회적 존재로서의 정체성이다.

대중문학의 외연과 내연을 좀 더 깊이 있고 다양하게 해석하고자 시도한 본고는 대중문학이 순수문학에 대비되어 가치론적으로 평가받기보다는 통합적이고 진단적으로 비판받고 이해되기 위한 하나의 모델을 제시하고자 하였다. 이것은 대중소설에 대한 무조건적인 찬양이나 부정이 아닌 대중의 '독서사'에 대한 사회적·문학적·심리학적 해석이다.

주제어: 정비석, 자유부인, 민주주의, 대중소설, 자유, 독자, 이데올로기, 다관점

■ Abstract

The Aesthetic and Ideology of Poplular Literature
- The Story of 'Freedom Woman' Written by Jung, Bi-suk

Jin, Sun Young

1950's and the story of 'Freedom Woman' have same meaningful vocabulary is "Freedom". This word, it stands for the United States of America, based on the society of World War II. Woman's Freedom is luscious which is needed to be restricted. Ideology make for it and had been made for it during the chaos period. Therefore, the story of 'Freedom Woman' has strong mentor even though it's covered the populism.

The controller of the structure in narrative story is writer's purpose Narrative is revealed through the writer's voice inside of the story. The main narrative structure is the writer's authority voice.

Oh, Sun-young, main character of this story, against traditional-directed types make come true of her desire through the social act called employment. She is, now, one of the social member and never been experienced of being not in the house but in society by making identity.

This report, try to translate the inside and outside of popular literature deeply and variously, presents an model that popular literature is not being evaluated with an contrast of pure literatre but being criticized and understood coordinately and definitely. And more, it is the research of social, literary, and psychological criticism about the popular's reading history, not like an unconditional praise or denial about the popular novel.

Key-words: Jung, Bi-suk, Poplular Literature, Freedom Woman, Freedom, reading history, populism.

-이 논문은 2008년 11월 15일에 접수되어, 소정의 심사를 거쳐 2008년 12월 15일에 최종적으로 게재가 확정되었음.

환상성과 문학의 미래

2009년 1월 25일 인쇄
2009년 1월 30일 발행

저 자   구 보 학 회
펴낸이   박 현 숙
찍은곳   신화인쇄공사

110-320 서울시 종로구 낙원동 58-1 종로오피스텔 606호
TEL : 02-764-3018, 764-3019   FAX : 02-764-3011
E-mail : kpsm80@hanmail.net

펴낸곳 도서출판 깊 은 샘

등록번호/제2-69. 등록년월일/1980년 2월 6일

ISBN   978-89-7416-210-8

※ 잘못된 책은 교환해 드립니다.

값 15,000원